T. J. Middleton

Né en Allemagne en 1947, T. J. Middleton, de son vrai nom Tim Binding, est d'origine germano-britannnique. Ancien directeur éditorial de la maison d'édition Penguin Books à Londres, il a également travaillé pour Simon & Schuster.

Oh, my dear ! est son premier roman publié en 2013 aux éditions Le Cherche Midi.

T. J. Middleton vit actuellement dans le Kent avec sa famille.

OH, MY DEAR!

T. J. MIDDLETON

OH, MY DEAR!

Traduit de l'anglais
par Héloïse Esquié

CHERCHE MIDI

Titre original :
CLIFFHANGER

MIXTE
Papier issu de sources responsables
FSC® C003309

Pocket, une marque d'Univers Poche,
est un éditeur qui s'engage pour la préservation
de son environnement et qui utilise du papier fabriqué
à partir de bois provenant de forêts
gérées de manière responsable.

ISBN 978-2-266-24496-1

1

Comme ça, ça semblait assez simple. « Audrey, j'ai dit. Audrey, si on allait se balader ?

— Par ce temps ?

— Ça nous rafraîchira les idées… » j'ai répondu en tirant sur mes bottes.

Elle a haussé les épaules :

« Pourquoi pas ?

— Parce que je vais te pousser de la fichue falaise, Audrey, voilà pourquoi pas. »

Je l'ai pensé, mais je ne l'ai pas dit à haute voix, bien sûr. Elle m'a quand même jeté un regard bizarre.

« Tu vis au bord de la mer depuis je ne sais pas combien d'années, c'est à peine si tu mets le pied dehors, et c'est maintenant que tu veux qu'on aille se promener. Tu ne te rends pas compte, mais il va pleuvoir comme vache qui pisse.

— Dans ce cas je nous préparerai des grogs bien chauds quand on rentrera. Je ferai un feu. On ouvrira une bouteille de champagne. On peut faire une troisième mi-temps, une soirée en amoureux.

— Ah ! c'est ça que tu as derrière la tête. Eh bien, dis donc, ça fait longtemps. »

Et elle a souri, espérant que je lui rendrais son sourire. À sa place, vous l'auriez espéré aussi, non ?

Je devais donc renverser la vapeur. La mettre en rogne.

« On peut dire ça comme ça. Ce serait peut-être plus juste de dire que je meurs de soif et que je suis coincé dans un désert, putain. »

Son visage s'est figé.

« Change de disque, Al.

— Oui, eh bien, c'est toujours moi qui suis obligé de mendier, hein. Sérieusement, c'est quand, la dernière fois que tu l'as proposé, toi ? Je ne m'en souviens pas, et j'ai une meilleure mémoire que toi. Et encore, même quand tu le fais, c'est comme si tu te portais volontaire pour escalader l'Everest. Tu devrais sortir davantage, vivre un peu. »

Ça, ça l'a fait partir au quart de tour. Elle a déchargé quelques rafales contre moi, les mots ont ricoché, cinglants, contre les murs. N'empêche, ça a marché. Elle est sortie en claquant la porte et elle est partie sur la route défoncée, au vu et au su de tous, arc-boutée contre le vent, avec son ciré jaune de garde-côte qui lui fouettait les jambes.

J'ai attendu deux minutes et je suis sorti par-derrière.

Je savais où elle allait, c'est là qu'elle allait toujours : elle montait le sentier jusqu'au phare puis jusqu'au sommet de la falaise, et elle s'arrêtait là où le chemin plonge dans un petit renfoncement ; on peut s'y poster, un peu à l'abri du vent, pour regarder Portland Bill, en face, et les vagues qui s'écrasent en dessous. Le point de vue est beau. J'y suis allé une ou deux fois, moi aussi.

Mais il y a deux moyens de s'y rendre. Par-derrière à travers champs, c'est plus long : il faut raser les haies puis suivre les sillons des charrettes – il n'y en a plus, de charrettes, bien sûr, avec les tracteurs, les moissonneuses-batteuses et les paysans qui s'encanaillent à acheter le dernier 4 x 4 à la mode, mais si vous connaissez une région depuis longtemps, c'est comme ça que vous vous la rappelez le mieux. Quand j'étais môme, il y avait des chevaux, dans ce coin ; des chevaux, des vaches jersey, et des hommes armés de grandes faux pour couper l'herbe. Ça ne fait pas si longtemps que ça. Les années soixante, le début des années soixante-dix. Les choses ne changeaient pas à une telle vitesse en ce temps-là. Pas comme aujourd'hui. Maintenant, on prend ses décisions vite, on agit sans hésitation. J'ai bien dû m'adapter.

Je n'avais vraiment résolu de me débarrasser d'Audrey qu'un mois plus tôt. Ça me trottait dans la tête depuis longtemps, que tout serait formidable si seulement elle n'était pas là, mais la solution, elle m'était apparue tout d'un coup : il me suffisait de me débarrasser de cette chère vieille. Et aussitôt l'idée formée dans mon esprit, elle s'était imposée comme une évidence. Pourquoi pas ? Elle avait eu une bonne vie. Pas une vie extraordinaire, mais pas de quoi râler non plus. Des revenus réguliers. Un pavillon avec *deux* salles de bains. Une grande fille à Sydney. Une gamine extra. Elle n'appelle jamais, bien sûr, mais bon, les enfants n'appellent jamais leurs parents, si ? Ils se tirent, et vous laissent, vous, plantés comme des cons, sans rien à espérer, si ce n'est la perspective de vous regarder dans le blanc des yeux, chacun dans vos fauteuils respectifs, pour le restant de vos jours.

Ce n'est pas sain.

Donc, désolé, chérie, il faut que tu disparaisses. Mais rien de cruel comme de l'empoisonner, de l'étrangler ou d'effacer ce regard de son visage à coups de batte de base-ball. Non. Ce serait pour ainsi dire terminé avant qu'elle ait le temps de remarquer. Une petite poussée dans le creux des reins, et en tombant, elle ne sera même pas certaine que c'était délibéré. Elle serait finie, avant que toutes les mauvaises pensées et la terreur n'aient le temps de s'installer. Le temps qu'elle se soit dit : « Mon Dieu, je suis tombée de la falaise, je vais mourir », et qu'elle ait commencé à hurler, ce sera plié. Elle est morte, nous sommes tous tout à fait navrés, Carol vient pour l'enterrement et reste une semaine pour s'assurer que je tiens le choc, la Fouine d'à côté vient apporter une quelconque terrine maison, et c'est fini, terminé, et je peux reprendre le cours de ma putain de vie. Ma vie, putain.

Une perspective fort agréable, je trouve.

Bref, revenons à nos moutons.

Hop, je mets le nez dehors et vérifie que personne ne traîne dans le coin ou ne regarde par la fenêtre, je longe la maison, presse un peu le pas – Audrey, c'est une bonne marcheuse. Elle a des jambes comme des poteaux, longues, elle marche plus comme un chameau que comme une femme, à vrai dire. Aucune grâce. Au début, ça ne me dérangeait pas, sa taille, sa force. Ça faisait partie d'elle, ce tempérament volcanique, ça m'émoustillait. Au début, quand elle était furieuse, elle me décollait du sol et me faisait passer par-dessus son épaule, avant de me jeter par terre et de se jeter sur moi comme une amazone en sueur. J'aimais bien ça, je la provoquais. Ça me dégoûte un peu maintenant, tous ces muscles ramollis. Bref, en passant par-derrière, il y a quelques points de vue qui permettent de voir le sentier qui monte au phare proprement dit avant de disparaître derrière le tumulus, enfin le talus au sommet, et, effectivement, elle est bel et bien là : elle avance à grands pas, les mains bien enfoncées dans les poches, la tête baissée, penchée en avant comme si elle cherchait ses lentilles de contact par terre. Elle était à fond, pas de doute, alors j'ai dû accélérer un tantinet pour arriver le premier. Ça ne m'a pas pris longtemps.

À l'arrière du phare, face à la mer, il y a une pente légère qui descend jusqu'au bord de la falaise, un buisson d'ajoncs ramassé sous le talus, énorme. On peut se glisser dessous si on a envie. Il est creux, comme une tente. On y est protégé. Caché. J'y suis allé quelquefois aussi. J'ai des écorchures pour le prouver.

Alors je me planque là. J'attends. Et j'attends, j'attends. Je crève d'envie de fumer une clope, mais je n'ose pas. Puis je l'entends, et elle braille, mais alors ce qui s'appelle brailler, j'ai jamais entendu un bruit pareil. Ça aurait dû me mettre la puce à l'oreille, bien sûr, mais quand j'ai jeté un œil, elle était là, dos à moi, à un mètre, un mètre cinquante du bord, comme d'habitude. Pourquoi ils font ça, les gens, se planter comme ça au bord des falaises ? Attention, je ne me plains pas. Qu'elle soit près du bord, ça m'arrangeait bien, n'empêche, ce besoin, pour ma part, je ne l'ai jamais compris. C'est vraiment chercher les emmerdes. Mais enfin, elle était là, aussi près de la perdition qu'un être humain ne saurait oser s'aventurer, capuche enfoncée, et un gémissement s'élevait d'elle ; je me suis dit : Bon, Al, c'est le moment, mon vieux. Je suis sorti de mon buisson à toute vitesse, je l'ai poussée, elle a trébuché et elle est tombée. Et voilà. Franchement c'était incroyable. Pas un cri, pas un murmure : ses bras ont battu l'air comme les ailes d'une oie qui essaie de se poser sur l'eau, puis elle a basculé et elle a disparu. Pour de bon. C'était tellement simple, putain. Quand on pense qu'un simple geste de la main peut tout changer. Une petite poussée et le monde entier s'était métamorphosé. Plus de querelles ineptes, plus de scènes de ménage, plus de rebuffades après une bonne cuite, quand les pensées d'un homme s'énoncent à l'horizontale. Attention, je ne l'ai jamais forcée. Je n'ai jamais levé la main sur elle, de ma vie. Je ne ferais jamais une chose pareille. Je ne crois pas en ce genre de comportement. Montrez-moi un homme qui y croit, et je vous montrerai un lâche accompli. Ça, là, c'était différent. Ça, comme ils disent au cinéma, c'était une nécessité. Rien de personnel.

En tout cas, voilà où j'en suis. Devant moi, un bout de falaise et la mer. Au-dessus de moi, le ciel et rien d'autre. Je suis seul. Personne ne m'a vu. Je ne suis jamais venu. Je me faufile vers la maison avec une prudence extrême, je prends mon temps, je tends l'oreille au cas où j'entendrais le trot d'un pur-sang ou les pas de la Fouine dans les sous-bois. Mais enfin personne ne risquait de sortir par ce temps à moins d'y être obligé. Quand je suis rentré, il commençait à flotter sérieusement. Je me suis assuré que la voie était libre, j'ai sauté par-dessus la clôture pour entrer dans le jardin et je me suis glissé dans la maison.

« Banzaï ! »

Je ne sais pas pourquoi j'ai dit ça, mais je l'ai dit, je l'ai dit comme une exclamation, un mot qu'il convenait de crier là, tout fort, tout seul. C'était ma maison désormais.

« Banzaï, vieux salopard », et je me suis lancé à l'abordage du salon comme si c'était le *Ponderosa*, comme si je possédais la moitié du Texas. Parce que c'était le sentiment que j'avais. J'avais la vie devant moi, tout m'appartenait.

Audrey était devant le feu, en robe de chambre, les cheveux mouillés, tortillant ses orteils dans la chaleur. Près d'elle, deux petits verres de whisky et une bouilloire posée sur l'âtre, et une bouteille de champagne dépassant du seau à glace.

« Ah, te voilà, a-t-elle dit. Je me demandais où t'étais passé. » Elle a tapoté le tapis à côté d'elle.

« Enlève ces vêtements trempés. Viens t'allonger. »

J'ai failli me chier dessus.

2

Le pavillon où je vis, eh bien, il y en a toute une rangée, treize en tout, le long d'un chemin de terre battue. On a un boulanger, un plombier, un chauffeur de taxi (votre serviteur), un type qui bosse dans une salle de sport à Wareham, et tout au bout le commissariat où vit l'agent Pieds-Plats, seul de son état. Au milieu vivent les rescapés des familles de pêcheurs rivales, les Stockie et les Traver, qui traverseraient la Manche à la rame juste pour le plaisir de voir les autres se noyer. Les Stockie vivent à côté de chez moi, et quand j'étais petit, quand moi et ma vieille mère, on venait là en vacances, le père de Kim était petit aussi. Sacré numéro, Kim. Comme son père, c'est une tête de mule, mais il fait partie de la vie du village : il loue des canoës pendant la saison d'été, fait des conserves de homard et maltraite ses voisins du mieux qu'il peut. Les Stockie ne nous ont jamais tellement aimés, nous qui venions l'été pour utiliser comme maison de vacances un pavillon très semblable à celui dans lequel il leur fallait vivre toute l'année. Maintenant, je le comprends, ce ressentiment, mais à l'époque non. J'étais un gringalet, un peu timide j'imagine, et j'étais heureux de venir ici avec maman et le chat, et de m'éloigner de la maison et de mon connard de père. Pas un brave homme, mon père. Une fois que ma vieille est morte, je ne l'ai jamais revu, même quand il a été en train de casser sa pipe. Ça, il m'a appelé de l'hôpital pour me dire qu'il était souffrant. Je lui ai dit que je serais là le lendemain, je lui ai donné l'heure d'arrivée du train, je lui ai dit combien de temps ça me prendrait en taxi depuis la gare ; je savais pertinemment que je n'allais pas y aller, je voulais simplement qu'il attende, ce salopard, qu'il se mette des espoirs en tête, juste pour réaliser que je n'allais pas venir, que je ne viendrais jamais, et qu'il n'avait plus qu'à crever tout seul comme un chien. C'est ce qu'il a fait, d'ailleurs, et quand je suis allé récupérer ses affaires, une montre, un portefeuille, son alliance, l'infirmière les a plaquées devant moi sur la table comme si j'étais le pire fumier sans cœur qu'un père puisse avoir pour fils, et je me suis dit : T'as même pas idée, ma vieille. Alors histoire de la mettre encore plus à l'aise, j'ai fourré le paquet dans ma poche et je lui ai demandé où était le mont-de-piété le plus proche, et s'il y avait des boîtes de nuit correctes pour un homme seul en quête d'un peu de compagnie. J'en ai trouvé une, en plus, ce soir-là, malgré son indignation, avec une jolie flopée de nanas sur leur trente et un, et j'y ai levé une de ses collègues, une infirmière du même hôpital. J'ai pris sa température par tous les trous que je connaissais. Ça, il est monté, le mercure, putain.

Le matin, j'ai ma petite routine : je me lève, je

prépare une tasse de café pour Audrey, puis je file à la boulangerie me chercher deux petits pains chauds. Avec une lichette de confiture de fraises, y a rien de tel. Audrey prend du muesli. Ben voyons. Avec du yaourt, en plus. Pour moi, le yaourt n'a qu'une seule utilité, et Audrey n'a pas eu besoin de ce genre d'onction depuis que ses cuisses sont devenues inséparables. Ce matin-là, le lendemain matin, quoi, je ne suis pas descendu comme d'habitude. Je ne savais pas trop quoi faire.

Elle dormait, dos à moi, complètement à poil (un fait rare en soi), et je l'ai regardée en pensant : Bon, qu'est-ce que je fais maintenant ? Je voulais toujours m'en débarrasser, mais je ne pouvais pas trop m'amuser à la pousser d'une falaise une seconde fois, si ? C'est vrai, quoi, deux corps vêtus de cirés jaunes étendus au bas du point de vue local, l'agent Pieds-Plats risquerait de penser que ça devenait une habitude. Le plus drôle, c'est que j'avais beau être hors de moi, j'appréciais la vieille bique plus que ça n'avait été le cas depuis longtemps. Une fois que j'avais surmonté le choc de la voir allongée près du feu, on n'avait pas fait les choses à moitié. Qu'est-ce que je pouvais faire d'autre, hein ? Comme un bout de döner kebab, que j'étais, je ne ressentais rien du tout. Au milieu de notre partie de jambes en l'air, les tanks ont ouvert le feu de l'autre côté du champ de tir, et nous avons fait une pause pour regarder le feu d'artifice. Ils avaient installé deux tanks factices deux jours plus tôt, et ils les réduisaient en miettes. Ils se produisaient environ une fois par semaine, les exercices de nuit. Vendus avec le terrain. Quand on se courtisait, à la première occasion, on sautait par-dessus la barrière du champ de tir pour aller se rouler dans l'herbe. Il y a des portails, et des panneaux pour mettre en garde contre les mines et les obus actifs, mais les gens du coin s'en tamponnent bien. Il n'y en a pas, d'obus. C'est juste pour tenir les gens à l'écart, parce que quand ils ne font pas d'exercices de tir, il n'y a personne là-bas pour voir ce que vous fabriquez. Parfois, quand ils tiraient, nous, les grands, on partait à toute vitesse sur le chemin le plus large jusqu'au cottage en ruine : la moitié des murs étaient à terre, le sol n'était qu'un lit d'herbe, niché au milieu de tout ça, les vrais chars d'assaut d'un côté de la vallée, les faux de l'autre, et le cottage juste en dessous. On restait là, pris entre les deux, à écouter le hurlement des obus qui s'écrasaient dans les tanks factices ; le sol se soulevait comme s'il y avait un tremblement de terre, il flottait dans l'air une odeur de fin du monde. Bon Dieu c'était terrifiant ; mais on pouvait hurler à pleins poumons, on pouvait faire ce qu'on avait envie et personne n'entendait. Le cinéma, à d'autres. C'était ça qui nous filait le frisson, à nous.

Ce soir-là, on a regardé le spectacle pendant une demi-heure sans cesser de se peloter. Et ça ne l'a pas calmée, Audrey, bien au contraire : après, elle s'est mise à se tortiller de plus belle. Pendant tout le temps que je la ramonais, je me répétais : « Putain, si c'est pas toi que j'ai poussée de la falaise, c'est qui que j'ai… » Mais enfin, ça m'a aidé à tenir la distance, toutes ces préoccupations. Si j'avais été présent, j'aurais pu aimer ça. Le problème, bien sûr, c'est que la pousser d'une falaise, c'était le scénario parfait. Ça sentait bien l'accident, un truc pareil. Ça arrive tout le temps, que des gens tombent d'une falaise – mais deux de suite au même endroit, avec les mêmes frusques sur le dos ? Faut pas pousser, c'est le cas de le dire. Qu'est-ce que je pouvais faire d'autre ? La noyer dans le bassin des carpes ? Électrifier ses clubs de golf ? Aucune idée simple ne me venait. Ce qu'il me fallait, c'était un plan B.

Je lui ai touché l'épaule. C'est comme si j'avais enclenché un interrupteur. Elle s'est retournée et s'est juchée sur moi. Sans façon, elle a attrapé mon engin et se l'est fourré dedans. Elle devait attendre que je me réveille, vu l'état de son machin. Elle appliquait davantage de succion qu'un aspirateur de bonne facture. Putain, je me suis dit, je devrais essayer de te buter plus souvent.

« D'abord hier soir, et maintenant ça. Qu'est-ce qui te prend ? » je lui ai demandé, sincèrement intéressé.

Elle a baissé les yeux, comme si elle avait du mal à se reconnaître. Elle s'est cambrée, me montrant toutes ses parties en état de marche, comme si elle était redevenue une jeune femme. On aurait dit qu'elle sentait que quelque chose avait changé entre nous. Elle n'avait plus aucune pudeur.

« Je sais pas. Ça fait longtemps que je n'ai pas éprouvé ça.

— C'est pas plus mal, j'ai plaisanté, à moins que tu veuilles me précipiter dans la tombe.

— Je croyais que tous les hommes voulaient partir comme ça.

— Peut-être bien, mais je ne crois pas que notre police d'assurance couvre ce genre d'accident.

— Je devrais peut-être faire insérer une clause.

— Peut-être.

— J'ai l'impression que je pourrais passer la matinée à insérer des clauses.

— C'est bien ce que je craignais.

— Clauses un et deux maintenant, et peut-être, après le petit déjeuner, le préambule à la clause trois. T'as une journée chargée ? »

Je n'avais rien de prévu avant une réservation pour le dîner au Cassoulet à Dorchester. Les Burgess avaient faim, une fois de plus. Audrey a fait une moue un peu dégoûtée.

« Mais ils ne mangent jamais chez eux, ou quoi ?

— Tu mangerais chez toi, toi, si t'avais autant de fric qu'eux ?

— Tu devrais augmenter tes tarifs, Al, quand ils te font travailler le soir, comme ça. Ils peuvent se le permettre.

— Ils sont radins. Ian me doublerait à la première occasion.

— Ian est un con. »

J'ai sursauté. Un mot pareil dans la bouche d'Audrey. Ce n'était pas naturel. Ça montrait bien que quelque chose clochait.

À l'heure du petit déjeuner, j'avais besoin d'un truc plus consistant que deux petits pains blancs. On en avait besoin tous les deux. J'ai préparé du café bien fort, j'ai posé une demi-livre de saucisses, une assiette de champignons sautés et quatre œufs pochés sur la table, et j'ai regardé Audrey engloutir sa ration. Elle avait peut-être enfilé quelques frusques, mais ça la démangeait toujours, y a pas de doute. Ça se voyait sur son visage. Si j'avais sorti mon engin, elle l'aurait piqué d'un coup de fourchette et recouvert de sauce Coleman's.

« Alors, qu'est-ce que t'as prévu ce matin ? »

J'ai levé les bras au ciel.

« Je t'en prie, Audrey. J'ai presque cinquante ans.

— Je ne pensais pas à ça. Faudrait réparer la douche. »

Et elle, dessous, en train de se savonner avec son petit air lascif. Pas question, putain.

« Je pensais descendre à la crique. Profiter du bateau de Kim. Rapporter un ou deux homards. Ça fait un moment qu'on n'en a pas mangé.

— On en a mangé la semaine dernière.

— C'est bien ce que je dis. »

Si je voulais sortir, bien sûr, c'était pour voir si je parvenais à repérer le sosie d'Audrey flottant parmi les goémons.

« Je croyais que vous étiez brouillés.

— C'était la semaine dernière. Cette semaine, on est les meilleurs amis du monde. Je lui ai réparé sa Peugeot. Et après, je dois retrouver Reggie. Il a attrapé deux ou trois lièvres sur le champ de tir.

— Bon Dieu, cette route. Il y a tous les métiers à part un fabricant de chandelles. Y compris le plus vieux métier du monde.

— Allons, allons. Faut pas croire les ragots. Iris, elle aime bien la compagnie, c'est tout. »

Puis je me suis rappelé. Je ne pouvais pas sortir avec Kim. Ted Grogan m'avait téléphoné deux jours plus tôt. Il s'était bloqué le dos et l'ostéopathe de Wareham avait réussi à le caser dans ses rendez-vous. Il fallait que je l'emmène. C'est que entre deux falaises, ça m'était complètement sorti de la tête. Eh oui, je m'étais dit que après la mort d'Audrey les gens trouveraient naturel que je fasse un petit break ; histoire de faire le deuil, ha, ha. Ted, c'était le garde-côte. Il passait la journée assis dans sa petite planque au-dessus de la crique, à regarder la Manche. Un bateau échoué ? Un matelas pneumatique en péril ? Un sosie d'Audrey flottant sur l'eau saumâtre ? Ted était l'homme de la situation.

« Tu sais quoi, Audrey ? T'as raison. Je vais donner un petit coup à la Vanden Plas. La faire belle pour ce soir. Je l'emmerde, Ian. Je vais augmenter mes tarifs. »

Alors j'ai passé la matinée avec ma joie et ma fierté ; je l'ai conduite à la station de lavage, j'ai demandé aux gars de la briquer et de la lustrer, je suis rentré, j'ai passé l'aspi à l'intérieur et j'ai nettoyé le tableau de bord. Je voyais Audrey par la fenêtre ; assise à la table, elle astiquait le butoir de la porte d'entrée, un obus d'artillerie que son grand-père avait rapporté de la Première Guerre mondiale, la seule chose qu'elle astiquait régulièrement. De haut en bas, qu'elle le graissait, et elle crachait sur le bout pointu en essayant d'attirer mon regard. Non, mais tu te fous de ma gueule, ou quoi, je me suis dit. Vers dix heures et demie, elle a passé la tête dehors. Ian ne pouvait pas assurer une de ses courses. Un officier qu'il fallait emmener de la gare de Wool au champ de tir. C'était du Ian tout craché, d'appeler sur le fixe plutôt que sur mon portable. Monsieur ne voulait pas me parler, vous comprenez. Tout ce qu'il voulait, c'était que je le tire de sa merde. Depuis qu'il s'était installé à son compte, Ian avait un contrat d'exclusivité avec la base militaire. Vu notre passé commun, je l'avais bien mauvaise. En temps normal, je lui aurais dit de se la coller là où je pense, sa course, mais je ne voulais pas traîner à la maison plus longtemps que nécessaire. Pas après la nuit dernière. Pas après la matinée. Alors j'ai accepté.

Je me suis posté juste devant les guichets avec la pancarte. Le train avait un quart d'heure de retard. Le major Fortingall, avait dit Ian, et c'était bien le nom qu'il y avait sur ma pancarte. Des grosses lettres épaisses sur un bout de carton d'environ soixante-quinze centimètres de large. C'est Audrey qui l'avait faite. Elle avait un don, Audrey, de la main droite comme de la main gauche, elle pouvait écrire n'importe quoi n'importe comment. Si elle n'avait pas été une honnête femme, elle aurait pu être faussaire. Cette pancarte, elle l'avait faite avec un feutre, dans un italique un peu fleuri, assez chouette, même si je dois avouer que je me sentais un peu couillon avec ce truc dans les mains. À la gare de Wool, le trafic n'est pas précisément le même qu'à l'aéroport d'Heathrow. Seuls quatre passagers sont descendus du train ce matin-là ; deux randonneurs en tenue, avec leurs bonnets et leurs chaussettes hautes, Lionel l'Aveugle, le coiffeur unisexe de Wool, et un autre.

C'était un mec jeune, assez beau gosse, mais du genre super tête à claques, avec une paire de lunettes plus épaisses que notre double vitrage. Audrey tient beaucoup au double vitrage. Ça protège du bruit extérieur, qu'elle dit. Ça protège le bruit intérieur, aussi, bien sûr. S'il fallait que je la bute à la maison, dans la baignoire ou dans la cuisine toute neuve qui m'avait coûté six mille livres, personne n'entendrait un souffle.

Debout à l'entrée, il regardait autour de lui, l'air interrogateur. Il portait un petit attaché-case noir et un sac d'affaires pour la nuit. J'ai agité la pancarte, mais il l'a regardée sans la voir. Visiblement, il cherchait quelqu'un d'autre.

« Major Fortingall ? Je suis venu vous emmener au champ de tir. »

Il m'a regardé comme il aurait regardé une crotte de chien toute fraîche.

« C'est pas vous, d'habitude.

— Eh non, c'est juste. Désolé. Ian avait un client important, apparemment. La voiture est garée devant. »

Il m'a tendu son sac. Moins léger qu'il n'en avait l'air.

« Vous restez longtemps ? » j'ai demandé, tentant toujours d'être poli.

Il a secoué la tête.

« C'est mes affaires de jogging. Je me suis dit que j'irais peut-être courir quelques kilomètres quand j'en aurai fini avec ça. »

Il a agité son attaché-case.

J'ai changé le sac de main. Je ne peux pas blairer les gens qui font du jogging. Je m'en fiche que les gens fréquentent un club de gym, qu'ils soulèvent des poids, qu'ils fassent du tapis roulant, qu'ils se chopent des hernies sur les rameurs mécaniques, mais les joggeurs, qui font ça dehors, devant tout le monde, avec leurs halètements affreux et leurs yeux vitreux, ça devrait être interdit. Il y a des exceptions à la règle, bien sûr. Les filles de dix-huit ans qui font du bonnet D, moulées dans du lycra, ça passe.

« Eh bien, ne vous éloignez pas trop des pistes, ou ils vont vous ramasser dans les buissons d'ajoncs à Pâques prochain. Boum !

— Je pensais que les panneaux étaient juste là pour écarter les touristes.

— On ne peut jamais savoir, avec les mines actives. Vous pouvez me croire. Je vis avec une depuis vingt-deux ans. »

Il n'a même pas souri.

« Accélérez, a-t-il lâché sèchement. Je suis déjà en retard. »

Il m'a regardé comme si c'était ma faute. C'est marrant, les gens font presque toujours ça. Le train est en retard, il y a des embouteillages, ils ont oublié leur passeport. C'est toujours votre faute.

Je l'ai pris au mot : j'ai appuyé sur le champignon et j'ai abordé le virage en quatrième ; ça a fait valser ses lunettes. Au corps de garde, la sentinelle est sortie : Jacko le Dingo, un habitué du Spread Eagle. Il aime bien la castagne. Ils aiment tous la castagne, les troufions, mais y en a qui aiment ça plus que les autres. « Major Fortingrass, au rapport », j'ai lancé joyeusement.

Le major s'est penché sur mon épaule.

« Major Fortingall, a-t-il corrigé. Pour le commandant. »

Jacko a suivi du doigt son bloc-notes. On voyait ses lèvres remuer.

« Administration. Troisième bâtiment à gauche. »

Il avait une voix désagréable, menaçante, Jacko,

avec un côté un peu salace. Même quand il prononçait les mots les plus banals, on l'aurait cru en train de dire des obscénités.

« Je sais où c'est, l'administration, vieux, je lui ai dit. J'habite là, tu te rappelles ?

— T'en fais pas, je me rappelle, mon pote. »

Il a tiré sur son oreille gauche. On avait eu des mots lors de sa dernière perm ou quoi ? Impossible de me souvenir.

J'ai fait le tour, me suis garé près de l'entrée. J'ai tendu ma carte au major. *Al Greenwood, À votre service, Jour et nuit.*

« Vous voudrez qu'on vienne vous chercher plus tard ? »

Il n'a pas répondu, il a juste glissé la carte dans sa poche et monté les escaliers quatre à quatre.

« Très bonne journée à vous aussi, général », je lui ai crié. Saloperies de militaires. Des fois, je me dis qu'il n'a qu'à se les garder, Ian.

Je suis rentré. Audrey était introuvable. J'ai fait une sieste rapide à l'arrière de la voiture, et à midi quinze je suis reparti chercher Ted.

Ted Grogan : un petit bonhomme, tout sec, les cheveux comme de la paille de fer bien entretenue. Je l'ai toujours apprécié. C'est un honnête homme. Courageux, avec ça. Quand vient l'été, il passe la moitié de son temps suspendu au bout d'une corde à secourir les crétins qui se sont pris pour les Sherpa Tenzing[1] du Dorset.

1. Premier homme avec Edmund Hillary à gravir l'Everest, le 29 mai 1953. *(N.d.T.)*

Ted se baisse pour monter en voiture et renifle l'odeur de propre. Il a l'air à bout. Il me salue d'un simple hochement de tête et attache sa ceinture. Je débloque le frein à main et nous glissons en avant. C'est un truc qu'elle fait bien, la Vanden Plas, les glissades. Je me tourne vers lui. Il a les mains qui tremblent.

« La soirée a été longue ?

— Tu peux le dire. Elle s'est enfuie.

— Qui, ta femme ?

— Sois pas débile, Al. Miranda. »

Je n'ai pas fait de sortie de route, certes, mais le volant a tremblé un peu. L'espace d'une seconde. « Comment ça, enfuie ? – Je sais pas. On s'est engueulés. Elle m'a dit qu'avec Kim ils allaient se mettre à la colle pour de bon, cette fois. Je me suis fichu en rogne et mes mots ont dépassé ma pensée. Je lui ai dit que je lui tirais un trait dessus si elle retournait à ce salopard. Trois fois, que ça ferait ! Elle a fondu en larmes et elle a décampé.

— Chez Kim ? Ça a dû faire plaisir à Gaynor.

— C'est bien ça le problème. Il prétend qu'il ne l'a pas vue depuis plus d'une semaine.

— Et Iris ? »

Iris, c'était l'ex-femme de Ted, la mère de Miranda.

« Elle l'a pas vue non plus. Personne ne l'a vue. Elle pourrait être n'importe où. »

Alors là, je n'aimais pas ça, mais alors pas du tout. J'aimais beaucoup Miranda. Miranda m'aimait beaucoup. Je l'avais toujours beaucoup aimée, Miranda.

« Et ça s'est passé quand, tout ça ?

— Hier après-midi. Quatre heures et demie, cinq heures. Elle a pris son sac et elle est partie en claquant la porte. C'était la tempête, tu te rappelles. Avec un vent de force 3. Du nord-est. »

J'ai gardé les yeux sur la route, m'efforçant de ne pas cramponner le volant encore plus fort. Je sentais mes jointures devenir toutes blanches.

« T'as essayé son portable ?

— Évidemment que j'ai essayé son portable. Je lui laisse des messages toutes les demi-heures depuis hier. Ça part sur répondeur. Elle ne décroche pas.

— Et la police ? Tu les as contactés ?

— Je les ai appelés une heure après la fermeture des pubs, après avoir interrogé Iris et Kim. Mais une femme de vingt ans qui s'engueule avec son paternel ? Et la moitié de la caserne en perm ? Ils m'ont dit d'attendre quelques jours.

— Alors ?

— Alors pas question, putain. Tu m'emmènes au commissariat de Wareham. Je connais un type, là-bas, l'inspecteur Rump. Je veux qu'il vienne ici, qu'il fouine un peu, qu'il commence à poser des questions. À Kim Stockie, pour commencer. C'est un violent, tout le monde le sait. »

Il s'est tourné maladroitement.

« T'étais chez toi hier ? Dans l'après-midi ?

— Quoi, dimanche ? Oui.

— T'as pas entendu du bruit venant de chez eux ? T'as rien vu ?

— Non, pas que je me souvienne.

— Pas d'engueulades, pas de cris ?

— Non.

— Et Audrey ?

— Je ne crois pas. Je lui demanderai. Mais ce

Rump. Il ne va peut-être pas venir tout de suite, tu sais. C'est pas faux, ce qu'ils disent.

— Il viendra. Il me doit un service. Son père a eu des soucis sur la Course, une fois. Tu te le rappelles sûrement. Kevin, il s'appelait, Kevin Rump. Il est mort maintenant. »

Je me rappelais. La Course, c'était une bande de mer qui allait de St Alban's Head à Portland Bill. Si vous vous retrouviez coincé là, vous n'étiez pas bien parti. Pas avec la taille des caillasses de Chesil Beach.

« T'as apporté une photo, j'espère. Ils vont avoir besoin d'une photo.

— Iris en apporte une. On la récupère devant la caserne. Elle est passée demander si les amies de Miranda savent quelque chose. »

Miranda travaillait au NAAFI. Ted et Iris avaient toujours espéré qu'un jeune officier l'emmènerait un jour loin de tout ça, mais ça ne s'était pas passé comme ça. Beaucoup avaient essayé, mais comme elle me l'avait dit, elle n'avait d'yeux que pour Kim. Kim ne la croyait pas pour autant. Puisqu'il trompait sa femme, il était raisonnable de penser que sa maîtresse le trompait, lui. Surtout quand elle avait tout ce foutre frais à disposition. Le samedi soir, au Spread Eagle, si un petit jeune avait le malheur de lui lever sa casquette, à coup sûr les poings et les verres volaient dans tous les sens. Kim n'en sortait pas toujours vainqueur, en plus, ce qui le rendait encore plus certain qu'il y avait anguille sous roche. Deux ans et demi qu'on se tapait ce cinéma, et ça n'avait pas l'air de s'arranger. Ils étaient incapables d'accorder leurs violons. Comme Iris me l'a dit une fois : ce n'est pas possible qu'il soit si bon que ça au pieu. Personne n'est si bon que ça. J'ai gardé le silence. J'étais mal placé pour donner un avis sur la question. Iris attendait près de la citerne. Elle est montée, s'est penchée en avant et a embrassé Ted sur la joue. J'ai tendu la main et elle l'a pressée fort.

« Iss. »

Iss, c'était le surnom que je lui donnais. Je n'aurais pas dû l'employer en ces circonstances, mais les habitudes ont la vie dure.

« Al. »

On est repartis, en silence.

Le truc avec la femme de Ted, c'est qu'il y a des années, bien avant leur séparation, avant la naissance de Miranda, pendant deux ans, Iss et moi, on a eu une petite aventure. On prenait nos précautions, on faisait de notre mieux, mais bien qu'on n'en ait jamais parlé, et que ça se soit terminé aussitôt qu'elle est tombée enceinte, j'ai toujours su qu'il existait une possibilité que Miranda soit ma fille. De nos jours, ce serait facile à vérifier, mais tous deux, on tenait tout particulièrement à ce que cette boîte de Pandore reste hermétiquement close. Ted n'était pas au courant et nous voulions que ça reste ainsi. Ted était un bon père. Miranda avait eu une enfance heureuse, et elle s'était changée en une belle jeune femme, grande et fière, avec une chevelure de pub pour shampooing. Ça, ça ne venait *d'aucun* de nous trois, à ma connaissance. Mais Iss, eh bien Iss était une fille sociable, et Ted travaillait à des heures tout à fait antisociales. Ils se sont séparés quand Miranda avait une dizaine d'années. Elle vivait la moitié de la semaine avec sa mère, l'autre moitié avec son père. Ça s'est bien passé jusqu'à ses quatorze ans environ ; là, la vie sociale d'Iris est devenue un peu mouvementée et Miranda s'est installée exclusivement chez Ted. Ces deux dernières années, la vie privée d'Iris s'était considérablement calmée, mais une réputation comme la sienne, c'est difficile à faire oublier. Ils s'entendaient tous bien quand même, Ted, Iris et Miranda, malgré tous leurs hauts et leurs bas. Peut-être que si Audrey et moi, on avait fait le même genre d'arrangement, on n'en serait jamais arrivés là. Carol n'aurait peut-être pas décidé d'aller vivre à l'autre bout du monde et je ne serais pas en train d'essayer de zigouiller sa mère.

J'ai regardé dans le rétro. Iris mâchouillait son mouchoir. J'ai donné une petite tape sur le genou de Ted.

« C'est probablement rien, Iss, tu le sais, pas vrai ? Et si Ted a réussi à lui ouvrir les yeux, ça vaut bien une nuit ou deux d'insomnie, tu crois pas ? »

Elle m'a jeté un regard las, comme si j'étais un étranger.

« T'as la liste des vêtements qu'elle portait ? » a-t-elle demandé à Ted.

Il s'est donné une claque sur le front.

« Merde, j'ai oublié.

— Bon Dieu, Ted. »

Elle a sorti de son sac à main un joli petit stylo de dame et la photographie de Miranda et s'est mise en position d'écrire. « Bon, vas-y, dans ce cas. »

Ted s'est tortillé sur son siège.

« Un jean. Bleu. Un haut rouge, le rouge foncé, là, que tu lui as offert à Noël dernier, il me semble. Je ne sais pas. Je n'ai pas fait attention.

— Autre chose ? »

Ted a secoué la tête.

« La dernière fois que je l'ai vue, elle fonçait sur le sentier en jetant un de mes impers sur ses épaules.

— Lequel ?

— Le jaune, celui avec un accroc à la poche. »

Je le savais. Dès qu'elle a posé la question, je le savais. Le jaune. Putain, le jaune.

Iris a noté. Le crissement du stylo m'a transpercé le cœur.

« C'est bon, a-t-elle dit. Quelqu'un a dû la repérer, habillée comme ça. Ils se voient à un kilomètre à la ronde, ces cirés jaunes. »

Nous avons continué de rouler jusqu'à Wareham, lui perdu dans ses pensées, Iris dans les siennes, moi dans les miennes. Comment j'ai réussi à éviter la sortie de route, je n'en sais rien ; l'instinct, je suppose, parce que je ne me rappelle pas avoir été conscient une seule seconde d'être en train de conduire. Miranda sous la pluie, Miranda dans un des cirés jaunes de Ted, Miranda hurlant au bord de la falaise. Ça ne pouvait pas être Miranda. Miranda avait vingt-deux ans. Audrey cinquante-deux. Ce n'est pas possible, même emmitouflée comme ça, on ne peut pas confondre une si jeune femme avec une vieille rombière. C'est le jour et la nuit. Elles ne marchent pas pareil, elles ne se tiennent pas pareil. Même l'aura qui les entoure est différente. Je ne pouvais pas avoir tué Miranda. Ce n'était tout bonnement pas possible. C'était ma fille, même si elle ne l'était pas. Je ne pouvais pas avoir tué Miranda. Ça ne faisait pas partie du programme, mais alors pas du tout.

3

À l'origine, la boîte de taxis appartenait au père d'Audrey. On était trois : Gil, moi et, un bon bout de temps plus tard, Ian Newdick[1] (oui, je sais). C'était une bonne petite affaire, qui s'était agrandie au fil des années ; entre la caserne, les vacanciers, ou encore des gens comme la vieille Fouine et son expédition hebdomadaire chez le coiffeur, ça tournait bien. Quand Gil est tombé malade, j'ai repris l'affaire, et j'ai épousé sa fille par-dessus le marché. Comme ça, je baisais tout le monde, et tout le monde était content. Mais quatre ans plus tard, Ian est parti s'établir à son compte. Rien ne justifiait une chose pareille. C'était ingrat, vu comment on l'avait pris sous notre aile, Gil et moi. Quand il a lancé l'idée, je suis allé le voir pour essayer de le raisonner ; sa femme Bettina m'a toisé d'un air méprisant derrière son mug à l'effigie de Tina Turner. *Simply the Best*, mon cul ! J'ai fait

1. Néobite – *dick* désigne familièrement à la fois l'organe masculin, c'est aussi une insulte courante un peu comme notre « tête de nœud » (*dickhead*). *(N.d.T.)*

remarquer, non sans quelque raison, que deux compagnies de taxis dans un trou paumé comme le nôtre, ça présageait pas beaucoup de crac-boum-hue sur le plan économique, mais il a rien voulu entendre. « Vaut mieux qu'on parte chacun de notre côté », qu'il a dit, en mettant ses mains autour des épaules de sa femme, tout roucoulant, comme s'ils étaient seuls au monde, à faire leur cochoncetés.

« On va faire une équipe mari et femme, pas vrai, Tina ? » qu'il a annoncé.

Une équipe mari et femme ! Je n'avais jamais entendu un truc aussi tordu de ma vie. Imaginez un peu Audrey au volant de la Vanden Plas, en train de dégoiser Dieu sait quelles âneries à mes clients. N'empêche que c'est ce qui s'est passé. Ian s'est acheté un monospace, les suppositoires sur roues, là, et une Hitachi quatre portes. Me demandez pas où ils avaient trouvé le fric. Pour couronner le tout, ils se sont fait faire de petits uniformes gris clair, costume-cravate pour lui et tailleur avec un coquet petit béret pour elle, histoire de faire ressortir ses coquets petits seins. C'est tout juste si ça me faisait pas gerber, de les voir sillonner le Dorset sapés comme le petit Lord et Lady Fauntleroy.

Au début, j'ai lancé des petites représailles, des réservations nocturnes qui s'évaporaient mystérieusement dans la nature, des clous dans les pneus, une patate enfoncée dans le tuyau d'échappement par-ci par-là mais, au bout d'un moment, je me suis lassé, et d'ailleurs même l'agent Pieds-Plats commençait à avoir des soupçons. Ce qui était injustifiable, c'est qu'en un rien de temps leur affaire a commencé à décoller, tandis que la mienne faisait mine de capoter.

Et je ne pouvais y faire que dalle. C'était le principe des vases communicants qui me fichait dedans. Tout simplement.

C'est là que j'ai eu un éclair de génie. Miranda. Tina avait une paire de nibs correcte mais, comparés à ceux de Miranda, c'étaient juste des buttes de rien du tout, juste assez confortables pour qu'un mec comme Lee Harvey O aille y caler son fusil. Les seins de Miranda, par contre, ils ressemblaient à un tremplin de ski. On avait le vertige rien qu'à les regarder. D'ailleurs, elle avait tout, Miranda, la beauté, la taille, des mensurations de rêve, et des cheveux comme Jane Russell allongée sur une botte de foin. Elle avait un rire qui vous donnait l'impression d'avoir dix ans de moins et un sourire qui vous en enlevait encore cinq. Et elle était intelligente, avec ça, cultivée et curieuse, elle avait des bonnes notes à ne plus savoir qu'en faire et pouvait passer de la seconde à la troisième avec autant d'aisance qu'un doigt enduit de vaseline s'insinuant dans votre tube digestif. Tina changeait les vitesses comme si elle fourrait la dinde de Noël, à grands coups de poing et de coude. On ne pouvait pas lui parler, à Tina, on n'avait pas envie. Elle était bête, Tina. On se rinçait l'œil un petit coup, puis on regardait par la vitre en se demandant combien d'amortisseurs elle usait par semaine. Tandis qu'avec Miranda on se relaxait, on rigolait, on blaguait et on écoutait son bon sens féminin, juvénile et puissant en se demandant pourquoi le monde n'était pas peuplé de Miranda. *Uniquement* de Miranda. Je lui ai proposé un boulot, carrément. Pas d'uniforme à la con : elle pouvait porter tout ce qui lui chantait, même un sac de fumier non lavé si ça lui faisait plaisir, ça n'aurait rien changé. J'ai acheté une deuxième voiture, une Renault 25 gris métallisé, classe, élégante et silencieuse, et je l'ai collée au volant. La Blonde du Far West, que je l'appelais, qui guidait sa monture plus habilement que personne de ce côté de Purbeck.

Ils ont tous accouru. Ce n'était pas seulement son physique. C'était sa façon de faire, de tenir la porte ouverte, de se pencher pour attacher la ceinture des personnes âgées, de leur *parler*. Ils lui disaient *tout*, les problèmes masculins, les problèmes féminins, les mauvaises fréquentations du petit Algy, tout sortait, et elle plaisantait, elle compatissait, elle donnait même des conseils. Je vous demande un peu, une gamine de vingt-deux ans qui donne des conseils ! Au bout de six mois, les Newdick se baladaient comme s'ils avaient un truc douloureux inséré dans le mauvais trou. Et moi, je souriais comme un bienheureux.

Bien entendu, ça n'a pas duré. Vous devinerez aisément pourquoi. Audrey. Audrey, elle n'aimait pas Miranda. Rien de surprenant, hein, parce que la vérité, c'est qu'Audrey n'aimait pas grand monde. C'était ça qui m'avait attiré au départ, tout cet acide dans le moteur. Miranda, elle ne l'aimait pas pour des tas de raisons. Numéro un : Miranda était belle ; numéro deux : Miranda était populaire. Mais la principale, le hic de six pieds de long, c'est que, rapport à moi, Miranda, c'était aller trop loin dans la tentation. Ou plutôt trop près. Au début du septième mois, le dimanche qui a suivi la nuit où Miranda et moi, on était restés ensemble jusqu'à l'aube à partager une bouteille de champagne après avoir bossé sur un mariage toute la nuit, Audrey a mis son veto. Miranda devait s'en aller. Je ne pouvais pas lui dire que pour ce qui est de la bagatelle, Miranda était strictement zone interdite.

« Écoute, je lui ai dit, tu lui parles, si tu veux. Je ne m'en mêlerai pas. Mais faut pas qu'on s'en sépare, je te le demande. C'est une putain de mine d'or. Il n'y a rien entre nous, Audrey, je le jure sur la tombe de ma mère. Et il n'y aura jamais rien. »

Elle m'a regardé avec des yeux durs et froids comme des têtes de poisson.

« Je savais pas que tu avais une mère. À la fin du mois, Al. Je suis sérieuse. »

Alors je me suis débarrassé d'elle. Pourquoi ? Eh bien, l'affaire, le garage double, la Vanden Plas, tout ça c'était au nom d'Audrey, n'est-ce pas. Son père, le saint homme, lui avait tout laissé. Tout ce que j'avais, c'était la maison, et même elle, elle n'était pas entièrement à moi. À l'époque de ma mère, elle était sous un bail de cinquante ans. Et c'est l'argent d'Audrey qui nous avait permis de racheter le bail. Aussi la maison était-elle également à son nom. Le pavillon de ma mère ! Je n'avais pas le choix. Miranda est passée à la trappe. Mais pas tout à fait. J'ai commencé à la voir en douce. Elle était bien contente. J'allais sur le terrain de camping abandonné et je me garais derrière. J'avais une vieille caravane là-bas, installée dans un des champs d'Alan Sparrow qui montaient jusqu'à la falaise. Parfait pour se donner des rendez-vous discrets. Je préparais du thé, je sortais les biscuits et j'attendais son arrivée. Elle me racontait tous ses problèmes, je lui racontais les miens. On se comprenait. Iss avait tort. Kim Stockie la touchait comme personne d'autre, qu'elle disait. Il lui redonnait vie. Elle avait les yeux qui pétillaient quand elle racontait ça, ça nous faisait rire tous les deux. C'est bien la fille de sa mère, je me disais. Et maintenant, grâce à moi, il semblait qu'elle n'allait plus jamais prendre vie. Jamais plus faire quoi que ce soit, si ce n'est me hanter.

J'ai attendu à côté de la voiture pendant qu'Iss et Ted entraient. C'est tout juste si j'ai réussi à allumer ma clope, tellement mes mains tremblaient. J'ai essayé de me représenter de nouveau la scène, la femme qui pleurait toutes les larmes de son corps, contemplant la falaise, le ciré jaune qui claquait dans le vent, moi qui me précipitais sur elle, sans réfléchir. Est-ce que j'avais remarqué quelque chose : ses cheveux, ses jambes, sa stature ? Maintenant que j'y pensais, quand je l'avais poussée, c'est vrai qu'elle m'avait paru, comment dire, plus *ferme* que je ne m'y attendais. C'était seulement son dos, et une fois qu'elle avait fait le plongeon, je ne m'étais pas appesanti là-dessus. Mais oui, il y avait du muscle sur ces omoplates. Elle n'a pas de muscles, Audrey. Elle a une espèce de gélatine épaisse, à la place.

Ils sont ressortis une heure après, environ ; Ted aspirait de grandes goulées d'air, comme s'il était en train de se noyer. C'était peut-être le cas, d'ailleurs. Iss paraissait plus calme. Elle s'est avancée sans hésiter, est montée devant et a allumé une clope. En temps normal je ne permets pas ce genre de comportement. Fumer dans la Vanden Plas, c'est *strictlisch verboten*, mais je n'ai rien dit. Vu les circonstances et tout ça.

« Il a dit quoi ? »

Je redoutais à moitié la réponse. Elle s'est à demi tournée sur son siège.

« Sans importance. Tu vides ton sac ?

— Comment ça, je vide mon sac ? »

Avant qu'elle n'ait eu le temps de répondre, Ted a ouvert la portière arrière et s'est glissé dans la voiture. Il avait le souffle court. Il accusait le coup.

« Il a dit quoi ? j'ai répété. Ça a donné quelque chose ? »

Ted s'est mouché, a fourré son mouchoir dans le compartiment portière. Ça, ça ne m'a pas plu. Sa fille avait peut-être disparu, mais ce n'était pas une raison pour saloper la bagnole avec sa morve.

« Il va passer en fin d'après-midi. Prendre quelques dépositions, poser quelques questions. Ils vont aller à la gare de Wool, aussi, pour voir si personne ne l'a vue.

— C'est bien. Et la caserne, le NAAFI ?

— C'est pas vraiment son territoire. Le premier sur la liste, c'est ce salopard de Kim. S'il a fait quoi que ce soit… »

J'ai essayé de le rassurer.

« Franchement Ted, Kim, il est peut-être un peu colérique, mais il a jamais levé la main sur une femme.

— Il y a toujours une première fois. » Il m'a donné une petite tape sur l'épaule. « Il voudra sans doute vous interroger aussi.

— Nous ?

— Toi et Audrey. Comme vous habitez la porte à côté.

— Ah oui. Bien sûr. »

Nous sommes rentrés en silence. J'avais besoin de réfléchir. OK, ce n'était pas Audrey que j'avais poussée. C'était quelqu'un d'autre. Par ailleurs, Miranda avait disparu. Je devais gérer toutes ces données du mieux que je pouvais. Mais il y avait une autre question que je ne m'étais pas encore posée. Si Audrey n'était pas montée au phare, où était-elle donc allée ? Qu'avait-elle fait pour revenir avec les cheveux tout mouillés, ce sourire aux lèvres et ses parties intimes qui réagissaient comme si elles venaient d'être branchées sur le secteur ?

À notre arrivée, Iss voulait que je dépose Ted et que je la ramène chez elle, mais il a insisté pour qu'elle entre avec lui. Il ne voulait pas rester seul, le pauvre bougre. Elle a fouillé dans son sac à main en sortant, s'est penchée en avant et m'a donné un baiser sur la joue. Pas tout à fait comme à l'époque, mais ça m'a rappelé des souvenirs, de la voir presque à genoux comme ça sur le siège.

« Y a un truc qui me rentre dans le dos, elle a dit. On dirait un parapluie pliable, ou un truc comme ça. »

Quand ils sont partis, j'ai glissé la main dans le pli du siège. C'était un paquet de clopes avec une inscription au rouge à lèvres dessus.

« 5 h DA. TC. » DA, pour demain après-midi. TC, pour le terrain de camping. C'est là qu'on se retrouvait, Iss et moi, il y a tant d'années. En parlant de scène de crime.

Je suis rentré. Installée à la table de la cuisine, Audrey épluchait des oignons, un verre de whisky à côté d'elle.

« Il est un peu tôt pour ça, non ?
— Plus longtemps ça cuit, meilleur c'est.
— Je ne parlais pas de la soupe, Audrey.
— Je sais bien de quoi tu parlais. »

Elle a versé les oignons dans une casserole et s'est tournée vers moi, les yeux un peu rouges. Ce n'était pas son premier.

« Alors, comment il allait ?
— Eh bien, son dos, ça va mieux, mais lui, c'était pas la joie. Miranda a disparu. Elle est sortie marcher hier après-midi et elle n'est jamais revenue. Il est mort d'inquiétude.
— Peut-être qu'elle s'est enfin taillée. » Elle a pris une gorgée de whisky, satisfaite, et elle est passée au salon.

« Le truc bizarre, j'ai lancé, c'est qu'elle est sortie en même temps que toi, vers quatre heures. Et elle portait le même imper, en plus. Un ciré jaune.
— La moitié du village porte un ciré jaune. C'est l'uniforme du coin, bon sang. »

Je l'ai suivie dans la pièce.

« Ce qu'il y a, Audrey, c'est que Ted est allé à la police, il a déclaré sa disparition, donné un signalement de ses frusques et tout.
— Et alors ?
— Alors ils vont demander à tout le monde s'ils ont vu quelqu'un qui portait un ciré jaune hier après-midi.
— Ils vont avoir de quoi noter, dans ce cas.
— Ce que je dis, c'est que ça les aiderait si tu leur disais où t'es allée. Pour éliminer les témoignages erronés.

— Éliminer les témoignages erronés ? Ça alors, c'est qu'on est le parfait petit policier aujourd'hui. »

Elle a agité le whisky dans son verre.

« Alors ? Tu vas leur dire ou non ?

— Peut-être. Sers-moi un autre whisky. »

Je lui ai servi un autre whisky. Il y avait de la tension dans l'air ; on marchait tous deux sur des œufs.

« Si tu veux le savoir, je suis allée au phare. J'y suis pas restée longtemps. Y avait trop de vent. » Elle me regardait droit dans les yeux en prononçant ces mots. « Et toi ?

— Quoi, moi ?

— Quand je suis rentrée, la maison était vide. J'ai pensé que t'étais parti noyer ton chagrin.

— C'était pas encore l'heure de l'ouverture du pub, Audrey.

— Ça ne t'a jamais arrêté. Alors, tu es allé où ?

— Nulle part en particulier. J'étais sur la route, je te cherchais.

— Tu n'étais pas sur la route quand je suis rentrée.

— Non. Je suis passé par-derrière.

— Et pourquoi donc ?

— J'étais en rogne, Audrey.

— Eh bien, ça t'est vite passé, non ? »

Son regard s'est allumé de nouveau.

« Audrey. »

Elle a secoué sa robe entre ses jambes.

« Tire les rideaux », elle a dit.

Ça devenait ridicule. Pendant tout le temps, elle n'a pas arrêté de me regarder comme si on était en train de se la donner devant toute la clientèle du pub à la soirée karaoké du mercredi plutôt que sur le canapé qui se déplie au cas où on aurait des invités surprise. Ce qui n'arrive jamais. En pleine action, j'ai eu l'impression de m'égarer, mais enfin, elle avait l'air plutôt satisfaite. Après, il a fallu que je me redresse pour reprendre mon souffle. Elle est restée vautrée, les jambes sur les miennes, à balancer ce qui restait de son whisky sur sa non négligeable bedaine. Trois heures et demie un mardi après-midi. Il y avait anguille sous roche.

« Alors, qu'est-ce que tu veux que je leur dise, Al ? a-t-elle demandé en prenant une gorgée, avec un sourire satisfait. Aux policiers ?

— Je ne veux pas que tu leur dises quoi que ce soit. Il n'y a pas grand-chose à dire, si ?

— Eh bien, on s'est disputés, on est sortis chacun de notre côté, moi en ciré jaune, toi en rogne. Voilà ce qu'il y a à dire.

— Je ne vois pas en quoi c'est nécessaire de parler de la dispute.

— Je ne vois pas en quoi c'est nécessaire de parler de tout ça. Franchement, je ne suis pas le sosie de Miranda, si ? »

Elle s'est poussée en douceur, elle a écarté les jambes. J'ai fait de mon mieux pour ne pas regarder.

« Eh bien, quand t'es emmitouflée dans ton ciré...

— Quoi, elle grossit ou je maigris ?

— Eh bien, de loin, t'as juste l'air d'un être humain, Audrey, comme Miranda, comme nous tous.

— Et de près, Al, je suis quoi alors ?

— Tu veux en venir où, Audrey ?

— Nulle part. Je n'ai juste pas envie que tout le

monde soit au courant de nos petites affaires. T'as vu quelqu'un quand tu me cherchais dehors, en rogne ?

— Non, et toi ? »

Au lieu de répondre, elle a tendu la main et caressé le pauvre vieux Tonto comme un animal de compagnie. C'est Audrey qui l'a baptisé Tonto, parce qu'elle disait que comme Tonto, le guide indien du Lone Ranger, il menait un homme qui refusait de montrer son vrai visage, et le nom est resté. Une chouette explication, même si j'ai toujours pensé que c'était parce que j'avais une fois crié « Hue, Silver ! » à l'arrière de la Humber Snipe de son père. Ça, bien sûr, c'était une réplique du Lone Ranger en personne, mais elle n'a jamais été très calée en westerns, Audrey.

« On n'a qu'à garder ça pour nous, dans ce cas, d'accord ? On dirait déjà un aquarium, ce bled. Tout le monde passe son temps à dégoiser sur tout le monde. »

Elle s'est penchée en travers du lit et m'a fourré sa langue dans la gorge comme si elle avait une anguille vivante dans la bouche. J'ai cru que j'allais étouffer. Je l'ai repoussée. Elle s'est rallongée, toute molle et langoureuse, et s'est essuyé la bouche.

« Ce que je ne comprends pas bien, c'est... »

J'ai hésité. C'était un sujet glissant, étant donné ce qui s'était passé. Je n'avais pas envie d'envenimer les choses.

« Oui, quoi ?

— Eh ben, quand t'es sortie, j'aurais pensé qu'une partie de tu sais quoi, c'était la dernière chose que t'avais en tête. Et pourtant, quand je suis revenu, t'étais...

— Disposée ?

— Extrêmement disposée. Plus disposée que…

— D'habitude.

— On peut dire ça.

— Je l'ai dit.

— Ben je me demandais ce qui t'avait mise dans cette disposition.

— M'étonne. Si tu trouvais la réponse, tu la mettrais en bouteille, hein. » Elle a ri, comme si elle se rappelait quelque chose.

« Alors, tu vas me le dire ?

— Bon Dieu, Al. Cette visite au commissariat t'a transformé en parfait petit Sherlock Holmes. Non, je ne vais pas te le dire, tout simplement parce qu'il n'y a rien à dire. Je suis sortie fumasse, je suis revenue salace. Ça te va ? »

Non, ça ne m'allait pas du tout, putain, mais je n'ai rien dit.

« Va pas te faire de faux espoirs, hein. Ça ne va pas se reproduire tous les après-midi, je te le garantis.

— L'expérience m'enseigne que ce serait hautement improbable.

— Mais pas désagréable.

— Désagréable, non. Déstabilisant, oui. Ça fait deux jours de suite, maintenant. » Je me suis penché sur elle avec un air de conspirateur. Les gens se font des confidences après une petite partie de sport en chambre, et on venait d'en avoir une sacrée. « Allez, Audrey, dis-moi la vérité. Entre toi et moi, t'es allée où, hier ? »

Elle s'est relevée, elle a rabaissé sa jupe. Changement d'humeur.

« Je te l'ai dit, Al. Au phare.

— Pourquoi je ne te crois pas ?

— Je ne sais pas. Pourquoi ? »

Parce que j'y étais, en train de pousser quelqu'un dans le vide, voilà pourquoi.

Je suis sorti déplacer la voiture. Il y avait un sac sur le plancher arrière. Dans sa hâte de sortir du taxi, le major Fortingall avait oublié ses affaires de jogging. Autrement dit, j'allais devoir les déposer à la caserne. Je n'ai jamais aimé passer là-bas sans y être invité. Mais enfin, comme ça j'aurais peut-être droit au trajet retour. Bien fait pour les Newdick.

J'ai ouvert la portière et je l'ai ramassé, prêt à le mettre dans le coffre. Je ne sais pas pourquoi, vu qu'il m'avait dit ce qu'il y avait dedans, mais je n'ai pas pu résister, pour voir quel genre de crétin c'était. Quand j'ai défait la fermeture Éclair, ils m'ont presque sauté au visage. C'est que c'était compressé, là-dedans : soutiens-gorge en dentelle noire, slips à froufrous, un vrai nid de serpents de bas. Dessous était plié un autre uniforme, bleu foncé, avec tous les petits galons sur la poche poitrine, et dessous d'autres fringues de pouffe, minijupes et chemisiers vaporeux, une trousse de rouges à lèvres et d'eyeliner, une paire de talons hauts, à la Mary Quant, à carreaux noirs et blancs. Pas une Nike en vue.

« Tss, tss, major, major, j'ai fait, en libérant encore un soutif d'une paire de chaussettes réglementaires. La parade prend un sens tout à fait inattendu, mon cochon. »

Je l'ai retourné entre mes mains. Faut une sacrée paire de nichons, je me suis dit, pour remplir un soutif comme ça. Derrière moi, quelqu'un a toussé.

4

Je ne sais pas vous, mais moi, en tout cas, je déteste les surprises : les cadeaux surprise, les anniversaires surprise, les gens qui jaillissent du gâteau, les strip-teaseuses, toutes ces absurdités. Sérieusement, à qui ça profite ? Pas à vous, pas à moi. C'est pareil avec les farces. Quand j'étais petit, il y avait toujours un petit malin pour fixer des bombes de farine sur la porte de la classe, étendre du film étirable sur le marais, vous balancer dans la piscine, ce genre de blagues. Ma réponse à ce genre d'attitudes était très simple. Un coup de genou dans les couilles. Ils ont compris le message.

Audrey ne se gênait pas non plus pour faire quelques petits coups pendables sans prévenir ; le tricot qu'elle avait apporté pour faire un peu de crochet pendant notre lune de miel ; le bronzage orange qu'elle s'était fait faire à Poole, qui brillait dans le noir. Un soir, elle m'a organisé une fête surprise pour mes quarante ans, quand son vieux était encore en vie, dans la salle des fêtes pas loin de chez nous. Elle m'a dit qu'il fallait que j'aille chercher un client là-bas, et quand je suis entré, ils étaient tous là, Audrey et Gil, les

Newdick, les Grogan, les Stockie, la moitié du village, verres d'asti-spumante à la main, en train de brailler *joyeux anniversaire*. Quelle chanson horrible, quand même, *joyeux anniversaire*, qu'est-ce que les gens sont affreux quand ils chantent ça, bouche grande ouverte, tout sourire. À chaque fois que j'entends ça, ça me glace le sang, comme une condamnation à mort qu'on lirait en public, histoire de bien vous rappeler tout le temps que vous avez perdu, toutes les impasses que vous avez prises, tout ce qui a mal tourné dans votre vie, le tout empaqueté avec cadeaux, cartes de vœux et bougies. Pourquoi est-ce qu'ils ne vous aspergent pas directement d'un bidon d'essence, qu'on n'en parle plus ? Au moins, comme ça, vous n'auriez à le supporter qu'une seule fois. Mais non, à l'instant où vous passez la porte, tout sort, et vous devez rester planté là à faire semblant d'être content. Encore un truc que je n'aime pas, de n'être pas préparé. Ça ne m'aurait pas dérangé autant si on m'avait averti à l'avance. J'aurais pu affronter ça, me mettre dans l'état d'esprit adéquat. Mais je ne l'étais pas. Ça m'est tombé dessus sans prévenir, comme une bombe de farine sur le linteau, un nouveau plouf dans la piscine. Alors j'ai fait demi-tour, prêt à déguerpir pour me prendre une murge de trois jours. Et elle était là, Miranda, juste derrière moi. Ce n'était encore qu'une enfant, mais elle était, comment dirais-je, en avance pour son âge, pas seulement physiquement, mais aussi dans sa façon d'interpréter le monde et toutes ses intentions tordues.

« Ne fais pas ça, elle a dit, me fixant avec ses yeux entêtés de petite fille.

— Ne fais pas quoi, ma chérie ?

— Je sais ce que tu penses. Ne fais pas ça. Reste ici. Sois gentil. »

Ça m'a scotché, ça. Je ne crois pas que de toute ma vie on m'avait jamais demandé de faire un truc aussi compliqué. Je lui ai chatouillé le menton.

« Tout ce que tu veux, Petit Singe. Tu le sais. »

Alors je suis resté. Et j'ai été gentil. Bon Dieu ce que j'ai été gentil. J'ai flirté avec toutes les dames, j'ai échangé des blagues avec tous les messieurs. J'ai exécuté mon célèbre petit numéro de danse, à la russe, en lançant les jambes en l'air avec les bras croisés, tandis que tout le monde faisait cercle autour de moi en tapant des mains. J'ai fait un petit discours et quand j'ai eu fini de parler, j'ai donné un gros baiser à Audrey. J'ai été l'âme de la fête mais, putain, c'était du boulot. J'ai dû transpirer une livre et demie de suif tellement j'avais les nerfs à vif. Une fois à la maison, étendus dans le noir, Audrey s'est penchée sur moi : « Eh bien, Alan Greenwood. On dirait que tu t'es bien amusé. » J'ai collé mes lèvres à son oreille.

« Ça, Audrey, putain, j'ai chuchoté, c'était la pire soirée de toute mon existence », et elle a ri, et s'est collée contre moi en me flanquant la chair flasque de son bras sur le visage, et c'est là que ça m'est venu, ce dégoût que j'avais envers elle, pour chaque centimètre carré de sa masse gélatineuse. C'était comme si j'avais soudain l'esprit clair, plein d'une compréhension pure, et j'ai pris part aux réjouissances, la bouche à demi recouverte, riant encore plus fort : le lit entier, la maison entière, putain, le monde entier vibraient de cette rage cristalline. Je crois que je le savais déjà, au fond de moi, comment ça allait devoir se terminer. Elle ou moi. Moi ou elle.

Audrey ne m'avait pas fait beaucoup d'autres surprises par la suite. Jusqu'à la dernière, près du feu.

À présent, les surprises semblaient se succéder à flux tendu.

Je me suis retourné à la hâte. Kim Stockie était adossé à la clôture du jardin. À l'intérieur, sa femme, Gaynor, me fixait par-dessous sa coupe en brosse peroxydée, par la fenêtre de la cuisine, agitant ses bras recouverts de gants en caoutchouc rose dans l'évier. On aurait dit qu'elle était en train de noyer des chatons. Elle a un œil qui dit merde à l'autre, Gaynor, un œil qui ne peut pas bouger, un peu comme sa propriétaire. Depuis qu'elle a franchi le seuil, jeune mariée de dix-huit ans, dans les bras de son époux, il y a dix ans, elle n'a jamais remis les pieds dehors. Elle touche une pension d'invalidité, mais c'est Kim qui doit s'occuper de tout, promener le chien, faire les courses, même partir en vacances tout seul. Ça, ça me rendrait plutôt jaloux. La liste des exigences d'Audrey, c'est un vrai missel : il y en a une pour chaque jour de l'année, mais jamais une aussi plaisante que celle-ci. Quand viennent les vacances, Audrey trouve toujours le moyen de faire des efforts. Jusqu'à ce qu'on arrive sur place. Un point c'est tout. Après, c'est la reprise du service ordinaire, mais huit étages plus haut, avec la TVA par-dessus le marché.

« Je voudrais te dire un mot, Al, il a dit.

— Ah ouais ? »

J'ai jeté le soutif en vitesse et j'ai fermé la porte. Je ne pensais pas qu'il avait vu quelque chose mais, avec

Kim, on ne pouvait jamais savoir. Il était malin, ce petit con. « Qu'est-ce qu'il y a ? La Peugeot fait encore des siennes ? » Je me suis approché. « T'as entendu pour Miranda ? Ted Grogan se fait un sang d'encre. »

Il a haussé les épaules.

« Ça lui apprendra à fourrer son nez dans les trucs qui le regardent pas, hein. Elle s'est barrée, c'est tout. Elle va se repointer tôt ou tard. »

Il m'a toisé, comme pour me forcer à prendre parti. Je n'ai rien dit.

« Bref, je suis pas là pour parler de Mandy. »

Il a agité un doigt dans ma direction. Il n'était pas très vif, mais il avait de grosses mains rouges, comme du poisson dépecé.

« Audrey est passée hier. Elle était dans tous ses états.

— Audrey ?

— Dans tous ses états, qu'a dit Gaynor.

— T'étais pas là, toi ?

— Bien sûr que non. J'étais au boulot.

— Ah oui. » Le boulot, dans le dictionnaire de Kim, avait une définition très vaste. « C'était quand ?

— Dans l'après-midi. Elle voulait savoir si on avait du whisky. Tourneboulée, qu'elle a dit qu'elle était, Gaynor, comme un chien enragé. Une demi-bouteille, qu'elle nous a tapée, hein, une demi-bouteille. J'aime pas ça, les gens qui débarquent sans prévenir. Gaynor, ça lui a pas plu non plus, elle a tout crotté avec la boue sur ses chaussures. Qu'est-ce qu'elle avait besoin d'une demi-bouteille de whisky, Audrey ? Elle se bourre la gueule en plein après-midi, maintenant ?

— Non, bien sûr que non », j'ai protesté, même si déjà, en le disant, je me faisais l'observation qu'il n'avait peut-être pas tort. À la réflexion, non, il n'avait pas tort. Audrey picolait sec ces temps-ci, y compris l'après-midi. En fin d'après-midi, certes, mais l'après-midi quand même. Comme j'avais d'autres soucis en tête, je n'avais pas vraiment fait gaffe. C'était un développement intéressant. Picoler trop, ça mène à toutes sortes de conséquences indésirables : perte d'appétit, problème d'estime de soi, puis, une fois de temps en temps, une chute dans l'escalier. Un pavillon sur deux étages, c'était peut-être ça, la solution à mon problème. Le faire construire, pousser un petit coup Audrey, l'enterrer et porter plainte contre les entrepreneurs pour négligence. Ça m'attirerait énormément de sympathie, un coup pareil. Je m'entendais déjà, tout digne et pontifiant. « Elle voulait une belle vue, maintenant elle a la plus belle vue du monde, la vue des cieux. » J'ai fourré ma main dans ma poche et sorti mon portefeuille. Il a secoué la tête.

« C'est pas une question d'argent. »

C'est ça, oui. Avec Kim, c'est toujours une question d'argent.

« Je sais bien, mais je te suis sur ce coup-là. Je vais être franc, Kim. Je m'inquiète un peu pour Audrey, ces temps-ci. Elle est à cet âge où… Je lui ai conseillé d'aller voir le médecin, mais… » J'ai fait un haussement d'épaules viril. Il a hoché la tête avec sympathie.

« Allez, dis-moi, combien ? »

Ça se voyait qu'il faisait ses petits calculs dans sa cervelle. Dix livres pour le whisky, et un petit quelque chose pour le préjudice moral, pas trop, mais pas trop peu.

« Quinze, ça devrait aller.

— Va pour vingt. Tu boiras un coup à ma santé. Mes excuses à Gaynor. »

Kim a fait un large sourire. Il a un visage curieusement plat. La rumeur dit que son père l'a cogné avec un fer à repasser quand il était petit. Ça ne m'étonnerait pas du tout.

« Tu vas à la pêche au homard, cette semaine ? Je te donnerai un coup de main si tu veux, si je suis libre. »

Il me fallait toujours aller sous cette falaise.

« Mercredi. Mercredi matin. Vers six heures et demie.

— Je serai là. Et si t'as des nouvelles de Miranda, tiens-moi au courant, hein ? C'est une bonne petite. »

Son expression a viré d'un coup.

« Une bonne petite ! Tu sais pas à qui t'as affaire », a-t-il craché en rentrant chez lui à pas lourds.

Je l'ai regardé s'éloigner. À voir ses épaules voûtées, on aurait dit que sa vie lui avait été brutalement retirée de sous les pieds comme un tapis. Qu'est-ce que j'ignorais ? Miranda me disait tout. Lors de ces après-midi dans la caravane, je me sentais presque humain, j'avais l'impression de communiquer enfin avec quelqu'un. On parlait de religion, de politique, je l'ai même initiée à Leonard Cohen ; « Suzanne », « Bird on the Wire », « Songs of Love and Hate », elle était comme moi, elle aimait bien les chansons tristes, ça lui plaisait, toutes ces ténèbres qui s'agitent sous la surface. L'harmonie et la douceur, ce n'était pas dans notre nature. Il nous fallait autre chose. Elle savait tout sur moi, elle savait que je pêchais en dehors des eaux territoriales, et elle comprenait. Elle m'a demandé une fois ce qui nous fait franchir la limite. J'ai pris son doigt et je l'ai placé sur mon poignet.

« C'est ça, j'ai dit, c'est qu'on veut sentir le sang bouillir dans nos veines. »

Elle a hoché la tête. Nous étions, comment dire, en résonance. Et maintenant, qu'est-ce qu'il racontait, Kim, que je ne la connaissais pas, ma Miranda ?

Audrey était debout sur le seuil. J'ai jeté un coup d'œil en direction du sac dans la voiture. Ce ne serait pas tragique, mais je préférais qu'elle ne le voie pas. Elle avait le téléphone à la main.

« Un appel pour toi. Le major que t'es allé chercher à la gare ce matin. » Elle a placé la main sur le combiné. « Fais-lui un peu de lèche, Al. On sait jamais, ça pourrait faire des miracles. Il pourrait t'apporter plus de boulot. Ian peut aller se faire voir. On a besoin d'argent. » Elle m'a passé le téléphone. « Je sors. Tu seras là à mon retour ? »

J'ai hoché, puis secoué la tête. Je ne savais pas où je serais. À peine vingt-quatre heures étaient passées, et je commençais à accuser le coup. Un meurtre, Dieu sait combien de retournements inopinés, et Miranda qui avait disparu. Et pour ce qui est d'achever la vieille, je n'avais pas progressé d'un poil. Plutôt régressé, même. Audrey s'est à demi retournée quand je suis passé devant elle et m'a caressé les fesses. Je l'ai entendue fredonner en partant sur la route. Bon Dieu, du bromure, de grâce. Je me suis éclairci la gorge.

« Major Fortingall. Quel plaisir de vous entendre. Vous avez besoin que je vous dépose à la gare de Wool ?

— Il ne s'agit pas de ça. Vous l'avez ?

— Quoi donc, major ?
— Mon sac. Mon sac de jogging.
— Votre sac de jogging ?
— Oui, j'ai dû le laisser dans votre voiture.
— Ah bon ? »

Je me régalais. Je l'imaginais en train de se tortiller inconfortablement à l'autre bout du fil.

« Oui. Vous l'avez posé par terre à l'arrière. »

Il commençait à s'impatienter. J'ai laissé échapper un bâillement.

« Excusez-moi. Oui, c'est vrai. Mais je ne crois pas qu'il y soit encore. Je vais aller regarder. J'en ai pour une minute. »

J'ai posé le téléphone, je suis sorti, je me suis assis sur le perron et j'ai allumé une cigarette. L'après-midi était lumineux et frais comme s'il avait été suspendu à une corde à linge ; des plis de vert, des taches jaunes, tout était propre et net dans la brise d'été, tout à sa place, la colline en forme de dôme, le large sentier de craie, la pente dans la terre qui descendait vers la mer froide. On n'aurait pas cru qu'il y avait eu une tempête la veille, ni que j'avais poussé une créature dans les bras de son Créateur au beau milieu de celle-ci. Je me suis levé, j'ai ouvert la porte de derrière, pris le soutien-gorge et le sac du major et rapporté le tout à l'intérieur. J'ai repris le téléphone, je suis entré dans la chambre et j'ai jeté le sac sur le lit.

« Désolé, major, je n'ai rien trouvé. Je suis sûr que vous l'aviez sur l'épaule quand vous êtes entré dans la caserne. Peut-être que quelqu'un l'a pris à la base. Vous savez comment ils sont là-bas, maintenant, avec les objets sans surveillance ? Vous devriez aller trouver la sécurité dare-dare avant que le déminage envoie un robot pour le faire exploser. »

Le conseil ne lui a pas plu.

« Ne soyez pas ridicule. Je vous l'ai dit, il n'est pas ici. Je me souviens de l'avoir laissé dans votre taxi.

— Eh bien, il n'y est plus, et il ne peut pas avoir été volé. Je ferme systématiquement la voiture à clef. »

J'ai de nouveau défait la fermeture Éclair et me suis mis à tripoter les dessous.

« Les affaires de jogging, dedans ? Elles ont quelque chose de spécial ?

— Spécial. Heu, non, je ne crois pas. Les trucs habituels, chaussures de sport, short… »

Il a fait une pause, à court d'idées. Je lui ai tendu une perche.

« J'ai amené la voiture à laver, après vous avoir vu. Je le fais presque à chaque course, vous savez. Les clients apprécient. C'est peut-être le garage qui a votre sac. Je peux leur demander si vous voulez ?

— S'il vous plaît. Dès que possible. C'est très embarrassant, mon sac qui disparaît comme ça. Je pars en permission demain. »

La panique montait dans sa voix. L'idée que sa panoplie se baladait sans surveillance ne l'enchantait pas du tout. Étant donné qu'il l'avait apportée à la caserne, la question se posait de savoir où il avait l'intention de la revêtir. Sur le champ de tir ? Dans l'intimité du champ de manœuvres ? Les lundis soir au mess des officiers pouvaient sembler un peu longuets, je suppose.

« Pas de souci de ce côté-là, major Fortingall. Je me ferai un plaisir de vous le rapporter directement chez vous si je le retrouve. Je ne voudrais pas vous priver de votre mise en forme quotidienne, même pendant les vacances. »

Je l'ai entendu bondir sur son siège.

« Non ! Ce n'est pas nécessaire. J'ai des affaires de rechange. Laissez-moi un message et je passerai le prendre la prochaine fois que je viendrai.

— Très bien. Vous n'avez qu'à me donner votre numéro, je vous appellerai s'il refait surface. »

Il a hésité : il ne voulait pas que quiconque apprenne l'existence du sac, mais il voulait le récupérer à tout prix. Finalement, il a craché le morceau. Si je le trouvais dans les deux prochains jours, je ne devais pas l'appeler après huit heures. Si je le trouvais plus tard, je ne devais pas l'appeler du tout. Il m'appellerait à son retour. Très révélateur.

Il a raccroché. J'ai composé le numéro. Une voix de femme a répondu, jeune, amicale, énergique.

« Madame Fortingall ?

— Elle-même.

— Est-ce que je pourrais vous laisser un message pour votre mari au sujet de quelque chose qu'il a égaré ?

— Égaré ?

— Oui. Je m'appelle Greenwood. Il croyait avoir oublié son sac dans mon taxi. J'ai bien peur de n'avoir pas pu le retrouver. Si vous pouviez juste lui transmettre ce message.

— Je suis désolée, mais je ne vous suis pas. Je n'étais pas là ces derniers jours. Vous parlez de son attaché-case, ses affaires de travail ?

— Non, non. Son sac.

— Un sac ? Quel genre de sac ? »

Sa voix avait changé. Une petite touche d'Inquisition espagnole.

« Juste un sac. Avec des affaires de jogging.

— De jogging ? »

C'était le moment de serrer la vis.

« C'est ce qu'il m'a dit. Il devait aller courir après son rendez-vous.

— Courir ? » Elle commençait à se répéter, la petite chérie. « C'est moi qui cours. » Une fana de jogging. Quel dommage. Mais enfin, la même règle s'appliquait. Tant qu'elle avait des nichons passables.

« C'est peut-être votre sac, alors ? »

Peut-être que j'avais mal jugé le major, après tout.

« Non. Le mien est dans le couloir. Je partais justement pour ma séance quotidienne.

— Et c'est une bien belle journée pour ça, madame Fortingall. J'aimerais bien avoir le temps d'en faire autant. Y a rien de mieux que de courir avec une brise marine bien fraîche dans la figure. Dites à votre mari que si je trouve quoi que ce soit, je lui déposerai. Vous êtes aux baraquements des officiers, derrière la rue principale ?

— Chevening Road. Numéro 32. Je suis sûre qu'il vous en serait très reconnaissant. »

Oh que oui : il en pleurerait de gratitude.

J'ai raccroché. Pauvre Mme Fortingall. Elle ne méritait pas un tel traitement. J'ai pris le sac pour mieux regarder son contenu. Pour être honnête, j'espérais un bénéfice financier. J'ai tout renversé sur le lit : six soutiens-gorge, six petites culottes, trois pulls en laine côtelée, une pile de tee-shirts, des collants fantaisie, deux paires de ces trucs trois quarts qui s'arrêtent à mi-cuisse, un résille, un autre avec des petits papillons noirs amovibles. *Oh là là.* Un des hauts, un petit machin décolleté avec un joli petit nœud, m'a fait penser à Miranda. Elle portait un truc qui ressemblait beaucoup à ça, la dernière fois qu'on était allés à la caravane. C'était quoi, quatre semaines avant que tout ça ait démarré. Je venais de prendre ma décision au sujet d'Audrey – le comment et le quand, je récapitulais les ramifications, tous les problèmes potentiels, et je n'étais pas dans mon état normal. Miranda était un peu agitée elle aussi. Elle avait dévoré tout un paquet de biscuits en parlant à toute vitesse. J'avais du mal à me concentrer, je regardais par la fenêtre le point où les champs plongeaient vers la falaise. Ce n'était pas bien loin de l'endroit où j'avais décidé de mettre mon plan à exécution.

Elle n'arrêtait pas de poser des questions, cet après-midi-là. Est-ce que je regrettais de n'avoir pas eu d'autres enfants ? Qu'est-ce que ça nous faisait, à tous les deux, que Carol vive à l'autre bout du monde ? Elle l'admirait, Carol, d'avoir sauté le pas, d'avoir fait ce qu'elle avait à faire, même si elle comprenait que ça avait dû être difficile pour elle, de nous abandonner. Je n'avais rien dit, mais je me rappelle m'être fait la réflexion que, d'après moi, ça ne lui avait pas posé le moindre problème, à Carol. J'avais toujours pensé que si Carol traînait à Earl's Court, c'était dans le seul but de coincer le premier Australien à peu près potable pour foutre le camp avec lui, à Sydney, Melbourne ou dans son patelin, quel qu'il soit. C'était délibéré. Il suffisait de regarder les mecs avec qui elle était sortie : des Australiens, des

Canadiens, cet abruti de Néo-Zélandais qui vouait un culte à Tolkien. Un seul Britannique, et il avait fait une chute en montagne.

Les enfants uniques, Miranda n'avait que ça à la bouche ce jour-là. Des questions, et encore des questions. Carol, elle ne s'était pas enfuie avec un homme marié, finalement ? Non, il n'était pas marié. Il était *sur le point* de se marier.

« Oui, enfin, le principe est le même, non, avait-elle insisté. Ça n'a pas dû vous ravir. »

Je voyais où elle voulait en venir. J'ai posé la main sur la sienne. C'était agréable, d'être une figure paternelle, de donner des conseils.

« Miranda, ma chérie, tu as peut-être envie de t'enfuir avec Kim mais, crois-moi, il ne partira jamais, Kim, quoi que tu puisses lui promettre. Il ne peut pas. Je ne parle pas de Gaynor, là, je parle de Kim, son caractère, qui il est. Il est à peu près aussi capable de partir d'ici qu'un de ses homards de prendre sa coquille et de s'échapper de ses filets.

— Je le sais bien. Je l'ai toujours su. »

Ses yeux se sont baignés de larmes, tout d'un coup. Elle a sorti un mouchoir, un de ceux que je lui avais offerts pour son dix-huitième anniversaire, avec un *M.* doré brodé dans le coin, et s'est mouchée.

« Bon Dieu, j'ai dit. Regarde-nous un peu, assis dans cette caravane miteuse, moi qui frise la cinquantaine, toi qui vas avoir vingt-trois ans, à regarder le monde extérieur comme si on était en prison.

— Peut-être qu'on l'est. Peut-être qu'il est temps de s'évader, de droguer un gardien, de sauter par-dessus le mur et de commencer une nouvelle vie au Brésil ou en Nouvelle-Galles du Sud. »

Elle s'est levée et s'est mise à rincer les tasses. J'aurais pu l'embrasser. J'aurais pu la prendre dans mes bras, la retourner, là, sur-le-champ, et lui dire ce que je m'apprêtais à faire : me libérer, repartir à zéro. Je l'emmènerais, si elle voulait. On pourrait partir ensemble. Je l'installerais où elle aurait envie. Elle pourrait faire tout ce qui lui chanterait, ça me serait égal. Je prendrais soin d'elle, c'est tout, j'assurerais ses arrières. Mais je n'ai rien dit. J'ai pris un torchon et j'ai essuyé la vaisselle, pendu les tasses à leurs petits crochets de cuivre.

« Pas moi, Petit Singe. Le Brésil ? Je ne saurais pas par où commencer.

— Quoi, avec toutes ces femmes à moitié nues qui paradent le long du Copacabana ? »

J'ai mis l'index sur mes lèvres, comme dans une mauvaise pièce de théâtre.

« Tais-toi donc. Audrey va t'entendre. Elle a des antennes spéciales pour ce genre de mots, comme un moustique écossais qui cherche des campeurs. Des femmes à demi nues ! J'ai même plus le droit d'acheter le *Sun* ! », et elle a ri – le rire de Miranda : tout son corps riait avec elle, les membres et les yeux, tout partait comme un moteur tous gaz ouverts. Ça donnait envie de sauter à bord, juste pour sentir vrombir la puissance de l'engin.

Je souriais à ce souvenir lorsque quelque chose qui dépassait de la poche intérieure du sac de sport m'a attiré l'œil. Un mouchoir, un petit mouchoir blanc, avec le fil du monogramme qui brillait comme un phare. Je l'ai sorti à demi, et je me suis aperçu qu'il y avait un truc enveloppé à l'intérieur, une broche, peut-être, ou une boucle d'oreille. Je l'ai déplié. Au milieu, il y avait une dent de sagesse, affreuse, avec une énorme fourchette sanglante au bout, comme une racine de mandragore, les bouts tout noirs de sang séché et de lambeaux de chair. Les côtés étaient éraflés là où une pince l'avait arrachée. Elle puait un peu, en plus. Elle aurait été plus à sa place dans la Tour de Londres qu'enveloppée dans de la dentelle irlandaise.

« Al. T'es où, nom d'un chien ? »

Aïe ! J'ai glissé la dent dans ma poche, fourré les vêtements dans le sac et l'ai poussé sous le lit. Je me suis redressé, m'efforçant de prendre un air dégagé, lorsque j'ai remarqué le soutien-gorge noir posé de l'autre côté du couvre-lit, comme une tarentule prête à me sauter aux gonades. Je l'ai roulé en boule et enfoui dans ma poche. L'agrafe m'a égratigné le poignet, mais est-ce qu'il allait tenir en place ? À chaque fois que je le repoussais au fond, il remontait, comme animé d'une vie indépendante.

« Je suis là », j'ai crié, lâchant finalement l'objet. Je sentais mon cœur cogner contre mes côtes. Une dent d'un côté, un soutien-gorge de l'autre, et tout l'attirail planqué sous le lit. Ça demanderait pas mal d'explications, un scénario comme celui-là, pour quelqu'un comme Audrey. Elle est entrée avec un air dégoûté.

« Tu fais la sieste, Al ? Tu te fais vieux ? »

J'ai effleuré ma poitrine. Boum boum BOUM boum BOUM boum BOUM.

« J'allais me changer. Faut que je donne un petit

coup au bassin. Tu rentres tôt. Je croyais que t'allais te promener. »

Audrey a fait le tour du lit. Le sac du major Fortingall a heurté mon talon. Dans ma poche droite, la veuve noire réaffirmait son existence.

« J'étais partie pour, mais je me suis rappelée que tu avais dit que la police allait passer. Je préfère régler ça maintenant que les voir débarquer Dieu sait quand. »

Elle s'est assise, du mauvais côté. Dans ma poche, la femme-araignée se tortillait pour sortir son nez. Je ne sais pas pourquoi, mais j'ai pensé à Sigourney Weaver.

« D'ailleurs, je ne veux pas que tu les voies tout seul. Tu serais capable de dire des bêtises.

— Audrey, je croyais qu'on s'était mis d'accord.

— À quel sujet, au juste ?

— On n'a rien vu. Tu n'as rien vu. Je n'ai rien vu. Tu es allée au phare et je suis sorti te chercher. En rogne. »

Audrey a poussé un soupir méprisant.

« C'est là-dessus qu'on s'est mis d'accord ? Ça me paraît bien compliqué, Al. Je ne vois pas pourquoi on devrait dire qu'on est sorti l'un ou l'autre. Après tout, on n'a *rien* vu, pas vrai ? Moi, en tout cas, je n'ai rien vu. »

Voilà qu'il revenait, ce regard, me mettant au défi de ne pas la croire. Mais où est-ce qu'elle était allée, putain ? J'ai essayé de la raisonner.

« Oui, mais quelqu'un a pu te voir monter au phare. Le sentier est très dégagé. Faudrait pas qu'on te surprenne à mentir, Audrey.

— Oh, non. Ça serait fâcheux. » Elle m'a tapoté le genou. « Très bien, alors. Si ça peut te faire plaisir.

Je suis sortie. Tu es sorti. On n'a rien vu ni l'un ni l'autre. Dommage qu'on ne soit pas sortis main dans la main, cela dit, comme ça on aurait tous les deux un alibi.

— On n'a pas besoin d'alibi. Personne ne nous soupçonne.

— Pas encore.

— Comment ça ?

— Je ne sais pas si t'as remarqué, mais il y a beaucoup de jeunes bidasses au sang chaud dans les parages. Ils passent leur temps cloîtrés, ils n'attendent que ça. Une jeune femme séduisante, toute seule, qui disparaît dans la nature ?

— Quoi, tu crois que… ?

— Je ne crois rien, Al. C'est une simple remarque. Si elle ne réapparaît pas, ils vont se mettre à chercher sérieusement. Et s'ils trouvent quelque chose de fâcheux, un vêtement, un bijou, ils vont recommencer à enquêter, à poser des questions. Dans ce cas, tu crois que c'est une bonne idée, de dire que tu étais dehors ?

— J'étais dehors. Ça ne sert à rien de le nier.

— Si tu le dis. »

Elle a marqué une pause, avancé la tête, baissé les yeux.

« Qu'est-ce que c'est que ça ? »

C'était dit avec légèreté, mais je savais que c'était trop tard, à l'instant où j'ai senti ses doigts sur les tentacules de la bête.

« Quoi ?

— Ça. »

Elle l'a tiré lentement de ma poche, comme s'il était fixé à mon foie.

Elle l'a agité sous mon nez. D'autres femmes m'avaient déjà fait le coup, mais pas exactement dans les mêmes circonstances. J'étais cuit.

« Attends, attends, Audrey. Ne tire pas de conclusions hâtives. Ce n'est pas ce que tu crois.

— C'est un soutien-gorge noir, voilà ce que je crois, taille… 95, bonnet D. Tu vois ? Ça court pas les rues, dans le village. Y en a pas sur les fils à linge, à ma connaissance.

— Les gens laissent les trucs les plus bizarres dans les taxis. Tu le sais bien. Rappelle-toi ce type qui avait laissé sa jambe artificielle sur la lunette arrière. Et le couple de Dagenham qui…

— Oui, oui, je me rappelle tout ça. » Elle l'a reniflé. « Il a été lavé.

— Ah bon ?

— Oui. » Son visage s'est radouci. « Il était sur le siège arrière ? » J'ai secoué la tête, essayant de rester aussi près que possible de la vérité.

« Par terre, sous le siège avant. J'ai pensé qu'il avait dû tomber du sac du major, c'est là qu'il l'avait rangé. Par contre, je frémis à l'idée de ce qu'il peut bien faire avec. Mais on ne sait jamais, avec ces militaires.

— Hmmm. » Elle me l'a tendu. « OK.

— Quoi ?

— Je te crois. Tu l'as trouvé dans le taxi. Je te crois. C'est si surprenant que ça ?

— Eh bien, maintenant que tu le dis, oui. Un soutien-gorge fantaisie dans ma poche, un soutien-gorge comme celui-ci, en plus, je pensais que t'en aurais tiré des conclusions.

— Mais oui. J'en ai conclu que tu dis la vérité.

Et tu sais pourquoi ? Parce qu'il est propre, Al. Il est récemment passé au lave-linge et au sèche-linge. Si t'étais dans le coup, façon de parler, il aurait été porté récemment. Il aurait une odeur, une odeur de parfum, une odeur corporelle, l'odeur de ta salive pleine de tabac. Mais ce n'est pas le cas. Al s'est bien tenu, pour changer. » Elle me l'a tendu de nouveau, avec des pincettes, comme si j'attrapais un congre sur le bateau de Kim. « Alors qu'est-ce que tu comptes en faire ?

— Je ne sais pas trop. »

Je l'ai retourné dans mes mains comme si c'était la chose la plus naturelle du monde. C'était une expérience étrangement libératrice, de caresser les dessous d'une jeune femme devant Audrey.

« Le suspendre au rétro ? Mettre un mot à la poste : "soutien-gorge noir à vendre, récemment passé au lave-linge et au sèche-linge" ? Tu voudras bien dessiner l'annonce ?

— N'en rajoute pas, Al. J'ai une meilleure idée.

— Ah bon ?

— On va le poster. L'envoyer à Ian. On met un petit mot avec, un truc du genre "Votre femme l'a oublié à son dernier voyage. J'en ai eu pour mon argent, signé : un client reconnaissant" ? Ça ne lui plaira pas.

— C'est une idée bien tordue, Audrey.

— N'est-ce pas ? Ça pourrait nuire à leur affaire, s'il croit qu'elle le trompe. Et si en plus il commence à exprimer ses soupçons, elle a un caractère de chien. Presque encore pire que le mien. »

Je ne pouvais pas laisser passer ça.

« Personne n'a un caractère qui arrive à la cheville du tien, Audrey. Ton caractère, c'est de l'acier trempé dans les brasiers du Walhalla. Siegfried lui-même ne saurait te tenir tête, même si Brünnhilde s'offrait à lui sur un plateau dans toute sa gloire.

— Je croyais qu'elle s'était offerte à lui sur un plateau dans toute sa gloire.

— Sur un rocher, Audrey, entourée par les flammes, tous les brûleurs au maximum. Et elle ne s'est pas exactement offerte. C'est son père qui l'a mise là.

— Il s'adapterait bien par chez nous, lui, alors. Et qu'est-ce qui se passe, ensuite ?

— Siegfried remporte le gros lot. Il se fait la belle à la teutonne. Mais ça ne le mène pas bien loin. Y a une autre gonzesse qui lui drogue son verre et se le fait pendant qu'il est dans le cirage, et il finit avec le foie coupé en petits morceaux. C'est étonnamment moderne, le Ring. »

Je ne me suis pas changé. Le bassin n'a pas été nettoyé. La police n'est pas venue. Assis sans rien faire dans le salon, Audrey et moi, nous avons attendu le coucher du soleil. La Fouine a téléphoné pour me rappeler son expédition à Wareham le lendemain à 11 h 45 pile. À sa voix sèche et solennelle, on aurait cru qu'elle avait un chronomètre à la main. Elle voulait que je sois impeccable. Oui, madame la Fouine. Non, madame la Fouine. Des roulettes et des cotons et des drains à salive fourrés dans la bouche de la Fouine. Ça serait sympa, pour changer, tiens. J'ai glissé la main dans ma poche et tâté le mystère.

Vers sept heures, Mme Burgess a appelé pour

annoncer qu'ils n'allaient pas à Rochester, en fin de compte. Brian avait mal au ventre. Je les avais complètement oubliés, pour être honnête, mais ça, ils n'en savaient rien. Ça me gonfle, quand les gens me font ce coup-là, de me planter à la dernière minute. Aucune considération pour les travailleurs, c'est ça le problème du monde d'aujourd'hui.

« Vous annulez vraiment tard, madame Burgess. Faut que je gagne ma vie, vous savez.

— Brian n'a pas fait exprès d'attraper une gastro-entérite, monsieur Greenwood, a-t-elle répliqué, du même ton que si elle me parlait du haut de la selle de son cheval.

— Oui, eh bien, la prochaine fois vous pourriez peut-être lui demander de l'attraper un peu plus tôt, avant que j'aie refusé trois autres courses, qui avaient toutes les boyaux en parfait état de marche. Je suis sûr que le restaurant partage mon point de vue. Une gastro, deux affaires en carafe. C'est pas joli-joli. »

J'ai raccroché brutalement.

« Bravo, a commenté Audrey d'une voix mélodieuse dans la pénombre. T'as une approche très personnelle des relations avec les clients.

— Les clients, Audrey, je les emmerde. Ils n'ont pas tous les droits.

— Ça pourrait être ton slogan, Al : "Les clients, je les emmerde." Tu pourrais peindre ça sur la Vanden Plas, ce serait ta signature, comme disent les commerciaux. »

Plus tard, elle a ouvert une bouteille de rouge et on l'a descendue, un verre après l'autre, sans dire un mot.

On n'avait pas faim. On n'avait pas envie de baiser.

On n'avait envie de rien, même pas de s'engueuler. De temps à autre je jetais un regard dans sa direction ; elle inspectait ses ongles, examinait ses chevilles, regardait par la fenêtre cette fichue colline. Quelque chose avait changé entre nous, mais quoi, difficile à dire. J'avais comme l'impression que je ne pourrais plus jamais la prendre par surprise, que la tuer maintenant serait deux fois plus difficile, pas à cause des conséquences, mais de l'acte en lui-même. La pousser d'une falaise ? Elle me repérerait à cent mètres. Et même si j'y arrivais, ça ne m'avancerait à rien. Je ne pouvais pas la buter maintenant, pas avant de savoir où elle était allée cet après-midi-là. J'essayais d'imaginer ce qu'elle avait bien pu faire, où elle avait bien pu aller pendant ces trois quarts d'heure, pour être obligée de me mentir. C'était vexant de l'admettre, mais ça prolongeait sa vie, cette question. Pas simplement par curiosité, vous comprenez, mais par mesure d'autoprotection. Ce n'était pas prudent, de décider de l'achever en restant dans l'ignorance totale. Si seulement elle était allée au phare. Si seulement je l'avais poussée, rien de tout cela n'aurait eu d'importance. Mais je ne l'avais pas fait, et ça avait de l'importance. Ça en avait énormément. Presque autant que Miranda.

Je n'ai pas dormi. J'ai passé la nuit à fixer les moulures du plafond en faisant des boucles dans tous les sens dans ma tête ; à côté de moi, Audrey, qui avait de nouveau passé une de ses chemises de nuit longues, dormait d'un sommeil calme et régulier, à mille lieues du moindre souci. Quoi qu'elle ait pu faire, où qu'elle ait pu aller, ça n'avait pas l'air de la tracasser. Vous trouvez ça juste ? C'est moi qui avais pris des risques, mais quelle était ma récompense ? Un homme planifie sa vie, il fait du mieux qu'il peut, et le destin s'amuse à tout flanquer par terre. Le destin ou Audrey, difficile à dire. Mais des deux, je savais lequel j'aurais préféré.

5

Le matin, avant qu'Audrey ne soit complètement réveillée, j'ai enfilé mes vêtements de la veille et je suis sorti jeter un œil au bassin. Ça m'avait travaillé toute la nuit. Ça faisait deux jours que je n'étais pas allé vérifier si tout allait bien.

Les carpes, c'était le cadeau que m'avait fait Audrey pour notre vingtième anniversaire de mariage, le seul cadeau d'elle qui m'avait vraiment plu. Les montres, les bracelets, une semaine à Alderney avec vue sur l'ancien camp de prisonniers, je n'en avais rien à faire, mais mes deux trésors à nageoire dorsale, eh bien, je lui en serais éternellement reconnaissant. Elle m'a introduit à un monde merveilleux, ce jour-là.

Elle m'a réveillé tôt, m'a servi une coupe de champagne et une assiette de rognons à la diable, puis, pendant que j'étais encore de bonne humeur, elle m'a emmené dehors. On avait déjà un bassin, mais sans rien dedans, pour ainsi dire, juste quelques roseaux et une nymphe en pierre au milieu, avec une rotule en moins.

« Qu'est-ce que je fais là, mon cœur ? Je sais que

j'ai promis de tondre la pelouse mais je peux pas tout faire.

— Regarde, elle avait dit, dans l'eau. » J'avais regardé, et elles étaient là, rapides, nageant d'un bout à l'autre, avec leur dos bleu réticulé, le rouge orangé profond de leurs joues et leurs flancs, le blanc pur de leur tête. Elles possédaient un tel éclat, des couleurs si profondes, une telle absence d'imperfections – on aurait dit qu'on leur avait passé plusieurs couches d'émulsion de soie. Avec leur brillant, leur lumière, c'étaient les plus jolies choses que j'aie jamais vues. J'avais envie de plonger la main dans l'eau pour les caresser, les sentir glisser entre mes doigts.

« Ce sont des asagi, avait-elle dit fièrement. Une variété très ancienne. Je les ai achetées à Poole la semaine dernière. Le fin du fin, m'a dit le vendeur, élevées au Japon. Elles te plaisent ? Elles étaient pas données. »

Elle était toute nerveuse. Apparemment, Ian et Tina (nous étions encore amis à l'époque) avaient trouvé l'idée catastrophique.

« Si elles me plaisent ? Regarde-les, Audrey, regarde-les ! Tu as eu une inspiration, une inspiration des dieux, voilà ce que c'est. Je pourrais te jeter dedans avec elles, franchement, elles sont tellement parfaites », et je l'avais agrippée, comme si j'allais le faire.

« Lâche-moi, Al, espèce de cinglé », elle avait protesté, mais ça lui avait plu, ça nous avait plu à tous les deux, cette empoignade de vieux amants.

Bien sûr, à l'époque, elle ne savait pas à quoi elle nous avait engagés. Elle pensait que tout ce qu'il y avait à faire, c'était de les jeter dans le bassin, point, mais j'ai vite découvert que c'était loin d'être le cas. J'ai acheté un livre sur elles, je l'ai lu et relu de bout en bout. Ils avaient un pedigree, mes poissons, ce n'étaient pas des vauriens qui barbotent dans les égouts. Ils avaient de l'éducation. Il fallait les traiter convenablement.

La première chose que j'ai apprise, c'est que les carpes sont hypersensibles au stress. C'est logique, quand on y pense. C'est le cas de la plupart des belles choses. Les actrices de cinéma, les top models, le bout chauve de mon pénis. Le stress provoque l'effondrement du système immunitaire des carpes. Si vous stressez une carpe, elle a toutes les chances de développer une infection des branchies et des ulcères. Pour les protéger du stress, l'eau doit être exactement comme il faut, de la consistance voulue, et maintenue à une température constante d'environ 22 °C. Pour cela, il est indispensable d'installer un chauffe-eau électrique aux normes et une sonde pour le contrôler ; puis il faut des pompes à eau, des pompes à air et des filtres à UV ; il faut effectuer des prélèvements toutes les semaines pour vérifier le taux d'alcalinité et le niveau d'ammoniac de l'eau, et il faut la faire passer par un filtre végétal pour absorber les nitrates. Puis il faut observer leur comportement alimentaire, changer leur régime en fonction des saisons, et lorsqu'il faut nettoyer le bassin, ou les ausculter pour éliminer toute maladie, il faut apprendre à les manipuler, en faisant attention à ne pas les fatiguer trop. Alors ça m'a fait beaucoup de boulot, réorganiser le bassin, l'agrandir, construire la chute d'eau, installer tous les filtres et pompes nécessaires. Ça a coûté bonbon, mais je m'en fichais. Audrey aussi. Elle aimait les poissons autant que moi, au début en tout cas. Torvill et Dean, je les ai appelés, à cause de ce bleu pâle sur leur dos, et de leur façon de se mouvoir ensemble, virevoltant l'un autour de l'autre comme les partenaires d'un ballet aquatique sans fin. Mais ça prenait un temps fou. Entre briquer la voiture et m'occuper d'eux, je n'avais pas tellement le temps d'être à la maison et, de toute façon, on ne s'entendait pas franchement à merveille, Audrey et moi, depuis que Carol s'était barrée à Londres retrouver son zonard. Loin de nous rapprocher, Torvill et Dean n'ont pas tardé à nous éloigner. Ça a commencé à l'agacer, Audrey, les heures que je passais devant le bassin, et, je dois l'admettre, j'y passais beaucoup de temps, à les regarder se rapprocher et s'éloigner avec grâce, si constants, si fidèles.

« Regarde-toi, a-t-elle dit un jour, comme je revenais d'une soirée passée à contempler les carpes. Complètement dans la lune, sur ton petit nuage rose. Et si tu me regardais moi, pour changer, si tu remarquais que j'existe ? C'est des poissons, à la fin. Je suis un être humain. Je marche, je parle, je fais ton repassage.

— Oui, mais tu ne peux pas glisser avec la même grâce, Audrey. Esthétiquement, tu n'es pas à leur niveau. De toute façon, ce n'est pas vrai. Je te regarde. Je te regarde en ce moment même.

— Tu me dévisages, Al. Ce n'est pas pareil. C'est ça que tu fais ces derniers temps, tu me dévisages. Dieu sait ce que t'as derrière la tête. »

Dieu le savait très bien, effectivement. Par chance, il était le seul. Ou du moins je l'espérais.

Dès mon arrivée, j'ai su que j'avais eu raison de m'inquiéter. Torvill avait sorti la tête de l'eau, bouche ouverte, branchies écartées. Dean était dans le même état ; il regardait le fondement d'Aphrodite, près de l'île. L'oxygène, ou plutôt le manque d'oxygène. J'ai vérifié la pompe. Il y avait un bouchon dans le filtre. L'eau n'était pas suffisamment aérée. Je l'ai nettoyé, j'ai nettoyé tous les filtres, j'ai décrassé le boîtier et j'ai remis la pompe en marche.

« Désolé, mes beautés », j'ai dit, et, en guise d'excuse, j'ai lancé une petite laitue et je les ai regardées la pousser autour du bassin en grignotant les bords.

Quand je suis rentré, Audrey s'affairait à déposer des gouttelettes de parfum sur le soutien-gorge du major à la table de la cuisine. Elle avait enfilé ses gants de jardinage. Elle avait même mis un petit peu d'herbe dans les bonnets. On doit lui reconnaître ça, à Audrey. Quand elle fait quelque chose, elle le fait à 110 %.

« Un peu d'huile sur le feu en prime, a-t-elle dit en souriant. Tina porte tout le temps ce parfum.

— Comment tu le sais ?

— J'ai aidé Ian à le choisir pour elle à l'époque où on se parlait encore. »

Elle a remis le bouchon sur le flacon Ma Griffe. « Pour un anniversaire.

— Un anniversaire. Tu penses à tout, Audrey. Tu as préparé le mot ?

— Oui. Comme on a dit. » Elle a gloussé. « J'ai un peu imité l'écriture du Doc Holiday. Ça lui apprendra à m'examiner avec les mains froides. Tu reconnais ? »

J'ai regardé par-dessus son épaule. C'est vrai que l'écriture ressemblait un peu à celle de Jimmy Shooter, bien penchée en arrière, comme si les lettres étaient sur le point de s'écrouler. Jimmy, c'était le médecin de la police avant, mais un jour il leur est rentré dans le cul en voiture, un peu bourré. Il n'y a pas eu de poursuites, mais ils ont cessé de faire appel à lui. Ça n'a eu pour effet que de le faire forcer encore un petit peu plus sur le brandy-soda. La camaraderie lui manquait. Pas un ennemi de la joie, le docteur Jimmy. Un gars de la vieille école. Vous voulez manger six œufs frits au petit dej ? Aucun problème. Vous fumez quarante Rothman par jour ? Allez-y, mon vieux. Vous avez un coup de blues ? Allez au pub du coin et mettez-vous-en une bonne. Prenez une aspirine, c'était son mot d'ordre.

Audrey a glissé le soutien-gorge dans une petite enveloppe matelassée qu'elle a tapotée affectueusement, comme si elle envoyait un cadeau surprise à un petit enfant. Même si j'étais un tantinet nerveux, je ne pouvais pas m'empêcher d'admirer sa détermination et son sérieux. J'ai posé une main sur son épaule, et elle a pressé sa tête contre. La méchanceté, ça faisait toujours ressortir le meilleur en elle.

« Je ne dis pas que je n'approuve pas ta tactique, Audrey, mais tu ne vois pas qu'il y a peut-être un défaut fatal à ton entreprise. Faut appeler un chat un chat, Tina, elle ne pourrait pas porter un soutien-gorge comme celui-ci, si ? Elle ne peut pas… »

J'ai fait mine de soupeser l'air de l'autre main.

« Le remplir, tu veux dire ?

— Exactement.

— Je le sais. Tu le sais. Ian le sait aussi, sans doute, mais ça n'a pas d'importance. Il suffit que le doute s'insinue. Il est possessif, ce petit morveux. Il va y penser toute la journée dans sa voiture, se demander où elle est, qu'est-ce qu'elle fait, malgré ses protestations d'innocence, à cause d'elles, probablement. Et qui sait, on trouvera peut-être le moyen d'alimenter ses soupçons les jours suivants. D'ailleurs, les femmes comme Tina mettent souvent du rembourrage, surtout si elles veulent demander une augmentation. Elle serait tout à fait capable de faire ce genre de trucs pour relancer les affaires.

— C'est possible. La première fois que je l'ai vue dans cet uniforme, j'ai trouvé que son maintien avait quelque chose de pas tout à fait naturel. Je l'avais dit, tu te souviens ? Vas-y alors, on n'a qu'à tenter le coup. Qu'est-ce qu'on a à perdre ? »

Elle a glissé la lettre dans l'enveloppe et fermé le rabat.

« Et voilà. La prochaine fois que tu vas à Wareham, glisse-la dans la boîte aux lettres.

— Je peux faire mieux que Wareham. Je vais à Dorchester tout à l'heure. Je la mettrai dans une boîte aux lettres isolée, dans une petite rue. J'emmène Mme Blackstock se faire… »

J'ai laissé ma phrase en suspens.

« Oui ?

— Soigner les dents. » J'ai tâté ma poche. Elle était toujours là. « Bon. Je vais chercher le petit déjeuner. Le café est en train de passer. »

Je suis sorti chercher les petits pains. Heureusement que je n'avais pas pris le paquet. Le monospace de Ian Newdick remontait la route en cahotant, tous phares allumés. Ça, c'est une attitude que je méprise vraiment, conduire en plein jour avec les phares. C'est la faute des Suédois, tout ça, avec leurs Volvo pourries constamment allumées. Peut-être qu'ils sont obligés de tâtonner dans le noir la moitié de l'année, mais nous, vous devinerez jamais, ON VOIT OÙ ON VA. Notez ça une bonne fois sur votre front de Scandinave.

Il a tourné dans l'allée, freiné violemment, envoyant valser le gravier sur les parterres de fleurs d'Audrey. Ça ne lui plairait pas, ça. J'ai entendu le déclic du frein à main tandis qu'il ouvrait grand la porte et sautait de la voiture. L'uniforme n'était plus aussi fringant, maintenant. Le pantalon brillait un peu trop au niveau des genoux et les poches de la veste commençaient à bâiller. Il était grand, Ian, grand comme une grande perche, mince et noueux. Il avait même de grandes oreilles. Il agitait sa petite casquette pointue en l'air, comme s'il essayait d'éloigner une guêpe.

« Al. J'ai deux mots à te dire. »

Encore un. Moi, tout ce que j'essaie de faire, c'est d'aller mon petit bonhomme de chemin, mais partout où je me tourne, je rencontre des résistances.

« Tout le monde a deux mots à me dire, ces temps-ci, Ian. C'est quoi les tiens ?

— Je vais te le dire, ce que c'est. J'ai reçu une plainte.

— Pour la conduite de Tina ? Ne dis pas que je ne t'avais pas prévenu.

— Te fous pas de ma gueule. Le major Fortingall. T'es allé le chercher à la gare hier.

— Pour te rendre service, si je me souviens bien, même si je ne me souviens pas d'avoir été remercié.

— Il dit que tu as volé ses affaires de jogging.

— J'ai volé quoi ?

— Il dit qu'il a laissé son sac dans ta voiture et que, pour une raison mystérieuse, tu refuses de le rendre. Il a appelé pour se plaindre. Une demi-heure au téléphone. Il dit que tu as été très sarcastique en plus. Il menace d'aller porter plainte.

— Qu'il y aille donc. Ça m'est égal. Tu crois que les flics s'intéressent à un sac à dos pourri ?

— Eh bien moi, je m'y intéresse. Je tiens à ma réputation, même si ce n'est pas ton cas. Je vais pas te laisser nuire à l'image de mon affaire. »

Il respirait par le nez, prêt à en découdre. J'ai pensé au paquet sur la table de la cuisine. Les jours suivants ? Je pouvais alimenter ses soupçons immédiatement, avant même de le mettre à la boîte.

« Je te rendais service, Ian, c'est tout. Si tout ce que ça me vaut, c'est de me faire engueuler, la prochaine fois que tu viens me supplier, je serai peut-être pas si disponible. Vous étiez pris tous les deux, hier ?

— Bien sûr qu'on était pris. Je ne refuse pas des clients réguliers à la légère.

— C'est juste que je croyais avoir vu la Hitachi de Tina garée sur l'aire de repos, sur la petite route ce matin-là. C'était peut-être pas elle, bien sûr. Mais on aurait dit sa voiture. J'ai klaxonné en passant, mais elle avait la tête baissée, comme si elle cherchait quelque chose dans la boîte à gants, alors je ne suis pas certain. »

Ça lui a coupé le sifflet. C'était un haut lieu de

la bagatelle *al fresco*, ce coin, même si en général c'était plutôt après la tombée du jour, quand les pique-niqueurs étaient partis. Ian a épousseté les épaules de son costume, comme s'il venait de remarquer un dépôt de pellicules tout frais. Je dois lui accorder ça, à Audrey. Elle a une petite caboche d'une méchanceté réjouissante.

« Ça ne pouvait pas être Tina. Elle était en route pour Winfrith. Elle est partie presque toute la matinée.

— Eh bien, quelqu'un a une voiture exactement comme la vôtre dans le quartier. » J'ai fait un geste conciliant. « Écoute, Ian, je ne sais pas si tu connais bien ce major Fortinbrass, mais c'est un petit salaud qui se la pète. Il était de mauvaise humeur dès l'instant où je suis arrivé, c'est tout juste s'il ne m'a pas reproché le retard de son train. Il n'a pas décroché un mot de tout le trajet. Il est parti sans un remerciement. Maintenant il appelle et il raconte à tout le monde qu'il a oublié son sac dans ma voiture, mais moi je te dis que non. J'ai demandé au garage, juste au cas où les gars l'aient sorti pendant qu'ils nettoyaient l'intérieur, mais, à part ça, je n'ai rien à voir là-dedans. Si je le retrouve, je l'appellerai. Dis-lui… Dis-lui de se détendre le string. Et je te remercierais de me montrer un peu de considération. Sérieusement, dis-moi un peu, qu'est-ce que tu veux que je foute de son sac pourri ? Est-ce que j'ai l'air d'un mec qui a envie d'enfiler le short plein de sueur d'un autre type ? Maintenant, si tu m'excuses, j'ai une boîte à faire tourner. »

Il est remonté en voiture et il est reparti sans ajouter un seul mot. Il était arrivé gonflé à bloc, il était reparti tout mou et vidé. Je t'en foutrais, moi, des Néobites. En même temps, qu'est-ce qu'il pouvait faire d'autre ? Fouiller la maison ? Lever les lames du plancher ? Regarder sous le lit ? Le lit ! J'avais oublié ce qui était toujours caché dessous. Je n'avais pas eu le temps de le retirer, pas avec Audrey qui rôdait comme le fantôme des Noëls fâchés. Par chance, fouiner n'était pas son fort, en particulier si elle était obligée de se pencher. Elle avait une approche minimaliste de toutes ses tâches domestiques. Quand je lui ai acheté le lave-vaisselle, son premier réflexe, ça a été de balancer tous les ustensiles qu'on ne pouvait pas mettre dedans, les casseroles en cuivre, les verres en cristal, les couteaux à poisson à manche d'ivoire qui nous venaient de ma mère. À la poubelle, tout l'attirail. Vlan. Astiquer, nettoyer, cirer les carreaux de la cheminée, elle ne fait tout ça qu'à contrecœur, sauf quand il s'agit de son précieux caleporte, qui ne sert à rien à part à trébucher dessus. On a mis un agrandissement d'une photo couleur de Torvill et Dean sur la cheminée, prise avec un appareil étanche que j'ai racheté à Kim, eh bien, le nombre de fois où on s'est pris le bec à cause de la poussière sur le cadre…

Il était tard quand on s'est enfin attablés, mais au moins on était revenus à la normale pour ce qui est du menu. Petits pains frais, beurre irlandais et confiture de cerise pour moi, muesli et lait écrémé pour elle. Elle avait remis ses habits de tous les jours, marron avec des fanfreluches, son look Laura Gulag, comme je l'appelle. Le petit paquet pour Ian Newdick était posé au milieu de la table comme un bouquet de fleurs, mais avec un parfum plus puissant. J'ai fait mine de le toucher, mais elle m'a donné une petite tape sur la main.

« Pas avant d'avoir mis tes gants de chauffeur, Al. Pas la peine de prendre des risques. »

Je lui ai raconté ce que j'avais dit à Ian. Elle était ravie.

« Ce qu'il nous faut maintenant, c'est trouver quelqu'un qu'il ne connaît pas et le faire réserver un taxi en insistant pour que ce soit Tina. Mais pas tout de suite. Dans une semaine, quelque chose comme ça. Tu connais quelqu'un qui pourrait s'en charger ? »

J'ai réfléchi un instant. Jacko le Dingo le ferait si on le payait pour. Et ça lui plairait, en plus. Il avait croisé Ian à la caserne, mais Ian ne lui avait certainement pas adressé la parole. Il avait dû se comporter comme toujours quand il porte cet uniforme : comme s'il avait un balai dans le cul.

« Oui, en fait.

— Un type de confiance ?

— Comme un crabe à une seule pince. Mais il la bouclera si je lui raconte ce qu'on veut faire. Ça va l'amuser. »

Audrey a fait un grand sourire. Pour être honnête, je commençais à avoir des doutes sur toute l'entreprise. J'avais déjà suffisamment d'incertitudes à gérer sans m'amuser à laisser traîner des dessous de provenance douteuse dans la nature. Le mieux, c'était que je fasse semblant de le poster, mais que je le remette dans le sac. En plus le major me devait bien quelques explications.

Le gravier a crissé de nouveau. Oh non, pas encore Ian, bon Dieu. Audrey a regardé par la fenêtre.

« Ils sont là, a-t-elle annoncé.

— Qui ça ?

— À ton avis ? »

Elle a attrapé le paquet à l'aide d'un torchon et l'a poussé dans le placard du haut, où je range la nourriture des poissons.

« Tu te souviens qu'on s'est mis d'accord, hein ? »

Si elle m'a entendu, elle n'a pas répondu. La porte s'est ouverte, il y a eu des murmures polis, des bruits de pieds qu'on essuie.

« La police est là, mon chéri », a lancé Audrey.

J'ai avalé une dernière gorgée de café et je suis allé dans le salon. J'étais content, en un sens. J'avais envie qu'ils retrouvent Miranda saine et sauve, qu'ils m'ôtent ce poids des épaules. Je ne voulais pas qu'elle repose au bas de la falaise, je ne voulais pas avoir son sang sur les mains. Ils étaient deux, l'agent Pieds-Plats, également connu sous le nom d'agent Dave Stone, et l'inspecteur Rump. *Rump* : cul, quoi. Je l'avais vu deux ou trois fois au Spread Eagle, il dînait avec sa bourgeoise. Du gâchis, si vous voulez mon point de vue. C'est vrai quoi, vous dînez avec la bourgeoise tous les soirs. Si vous voulez vous offrir une vraie sortie, dînez avec quelqu'un d'autre, pour changer, avec quelqu'un à qui vous pouvez parler.

« Adam Rump, a-t-il dit, d'une voix aimable, en tendant la main. Enchanté. »

Moi aussi, vieux. Il avait bien une tête de cul : rondouillard, avec de gros yeux ronds dans une grosse tête ronde, les pieds plantés dans le sol comme un vrai quadrupède. Pas facile à faire basculer, à première vue. Audrey a donné une petite tape sur un coussin du canapé et lui a adressé son sourire des grands jours. Par-dessus le marché, elle s'était passé une couche de rouge à lèvres. On aurait dit qu'elle venait de planter les dents dans le cou d'une jeune vierge.

« Vous voulez du café, inspecteur ? Je viens d'en faire. »

Je venais d'en faire, mais j'ai laissé pisser.

« Avec plaisir, madame Greenwood. Deux sucres, si vous voulez bien. »

Audrey s'est frotté les mains comme si elle venait de remporter la tombola de l'église. J'ai fait signe à l'inspecteur de s'asseoir. Pieds-Plats pouvait s'installer où ça le chantait. En s'asseyant, Croupion s'est remonté les parties de la main droite. C'est curieux, cette façon qu'ont certains hommes de faire ça en public sans sourciller le moins du monde. Ils s'imaginent qu'on ne les voit pas, ou quoi ? Audrey est revenue avec le plateau laqué, deux tasses et soucoupes, et un paquet de petits-beurre. Si j'avais été lui, je l'aurais arrêtée sur-le-champ.

« Alors, comme ça, vous aimez les poissons ? » Elle ne s'attendait pas à un échange de politesses.

« Pardon ?

— Je n'ai pas pu m'empêcher de remarquer la photo au mur, le motif de ces coussins, la décoration en verre sur le buffet. Vous devez les aimer pour avoir un objet de cette taille. »

Je suis intervenu :

« C'était une paire, mais Audrey a fait tomber l'autre. C'est du verre plein. Comment ils ont fait pour obtenir toute cette variété de couleurs, ça me dépasse.

— Ça doit peser son poids.

— Celui qui m'a atterri sur le pied, en tout cas, oui. Je les ai achetés à Tenby. C'était un hommage aux spécimens vivants dehors. »

Il s'est penché en avant.

« Vous êtes un passionné des koi ?

— Et comment.

— Qu'est-ce que vous avez ?

— Deux asagi dans le jardin. Torvill et Dean, je les appelle, à cause de leur couleur.

— À cause qu'il est un peu cintré, oui », a ajouté Audrey.

Il lui a fait un grand sourire. Il y avait autant de dents en or dans sa mâchoire que de pépites dans le Klondike.

« Moi, c'est les kohaku que je préfère. Regardez. »

Il a sorti une photo de son portefeuille. Ils étaient deux, dans un filet à demi sorti de l'eau, avec des taches rouges qui dansaient sur le dos.

« Je les présente en public, ces deux-là. Des spécimens adorables. Regardez un peu le motif superbe des quatre taches. Celui-ci, il a gagné le Koi de bronze du Dorset et du Hampshire, l'été dernier. »

J'étais un peu déconcerté. Ma petite avait disparu, Dieu sait ce qui lui était arrivé, et lui, il déblatérait sur ses poissons. En même temps, je ne pouvais pas le blâmer. Ils étaient magnifiques, gracieux et élégants, mais en même temps forts et dominants. Quel alliage. Ça m'a rendu un peu jaloux. Je lui ai rendu la photo. « Superbe. Mais vous n'êtes pas venu pour parler poissons.

— Malheureusement non. » Il a rangé la photo. « Vous savez sans doute ce qu'on fait là. Miranda Grogan ? Personne ne l'a vue depuis dimanche après-midi et elle n'a contacté personne non plus. Elle ne répond pas au téléphone. Ses parents s'inquiètent, c'est compréhensible.

— Et vous ?

— Franchement, je ne me fais pas tant de souci que ça. Si je récupérais une nouvelle carpe à chaque fois qu'une jeune femme disparaît sans crier gare pour refaire surface deux jours après, il faudrait que je me construise un nouveau bassin. Mais enfin, ça ne lui ressemble pas, d'après eux. De ne pas donner signe de vie.

— C'est une fille pleine de vie », Audrey a pressé ses mains l'une contre l'autre en le regardant droit dans les yeux. Nous savions tous ce qu'elle voulait dire. Ce n'était pas bien de sa part, de débiner Miranda comme ça, quand elle n'était pas là pour se défendre. L'inspecteur Rump a sorti un carnet et un stylo puis s'est lancé de nouveau.

« Elle travaillait à la NAAFI, si j'ai bien compris.

— C'est exact.

— Comme vous, madame Greenwood. »

Audrey a fait la grimace. Cela fait partie des réalités qu'elle n'aime pas qu'on lui rappelle.

« Seulement le week-end. En fait, je fais seulement ça pour donner un coup de main. C'est important pour le village d'aider la caserne.

— Et ce week-end ?

— J'y étais samedi midi. »

Il a hoché la tête. Ses yeux ont dérivé sur la photo posée sur la cheminée. J'avais mis un cadre classieux, tout doré, ciselé, comme pour une toile de maître, avec un spot dessus… Torvill et Dean vous regardaient avec la bouche ouverte, comme s'ils étaient en train de chanter à pleins poumons.

« C'est une photo récente ?

— Elle remonte à dix-huit mois. Ils avaient déjà bien pris leurs marques.

— Il leur faut un moment pour s'acclimater, pas vrai ? Bassin chauffé ?

— Ça me ferait mal de les garder dans l'eau froide !

— Vous seriez étonné du nombre de gens qui le font. Mais revenons à Mlle Grogan. À la cantine, madame Greenwood, est-ce qu'elle a des amis intimes ? À l'insu de ses parents, peut-être ?

— Je ne crois pas, mais je ne le saurais pas si c'était le cas. C'est une employée. Nous, les bénévoles, on ne se mélange pas avec eux.

— Par contre elle a travaillé avec vous, monsieur Greenwood, pendant un moment, d'après ce que je sais. À peu près un an. » Il a tapoté son carnet avec son stylo. Il appliquait la procédure, c'est tout.

« Sept mois. Sept mois et cinq jours, pour être exact.

— Pourquoi ? Ça ne lui convenait pas ?

— Si, elle aimait beaucoup travailler ici, la conduite, les clients. Même nourrir les poissons. Tous les vendredis, elle les nourrissait, quand elle passait chercher sa paie.

— Oh. C'est un moment précieux, non ? Vous leur donnez quoi ?

— Rien de spécial. Pâtée, croquettes. Elles aiment bien la laitue. »

Il a approuvé. « Vous avez déjà essayé les oranges ?

— Les oranges ?

— Oui, vous les coupez en deux pour qu'elles puissent sucer la chair. »

Sucer la chair. L'idée me plaisait. Audrey a toussé. J'ai repris le fil.

« Non, le boulot, ça allait. C'étaient les horaires qui ne convenaient pas. Pour une jeune femme, passer ses vendredis soir à ramener des ivrognes de la Maison du Curry de M. Singh, ce n'est pas une sinécure.

— Pas de problème particulier, sinon, pendant qu'elle travaillait ici ? Personne ne lui témoignait un intérêt malsain ? Personne ne la collait de trop près ?

— Pas que je sache. J'exagère, quand je parle d'ivrognes, inspecteur. Ce que je voulais dire, c'est que…

— Je sais ce que vous vouliez dire, monsieur Greenwood. J'essaie simplement de me faire une idée précise d'elle, c'est tout, de voir quel genre de fille elle est, où elle est susceptible d'être allée. Vous avez une idée ?

— Difficile à dire. Comme ma femme l'a dit, elle est pleine de vie. Si elle s'est engueulée avec Ted, elle a pu se tailler à Dorchester ou Wareham. Elle a plein d'amis à Wareham, des anciennes camarades de classe et tout ça. Et il y a le club de gym. Elle y a travaillé un certain temps, après avoir arrêté les études. Celui que dirige Pat Fowler. Judes, vous devez connaître.

— Judes ? Oh oui, je connais Judes. Ma femme est abonnée. »

J'ai essayé de cacher ma déception. Parfois je me demande s'il existe un individu de moins de trente-cinq ans qui n'est pas abonné à un club de gym de nos jours. Ça rime à quoi, cette obsession du sport ? Deux petites heures de baise correcte par-ci par-là, vous ne croyez pas que ça le ferait aussi bien, à la fin ?

« Oui. Pat lui fait un prix, je crois. Il la connaît depuis qu'elle est petite, comme nous tous.

— Ils sont très liés ?

— *A priori* non. Miranda, elle était en bons termes avec tout le monde, voyez ce que je veux dire. C'était sa nature, gaie et pétillante.

— Était ?

— C'est. Je veux dire c'est. Pourquoi j'ai dit ça ?

— C'est une erreur assez courante, monsieur Greenwood. Mais vous, vous trouvez que c'est inhabituel de sa part, de disparaître comme ça ?

— À mon avis, oui. Elle a pu s'engueuler avec son père, mais comme vous disiez, ça arrive à tout le monde. C'est une fille attentionnée. Ce n'est pas son genre de vouloir l'inquiéter. Ce n'est pas dans sa nature.

— Alors, quoi… vous pensez qu'il s'est passé quelque chose ?

— Il a bien dû se passer *quelque chose.* »

Il a approuvé. Audrey a poussé l'assiette de biscuits vers lui.

« Vous avez réussi à reconstituer ses déplacements, inspecteur ? »

Rump a pris un biscuit et l'a cassé en deux. Il a grignoté les bords, un peu comme Dean avec sa laitue. Sous l'eau, il aurait fait meilleur effet. Il aurait eu l'air plus à sa place.

« La femme de ménage du Spread Eagle dit qu'elle croit l'avoir vue sous l'abribus de l'autre côté de la rue, vers quatre heures et demie. Elle a vu un imperméable jaune, en tout cas, or nous savons que Mlle Grogan en portait un. Le bus était passé depuis un quart d'heure, donc elle s'abritait peutêtre simplement de la pluie. Bien sûr, ce n'était peut-être pas elle, mais elle pense que c'était une femme, malgré la visibilité médiocre. Alors c'est important qu'on découvre de qui il s'agissait pour l'éliminer de notre enquête. »

L'éliminer de notre enquête. À la dérobée, j'ai jeté un regard à Audrey, mais elle hochait la tête d'un air pénétré comme si elle était en train d'écouter Martin Luther Gandhi.

« Je n'ai pas pu m'empêcher de remarquer un imperméable jaune dans l'entrée, madame Greenwood. Vous n'êtes pas du tout sortie cet après-midi-là, par hasard ? Vous n'avez rien remarqué d'inhabituel ?

— Moi ? Grands dieux non. On n'a pas bougé de la journée, Al et moi. »

Inouï ! C'était bien la peine de s'être mis d'accord. Elle arborait un sourire satisfait.

« Toute la journée ?

— Absolument. Il faut être fou pour sortir par un

temps pareil. Fou ou fou de rage. J'ai juste fait un saut chez Gaynor pour emprunter des affaires de cuisine. »

Elle a posé la main sur mon genou. Elle m'a fait l'effet d'un fer à marquer.

« C'était dimanche dernier, pas vrai, Al ? »

J'ai hoché la tête. J'avais la nausée, comme si je venais de faire six tours de grande roue dans une fête foraine.

« Gaynor ? a demandé Rump.

— Mme Stockie, la voisine.

— Tout avait l'air normal chez elle ?

— Eh bien, sa maison est toujours très bien tenue, bien que son mari soit pêcheur.

— Les parents de Miranda nous ont dit que leur fille connaissait bien M. Stockie. C'est vrai ?

— Oui. » Elle s'est de nouveau épousseté les genoux. « Ils sont proches depuis plusieurs années. »

Je suis intervenu.

« Pas la peine de tourner autour du pot, Audrey. Ils sortent ensemble par intermittence depuis trois ans. Ils rendent tout le monde dingue, avec leurs histoires. Ted dit que c'est à ce sujet qu'il s'est engueulé avec Miranda. Elle lui a dit qu'ils se remettaient ensemble. Il a perdu les pédales. Elle est partie en claquant la porte.

— Exactement. Vous savez si sa femme était au courant de cet arrangement imminent ?

— Gaynor ?

— Oui. Elle vous en a parlé, cet après-midi-là ? »

Audrey a reniflé.

« Oh non. On est voisines, mais pas amies. Avec

sa maladie mentale, c'est compliqué. C'est terrible, tout de même. »

Rump a plissé les lèvres, hochant la tête d'un air compréhensif. L'agent Pieds-Plats l'avait manifestement mis au courant des charmes de la maison Stockie.

« D'après vous, est-ce qu'elle est seulement au courant de la liaison de son mari ?

— Tout le monde l'est à part elle, en tout cas. Je suis convaincue que quelqu'un s'est fait un plaisir de l'en informer.

— Et Mlle Grogan ? Elle va souvent là-bas ?

— Chez eux ? Je ne pense pas qu'elle y soit jamais entrée. Kim et Miranda se voyaient à l'extérieur, vous comprenez, vu qu'il était marié. Ce n'était pas une ménagerie. »

Je me suis mordu les joues pour éviter d'éclater de rire.

« Et quand elle travaillait avec vous, monsieur Greenwood ? Vous avez assisté à des missions dans les parages ?

— Pas du tout. Elle était très professionnelle.

— Alors même qu'elle le fréquentait à l'époque ?

— Peut-être qu'elle ne le fréquentait pas. Je crois que c'était une des périodes où ils avaient rompu.

— Y avait-il quelqu'un d'autre ?

— Ça, si c'était le cas, elle ne m'en a rien dit. Mais ce n'est pas son genre. »

Audrey a poussé un soupir méprisant.

« Vous avez dû la connaître très bien, quand elle travaillait pour vous ?

— Eh bien, on avait chacun sa voiture, bien sûr, donc la plupart du temps on était par monts et par vaux, mais oui, ça nous arrivait de bavarder entre deux courses.

— Et les soirs de mariage, jusque tard, a obligeamment ajouté Audrey. Parfois ils ne rentraient pas avant deux, trois heures du matin.

— Est-ce qu'elle se confiait à vous ? Des choses qu'elle n'aurait pas pu dire à ses parents ? »

J'ai menti :

« Non, rien. Ce n'est pas son genre. Elle est très franche. Elle n'a pas de secrets.

— Tout le monde a des secrets, monsieur Greenwood. En particulier les jeunes femmes vis-à-vis de leurs parents. Revenons à dimanche dernier. Vous n'avez pas travaillé du tout ce jour-là ? »

J'ai secoué la tête.

« C'est toujours aussi calme le dimanche ?

— Ces dernières années, oui. J'ai de la concurrence, vous comprenez. Les Newdick. Comme ils sont deux, ils peuvent couvrir plus de terrain. Vous devriez leur poser la question. Ils ont peut-être vu quelque chose. En plus, j'aime bien prendre mon dimanche. C'est le seul jour où je peux avoir Audrey pour moi tout seul.

— Et dimanche dernier. Est-ce que vous avez vu M. Stockie, ce jour-là ?

— Pas que je me souvienne. Vous l'avez interrogé, lui ?

— Oui, oui.

— Et il dit quoi ? »

Adam Rump m'a regardé comme si je venais de poser une question inconvenante.

Audrey est de nouveau venue à la rescousse.

« Oh, ne faites pas attention à mon mari, inspecteur. Dès qu'il s'agit de Miranda, il est très protecteur. C'est sa filleule.

— Officieusement. Nous étions très proches, à une époque, avec les Grogan. »

Rump a rangé son calepin.

« Bon, je crois que c'est tout pour l'instant. Elle va sûrement réapparaître demain, un peu chiffonnée. Merci pour le thé, madame Greenwood.

— Le café.

— Bien sûr. »

Il s'est levé et son regard s'est attardé sur la photo.

« Je ne voudrais surtout pas m'imposer, mais vous croyez que je pourrais leur jeter un coup d'œil ? Je n'ai jamais vu des asagi dans leur environnement naturel. »

Audrey n'a pu dissimuler son agacement.

« Avec plaisir », j'ai dit.

Je l'ai guidé dehors, et nous avons fait le tour de la maison par le petit chemin. C'était chouette, comme manière d'approcher le bassin, le petit chemin bordé de coquillages et de bois flotté que j'avais ramassés sur la plage. Il y avait un côté artistique. Nous nous sommes arrêtés pour contempler le spectacle. J'étais fier du bassin, avec ses fougères, ses rochers et sa petite chute d'eau. En fermant les yeux, on se serait cru au paradis terrestre.

« Très jolie, votre chute d'eau. Elle fait très naturelle.

— Il m'a fallu un mois pour régler l'angle de la chute. Au début, on aurait dit que quelqu'un pissait dans l'eau.

— Pas mal, la figurine, aussi. Le retour à la nature, tout ça. Dommage pour sa rotule.

— J'ai essayé de lui en fixer une autre avec un peu de ciment, mais ça lui donnait l'air d'une paraplégique. Ça fait pas terrible, hein, sur une nymphe. »

Nous avons baissé les yeux. Torvill et Dean exécutaient leur ballet sous-marin. Ils nous avaient entendus arriver. Les voir danser comme ça, ça l'a hypnotisé. La plupart des gens mettent trop de carpes dans leur étang, ils ne leur laissent pas assez d'espace. Ici, elles avaient toute la place. Nous avons dû rester plantés là cinq bonnes minutes, sans dire un mot. Puis il s'est redressé en se tapotant la bouche avec l'index.

« Vous appartenez à un club, monsieur Greenwood ?

— Non, je vois assez de monde toute la journée quand je suis au volant. La paix et la tranquillité, c'est tout ce à quoi j'aspire. Elles me suffisent amplement, toutes les deux.

— Un club, ça peut quand même être très utile, vous savez. Des prix de gros sur la nourriture et les produits d'entretien, par exemple. J'appartiens au club des Croisés de la carpe, à Poole, et on arrive à négocier des réductions vraiment intéressantes. On a plus de quarante membres.

— Je n'avais pas pensé à cet aspect de la chose.

— On essaie tous de s'entraider en cas de problème. Et il y aura des problèmes, croyez-moi, même si vous faites tout comme il faut. Regardez-moi. Tout d'un coup, absolument sans raison, une de mes goromo a fait une dropsie.

— Une dropsie ?

— Je suis presque sûr que c'est ça. Elle a tous les

symptômes du premier stade de la dropsie. Le corps enflé, les yeux globuleux. »

Audrey après une bouteille et demie de merlot, quoi.

« Qu'est-ce qu'on peut y faire ?

— Pas grand-chose, malheureusement. En général, c'est fatal. Mais les vôtres ont l'air très en forme.

— Oh, elles sont au poil. Elles passent la journée à la salle de sport, hein. »

Il a ri.

« Vous devriez commencer à les montrer. Niveau club.

— Vous croyez ?

— Absolument. Elles le valent tout à fait. Et des asagi, on n'en voit pas tous les jours, en ce moment. Écoutez, pourquoi vous ne passeriez pas un de ces jours pour vous faire une idée ? C'est chaque dernier mercredi du mois. Vous serez mon invité. »

Il m'a donné une carte. Il était secrétaire du club.

« Merci. Je pourrais bien vous prendre au mot. »

Je lui ai serré la main. Entre carpophiles… Puis je l'ai raccompagné jusqu'à l'allée. Quand je suis rentré, Audrey avait ressorti la surprise de Ian. Je lui ai montré la carte.

« Un connard de première, a-t-elle dit en me la rendant. Faut pas s'étonner qu'il y ait de l'insécurité, si sa seule préoccupation, c'est les poissons.

— Il faisait juste son boulot, Audrey. Je l'ai trouvé plutôt sympa, pour un flic.

— Et voilà, c'est les poissons qui parlent. Je parie que tu vas t'inscrire dans son club débile.

— Peut-être bien. Il y a des avantages. Des prix de gros pour la nourriture et le matériel d'entretien.

Mais bref, on s'en fout de tout ça. C'était quoi tes conneries, là, "on n'est pas sortis de la journée", etc. ? Je croyais qu'on s'était mis d'accord ?

— Tu t'es mis d'accord tout seul. Pourquoi s'impliquer là-dedans alors que ça n'a rien à voir avec nous ?

— Parce que la Fouine ou une autre vieille bique du même acabit t'aura vue traverser le village et va aller leur répéter. Et là ils vont revenir, et ils voudront savoir pourquoi tu leur as raconté qu'on n'était pas sortis de la journée. Et pourquoi t'as gardé ce sourire débile pendant tout le temps qu'il était là ?

— Il n'y a pas de mal à sourire.

— Tu parles, t'avais le visage complètement figé. Comme une momie. »

Vous voyez, c'est ça le problème avec le meurtre. C'est tellement définitif. On ne peut pas le défaire, et si on a laissé des détails compromettants, on ne peut plus les corriger. Tout ce qu'on peut faire, c'est orienter les regards dans la bonne direction. Pourquoi n'avait-elle pas pu s'en tenir à notre version d'origine ? Quelqu'un était monté sur cette foutue colline. Pourquoi est-ce que ça n'avait pas pu être elle ? Audrey. Elle n'écoute jamais rien.

« Tu te plains de ce que *j'ai* dit, *moi* ? Quel culot ! Grâce à toi et tes précieuses carpes, il ne va plus nous lâcher, je parie. Parfois, Al, je me dis que t'as des neurones en moins. »

Le portable a sonné. Audrey a décroché. Elle aimait bien me faire un petit contrôle de temps en temps.

« Oui. Oui, je lui dirai.

« C'était Mme Blackstock. Elle ne veut pas te harceler, mais t'as cinq minutes de retard.

— Elle ne veut pas me harceler ? Elle a dit ça, la vieille Fouine ?

— Mot pour mot. Et je voudrais que tu arrêtes de l'appeler comme ça. Un jour ça va t'échapper devant elle, et ça te mènera où ?

— Au paradis », j'ai dit. Je suis sorti démarrer la voiture.

6

La Fouine habitait la seule maison à deux étages de la rue. *Dancing Days,* qu'elle l'appelait : *Le Temps des bals*. Avant qu'elle vienne faire son pas de deux, c'était le numéro 32, tout simplement. Le temps des bals, je vous demande un peu.

On ne savait pas grand-chose sur la Fouine, tous autant qu'on était. Elle était arrivée de Dorchester quatre ans plus tôt, après avoir enterré son deuxième mari infidèle, une quelconque peinture de l'industrie musicale. Aussitôt installée, elle s'était mise à fourrer son nez partout : les droits de stationnement, la collecte des ordures, les clients qui sortaient du Spread Eagle trop tard et trop gais. Elle n'arrêtait pas de passer chez les gens avec une pétition quelconque, de les alpaguer dans la rue pour leur parler des crottes de chien, du manque d'éclairage public ou de l'état de la ferme aux ânes en bas de la rue. C'était une grande maison pour une personne seule, Le Temps des bals, plus grande que celle de la plupart des familles de quatre personnes dans notre rue. Un jour, elle a invité Audrey. Elle m'a raconté que c'était pauvre et luxueux à la fois, comme une fortune déchue : des beaux meubles sur un plancher nu, un demi-queue avec le *Guinness des records* en guise de pied, un grand miroir fêlé dans le hall, comme on en trouverait au château de Blenheim[1]. Son salon était au premier, il faisait toute la longueur de la maison. C'était absurde, ça, une femme de soixante-cinq ans obligée de grimper ces escaliers toute la journée pour boire une tasse de thé bien à son aise – enfin, absurde, jusqu'à ce qu'on apprenne à la connaître. C'était qu'elle voyait tout, d'en haut : derrière, devant, même l'arrière du Spread Eagle sur la route, plus bas, et plus loin, le petit parc communal.

On avait eu plusieurs prises de bec au fil des ans. Elle n'approuvait pas les carpes, au départ, elle disait que c'était cruel de les garder dans un espace si confiné, mais quand je les lui ai montrées, et qu'elle a vu qu'elles pétaient la santé, elle s'est plus ou moins calmée. Pas complètement, mais elle voyait que je les traitais du mieux que je pouvais. C'est ça qui était curieux chez Alice. La plupart du temps, c'était un vrai furet sur deux jambes, elle ne lâchait jamais, mais, malgré tout, il y avait quelque chose en elle que je ne pouvais pas m'empêcher de bien aimer. Elle avait des principes. Elle était tout le temps occupée à quelque entreprise injustifiable, des activités irritantes de vieille fouine. Elle a essayé de faire interdire la Nuit des feux d'artifice[2]. Une

1. Château baroque, lieu de naissance de Winston Churchill. *(N.d.T.)*

2. 5 novembre, fête commémorant l'échec de Guy Fawkes, catholique ayant tenté d'assassiner le roi en 1605. *(N.d.T.)*

célébration de la torture, c'était, d'après elle. En été, elle patrouillait dans les parkings des randonneurs en quête de chiens à la langue pendante, et si elle en trouvait un, elle sortait son petit piolet et pétait une vitre. Elle a été traînée en justice plus d'une fois pour ça, mais elle s'en fichait. Elle était végétarienne, bien sûr, et se plaignait auprès du conseil municipal parce que Kim ébouillantait les homards vivants dans son jardin. Elle n'avait pas complètement tort. Il en jetait vingt dans la marmite, et c'était vrai qu'on pouvait les entendre crier, comme des ongles qui font crisser un tableau noir. Ça lui faisait faire des cauchemars, qu'elle disait, mais le conseil n'en a pas tenu compte. Eh oui, c'est qu'ils venaient d'où, d'après vous, les homards qu'ils s'envoyaient ? Une fois, il en a attrapé un énorme ; il devait avoir vingt, trente ans, gros comme il était, et Kim l'a exhibé pendant deux jours, posé sur une plaque de marbre comme le vieux père Neptune, agitant son rostre dans tous les sens, hors de son élément, l'air perdu, mais gracieux, malgré son âge. On était tous un peu tristes pour le vieux bonhomme, d'être arrivé si loin pour finir en thermidor dans l'assiette d'un branleur quelconque, mais seule Alice a le courage de s'opposer et a tenté de l'acheter pour aller le relâcher dans l'anse. Mais elle a eu beau supplier, elle a eu beau proposer de l'acheter au prix fort, Kim a refusé de le lui vendre. Il voulait savoir le goût que ça a, un vieux qui, il lui a dit, d'une voix libidineuse. Complètement déplacé, je me suis dit. Un manque de respect. Alors vous savez ce que j'ai fait ? Je l'ai acheté, moi. J'ai dit à Kim que j'allais le faire cuire au barbecue, que j'inviterais la moitié du village. Mais au lieu de ça, j'ai conduit Alice à la plage et tous les deux on a regardé le vieux pépère qui retournait clopin-clopant dans la mer. On aurait dit une vieille danseuse étoile, voilà ce qu'on aurait dit, charnu dans ses collants. Elle n'a jamais plus fait appel à un autre chauffeur. Elle changeait même la date de ses rendez-vous si je ne pouvais pas l'accompagner. Bonnes relations de clientèle, disait Audrey, ajoutant que je devrais appliquer les mêmes règles avec tous mes clients. Mais ça n'avait rien à voir avec ça. Je ne l'ai pas fait pour des raisons commerciales. Je l'ai fait parce que j'aimais bien son culot, à Alice, et la dignité qu'elle percevait dans cette créature. C'était une femme à l'ancienne, elle aussi, et je me reconnaissais là-dedans. Kim, lui, ne m'a pas adressé la parole pendant plus d'un mois.

J'ai sonné. La porte s'est ouverte aussi sec. Elle devait m'attendre juste derrière. Elle faisait un sourire bizarre, un sourire qu'on aurait cru emprunté à quelqu'un d'autre.

Elle portait une espèce de bonnet tibétain brodé, une veste à col Mao et un châle jeté sur une épaule. En bas, un long pantalon noir en coton soyeux et aux pieds des petits chaussons noirs. Elle ne s'habillait pas comme ça en général. Elle avait l'air, comment dire, détendue, mais un peu électrique. Elle a respiré un grand coup.

« Le temps est un avion à réaction[1], elle a dit.

— Pardon ?

---

1. *Time is a jet plane, It moves too fast.* Extrait de « You're A Big Girl Now », chanson de Bob Dylan. *(N.d.T.)*

— Un avion à réaction. » Elle a tapoté sa montre. « Il va trop vite. »

Je ne savais pas ce qu'elle dégoisait. À la voir, je me suis demandé si elle le savait elle-même. Elle avait l'air un peu ailleurs.

« Pardon de vous avoir fait attendre, madame Blackstock. J'ai reçu la visite de la police.

— J'ai vu. Qu'est-ce que vous avez fait cette fois ? Vous l'avez bouffée ? »

Elle faisait allusion à mon altercation avec l'unique agent de la circulation de Wool l'année passée : j'avais pris une amende pour avoir sauté à pieds joints sur sa casquette. Je m'étais arrêté à peine deux minutes pour récupérer Audrey chez le pédicure et il en avait profité pour me coller une contredanse sur le pare-brise. Deux minutes ! C'était passé dans les journaux, cette histoire. Même que j'étais devenu une espèce de héros.

« Fini pour moi, les condamnations, madame Blackstock, j'ai appris ma leçon. Une agression inutile contre un tissu synthétique, ça ne mène jamais à rien. Non, si vous voulez savoir, Miranda Grogan a disparu. Ils interrogeaient le voisinage.

— On a appelé la police ? »

Bien entendu, elle était déjà au courant.

« Eh bien, ce n'est pas vraiment une enquête, pour l'instant. Ça ne fait pas si longtemps que ça qu'elle a disparu. Heu, la porte, madame Blackstock. Vous ne devriez pas fermer à clef ?

— Quoi ? »

Elle était sortie en regardant le ciel et les arbres, laissant la porte d'entrée grande ouverte. Elle se déplaçait bizarrement aussi, comme si les boulons et écrous à l'intérieur d'elle s'étaient desserrés. Elle a agité sa main en l'air comme si elle s'en fichait royalement.

« Z'avez qu'à la claquer. Allez, en voiture, Simone. »

Je l'ai escortée à la voiture. En général, elle passait devant mais, ce jour-là, elle a préféré monter à l'arrière. Elle a eu un peu de mal avec la poignée. Quand elle est entrée, au lieu de se caler dans un coin comme la plupart des gens, elle s'est assise, jambes croisées, en plein milieu de la banquette, les pieds coincés sous elle comme un petit bouddha flétri. Sur le siège, les pieds. Je ne pouvais rien dire. Elle a surpris mon regard.

« J'essaie de rester calme, c'est tout. Je ne suis pas à la fête. »

J'ai démarré. Au niveau de l'intersection avec la route principale, à la sortie du village, l'inspecteur Rump s'entretenait avec Pieds-Plats devant le commissariat. Comme nous ralentissions, Mme Blackstock a baissé sa vitre.

« Holà, Maître Cul ! » elle a crié.

Il s'est retourné. J'ai regardé ailleurs. S'il y a une chose que j'ai apprise dans ma jeunesse, c'est que ce n'est pas recommandé d'insulter un agent de police. Elle a passé la tête dehors.

« Comment mesure-t-on la circonférence d'un cercle ? Allez, plus vite que ça. »

Il a fait un grand sourire.

« On fait le tour en courant avec un bout de scotch, madame Blackstock.

— Bravo, petit. »

Elle a levé son pouce dans sa direction puis s'est renfoncée dans son siège en gloussant. Nous avons pris la route principale.

« Alors comme ça, vous le connaissez ? j'ai demandé en ajustant le rétro.

— Adam Croupion ? Je lui ai fait réviser les maths pour son bac.

— Ah, je n'aurais jamais…

— C'était il y a dix-sept ans bien tassés. Quand j'habitais à West Knighton. Il n'arrêtait pas de se tripoter sous la table. »

J'ai senti le volant tressaillir sous mes mains.

« Ces policiers en herbe… Je parie que vous y avez mis le holà.

— Et pourquoi ça ? C'est parfaitement naturel pour un jeune garçon de se tripoter. Parfaitement naturel pour les deux sexes, d'ailleurs. On devrait tous se tripoter une fois de temps en temps. »

J'ai jeté un coup d'œil dans le rétro. Elle avait enlevé son bonnet tibétain et se passait les doigts dans les cheveux. Ses yeux étaient vitreux et une odeur artificiellement sucrée venait de l'arrière. Tout d'un coup, j'ai eu un déclic. Alice la Fouine avait fumé de l'herbe.

« Ça va, madame Blackstock ? Vous n'êtes pas vraiment comme d'habitude. »

Elle a respiré profondément.

« J'ai pris un petit quelque chose pour me calmer les nerfs. Je ne supporte pas les piqûres.

— Vous avez rendez-vous pour quoi ? Un plombage ?

— Une dévitalisation. La totale. »

Elle s'est penchée en avant. J'ai cru qu'elle allait se ramasser.

« Vous ne me laisserez pas, hein ? Vous m'attendrez dans la salle d'attente, au cas où. Si vous m'entendez crier, je veux que vous les arrêtiez. Faites usage de la force si c'est nécessaire. Mais sortez-moi de là. »

Elle a replongé sur la banquette, tortillant les franges de son châle entre ses doigts osseux. Prenant de la vitesse, nous avons passé le sommet de la colline et la caserne ; le tank Centurion était posé sur son socle comme un cafard écrasé. Papa y avait fait six mois de garnison en 1950. C'est comme ça qu'il avait rencontré maman, sur cette même route : il remontait avec ses potes en sortant du bistrot, elle descendait de la ferme où elle travaillait. J'y pensais souvent, à cet endroit, le lieu précis où ce salopard avait démarré tout ça. Et j'en suis le résultat, une partie de lui, la partie de moi que je ne voudrais pas être.

« Rendez-nous le gaz, voilà ce que je dis, a-t-elle annoncé.

— Quoi ?

— Quand j'étais petite, ils utilisaient du gaz, du gaz hilarant, ça s'appelait. Ils vous mettaient un masque et zou, vous étiez parti sur votre petit nuage pendant vingt minutes. Fantastique. Maintenant ils vous plantent des aiguilles dans les gencives. » Elle a frémi. « Les dégâts que ça a pu causer[1]...

— Les dégâts que ça a causés ?

---

1. Allusion à « The Needle and the Damage Done », chanson de Neil Young. *(N.d.T.)*

— Vous êtes trop jeune. Quelle heure il est ? »

J'ai regardé le cadran. Il est très élégant, très lumineux dans la Vanden Plas. M'a toujours donné l'impression que je faisais de la route sur le Continent, à l'ancienne, avec un plan sur les genoux, un panier de pique-nique à l'arrière, et une jolie jeune fille en robe à fleurs à mes côtés, en direction de je ne savais où, mais en sachant que ça allait être bien, sans raison. Dans mon adolescence, quand j'avais quatorze, quinze ans, ma mère et moi on avait un projet : elle achèterait une petite voiture, une vieille Morris Traveller ou un truc comme ça, et on ferait le tour de l'Angleterre, de l'Écosse et du Pays de Galles ; je conduirais, elle serait près de moi, on serait bien en sécurité, tous les deux, tout sourires. Elle ne savait pas conduire, vous comprenez, et moi, je savais que j'aurais le permis du premier coup. Mais ça ne s'est pas passé comme ça. Elle n'avait pas assez d'argent, et moi, quand j'ai eu l'âge requis, les trucs comme le permis de conduire, je m'en foutais pas mal. Il y a beaucoup de choses dont je me foutais pas mal, à vrai dire. J'empruntais des voitures quand ça me chantait, et je les conduisais, point. Je ne me suis jamais fait choper, d'ailleurs. Pas une fois. Dommage, vraiment, qu'on ne l'ait jamais fait, ce tour. Mais c'est rare, non, que les choses se passent comme on veut.

« Midi et des poussières.

— Arrêtez-vous. »

On était devant le Red Lion. Je n'y allais pas très souvent. C'était excentré et, en plus, c'était la cantine des Newdick. Un château gonflable à l'arrière, des serveuses au décolleté bien rembourré en salle, un menu sur tableau noir pour essayer de vous faire croire que la carte change tous les jours, et un écran plasma pour diffuser des matchs de foot les lundis, mardis, mercredis, jeudis et vendredis, et avec un peu de chance les samedis et dimanches aussi. Un pub de merde, en d'autres termes. Elle s'est dirigée vers le comptoir d'un pas décidé et a posé son petit sac de cuir sur le bar.

« Une Absolut, double. Pure. Sans glaçons. »

Elle avait de la pratique, ça se sentait.

« Vous êtes sûre que c'est prudent, madame Blackstock ? Juste avant une anesthésie ?

— Moins on en sait, mieux c'est. C'est comme la première fois qu'on… »

Elle a lâché une longue bouffée d'air, la respiration oppressée. Elle accusait le coup. Le barman m'a regardé. J'ai haussé les épaules.

« Juste une eau gazeuse, pour moi. »

Nous nous sommes installés à une table à côté de la fenêtre ouverte. Elle avait les mains qui tremblaient. On aurait cru une junkie en bout de course dans un pas de porte venteux et humide.

« Je me suis réveillée à quatre heures et je n'ai pas arrêté d'y penser.

— Vous feriez peut-être mieux d'annuler.

— Je ne veux pas en parler. »

Elle a déchiré un sous-bock en deux moitiés qu'elle a disposées côte à côte. Elle a respiré un bon coup et relevé la tête, avec une gaîté peu naturelle.

« Dites-moi, comment vont vos poissons ? Un de ces quatre, je vais me glisser dans votre jardin à la faveur de la nuit et je vais les libérer. Comme on a fait pour Mathusalem.

— Bien sûr, que vous allez les libérer. Mais ne les lâchez pas dans la mer, c'est tout. Ils ne tiendraient pas deux minutes. Et je sais qui aller trouver, qui vous chassera aux quatre coins de l'univers. Votre M. Rump. C'est un grand amateur de carpes, lui aussi, vous étiez au courant ? Il en a un sacré paquet, à ce qu'il dit.

— Ça ne m'étonne pas. Il était fou de poissons rouges quand il était petit. Il en promenait un dans un sac plastique dans son cartable. C'était pas un élève facile.

— Vous lui avez donné beaucoup de cours de maths, alors ?

— Maths et géographie. Et un peu de français.

— Une vraie petite fac à domicile. Ça devait mettre du beurre dans les épinards.

— Je ne le faisais pas pour l'argent. J'aimais les enfants, comme je n'en ai pas.

— Vous ne donnez plus de cours ?

— Je n'ai plus le niveau. »

Elle a dit ça avec regret, comme si ça lui manquait, comme si elle regrettait de ne pas faire quelque chose de positif. Je l'y voyais bien, d'ailleurs, une Mme la Fouine plus jeune, ferme, énergique, désireuse de faire apprendre les enfants. Si j'avais eu une Fouine pour me pousser, j'aurais peut-être évolué tout différemment. Et ça m'est venu comme un éclair.

« Et si vous me donniez des cours, à moi ?

— À vous ? À quoi ça vous servirait, des cours de maths ?

— Pas de maths. De français. J'ai toujours rêvé d'apprendre le français. »

L'image se formait devant mes yeux, très nette. Voilà ce que j'allais faire. Me débarrasser d'Audrey, revendre l'affaire et aller m'installer en France. Croissants au petit déjeuner, du bon café et une charmante petite taverne pour prendre un verre de vin le soir. Je pouvais me lancer dans l'immobilier, je pouvais conduire des taxis, je pouvais faire n'importe quoi. Faudrait que j'emporte Torvill et Dean avec moi, bien sûr, mais ça ne devrait pas être un problème, même si le voyage ne les enchanterait pas. La France, c'était la solution ; quelque part en Normandie, ou un peu plus au sud, Bergerac. Dans les terres, peut-être. J'en avais ma claque, de la mer.

« Alors, qu'en dites-vous ? Deux ou trois heures par semaine ?

— Oh je ne sais pas. Ça fait des années.

— Allez, madame Blackstock. Qu'est-ce que vous avez à perdre ? Je vais vous dire. Donnez-moi des cours de français, et vous pourrez profiter gratuitement de mes services quand vous voudrez. »

Elle a ri et vidé son verre. D'un trait. Presque sans toucher le rebord.

« Très bien. Vous êtes engagée. Venez, maintenant. Faut mettre fin à cette torture. »

Elle ne voulait pas entrer. J'ai dû lui filer une de mes clopes devant le cabinet et elle s'est appuyée contre le capot pour tirer dessus en la protégeant de sa main en coupe. Elle l'a fumée rapidement, avec énergie, comme une jeune femme, avec agilité et un peu de crânerie. Elle rajeunissait à vue d'œil. Je voyais, à sa façon de se tenir, à ses petits gestes d'impatience, à sa façon d'appuyer son derrière contre la pente du capot, à quoi elle avait dû ressembler autrefois, mince et sûre d'elle. Alice quelqu'un d'autre, pas Mme Blackstock, rien d'une vieille fouine.

Une fois à l'intérieur, elle n'a pas eu besoin d'attendre. Ils devaient savoir qu'il ne valait mieux pas. Je me suis installé dans la salle d'attente et j'ai feuilleté quelques magazines féminins. Une perte de temps. Il n'y avait rien sur la France dedans. Ensuite, j'ai lu un livre pour enfants, l'histoire d'un chat et d'un manche à balai ; c'était pas mal du tout. Une petite vieille n'arrêtait pas de me regarder comme si je squattais les balançoires dans un jardin public, mais une histoire, c'est une histoire, pas vrai, ça ne change rien, l'âge des lecteurs à qui elle s'adresse. Au fond, les histoires, c'est toujours des trucs pour gamins, des inventions. Quarante minutes plus tard, elle est réapparue, pâle, avec un mince sourire.

« On rentre à la maison, Al. On rentre à la maison. »

Elle a pris le couloir d'un pas chancelant. J'ai essayé de lui prendre le bras, mais elle m'a repoussé.

« Ça va. De toute façon, même si je tombais, je ne sentirais rien du tout. Trois injections, qu'elle m'a faites. Mon passé me rattrape. »

Elle a ouvert la portière arrière et plongé dans la voiture comme un gros chien, tête la première, les deux mains sur le siège, suivies d'un genou. Je l'ai attrapée par la taille.

« Là. Permettez-moi. »

J'ai resserré ma prise et je l'ai fait pivoter. Elle était

légère comme une plume mais, mine de rien, malgré sa maigreur, on sentait une sorte d'agilité. Elle s'est laissée aller sur le siège et a fermé les yeux. Nous sommes repartis. Une ville sympathique, Dorchester, qui croule sous le poids de son histoire, des pendaisons, des vieux fortins et des bergers vêtus de blouse qui menaient leurs bè-bèès au marché. Ils avaient un écrivain[1], là-bas, aussi, un vieux rabat-joie, de l'avis général ; l'avait une vision bien sinistre de ce qu'on appelle l'aventure humaine. Un dérapage, un mauvais virage, et pour lui ça y était, mon vieux, vous étiez cuit. Je commençais à comprendre ce qu'il voulait dire. N'empêche, ça lui a plutôt réussi, à lui, apparemment, tout ce chagrin.

Sur une des routes qui partaient du centre, nous sommes passés devant une de ces anciennes boîtes aux lettres, sur pattes, qui dépassaient d'une haie. On aurait dit une petite vieille qui attendait pour traverser. Ça m'a rappelé un truc. J'avais oublié de récupérer le paquet d'Audrey. Je ne voulais pas qu'il traîne sans surveillance. Et il fallait encore que je m'occupe du sac du major. Une fois sortis du centre, j'ai appuyé sur le champignon.

« Vous voulez pas fumer ? »

La vieille Fouine était revenue à elle.

« Une cigarette ? Je ne sais pas, madame Blackstock. Mes clients…

— Pas une cigarette. Un spliff, oui. » Elle a tapoté son sac. « J'en ai un là, tout prêt, qui nous attend.

1. Thomas Hardy. *(N.d.T.)*

On pourrait se garer quelque part et lui faire un sort. C'est de la bonne.

— C'est illégal, ce que vous dites là, madame Blackstock. Faut que je pense à ma licence. Et il dirait quoi, Adam Rump, s'il voyait sa prof de maths préférée essayer de corrompre un chevalier de la route ?

— Qu'est-ce que ça peut faire ? Qu'est-ce que ça peut faire, ce que disent les autres ? Tout le monde s'en fiche, des autres, au fond, non ? Vous avez quelqu'un qui s'intéresse vraiment à vous, Al ? Pour de vrai ? »

Elle avait la voix pâteuse et parlait du coin de la bouche.

« Sans doute pas.

— Vous voyez ? Moi non plus. Et cette pauvre Miranda, est-ce que quelqu'un s'intéresse vraiment à elle ?

— Sa mère et son père, oui.

— À part eux.

— Ça suffit, non ?

— En principe, non. Ils ont une théorie sur sa disparition, alors ?

— Je ne crois pas, non.

— Moi j'en ai une. Elle voulait se tirer. Tout simplement. Vous aviez pas envie de ça, à son âge ? Je sais que moi, oui. »

Elle s'est mise à chanter une chanson que je ne connaissais pas, qui parlait de quitter la ville, répétant le même vers *ad lib*, comme on fait quand on ne se souvient pas des paroles. La mélodie avait souffert aussi, si toutefois il y en avait une à l'origine. C'était difficile à dire, vu qu'elle tanguait comme si elle était en train de traverser la Manche par mauvais temps et régurgitait tout ça sans l'avoir bien digéré.

« Ça fait combien de temps qu'elle a disparu ? a-t-elle dit, manquant s'étrangler, avec un renvoi nauséabond qui s'est terminé sur une note douceâtre.

— Depuis dimanche après-midi. Vous vous souvenez, il pleuvait comme vache qui pisse. Elle portait un ciré jaune.

— Ah oui ? » Elle s'est penchée en avant, le regard soudain vif. « Mais je l'ai vue ! Par la fenêtre !

— Ah bon ? »

Je n'aimais pas le tour que ça prenait. La Fouine était en alerte maximum.

« Elle montait vers le phare. Un ciré jaune ! Je ne faisais pas tellement attention parce que ma corde à linge était tombée et le vent éparpillait toutes mes frusques dans le jardin. Il devait être quatre heures et demie, par là. »

Elle avait l'air triomphant. C'était délicat. Que devais-je dire ? Non, ce n'était pas elle, oui c'était elle ? Peut-être Audrey avait-elle raison depuis le début. Je me suis surpris à répéter ses paroles.

« Oh, ce n'était pas forcément elle. La moitié du village porte des cirés jaunes. Vous ne pouvez pas affirmer avec certitude que c'était Miranda, si ?

— Je ne peux pas affirmer avec certitude que ce n'était pas elle, non plus. S'ils cherchent quelqu'un avec un ciré jaune. » Elle a porté sa main à sa bouche. « Mon Dieu, la falaise. Vous ne pensez pas... » Elle s'est remise à dodeliner de la tête.

« Allons, allons, madame Blackstock. Je crois qu'on s'emballe, là. Comme vous le dites, Miranda a sans doute mis les bouts, elle a dû se barrer à Londres, ou prendre le ferry à Poole pour aller batifoler avec un Français. On ne peut pas savoir où elle est.

— Mais il faut que la police sache ce que j'ai vu, non ?

— Difficile à dire. Ce qu'il leur faut, c'est une image d'ensemble, quelque chose de précis. Ils ne vont pas courir après des suppositions. Vous avez vu quelque chose d'irréfutable cet après-midi-là ?

— Oui. »

Elle s'est penchée en avant, m'a donné une petite tape sur l'épaule. « Je vous ai vu, vous. »

Une onde glacée m'a traversé, mais je suis resté très calme. L'eau tourbillonnait à mes pieds, et des bribes d'histoire affleuraient sous la surface.

« Moi ? Vous m'avez vu quand ça ?

— Cet après-midi-là, sous la pluie. Vous étiez sur la piste, derrière, courbé, on aurait dit que vous vous cachiez.

— Je me suis bloqué le dos dimanche en soulevant des pierres. » Je me suis frotté les reins. « Ça m'élance toujours.

— Ça ne vous a pas empêché de passer par-dessus votre clôture, pourtant ? »

J'ai regardé dans le rétro. Elle se tenait droite comme un i, la tête penchée d'un côté, comme un chien, l'air malicieux. Cette vieille Fouine. À première vue, on croirait qu'elle va s'envoler à la première bourrasque. J'ai ri.

« Vous étiez où, madame Blackstock ? Je ne me rappelle pas vous avoir vue ?

— Dans un arbre. Je vous l'ai dit, ma corde à linge

était tombée. La moitié de mes slips s'étaient envolés. » Elle a gloussé. « J'étais montée pour essayer de les récupérer quand je vous ai vu entrer furtivement chez vous. Geronimo, qu'on aurait dit. Qu'aurait scalpé un visage pâle.

— Le problème, c'est qu'il n'y avait pas d'hommes blancs dehors cet après-midi-là, madame Blackstock. Toute cette bonne peinture de guerre gâchée.

— En tout cas, vous mijotiez quelque chose. »

Bon Dieu. Ça sentait mauvais.

« Je cherchais Audrey, madame Blackstock. »

Je n'avais pas plutôt dit ça que j'ai su que j'avais fait une gaffe. Mais c'était incrusté dans mon esprit, qu'on était sortis tous les deux, Audrey en ciré jaune, moi en rogne. On s'était mis d'accord. Si elle n'avait pas changé notre version des faits à la dernière minute, ça aurait été la chose à dire, *exactement* la chose à dire. La Fouine s'est jetée dessus comme la petite vérole sur le bas clergé.

« Dans la haie ?

— On s'était un peu chamaillés. Elle est partie en claquant la porte. Elle ne rentrait pas, alors je suis sorti la chercher. J'avais peur qu'elle ait glissé dans un fossé. Je ne me cachais pas. »

Elle a reniflé comme si elle ne me croyait pas tout à fait. Je ne pouvais pas lui en vouloir. Moi-même, je ne me croyais pas tout à fait. Ça se présentait de plus en plus mal.

J'ai continué à rouler en silence, et elle s'est remise à somnoler, bercée par les amortisseurs souples de la voiture. Elle a cet effet, la Vanden Plas, elle vous calme quand vous avez les nerfs en pelote. La boisson et la marie-jeanne aidaient aussi. Quand je me suis garé devant son portail, sa tête dodelinait contre le siège arrière comme une poupée de chiffon. Elle n'était pas tout à fait partie, mais pas loin.

« On y est, madame Blackstock. *Home sweet home.*

— Quoi ?

— Le Temps des bals.

— Le Temps des bals ? Le Temps des bals ! » Elle s'est remise à chanter. Un filet de bave lui coulait du coin de la bouche, du côté où ses lèvres n'obéissaient pas tout à fait. « Le temps des bals est revenu[1]. Le temps des bals est revenu. » Nouveaux gloussements.

« Vous voulez que je vous aide à monter, madame Blackstock, juste pour m'assurer que tout va bien pour vous ? »

Je l'ai aidée à descendre. Je l'ai guidée dans l'allée qui traversait le jardin. J'ai pris la clef de la porte d'entrée dans son petit sac à main et j'ai ouvert. Le miroir m'a renvoyé mon image, avec mon costume, mes lunettes teintées et mes gants en cuir marron. J'ai vu les pensées qui s'échappaient de mon cerveau en spirales. Si seulement j'avais pu m'engouffrer dans la fêlure du verre, déboucher dans un autre monde.

J'ai suspendu le sac à la rampe de l'escalier et fermé la porte derrière moi.

« Vous voulez vous installer où, madame Blackstock ? »

Ma voix résonnait dans le couloir comme si la

1. Extrait des paroles de « Dancing Days », chanson de Led Zeppelin. *(N.d.T.)*

maison était vide depuis des années. J'imagine que c'était le cas, en un sens.

Elle a levé le menton.

« Dans le salon. Il faut que je m'allonge un peu. »

Cette fois, elle s'est appuyée sur mon bras gauche et nous sommes montés lentement. C'était une sensation agréable. J'aime bien les vieilles dames, leur force, les choses qu'elles ont vues. Il y avait des affiches sur le mur, vieux concerts de rock ou festivals pop, et des photos d'un homme chauve avec des trophées et des disques d'or à la main. Deuxième mari, à mon avis. En haut de l'escalier un petit couloir partait sur la gauche. J'ai repéré deux portes et une salle de bains au fond. À part ça, il donnait sur une grande pièce au plancher nu, avec canapés, une énorme collection de 33 tours, qui occupait tout un mur, et un demi-queue en acajou luisant planté au milieu. Et, effectivement, le *Guinness des records* pour caler le pied du fond. Nous avons traversé la pièce pour rejoindre le grand canapé installé à côté de la fenêtre. Sur le piano, il devait y avoir vingt photos encadrées de la même jeune fille, superbe, avec caftans et dentelles, des jambes interminables et une poitrine pas dégueulasse non plus. Une *party girl*, dans toute sa splendeur.

« Elle a l'air de bien s'amuser, votre fille. »

Ça l'a requinquée *illico*.

« Ma fille ? Je vous l'ai dit. Je n'ai pas de fille. » Elle s'est mise à tapoter les photos une par une. « Là c'est Marc Bolan, là c'est Aynsley Dunbar, là c'est Noel Redding.

— Vous n'êtes quand même pas en train de me dire que c'est vous avec eux ?

— Tout juste. »

Elle rayonnait. J'ai regardé de nouveau. C'est ça, qu'il fait, l'âge, bien sûr : il vous enlève tout ça, non seulement le fait d'avoir fait une chose, mais celui d'avoir même *pu* la faire. L'âge vous ôte la possibilité même d'avoir été cette personne, il fait croire que c'était quelqu'un d'autre, qui a disparu depuis longtemps. J'ai pensé à Audrey, à l'époque de notre rencontre. Est-ce qu'elle était comme ça ? Longues jambes et hauts en dentelle ? Est-ce qu'elle aimait s'amuser ? Et moi ? Impossible de me rappeler. Il devait bien y avoir un peu de tout ça, non ? Il devait bien y avoir *quelque chose*.

Alice Blackstock me montrait une autre photo. Elle était allongée, dans les bras de quatre mecs qui auraient eu bien besoin d'un coup de peigne. Elle portait un chapeau de cow-boy et une robe à franges qui s'arrêtait bien au-dessus du genou. Bon Dieu, on aurait dit qu'elle était née pour ça.

« Vous les reconnaissez ?

— Eh non, j'en ai peur.

— Led Zeppelin ! Robert Plant, Jimmy Page, John Bonham, John Paul Jones. »

Elle s'est mise à gesticuler et j'ai dû la retenir pour l'empêcher de basculer.

« Ils avaient tout, ces mecs. Le meilleur groupe de rock du monde. Je les suivais partout. J'ai voyagé dans leur jet privé des centaines de fois. Dans le monde entier. Ouh là là, les bêtises qu'on a faites ! »

C'était dit avec sentiment.

« Je ne me serais jamais douté, madame Blackstock.

— Ah non ? Je n'ai pas toujours eu soixante-trois

ans. J'ai eu vingt ans, comme vous, comme Miranda. Je savais ce que je voulais. La meilleure période de ma vie, même si j'en ai payé le prix. J'avais dans les vingt-cinq ans quand ils ont percé. J'ai donné le nom d'une de leurs chansons à la maison. Sur le cinquième album, celui avec les filles sur la pochette, *Houses of the Holy*. Vous vous rappelez ?

— Euh, là, comme ça, non.

— Vous vous rappelez forcément. En mars 1973, il est sorti. Ils ont tourné toute l'année. Ils ont commencé par Sheffield juste après le nouvel an, puis Liverpool, et toutes les grandes villes d'Europe. En mai, ils sont partis aux États-Unis. Je n'ai pas pu les rejoindre avant juin. Je les ai suivis partout, Chicago, Indianapolis, Detroit. Quelle éclate. Je parie que vous n'étiez pas en train de faire un truc aussi fantastique, vous. »

Pari gagné. J'étais ici même, pour mon seizième anniversaire, et comme tous les ans, le 15 juillet, on faisait comme si tout était pour le mieux dans le meilleur des mondes ; on est descendus acheter un sachet de pêches chez la marchande des quatre-saisons et on est remontés jusqu'à la plage de galets ; maman s'est assise sur la petite avancée rocheuse et elle a contemplé la mer en fumant clope sur clope, et moi je suis allé plonger dans les vagues. Je sentais le froid dissiper la colère ; les choses étaient telles qu'elles devaient être. J'ai fait ce que je faisais toujours à cette époque-là : je mettais un point d'honneur à m'amuser pour mon anniversaire, quel que soit le temps, quelles que soient les circonstances, parce que c'était extrêmement important pour elle. Alors je faisais des plongeons, je lui lançais des cris joyeux sur la rive. Ensuite, elle a fait des folies : doubles cornets de glace en rentrant de la plage et, plus tard, steak-frites dans le restaurant qui donnait sur l'anse, avant de me dire, une main posée sur la mienne, qu'elle n'allait pas très bien, que les médecins allaient devoir la charcuter un coup, lui enlever des cochonneries, à ma maman. Non, elle n'allait pas très bien, mais attention, il lui a fallu encore trois ans pour tirer sa révérence, hein. Si c'est pas un cadeau d'anniversaire, ça ?

Elle a reposé la photo et s'est laissée tomber sur le canapé sous la fenêtre du fond, la tête en arrière, les yeux fermés. J'ai inspecté rapidement l'étage. Une des portes était fermée, la clef était dans la serrure, mais je n'ai pas réussi à l'actionner. Dans l'autre, il y avait son lit, un lit à une place sans oreiller, avec une chemise de nuit pliée sur le drap, et une table de nuit ; rien d'autre, à part une caisse en cuivre dans un coin et une espèce d'armoire à linge où ses robes étaient pendues. La pièce évoquait plus une cellule monacale qu'une chambre à coucher. C'est ça qu'on fait, non, après avoir brûlé la chandelle, on revêt le cilice ?

Dans la salle de bains, j'ai eu besoin de me soulager. J'ai levé la lunette, pissé, l'ai rebaissée. Je n'allais pas commettre ce genre d'erreur grossière. Quand je suis revenu, mes pas ont résonné lourdement.

« Duncan, c'est toi ? »

Elle était assise, téléphone à la main.

« C'est moi, madame Blackstock. Al Greenwood.

— Al. Bien sûr. » Elle a baissé les yeux sur le

téléphone. « Je pense que je ferais mieux d'appeler tout de suite Adam pour lui dire ce que j'ai vu.

— Pas aujourd'hui. Faites ça demain, quand vous aurez l'esprit plus clair.

— Non, il faut que je le fasse maintenant. Il vaut mieux qu'il ait l'information tout de suite.

— Demain, madame Blackstock. »

Je lui ai pris le téléphone. Elle a levé les yeux sur moi. Je ne sais pas ce que c'était, la manière dont j'avais dit ça, la façon dont je la surplombais, mais, tout d'un coup, j'ai vu ses yeux changer, une autre lueur passer dedans, comme si au fond elle savait ce que j'étais en train de penser, qu'il y avait quelque chose qui clochait, sans pouvoir deviner tout à fait de quoi il s'agissait, ce qui avait dérapé.

« Demain ? Pourquoi remettre à demain ce qu'on peut faire immédiatement ? » Elle a fait mine de se lever, péniblement. « Je ne vous ai pas encore payé. Il faut que je vous paie.

— Vous embêtez pas, madame Blackstock. Vous pourrez me payer demain, après avoir appelé la police.

— On pourrait commencer ces cours de français, si vous voulez. Demain, ça vous conviendrait ?

— Ça serait formidable.

— Et puis je vais vous payer double tarif, pour la peine. Où est mon sac ?

— Vous l'avez laissé dans l'entrée.

— Je vais le chercher.

— Ce n'est pas la peine, madame Blackstock.

— Si, si, j'insiste. Je vous raccompagne à la porte. »

Elle s'est levée, chancelante. Je l'ai suivie. Je ne

voulais rien lui faire, croyez-moi, je ne le voulais pas. Je n'avais rien contre elle, au fond, mais elle m'avait vu, n'est-ce pas ? Elle n'allait pas garder une chose pareille pour elle, pas la cacher à son ancien élève, celui qui passait son temps à s'astiquer sous la table. Elle est arrivée en haut de l'escalier. J'étais juste derrière elle. Le soleil inondait la pièce, par cette grande fenêtre. Elle ressemblait à un minuscule ange décati, avec un halo autour de la tête, prête à s'envoler vers les étoiles. Jimmy Page, Robert Plant. Vous allez vous écraser comme un zeppelin en plomb[1]. C'est ce que Keith Moon disait d'eux, c'est de là qu'ils ont tiré leur nom.

« *Stairway to Heaven*, les escaliers pour le paradis, j'ai dit.

— Quoi ?

— "Stairway to Heaven". C'est un morceau d'eux, non ?

— Ah oui. Quatrième album, quatrième morceau. »

Elle a avancé le pied droit. J'ai fait ce que je faisais autrefois sur le terrain de foot. J'ai avancé le gauche. Pousser, j'en avais eu mon content pour un bon moment. Elle a fait la culbute, en piqué, la tête rebondissant sur les marches telle une balle en caoutchouc, et s'est étalée, décomposée et tordue, au bas de l'escalier. J'ai couru en bas. Ses yeux étaient grands ouverts, mais il n'y avait rien derrière.

« Pauvre vieille Fouine. J'aurais mieux fait de vous le laisser fumer, ce pétard. »

J'ai sorti sa blague à tabac de son sac. Elle savait

---

1. Lead Zeppelin. *(N.d.T.)*

s'y prendre pour rouler un joint, Alice Blackstock, un petit filtre en carton bien net, le papier bien tortillé au bout en forme de papillon. Je suis sorti. Il n'était pas encore trois heures. J'avais deux heures à tuer avant de retrouver Iss à la caravane. Je me suis demandé combien de temps il allait s'écouler avant que quelqu'un la retrouve. Deux jours ? Une semaine ? J'ai desserré le frein à main et j'ai laissé la voiture faire les cinquante derniers mètres sans allumer le moteur. Gaynor était de nouveau devant son évier. Encore des chatons à noyer. Kim était dans le jardin, il jetait des homards dans sa marmite. Dans notre pavillon, Audrey attendait mon retour. Tout le monde tuait quelque chose ce jour-là.

Ooooh, makes me wonder[1].

1. « Y a de quoi se poser des questions. » Extrait des paroles de « Stairway to Heaven », de Led Zeppelin. *(N.d.T.)*

7

La solitude. C'est tout ce dont un homme a besoin parfois, et pourtant on dirait que c'est la chose la plus difficile à trouver de nos jours. Quand j'étais jeune, on en avait à revendre, de la solitude, ma mère et moi, des jours de pluie dans le pavillon, elle dans le salon à lire un de ses romans historiques, moi dans la pièce du fond, épiant l'arrivée des Indiens dans l'herbe haute, ou simplement allongé sur mon lit à imaginer le futur. Même à la plage, on choisissait les coins reculés, où les vaguelettes crachaient et recrachaient la solitude sur les galets, et elle la regardait, sans bouger, flotter sur l'eau, tandis que j'y nageais jusqu'à y perdre pied, ou marchais jusqu'aux piscines naturelles afin de la chercher sous les pierres que je soulevais, ou restais simplement assis sur les rares langues de sable, faisant des projets en vue du jour où je pourrais l'enrouler autour de nous comme une coquille sans plus laisser entrer personne. C'était comme ça entre nous. Certains jours, c'était à peine si on s'adressait la parole, et d'autres, c'était comme si on avait laissé couler le robinet, les mots jaillissaient de nous sans s'arrêter.

Et il y avait une espèce de solitude aussi là-dedans, dans la façon dont on se disait les choses, tous les deux. Mais quand elle est partie, elle a emporté la solitude avec elle. Je ne la trouvais plus nulle part. Tout ce qui restait, c'était du bruit et des âneries, du speed et de la bière, des jupettes et du cul, des poings toujours prêts à voler. Ce n'est pas pour rien que je suis le fils de mon vieux. Et ça m'a mené où ? Ici, dans ce pavillon de merde, à trimballer les gens dans ma bagnole de merde, avec cette vie de merde. J'aurais dû avoir ma révélation plus tôt, rechercher la solitude, faire le tour du monde à la voile en solitaire ou, mieux encore, remonter le temps pour me faire cow-boy dans le vieux Far West, comme l'homme sans nom, ou Shane, l'Homme des vallées perdues[1]. Shane a la solitude cousue dans sa peau de daim. Il transpire la solitude, il agit en solitaire ; rien qu'à entendre sa voix on croirait qu'il n'a parlé à personne depuis l'assèchement du Grand Canyon. « Où vas-tu ? » lui demande-t-on. « Dans un endroit où je ne suis jamais allé », il répond. C'est là que je veux aller, dans un endroit où je ne suis jamais allé, ou plutôt dans un endroit entrevu autrefois quand j'étais petit et que je voudrais retrouver. C'était là l'essentiel, retrouver la vieille mère solitude, cet espace autour de moi. Je la voulais permanente.

J'ai garé la voiture, glissé la blague à tabac dans ma poche et me suis repris, essayant de chasser la pensée de la pauvre Fouine toute démantibulée au pied de son escalier. Ce n'était pas moi, pas vraiment.

1. Western de George Stevens avec Alan Ladd (1953). *(N.d.T.)*

Juste un pied, non, même pas, juste deux ou trois centimètres de daim à semelle de cuir tenus à un angle de quarante-cinq degrés. Je ne pouvais pas la laisser déblatérer sur ma petite sortie de ce dimanche, je ne le pouvais tout bonnement pas. En haut d'un arbre, bon Dieu, par un temps pareil. Elle cherchait les emmerdes.

Audrey était sous la véranda, les pieds sur le canapé à deux places en bambou. Elle s'était de nouveau peinturlurée, et ses lèvres ressemblaient aux barrières que les cantonniers placent autour des bouches d'égout. Ça me filait la chair de poule rien que de les regarder.

« Comment elle allait ? » a-t-elle demandé, feuilletant un magazine quelconque.

Une bonne question. C'était le moment de poser les fondations pour la suite.

« Pas super. Ils lui ont fait je sais pas combien d'injections. Elle tenait à peine debout quand elle est revenue à la voiture.

— J'espère que tu as vérifié que tout allait bien avant de la laisser chez elle.

— Bien sûr. Je l'ai aidée à monter et je l'ai installée sur son canapé. Je lui ai même proposé de lui faire un thé, mais elle n'a rien voulu entendre. »

Il n'y avait pas moyen de dire si elle avait entendu ou non, tellement elle était absorbée dans sa lecture. Franchement, ça sert à quoi de se fabriquer des alibis et de semer des indices si personne n'en a rien à cirer ?

« Audrey. Je me disais que j'allais…

— Nourrir les poissons. Oui, je sais. »

Et que je te tourne les pages. Elle n'a même pas pris la peine de lever les yeux. J'étais content de nourrir les poissons, mais ce n'était pas vraiment mon but ultime. Il fallait que je me débarrasse du paquet d'Audrey, que je remette ce soutif dans le sac du major, que je colle un point final à cette mascarade. Une distraction de ce genre, c'était le dernier truc dont j'avais besoin. J'ai ouvert la porte du placard. Une boîte de croquettes pour poisson. Pas de paquet.

« Audrey, j'ai appelé, aussi calmement que j'ai pu. Qu'est-ce que t'as fait du bonus des Newdick ?

— À ton avis ? Je l'ai posté.

— Au village ! T'as perdu la tête ? »

Je suis rentré en trombe, le carton de croquettes à la main. Elle était assise là avec un petit sourire satisfait, l'air de dire : je t'ai bien eu, tralalalalère. J'aurais pu lui faire bouffer la boîte. « Pourquoi tu le leur as pas carrément délivré en main propre, pendant que tu y étais ? Ils ont installé une caméra de surveillance toute neuve devant leur boîte aux lettres. J'aurais pu sonner chez eux, histoire de leur demander s'ils avaient bien pensé à la recharger.

— Du calme. T'emballe pas, Al. Je suis allée à Wareham en bus.

— Et pourquoi donc ?

— Pour être sûre que tu ne te dégonflais pas et que tu ne te contentais pas de me raconter que tu l'avais envoyé. De toute façon, fallait que je passe prendre quelques trucs.

— Quoi ? Un casier judiciaire ?

— Des dépliants d'agences de voyages. »

Elle a donné une petite tape sur une grosse pile de brochures posées contre sa cuisse gauche, qui montraient des couples insouciants en train de se prélasser au soleil. Comme si c'était si simple. Ténérife, Marbella, Capri, on a passé parmi les pires moments de notre vie commune avec des lunettes noires vissées sur le nez. Elle n'apprendra jamais.

« Audrey, je croyais qu'on s'était mis d'accord pour ne pas partir en vacances cette année. On devait se serrer la ceinture, tu sais bien.

— Oui, et je pourrais mourir d'une crise cardiaque demain, ou tomber d'une falaise.

— Pardon ?

— Tomber d'une falaise, me faire écraser par un bus, m'étouffer avec un bretzel. Et ça m'aurait fait une belle jambe, de me serrer la ceinture. Alors on va prendre des vacances, de vraies vacances, quelque part où on n'est jamais allés. Que dis-tu du Nil ?

— Quoi, le Nil ?

— Ça te tenterait ? Une croisière devant les pyramides ?

— Et si tu tombais dedans ? Tu sais que je ne suis pas bon nageur.

— Oh, va dire ça à tes fichus poissons, Al. »

Je me suis forcé à aller au bassin, la blague à tabac d'Alice dans la poche. Ça faisait longtemps que je n'avais pas touché à l'herbe mais, à le voir comme ça, roulé bien proprement comme une petite serviette de table, comment aurais-je pu résister ? Je me suis assis en face de la nymphe et j'ai recraché la fumée en direction de la seule rotule qui lui restait ; la douceur soudaine m'a empli d'un coup. Torvill et Dean semblaient agités. Ils sentaient que j'étais déstabilisé. Ils sont hypersensibles à ces trucs-là.

« J'ai du sang sur les mains, je leur ai dit, pas du sang de quinqua comme je l'espérais, mais du sang jeune, du sang jeune dont je ne voulais nullement. Mais je l'ai, maintenant. »

J'ai tendu les mains pour leur montrer, mais ils ne voyaient pas et, au bout d'un moment, moi non plus. La fumée s'élevait en une longue et lente volute. Je me sentais un petit peu étiré, pour ma part, comme si j'étais à la fois plus lourd et plus léger, plus lent et plus rapide. On aurait dit que ça n'avait rien à voir avec moi, ce qui se passait. J'en ai roulé un autre. Alice était au pays des merveilles, Audrey faisait de l'œil à Ramsès II, et moi, j'étais toujours au même endroit, à tourner sur moi-même comme mes amis sous l'eau, dans l'espoir de trouver une issue. Elle n'avait pas complètement tort, la Fouine. J'avais beau le décorer aussi joliment que je pouvais, c'était une prison, ce bassin, comme le pavillon avec les deux salles de bains était une prison, comme le village avec son puits à souhaits et ses cottages de chaume était une prison, l'Alcatraz de tout mon univers déglingué.

Je suis rentré chercher les clefs de voiture. Audrey en était à la deuxième pile.

« Laisse-moi deviner. T'as un client », elle a fait.

J'aurais pu dire oui, mais quelque chose en moi m'en a empêché : la vérité ferait aussi bien l'affaire.

« Non, je vais voir Iss. Elle accuse le coup. »

Elle a hoché la tête, surprise de ma réponse, contente aussi, même si elle ne voulait pas le montrer. Peut-être que c'est ce que j'aurais dû faire des années plus tôt, lui dire la vérité, ce que je ressentais, ce qui me manquait. Si je l'avais fait, peut-être qu'on n'en aurait pas été là maintenant.

« OK. Dis-lui… dis-lui que j'ai fugué, une fois, quand j'étais ado, je ne suis pas rentrée chez moi pendant une semaine.

— Tu m'as jamais raconté ça.

— Ah non ? Peut-être que j'aurais dû. Peut-être que je devrais fuguer de nouveau, descendre le Nil toute seule, rien que moi et les pharaons. Peut-être que si je faisais ça, tu ne me considérerais pas comme un tel gaspillage d'espace.

— Audrey. »

Je me suis avancé vers elle. Elle a agité un dépliant. Le printemps dans les Alpes suisses.

« Va-t'en, Al. Avant de dire un truc gentil. »

Il y avait des larmes dans ses yeux, je le jure, mais elle ne m'a pas laissé approcher davantage. Pendant que je roulais vers le camping, ce dépliant m'a trotté dans la tête. La Suisse. Interlaken. La Jungfrau. Un oreiller de neige bien rebondi. C'était nettement plus attirant qu'une croisière sur un fleuve de la couleur de la diarrhée de votre vieille tante. En plus, il n'avait pas le nez qui manquait, le Sphinx ? Pourquoi je voudrais descendre le Nil rien que pour m'extasier devant un visage à moitié arraché ? J'avais déjà une nymphe à qui il manquait une rotule, ça me suffisait amplement, question mutilation. Je pige pas ça, tout ce barouf autour des ruines – des gravats, oui. La Suisse, par contre, ça, ça en jetait : là où tout est propre, bien rangé et en état de marche ; des chalets pareils à des boîtes à musique, des vaches avec des cloches, des balades le long de prés fleuris et des sentiers de montagne pittoresques.

Ça, c'était une idée.

Iss n'était pas arrivée. J'ai déverrouillé la porte de la caravane et ouvert la grande fenêtre à l'avant. Toute trace du parfum de Miranda devait avoir disparu, mais je ne voulais pas prendre de risques. J'ai vérifié qu'il n'y avait pas d'autres indices : des mégots avec des traces de son rouge à lèvres sur le filtre, un de ces magazines « people » qu'elle apportait parfois, avec des moustaches dessinées sur les vedettes qu'elle n'aimait pas, des choses comme ça, mais c'était aussi nickel que l'intérieur de la Vanden Plas. C'est comme ça que j'aime les choses – la caravane, la voiture –, propres et immaculées. J'aurais bien aimé que le pavillon soit comme ça aussi, mais tant qu'Audrey était coincée dedans, j'aurais eu plus de chance en collant une voile sur le toit pour naviguer jusqu'à Cherbourg. Elle ne prend même pas la peine de mettre les bonnes serviettes dans la bonne salle de bains, les serviettes roses dans la salle de bains rose, les serviettes bleues dans la bleue. « Qu'est-ce que ça peut faire ? elle dit, à chaque fois que je me plains. C'est des serviettes, non ? Après, quoi, tu vas me demander de pisser de la bonne couleur, aussi ? » Le sens des couleurs. Ça n'a jamais été son fort, à part pour le marron.

Iss est apparue presque immédiatement dans sa petite Fiat qui bringuebalait le long du chemin comme un sac de patates. Elle s'est arrêtée d'un coup de frein brusque et s'est précipitée à l'intérieur. Même si elle avait toujours fait attention à se maintenir en forme, avec ses cheveux bruns coupés court, ses yeux enfoncés et sa taille guère plus épaisse que vingt ans plus tôt, quand elle a monté les marches, on aurait dit que tout ce qu'elle avait contenu au fil des années – les ragots, la rupture avec Ted, les journées vides passées à boire – ressortait brutalement. Il y avait un poids sur ses épaules et elle avait le teint d'un gris cireux, les yeux rougis et caves, mais, malgré tout, on y lisait aussi une détermination à tirer les choses au clair, quoi qu'il en coûte. Ça se voyait à la façon dont elle a poussé brusquement la porte.

« Iss, j'ai dit, comme elle entrait, est-ce que c'est bien raisonnable de se retrouver ici ?

— On s'en fout. Crache le morceau.

— Quel morceau ?

— Ton sursaut au volant. Je connais tes petites manières, Al, ta façon de conduire. Tu fais ça quand tu es perturbé. C'est ce que t'as fait quand je t'ai annoncé que j'étais enceinte. C'est comme ça que j'ai su que j'avais raison de lâcher l'affaire. Et tu l'as fait hier, quand Ted a parlé du ciré jaune que portait Mimi. Alors, qu'est-ce qu'il y a ? Tu l'as vue ? »

Sérieusement, c'était pas injuste, ça ? Je croyais que j'avais tout planifié bien comme il faut ; la bourgeoise, l'accident, le retour à la maison, et, vingt-quatre heures plus tard, me voilà comme Crippen sur le *SS Montrose*[1], tous les yeux fixés sur moi et nulle part où aller.

1. Hawley Harvey Crippen (1862-1910), meurtrier de sa femme, arrêté sur le *SS Montrose* tandis qu'il tentait de s'enfuir aux États-Unis, déguisé, avec sa complice. Premier criminel à avoir été capturé grâce au télégraphe, il a fait l'objet d'une chanson populaire au Royaume-Uni. *(N.d.T.)*

« Pas du tout, Iss. C'est juste qu'Audrey a un ciré comme celui-là.

— Et ? »

J'ai respiré un grand coup. Je n'avais pas droit à l'erreur.

« Elle est sortie avec cet après-midi-là. Très brièvement. Pour aller chez Kim.

— Chez Kim ? Et pour quoi faire ?

— Emprunter des affaires de cuisine.

— À Kim Stockie ?

— À Gaynor, plus exactement.

— La seule femme du voisinage qui n'ouvre la porte à personne ? Fallait vraiment qu'elle soit au bout du rouleau.

— Eh oui, c'est ça, justement. Écoute, ce n'était pas des affaires de cuisine, qu'elle cherchait, en fait. C'était de l'alcool. Du whisky.

— Du whisky ?

— Du whisky. Elle file un mauvais coton, ces derniers temps, Audrey, rapport à l'alcool.

— Et c'est tout ? C'est parce qu'elle allait taxer de la bibine ? C'est ça qui t'a fait sursauter ?

— Je m'inquiète pour elle, Iss. On ne s'entend pas très bien en ce moment. »

Iss a ri d'un rire amer comme un vieux bout de citron abandonné dans le fond d'un verre.

« Al Greenwood qui s'inquiète pour sa femme. Eh bien, on aura tout vu. Alors, elle est allée chercher du whisky et puis quoi ?

— Elle est revenue.

— Elle est sortie pendant combien de temps ?

— Iss, je n'ai pas fait attention. Je faisais un somme.

— Alors tu *crois* qu'elle a juste fait un saut en face, mais elle peut très bien être sortie plus longtemps ?

— Oui. Non ! Qu'est-ce que tu me fais, Iss ?

— C'est ce sursaut, voilà ce que je te fais. Qu'est-ce qu'elle voulait faire avec du whisky, d'ailleurs ?

— Je te l'ai dit. Elle a la dalle en pente, en ce moment.

— Quoi, vous n'avez rien à boire chez vous ? Elle pouvait pas descendre s'acheter une bouteille au village ? Elle a perdu ses cartes de crédit, vous êtes à sec ?

— C'était dimanche après-midi, Iss. Tous les magasins sont fermés.

— Alors elle a dit quoi, je crois que je vais faire un saut en face pour emprunter du whisky aux Stockie, la famille la moins accueillante de la rue ? »

Bizarrement, je n'y avais pas pensé. Pourquoi était-elle allée chez eux ? En rentrant du phare, elle aurait pu passer chez plein d'autres voisins. Mais bien sûr, elle n'y était pas allée, au phare. Elle était allée ailleurs. En revanche, elle était vraiment passée chez les Stockie. Un peu comme si elle était pressée de récupérer sa bouteille avant que je rentre. *Comme si elle s'était dépêchée de rentrer plus tôt, avant mon retour.*

« Je te l'ai dit. Je dormais. C'était une surprise pour quand je me réveillerais. Elle nous a préparé des grogs.

— J'essaie juste de me représenter bien clairement la scène. Vous êtes tranquillement chez vous, c'est dimanche après-midi, et il pleut comme vache qui pisse. Tu roupilles dans ton fauteuil, et tu ronfles comme un tracteur, si ma mémoire est bonne, et Audrey regarde par la fenêtre en se demandant ce qu'elle pourrait bien faire. Tout d'un coup elle se dit : "Tiens, je sais. Je vais passer chez les voisins emprunter du whisky sans même savoir s'ils en ont, et je vais préparer un bon petit grog pour le réveil de mon mari aimant." Qu'est-ce qui peut bien me faire trouver ce scénario bizarre ? »

La même chose que moi. C'était de la foutaise pure et simple. Ou plutôt en partie. C'est vrai, Audrey m'avait préparé un grog. Elle me l'avait tenu au chaud pour quand je rentrerais de l'avoir poussée de la falaise. Pourquoi, je n'en sais rien, mais le grog était là, tout chaud et fumant devant l'âtre. Comme Audrey elle-même.

J'ai essayé de la convaincre.

« Mais c'est toute la question, Iss. C'est pour ça que je m'inquiète pour elle. Son comportement n'est pas rationnel. Ce n'est pas facile pour nous, depuis que les Newdick se sont installés. La clientèle qui diminue, les soucis d'argent, moi qui broie du noir à la maison toute la journée. »

Iss s'est passé les doigts dans les cheveux comme si son cerveau lui faisait mal.

« Je ne sais pas, Al. D'abord tu me dis qu'elle est sortie parce qu'elle a un problème d'alcool, maintenant tu me dis que c'était pour tenter d'arranger les choses entre vous. Alors c'est l'un ou l'autre ?

— C'est un peu les deux, Iss. Les choses ne sont pas toujours bien tranchées en ce bas monde. »

Elle s'est levée et s'est mise à arpenter la caravane, faisant trembler le plancher décati à chaque pas. C'est leur point faible, aux caravanes. Dans notre jeunesse, quand on batifolait nus comme des vers, tandis que Ted était dans sa petite cabane au sommet de la falaise et qu'Audrey était partie s'occuper de son vieux, on manquait la faire tomber de son perchoir presque tous les jeudis après-midi. Qu'est-ce que ça pouvait nous faire ? C'était encore meilleur comme ça, à l'étroit et à la sauvage, comme si on était prisonniers de nous-mêmes, et que c'était notre châtiment, de nous la donner comme si on cassait des cailloux. La caravane aurait pu rouler en bas du terrain et basculer de la falaise, on n'aurait pas arrêté. On vivait pour ça, à chaque minute. C'était difficile à concevoir, après tout ce temps.

« Et tu l'as bu, alors, ce grog ?

— Bien sûr.

— Il t'attendait quand tu t'es réveillé ?

— Pas littéralement, quoi. Je me suis réveillé et elle a dit : “Tu veux un grog ?”

— Et t'as dit : “Oui, Audrey, quelle bonne idée.” À ta femme, cette alcoolique en herbe.

— Elle n'est pas alcoolique, Iss. Elle boit trop, c'est tout.

— Et pourquoi tu ne nous as pas dit tout ça dans la voiture ?

— Je ne voulais pas vous emmêler les pinceaux. C'est vrai, quoi, la moitié du village en a un, de ciré jaune, non ? Je ne pensais pas que c'était important, qu'Audrey soit sortie pour aller chez les voisins.

— Pas important ! Qu'Audrey soit allée chez Kim

Stockie, la seule maison du village qui pourrait avoir un rapport avec la disparition de Mimi ? Elle a peut-être vu quelque chose. Tu lui as demandé ?

— Bien sûr que je lui ai demandé. Et les flics aussi. Elle n'a rien vu du tout.

— Tu la crois ?

— Pourquoi je ne la croirais pas ? Elle n'a aucune raison de mentir sur un truc pareil, si ?

— Ah non ? »

Elle m'a regardé, les yeux pleins de souvenirs, les siens et les miens, et tout le bordel entre.

« Elle sait, Al. Elle a toujours su. Elle n'a jamais aimé Miranda. Même quand elle était dans son landau, elle la regardait comme si elle sortait de *Rosemary's Baby*. Elle la déteste.

— Détester, je ne dirais pas ça.

— Tu dirais quoi alors ? Oh, bon Dieu, Al. Notre Miranda. Qu'est-ce qui lui est arrivé ? »

Elle s'est mise à pleurer, à gros sanglots. Notre Miranda. C'était la première fois qu'elle l'appelait comme ça. Comme des couteaux, ça m'a fait, qui m'entraient dans le cœur. Et vous savez quoi ? J'ai eu envie de lui dire, de lui dire ce qui s'était passé, ce que je pensais avoir fait, j'aurais voulu lui expliquer les raisons, lui dire que je n'avais jamais voulu ça, que je n'aurais jamais fait de mal à Miranda, jamais. Mais j'étais là, face à elle, écrasé par le poids de mes actes. J'avais envie que tout s'écroule sur moi, de sentir de nouveau trembler la caravane, de la sentir vaciller au seuil de la catastrophe. Et si Iss avait voulu, j'aurais enlevé les freins moi-même, et je nous aurais tous précipités dans l'abîme, elle, moi, et Miranda, histoire qu'on se retrouve tous ensemble en bouillie au fond. Il aurait approuvé, le vieux grincheux, non ? Iss était la mère de Miranda, mais j'étais son père, bon sang. J'étais son père.

Mais je n'ai rien dit. J'ai juste mis un bras autour d'elle et l'ai fait asseoir. Elle ne m'a pas repoussé comme je m'y attendais, mais s'est essuyé les yeux et a regardé par la fenêtre. Je nous ai préparé du thé, et j'ai mis un bon paquet de sucre dans le sien. Iss a toujours eu le bec sucré. Miranda aussi. Nous avons bu en contemplant le terrain en pente, et la mer au-delà. Était-elle vraiment là-dedans, emportée Dieu sait où comme un bout de bois, ma belle Miranda, réduite à un fragment d'épave ? Et cette main qui tenait cette tasse, lui avait-elle vraiment fait ça ? Si seulement j'avais mieux regardé, considéré ses jambes ou n'importe quoi d'autre, sa taille, ses mains. Mais ce ciré jaune, c'est tout ce que j'avais vu, tout ce que j'avais besoin de voir. Je savais qui était dedans, non ?

Iss s'est essuyé les yeux et s'est reculée, enfonçant les doigts dans la banquette en mousse.

« Tu as raison. On n'aurait pas dû se retrouver ici. Ce n'est pas un bel endroit, avec toute cette tromperie et cette duplicité. Tu amènes toujours des femmes ici ?

— Iss.

— Alors c'est oui. Bon Dieu. Quelqu'un que je connais ?

— Iss. Ce n'est plus pour moi, ce genre d'histoires.

— Non ? Alors pourquoi tu es si nerveux ? Si t'étais au volant, on serait aux urgences à Dorchester, là. Qu'est-ce qu'il y a ? La femme mystère a laissé quelque chose ici ? »

Elle a surpris mon regard. J'observais les tasses suspendues au crochet au-dessus du réchaud. Miranda, elle les suspend n'importe comment, mais moi, je les mets toutes dans le même sens, comme des soldats à la parade. C'était Miranda qui m'avait dit ça, une fois. « Tu devrais t'engager dans l'armée, Al, tout est prêt pour l'inspection. Regarde, même les biscuits, on dirait qu'ils sont en train de défiler », puis elle avait éclaté d'un rire de gorge qui sortait de tout son être et s'en était fourré un dans la bouche. Les tasses étaient toutes en ordre, sauf les deux dernières, au bout. Elles étaient dans le mauvais sens. Du Miranda tout craché. Mais là, je me suis rappelé la dernière fois qu'on était venus ; elle faisait la vaisselle, et j'étais à côté d'elle, on plaisantait sur le Brésil et toutes les femmes que je ne verrais pas. C'était *moi* qui avais suspendu les tasses, pas Miranda. Il était impensable que je les aie mises dans ce sens. Impensable. Ce qui signifiait…

« Qu'est-ce qu'il y a, Al ? Tu me caches quelque chose, je le sais.

— Iss. Il n'y a rien. »

J'ai essayé de ne pas y penser. À l'extérieur, la lumière était éblouissante. Ça me faisait mal aux yeux, cette clarté.

« Je ferais mieux de rentrer. Je n'aime pas laisser Audrey seule trop longtemps.

— Non, il ne faut pas qu'on perturbe Audrey. » Elle m'a pris le bras, les yeux soudain radoucis. « Tu me le dirais, n'est-ce pas, si tu savais quelque chose ? Elle compte forcément un peu pour toi.

— Un peu ? C'est la principale raison qui me fait rester ici.

— Vraiment ? »

Elle s'est reculée ; tous les muscles de son corps se sont soudain relâchés, ses épaules se sont affaissées, comme si toute vie l'abandonnait. J'avais eu tort. Ce n'était pas la détermination qui la faisait tenir, c'était l'espoir, et je venais de le lui ôter brusquement de sous les pieds.

« Je sais que je ne devrais pas dire ça, Al, mais une partie de moi pense que je ne la reverrai jamais. Je sais que je devrais rester positive, mais je ne peux pas m'en empêcher. Elle est partie, Al, je le sais dans mes os. Je ne sais pas pourquoi, je ne sais pas comment, mais elle est partie. Et tu n'as rien à dire pour me faire changer d'idée, si ? »

Je suis resté sur le pas de la porte pour la regarder partir, puis je suis rentré, je les ai décrochées. *Deux tasses*. Pas seulement Miranda, mais Miranda et quelqu'un d'autre. Kim ? Est-ce qu'elle retrouvait Kim ici en cachette, les après-midi où elle savait que je bossais, ou le soir, dans l'obscurité et le secret, prête à l'action, remontée comme un ressort ? Bon Dieu, je la connaissais, cette sensation délicieuse. Est-ce que c'était pour ça qu'elle était si sympa avec moi, parce qu'elle voulait profiter de la caravane ? Je me rappelais le jour où j'avais proposé qu'elle ait sa clef elle aussi : son visage était resté pratiquement impassible. On aurait dit qu'elle n'attendait que ça, mais ne voulait pas le montrer. J'avais attribué ça à ce sentiment d'intimité avec *moi*, qu'elle ressentait sans pouvoir l'expliquer vraiment. « Je pourrais préparer le thé en avance, comme ça », qu'elle avait dit. Mais elle ne l'avait jamais fait, pas une seule fois. J'étais toujours le premier arrivé.

J'ai recommencé à fouiller la caravane, un peu plus rigoureusement cette fois-ci ; sous les banquettes, dans le placard à alcool, la petite chambre du fond. Il n'y avait rien là, mais je suis retourné là où nous avions l'habitude de nous asseoir, j'ai soulevé les coussins, retiré les housses. Elle avait fourré là un de ses magazines, avec Victoria Beckham sur la couverture, la moitié des dents noircies et un bandeau sur l'œil gauche. J'ai regardé la date. Il datait de la semaine précédente. Miranda était venue ici, il y avait moins de six jours, à mon insu. J'ai trouvé ça trop injuste, qu'elle soit venue ici dans mon dos, pour utiliser la caravane comme je le faisais autrefois, qu'elle me prenne pour une poire. Pour la première fois, j'ai envisagé de m'en débarrasser. Depuis qu'elle venait me voir ici, la caravane avait gagné une sorte d'innocence, comme un coup de peinture fraîche. Maintenant tout cela s'était envolé. Je n'avais qu'une hâte : sortir de là.

Mais ce n'était pas si simple. Je savais que je ne pouvais pas retourner à Audrey tout de suite. Il y avait une autre étape qui m'attendait. En verrouillant la porte de la caravane, je l'ai senti qui me tiraillait la nuque, comme s'il m'observait : le phare, avec le buisson d'ajoncs et le petit renfoncement, le tout à moins de cinq cents mètres, immobile et silencieux, sans rien pour trahir ce qui s'était passé. Mais peut-être y avait-il quelque chose sur place, quelque chose que j'avais négligé, un lambeau de tissu, un bouton caché dans l'herbe, un indice révélant qui j'avais poussé. C'était insensé, mais il fallait que j'y aille, me poster là où je m'étais posté, revoir la scène.

J'ai coupé à travers champs pour rejoindre le sentier. Il y avait quelques benêts prêts à lever leur bonnet pour me saluer comme un des leurs, sur cette partie du littoral, impossible de les louper, ces ahuris amoureux du grand air, avec leurs plans détaillés, leurs chaussures de marche et leurs sacs à dos pleins de barres énergétiques à la menthe – mais ils n'ont eu qu'à croiser mon regard pour se hâter de passer leur chemin. Ça ne m'a pas pris longtemps, d'arriver en haut de la pente ; j'avais les champs de Farmer Sparrow à ma gauche, et Portland Bill n'était qu'une petite bande argentée sur la mer. Quand j'étais petit, il y avait un centre de détention pour mineurs sur le Bill, hypersévère, avec une carrière pour les travaux forcés, et des matons aussi coriaces que les cailloux qu'ils faisaient casser aux lascars. Papa disait toujours que c'est pour ça qu'il était obligé de me corriger à coups de ceinturon, parce que s'il ne le faisait pas, c'était là-bas que je finirais. Comme s'il en avait quelque chose à foutre. C'était juste une excuse pour faire du mal à maman, rien de plus. C'est pour ça que j'ai appris à sourire, à sourire pendant qu'il me flanquait sa raclée, à sourire après coup, pour qu'elle ne devine rien sur mon visage. Le problème, c'était que mon sourire avait pour effet de le faire cogner encore plus fort, et je devais sourire encore plus fort moi aussi. Si c'est pas un cercle vicieux, ça. Quand il est mort, j'ai commandé une couronne spéciale. Tout le monde a été un peu surpris, à vrai dire, parce que ce n'était pas un secret qu'on n'était pas les meilleurs amis du monde – mais non, j'ai insisté, la famille, c'est la famille, et c'était mon père après tout. Alors il y a eu droit, à ma couronne, sur le couvercle de son cercueil, haut de gamme et tout. Dans tout Acton, qu'elle a défilé, dans High Street, devant le garage où il bossait, jusqu'au crématorium. Devinez ce qu'il y avait au milieu, dessiné en chrysanthèmes ? Un grand sourire, putain, c'est ça qu'il y avait. Un putain de grand sourire, comme si c'était moi qui me fendais la poire sur son cercueil, heureux qu'il ait claqué, ce connard. Une marche funèbre ? C'est à peine si je pouvais mettre un pied devant l'autre tellement je rigolais.

Tout d'un coup, je me suis retrouvé au sommet. J'avais oublié qu'on y arrivait si vite par ce côté-là. Tout s'étalait là, devant moi, comme une scène vide, où il n'y avait que moi, le tumulus, le buisson d'ajoncs en dessous, et en face le petit renfoncement. Il n'y avait personne alentour. Personne. Un après-midi de fin d'été sur le point de vue pittoresque du village et j'étais seul. Ça ne semblait pas naturel. J'ai levé les yeux, m'attendant à moitié à voir Audrey perchée sur le talus, un verre de whisky à la main, mais il n'y avait rien là non plus. De ce one-man-show, j'étais à la fois l'acteur et le seul public.

Debout, immobile, je me suis imprégné du spectacle. L'herbe était douce, taillée comme un terrain de golf, mais tout semblait comme aspiré par le rebord du précipice. Je me suis avancé, j'ai contourné le buisson d'ajoncs jusqu'au petit passage où j'avais attendu ce jour-là. Je le connaissais bien, ce buisson. Il y avait assez de place pour deux à l'intérieur, et si on pensait à ne pas se redresser dans les dernières extrémités, il pouvait être très confortable, d'ailleurs. Pas aussi torride que la caravane, mais quand même bien extrême, entre les épines et les ongles qui s'enfonçaient dans votre dos et la perspective d'un débarquement de pékins en anorak passant prendre le thé. Je me suis accroupi derrière, comme je l'avais fait dimanche après-midi, et j'ai essayé de me remémorer la scène, comment elle se tenait, de quoi elle avait l'air, sa taille, sa largeur, son port de tête. J'ai essayé de me la représenter, montant le sentier à grands pas, faisant irruption sur la scène, face au vent et à la pluie, s'approchant du rebord.

Le rebord.

J'ai dressé la tête et l'ai embrassé du regard. Je voyais la mer au loin, scintillant comme la boîte à bijoux d'un nabab, et je voyais la ligne verte à l'endroit où la falaise s'arrêtait, mais, entre les deux, il y avait une sorte de zone plate, presque solide, comme un néant, comme une trappe suspendue dans l'espace. J'ai fait un pas en avant, jusque-là où elle s'était postée ce jour-là. Non, pas tout à fait. J'étais trop loin. J'ai fait un pas en avant, puis un autre. Voilà, c'était déjà mieux. J'étais près du précipice maintenant, plus près que je ne l'avais jamais été. J'entendais le bruit de succion de la mer en dessous, je sentais son haleine qui remontait la falaise. J'ai fermé les yeux, m'efforçant de penser à ce que j'avais vu, à ce que j'avais entendu. On l'aurait dit venu d'outre-tombe, ce cri plein de terreur, comme arraché du tréfonds de son âme. Si j'y avais prêté une oreille attentive, j'aurais su que ça ne pouvait pas être

Audrey. Audrey était fâchée contre moi, sans doute, mais ce n'était rien qu'elle ne puisse supporter, rien qu'elle n'ait supporté auparavant. Il en fallait beaucoup plus pour qu'Audrey se mette à hurler comme ça ; Carol perdant une jambe dans la Grande Barrière de corail en Australie, par exemple, ou moi écrasant notre chien en faisant une marche arrière. Et pour ce qui est de Miranda, ça ne semblait pas très vraisemblable non plus. Elle s'était engueulée avec son père, rien de plus. Pas une raison pour venir gémir ici comme si elle entendait s'écrouler les murailles de Jéricho. Elle se remettait avec Kim, non ? Ce n'était pas ce qu'elle lui avait dit ? Elle aurait dû être heureuse, pas triste. Peut-être n'était-ce pas Miranda. Pour la première fois, une petite lueur d'espoir a percé la barrière opaque de mon ciel plombé.

J'ai ouvert les yeux. Je ne pouvais pas y couper maintenant. Je devais regarder. Après tout, il était tout à fait possible qu'elle soit encore là. J'ai fait un pas en avant ; le bout de mes chaussures touchait le bord du néant, le vent me fouettait le visage. Je voyais plus bas que le rebord de la falaise, mais pas jusqu'au fond. J'ai plongé les yeux dans la direction où je ne pouvais voir, là où c'était blanc et vide. Ça tourbillonnait dans ma tête comme une tempête de neige, mon esprit n'avait rien à quoi s'accrocher, se fixer. Il fallait que je voie au-delà, là où ça s'arrêtait, le bas de la falaise, les rochers, la mer. Alors j'ai fait un truc que je n'aurais pas dû faire. Je me suis penché en avant. C'est possible quand le vent vient du large. Le vent vous retient, vous comprenez, alors vous pouvez vous pencher plus que vous ne le devriez en principe, plus que votre équilibre ne peut le supporter naturellement. C'est une pratique courante chez les vacanciers adolescents. Ça leur donne l'air un peu sorcier, l'air de connaître les cycles des marées et du vent. Regarde-moi, maman ! Je suis le roi du monde ! Puis le vent retombe et ils découvrent qu'ils ne sont pas du tout des sorciers, mais des crétins patentés, en route vers la sortie. Au revoir maman, ciao papa, c'était sympa de me connaître, non ? C'est réglé comme du papier à musique : Ted Grogan se tape de repêcher un corps une fois par an. Et voilà que j'étais là à mon tour, aussi ramolli du bulbe que les meilleurs d'entre eux, à défier le vent de retirer le tapis de sous mes pieds.

Mais ça a marché. À présent, je pouvais voir le point que j'avais besoin de voir, dans toute sa splendeur. Le vent fouettait mon corps, la craie luisait comme si elle venait d'être poncée : on aurait dit une piste dévalant vers le point où tout démarrait, le point d'impact entre l'immensité de la falaise, le scintillement des rochers et la profondeur de la mer mentholée qui affluait et refluait sans cesse comme pour les bercer. Il y avait un grondement dans mes oreilles, le monde tournoyait autour de moi, mais en bas il y avait une sorte de calme ; on aurait dit que rien ne pouvait changer cet ordre immuable, ni la mer, ni le vent, ni même un corps tombé du ciel. J'ai plissé les yeux, en quête d'un lambeau jaune, d'une mèche brune, ou même d'une traînée rouge à l'emplacement où sa tête aurait éclaté, mais tout était bien lessivé, amidonné et plié. Il n'y avait rien là, rien. Et en contemplant ce vide, j'ai brusquement réalisé ce que j'avais fait. J'avais poussé quelqu'un, ici même, il n'y avait pas deux jours. Il n'y avait pas signe d'elle maintenant, pas en bas, pas en haut, mais elle s'était tenue là, sur cette même parcelle de gazon, et, tout aussi sûrement, elle avait sombré en bas, son corps avait cogné contre ces rochers dans sa chute. Je m'étais précipité sur elle et je l'avais poussée. Une femme qui ne m'avait rien fait, une femme que je ne connaissais pas, une femme qui ne me connaissait pas. Peut-être qu'elle allait sauter de toute façon. Peut-être que non. Peut-être qu'elle s'était fait pousser des ailes et qu'elle s'apprêtait à s'envoler pour Bayeux, histoire de pisser sur leurs tapisseries. Qui sait ? L'important, c'est que la décision aurait dû lui revenir, à elle. Pas à moi. J'avais mis fin à une vie. Et je devais découvrir à qui elle appartenait.

Il était temps de m'en aller. Je m'apprêtais à reculer, mais, vous savez quoi, je me suis aperçu que reculer, c'est plus difficile qu'avancer. Quand vous mettez un pied en arrière, tout votre poids repose sur le pied avant. En temps normal, on n'y prête pas tellement attention, mais quand le pied en question est posé en équilibre au-dessus d'un précipice de quatre-vingts mètres, ça soulève l'épineuse question de la distribution du poids. Est-ce que ce petit bout de terre peut en supporter la totalité ? Quel pied vaut-il mieux déplacer, le droit ou le gauche ? Est-ce que c'est un soupçon d'instabilité qui remonte le long de votre cuisse, ou un filet d'urine qui descend ? Je me suis figé, sans savoir que faire, me demandant s'il ne vaudrait pas mieux me laisser tomber sur le cul et me hisser en arrière sur les coudes. Et là je l'ai vue, flottant péniblement entre les rochers. D'abord, j'ai cru que c'était un phoque mais, à moins d'être un peu dérangés, les phoques ne se cognent pas la tête contre les rochers. C'était une botte. Elle ne flottait pas vraiment, en fait, elle était plutôt coincée dans une fente cachée. Verte, ou noire, je ne pouvais pas en être certain, mais c'était une botte, une botte Wellington. Est-ce qu'elle portait des Wellington, Miranda ? Oui, des vertes, avec des petites sangles en haut de la tige. Je me rappelais l'avoir vue les enlever un jour dans la caravane, dessous, elle portait des grandes chaussettes à rayures jaunes et rouges. Elle avait son nom marqué à l'intérieur, en plus, pour quand elle les laissait au vestiaire de la cantine. Si je pouvais réussir à faire approcher Kim en bateau…

Le choc m'a projeté en arrière. J'étais hors d'haleine comme si je venais de faire un cent mètres.

« Ça va, monsieur Greenwood ? »

Adam Rump se tenait là, pile au milieu de la pelouse. Il a tendu la main pour me faire signe d'approcher.

« Vous êtes bien près du bord, monsieur Greenwood. Je me sentirais beaucoup plus à l'aise si vous vous éloigniez pour de bon. Le vent peut être extrêmement dangereux par moments. Ils devraient vraiment mettre une clôture. »

J'ai reculé, vexé de m'être fait surprendre ainsi.

« Vous étiez en balade ? a-t-il demandé.

— Quelque chose comme ça.

— Ma femme et moi, on venait tout le temps ici

quand on a commencé à se fréquenter. C'est un coin très populaire chez les jeunes couples. »

J'ai pensé au buisson d'ajoncs. Ça n'avait pas l'air d'être son genre.

« Audrey essaie toujours de me faire faire davantage d'exercice. C'est mauvais pour le maintien, qu'elle dit, de rester assis derrière un volant toute la journée.

— Si vous tombez, ce n'est pas mieux. »

Il m'a contourné pour se placer entre moi et le vide. J'ai essayé de prendre la chose à la légère.

« C'était stupide, je sais. Mais parfois, c'est difficile de résister à la tentation de contempler les abysses.

— Eh bien, essayez, je vous le conseille… »

Il a laissé sa phrase en suspens. Il regardait partout autour de lui, la bosse, le creux, le buisson. Qu'est-ce qu'il pouvait bien foutre là ?

« Vous prenez l'air vous aussi, vous avez fini votre enquête, alors ?

— Pas tout à fait. La gardienne du parking pense avoir vu quelqu'un monter par là dimanche après-midi, à l'heure de la fermeture. Avec un ciré jaune, en plus. Je me suis dit que j'allais monter jeter un coup d'œil par ici. Elle aime bien marcher, vous pensez, Miranda Grogan ?

— Pas spécialement. Et par un temps pareil ? Quelle idée ? Que ce soit elle ou une autre ?

— L'envie de contempler les abysses ? »

Il s'est avancé, a essayé de regarder en bas. Il n'aimait pas plus que moi s'approcher du rebord.

« Vous avez vu quelque chose ?

— Des rochers, c'est tout. Pas d'imper jaune, si

c'est à ça que vous pensez. Elle n'est pas du genre à sauter, inspecteur.

— Les gens ne tombent pas toujours de leur plein gré, monsieur Greenwood. Les gens ont des accidents, ou pire. » Il a souri et ses yeux se sont attardés sur le buisson. « Bon, je ne veux pas vous retenir. Je vais juste fouiner ici deux minutes encore. »

Je suis retourné à ma voiture et j'ai roulé aussi vite que mes suspensions me le permettaient ; j'avais toujours les pieds sur le bord de ce précipice. Quand je suis rentré, Audrey était à côté du bassin, elle parlait à Torvill et Dean. Elle était tellement absorbée qu'elle ne m'a pas remarqué. Je l'ai observée depuis le petit portail. Elle leur faisait les gros yeux et agitait vers eux un index vengeur, comme si elle était en train de les gronder. Ça ne me plaisait pas qu'Audrey parle à mes poissons. Je leur parlais, moi, mais je savais quel ton employer. Si elle montait d'un ou deux décibels de trop, elle allait les tournebouler aussi sec.

« C'est tout lui, elle disait. C'est tout lui.

— Qu'est-ce qui est tout moi ? »

Elle a levé les yeux, agacée de ne pas m'avoir entendu arriver.

« De débarquer sans prévenir quand personne t'a sonné. »

Elle s'est redressée et a replié son doigt. Dean, j'ai remarqué, était à l'autre bout du bassin, planqué sous une fougère. Il avait la tête sur les épaules, ce poisson.

« Alors, elle tient le choc ?

— Mieux que je ne pensais, en fait.

— Des nouvelles ?

— Pas à ma connaissance.
— Ça doit être dur pour elle, cette incertitude.
— Attention, Audrey. Ta compassion va se voir.
— Je suis mère moi aussi, Al. Je sais ce que c'est. Quoi que j'aie pu penser d'elle, je ne souhaite ça à personne. »

Elle s'est relevée et a tapoté sa coiffure. Elle avait les cheveux raides comme un casque. Elle s'était encore aspergée de laque. Elle portait un chemisier à jabot et un pantalon fuseau. Un que je n'avais encore jamais vu, ceinturé haut sur ses hanches. Il ne lui manquait plus qu'un cheval et elle était prête pour la bataille de Naseby[1].

« Tu t'es changée, à ce que je vois.
— C'est parce que tu m'emmènes chez M. Singh. J'ai envie d'un curry. »

Ça, s'il y a un truc qu'on a en commun, Audrey et moi, c'est qu'on aime tous les deux le curry, et bien corsé. Quand on a commencé à sortir ensemble, on se faisait la compétition pour voir lequel de nos deux gosiers avait la meilleure assurance incendie, le sien ou le mien. On s'asseyait face à face et on s'empiffrait, massala au piment, jalfrezis de poisson, assiettées de vindaloos d'une puissance de feu industrielle, on se rengorgeait, les joues rebondies de plaisir, et on faisait couler le tout à grandes lampées de Kingfisher en canettes de soixante-six centilitres, et je vous le dis, ça dépotait. On ne s'était jamais aimés tant que ça, mais une session de curry semblait toujours arrondir

1. Bataille clef de la première révolution anglaise (1645). *(N.d.T.)*

les angles ; toute la pression nous ressortait comme du feu par les narines. J'aimais son odeur ensuite, en plus, quand elle s'allongeait sur le siège arrière, les pores ouverts, dégoulinants de sueur, la peau empestant les épices. Encore maintenant, c'est une question de principe pour nous, un bon curry. Quand un voisin de table commande un agneau pasanda ou cette fadaise de dansak, on rigole bien. « Et une assiette pour les mauviettes », je dis. « Je reprendrais bien une beigne », et elle enduit généreusement son couteau de pickle au citron extra-fort et l'étale comme de la confiture de fraises sur un nan nature, me le fourre dans la bouche, puis mord dedans à son tour, et nous sourions jusqu'aux oreilles. Ils ne savent plus où se foutre, avec leurs pappadums.

La faim m'est tombée dessus tout à coup, une faim de loup à vrai dire. Un curry. Un curry bien juteux, bien épais, bien gras. C'était exactement ce dont j'avais besoin.

« Tu sais quoi, Audrey ? C'est la meilleure idée que t'aies eue de la semaine. Laisse-moi juste me débarrasser de ces frusques et me passer un petit coup de flotte et on y va. T'as réservé ?

— Pour sept heures. Va dans la salle de bains de la chambre d'amis. Il y a des serviettes propres. »

J'ai fait comme elle m'a dit, agréablement surpris. Des serviettes bleues dans la salle de bains bleue. J'ai versé des sels de bain, je me suis mis à l'aise et me suis fait une bonne trempette. Je tâchais de ne pas penser à la pauvre vieille Fouine en train de roidir au bas de son escalier. Si personne ne la retrouvait, il faudrait que je fasse quelque chose à son sujet. C'est vrai, quoi, ce n'était que justice. Le moins que je pouvais faire, c'était de m'assurer qu'elle soit enterrée dans un laps de temps raisonnable. Entre le réchauffement climatique et les poubelles de Kim Stockie, nous avions eu une invasion de rats cet été, et je n'aimais pas les imaginer en train de trottiner le long du couloir pour aller lui grignoter le nez. Une fois ce problème réglé, je pourrais me concentrer sur l'essentiel. La botte Wellington, où était allée Audrey, et ce qui était arrivé à Miranda. Sans parler du sac du major.

L'un dans l'autre, la suite s'annonçait chargée.

8

Le repas n'a pas été une réussite. On se serait cru en train de se gratter une croûte sans pouvoir apaiser la démangeaison. Les plats qu'on disposait devant moi n'arrivaient tout bonnement pas à produire l'effet recherché. Audrey a eu la même impression, elle est même allée jusqu'à questionner M. Singh sur la puissance du pickle au citron vert. Il manque plusieurs mégatonnes, s'est-elle plainte. Singh s'est contenté de secouer la tête en disant que c'était le même que d'habitude. Elle s'est rappuyée sur le dossier de sa chaise, le front luisant sous le coup de l'effort gâché. La chaleur avait rendu son chemisier à jabot à moitié transparent. Elle portait son plus beau balconnet pourpre. Elle était d'humeur à pinailler.

« Vous êtes en train de me dire que c'est moi, que j'ai changé, que je suis devenue insensible, comme avec la pénicilline ? » Singh a levé une main apaisante. Il avait les doigts les plus propres que j'aie jamais vus sur un homme, fins et délicats, la peau fripée comme un vieux parchemin, blanche dans les rides.

« Ne forcez pas trop sur le pickle, madame Greenwood, je vous en supplie. Entre la pénicilline et mon pickle, rappelez-vous, c'est mon pickle qui tue le plus de microbes », et il s'est éloigné, secouant la tête en riant. Audrey lui a jeté un regard noir.

« Je ne savais pas que tu étais insensible à la pénicilline, ma chérie », j'ai dit. Audrey a vidé d'un trait sa Cobra et balancé sa serviette sur la table.

« Il y a un tas de trucs que tu ne sais pas sur moi, Al. Dix pour cent d'entre eux sont entre moi et mon coiffeur, le reste, c'est entre moi et moi, point. On y va ? »

En remontant dans la voiture, je me suis fait la réflexion qu'Audrey n'était pas loin de la vérité. Elle avait changé, Audrey, on avait changé tous les deux, comme dans un film de science-fiction. Mon propre corps me semblait bizarre depuis que je l'avais trouvée devant ce feu de cheminée, comme s'il n'était plus vraiment à moi, comme celui d'Audrey n'était plus le sien, comme si, depuis cet instant sur la falaise, je ne faisais que faire semblant machinalement d'être moi et qu'Audrey en faisait autant. Je me suis rappelé cet instant après l'aube, quand elle avait regardé ce qu'on était en train de faire avec une espèce de fascination malsaine, comme si elle n'arrivait pas tout à fait à en croire ses yeux.

« Comment tu te sens, Al ? » avait-elle dit, les lèvres lourdes, lentes, comme si les mots étaient lestés de petits poids. Moi aussi, les mots me sortaient curieusement de la bouche, comme s'ils y gonflaient, hésitant à sortir.

« Je ne sais pas trop. Un peu bizarre, à vrai dire.

— Comme si ce n'était pas toi qui étais en train de faire ça, tu veux dire ?

— Non. Comme si ce n'était pas toi. »

Elle m'avait pris par le cou, le visage tout contorsionné, pas de plaisir, mais pas de douleur non plus. Un autre état, à mi-chemin.

« Peut-être que t'es dans le vrai. Tu y as pensé ?

— Dans le vrai sur quoi ?

— Sur moi, Al ! Peut-être que ce n'est vraiment pas moi ! »

Sur la route du retour, je n'ai pas arrêté de la regarder du coin de l'œil, et sa voix bourdonnait dans ma tête. Et si ce n'était plus elle ? Et si je l'avais poussée, finalement, et que ça, c'était autre chose ? Et si j'étais tombé avec elle et que nous étions tous les deux morts, dans une espèce d'enfer, moi pour l'avoir tuée et elle pour ce qu'elle avait fait, allez savoir quoi. Ou peut-être que c'était mon enfer et son paradis, d'être là pour me tourmenter jusqu'à l'appel de la trompette. Ne vous méprenez pas. Je ne pensais pas réellement être mort. Je ne pensais pas réellement être en enfer, mais j'étais dans un endroit que je ne connaissais pas, un endroit sulfureux.

« Bon sang, je suis en feu », a dit Audrey. Ça la prenait aussi.

« Et toi qui te plaignais du pickle.

— Je parle pas de la nourriture, Al. Il y a un orage qui se prépare. Tu le sens pas qui te colle à la peau ? » Elle a tiré sur le jabot de son chemisier comme si elle était en train de prendre feu. « T'aurais pas dû boire tant de bière.

— Il n'y a pas de flics dans le coin à cette heure-ci. Il est trop tôt.

— Je ne pensais pas à la police. » Elle a défait un bouton. « Et si tu te garais sur l'aire de repos ?

— Audrey ! J'ai eu une longue journée.

— L'aire de repos, Al. »

Va pour l'aire de repos. Pas d'autre voiture, surprise surprise. Je me suis garé en face de la vieille borne militaire qui marquait l'emplacement de l'ancienne route, à l'endroit où on a vue sur la côte, même si on n'y voyait pas grand-chose, avec ce ciel bas, noir et menaçant. Mais on le sentait qui se refermait sur vous, prêt à vous faire basculer de l'autre côté. Ma nuque s'est mise à transpirer, mes mains sont devenues toutes moites sur le volant. Il a commencé à pleuvoir, une simple bruine au départ, puis une bonne averse bien drue ; de grosses gouttes épaisses tambourinaient sur le toit et le sol, implacables, chaudes et suffocantes, comme si les dieux étaient en train de se soulager. Ma vessie s'est mise à enfler. Audrey s'est penchée en avant pour rallumer les phares. Dehors, la pluie faisait rebondir la terre par petites mottes.

« Qu'est-ce que ça dit ?

— Qu'est-ce que dit quoi ?

— Cette pierre. Qu'est-ce qu'elle dit ?

— C'est une borne militaire, Audrey. Elle ne dit rien du tout. Juste la distance qui reste.

— Et alors, ça donne quoi ? » Elle a ri, puis ajouté : « Des fois, j'ai l'impression que je ne peux pas en supporter davantage, Al.

— Supporter quoi ?

— Ça. Des fois… »

Le tonnerre a éclaté au-dessus de nos têtes. Les éclairs cinglaient les arbres, comme s'ils essayaient d'entrer de force, et une soudaine bourrasque a fait tomber les feuilles restantes. Audrey a gigoté sur son siège. Je sentais déjà l'odeur du curry sur sa peau. La voiture s'est mise à vibrer.

« Je ne voudrais pas être dehors par un temps pareil », j'ai dit en mettant les essuie-glaces. Je m'efforçais de rester désinvolte.

« Nous sommes dehors par un temps pareil.

— Tu m'as compris. »

Un éclair a zébré le ciel. De l'autre côté de la vallée, on a distingué le champ de tir, et les nouveaux mannequins disposés comme une rangée de canards géants. Nous étions plus près d'eux que du pavillon. Ils semblaient à la fois réels et irréels, proches et pourtant lointains, immobiles et pourtant chargés d'une sorte de mouvement statique.

« On allait là-bas, avant, a dit Audrey, toi et moi.

— Je me rappelle.

— Faire toutes sortes de choses. »

Elle scrutait les ténèbres.

« Ça t'arrive d'avoir des mauvaises pensées, Al ?

— Quoi ?

— Des mauvaises pensées. Est-ce que tu en as, de très mauvaises pensées ? Moi oui.

— Ah bon ?

— Tout le temps. Toute la sainte journée, bon sang.

— Et tu en as maintenant, de ces mauvaises pensées ?

— Oui.

— À quel sujet ?

— Tous. Le réchauffement climatique. L'extinction de la race humaine. Toi.

— Moi ? Quoi moi ?

— Je me demande le genre de bêtises qu'un homme comme toi pourrait faire par une nuit pareille. Ce que tu pourrais faire à quelqu'un d'autre, ici même, quand il n'y a personne pour l'entendre appeler au secours.

— Quel genre de choses ?

— Des mauvaises choses. Mauvaises pour l'autre, mauvaises pour toi. Notre monde est fait pour les mauvaises choses, non ? Regarde notre village, notre petit pavillon, Kim, les Newdick, Miranda, le mal s'est emparé de tout. » Elle a posé la main sur ma jambe. « C'est pour ça que j'avais envie de sortir ce soir, comme on faisait quand papa était encore en vie. Tu m'emmenais toujours ici après un curry, tu te souviens ? Tu aimais ça, après le curry. Ton pourboire, tu appelais ça.

— Ce n'est plus pareil maintenant.

— Pourquoi ?

— Parce que. Pour plein de raisons. Ton père est mort. On est mariés. Et puis, ça remonte à vingt ans. On a passé l'âge.

— On a l'âge de quoi, maintenant, Al ? Le golf pour moi ? Les poissons pour toi ?

— Ça fait un moment que t'as pas joué au golf.

— Je vais y jouer demain, il se trouve. Avec Tina, si le temps se lève. Je l'ai appelée en rentrant de Wareham. Ça lui a fait plaisir. On s'est toujours bien entendues, avant la brouille. »

Je ne savais pas quoi dire. Je sentais une fois de plus que les choses m'échappaient.

« Ne prends pas l'air tellement choqué, Al. Ça s'appelle diviser pour mieux régner. » Elle s'est tue un instant. « C'est terrible, là. »

Si elle parlait du temps ou de la loi de la concurrence, je n'en avais pas la moindre idée. Je n'ai pas posé la question. Elle a empoigné le levier et a baissé son siège.

« Et si tu m'embrassais ?

— Quoi ?

— Tu as entendu. Embrasse-moi comme tu le fais toujours, froidement, comme si ça ne signifiait rien pour toi, comme si tu souhaitais que je sois morte. Finis ce que tu as commencé.

— Ce que j'ai commencé ?

— Dimanche dernier. Il y avait une tempête, ce jour-là, à l'extérieur et à l'intérieur. Il y a une tempête maintenant. Achève-moi, Al. Moi aussi, je voudrais être morte. »

Elle s'est retournée et s'est laissée retomber sur moi, tandis qu'un éclair l'inondait de lumière. Son visage était déchiré, sa bouche défaite, moitié sourire, moitié grimace, son chemisier était déboutonné. On aurait cru que ses seins avaient été trempés dans le sang. J'ai eu un mouvement de recul.

« Qu'est-ce qu'il y a, Al ? T'as eu les yeux plus gros que le ventre ? Le cadavre réplique ? »

Un coup de tonnerre a retenti.

« Faut que j'aille pisser. »

J'ai ouvert la portière. La pluie dégoulinait et giclait du sol, son grondement noyait le son du rire d'Audrey. J'ai couru jusqu'aux arbres et j'ai défait ma braguette. J'étais trempé jusqu'aux os avant même d'y arriver, mais je m'en fichais. C'était un tel soulagement d'être dehors, de pisser avec les dieux, loin du danger. Soudain, le sol a pris vie. Audrey avait remis les phares. Et allumé le moteur.

« Audrey, j'ai crié, qu'est-ce que c'est que ce cirque ? »

Elle a de nouveau éclaté de rire, et ma portière s'est claquée. Les lumières se sont mises à tournoyer ; elle faisait demi-tour.

« Audrey ! Arrête ça tout de suite ! »

Les roues se sont mises à virer dans la boue, l'arc de lumière a balayé le terrain, me surprenant comme un écolier attrapé le pantalon baissé. Puis ne sont restés que l'obscurité et le retour à la maison, à pied, avec la pluie qui remplissait mes chaussures.

Une heure après le lever du soleil, je me suis levé et j'ai enfilé ma tenue imperméable. Kim était déjà parti, mais je savais qu'en me dépêchant je pouvais le rattraper sur le quai. J'avais raison. Il était en train de charger les appâts dans sa barque. C'était encore un de ces jours de calme après la tempête, on ne distinguait pas le moindre signe de la nuit précédente. C'est n'importe quoi, la météo, maintenant, des trombes d'eau un jour, un soleil méditerranéen le lendemain. Tout le monde sait ça. La neige, vous vous rappelez ? Qu'est-ce qu'elle est devenue ?

« Querelle d'amoureux ? a-t-il demandé avec un sourire narquois.

— Pardon ?

— La chambre d'amis. Elle est restée allumée tard.

— C'est à cause du curry », j'ai dit.

Kim a gloussé. Une explication satisfaisante, même

si pas franchement exacte. Je n'avais pas vu Audrey depuis qu'elle m'avait planté là. Le retour avait été long, mais la vérité, c'est que j'en étais étrangement heureux. Ma plus belle veste bousillée, mes mocassins fauve tachés, tout cela ne semblait plus avoir d'importance. Les mots qu'elle avait prononcés me résonnaient toujours dans les oreilles, sa façon de les prononcer, féroce, dans le noir, avec la pluie qui cognait comme un tambour du régiment qui appelle ses gars à la guerre. Il y avait du sang dans sa voix, du sang et du combat, et, oui, du désir pour ces choses-là, aussi. Comme ça, elle souhaitait ma mort, elle aussi, pas seulement mon départ, ma mort, et qu'on sonne un bon coup de clairon sur ma dépouille. « Achève-moi ! elle avait dit. Achève-moi ! », presque un sarcasme qu'elle me jetait au visage. Savait-elle ? Est-ce que c'était ça, le sens de ce dimanche près du feu ? Est-ce qu'à l'intérieur d'elle, ça bouillonnait comme à l'intérieur de moi ? Rien d'étonnant à ce qu'on ne parvienne pas à s'arrêter. Mais ce n'était pas possible qu'elle sache, si ? À moins que, à moins qu'elle soit revenue plus tôt, m'ait vu me faufiler dehors, m'ait suivi, m'ait vu faire, sachant ce que j'avais dans le cœur. Était-ce possible ? J'ai essayé de l'imaginer. Elle serait rentrée en courant comme une dératée, le cœur battant comme une boule de flipper, en alerte rouge, contemplant en dévalant la pente son univers entier sous l'éclairage de la peur. La peur et autre chose. Le savoir. Le pouvoir. Et quoi ? Un saut, hors d'haleine, chez les voisins, une demi-bouteille de whisky, un retour en trombe, un strip-tease éclair, la bouilloire, la bouteille de champagne, et attendre le bruit de la porte de derrière, prête à observer ma réaction, mon visage, chaque millimètre de mon visage. « Détends-toi, elle avait dit. Mets-toi à l'aise. » Puis se laisser happer par ce trou noir hors du temps, sans savoir où j'étais ni qui j'étais, ni si je serais jamais capable d'en ressortir. Aurait-elle été capable de maintenir cette mascarade, toute cette nuit-là, et le matin aussi, de faire ce qu'il fallait pour me manipuler, sachant tout ça ? En aurait-elle été capable ? Bien sûr que oui. C'était Audrey.

Puis, tandis que je rentrais à pied, de l'eau jusqu'aux chevilles, j'ai eu une révélation. Je ne désirais plus la voir morte. La lumière s'était soudain montrée dans le ciel ; la lune brillait sur la route glissante et les champs inondés autour de moi. J'avais l'impression de séparer la mer en deux à mon passage, pour déboucher sur un lieu différent, régi par d'autres lois. J'entendais les cris du vieux pays derrière moi, les visages et les souvenirs planaient des deux côtés, des visages et des souvenirs dont je n'avais que faire. Il n'y avait qu'Audrey, Miranda et la femme que j'avais poussée. Dans le pire des cas, deux personnes, trois dans le meilleur. Si je parvenais à repêcher cette botte, peut-être pourrais-je déterminer ce nombre. Je n'avais plus besoin de voir Audrey morte. Je n'avais plus envie de voir Audrey morte. Je commençais à l'apprécier, cette Audrey, l'Audrey qui m'avait attendu au coin du feu, l'Audrey qui avait envoyé le paquet aux Newdick, l'Audrey qui m'avait planté là dans un rire sardonique. Elle était meilleure, plus intéressante, plus séduisante, cette Audrey-là. Des étincelles volaient, c'était fer contre fer. Nous pénétrions une nouvelle dimension. Si je parvenais à découvrir où elle était allée cet après-midi-là, je pourrais peut-être même lui dire où, moi, j'étais allé, ce que j'avais essayé de faire. Je pourrais l'observer, ce faisant, pour voir si elle avait su depuis le début. Si c'était le cas, ceci expliquait cela. Et sinon, j'avais le sentiment qu'elle serait contente que je lui dise, qu'elle serait séduite par cette nouvelle version de moi de la même façon que j'étais attiré par cette nouvelle version d'elle. C'était la chair qui comptait entre nous, même pas le sexe, mais le sang, la sueur, le muscle, la bouche. Nous n'avions pas de temps à perdre avec les mots d'amour et les fleurs bleues. Nous avions besoin de quelque chose dont nous puissions nous saisir, du solide, de la bidoche. Le sexe, ce n'était que le sel et le poivre. J'avais eu quantité de sel et de poivre en mon temps, mais sur des plats préparés, des burgers, des sandwiches et des surgelés. Pour ce qui est de la bidoche, personne n'arrivait à la cheville d'Audrey. Personne.

Quand je suis arrivé à la maison cette nuit-là, j'étais tout à fait revigoré. Une heure quarante, ça m'avait pris ; le pavillon était plongé dans l'obscurité, à part la lumière bleue dans la chambre d'amis. Pas de problème. Nous avions tous les deux besoin de respirer un coup. Avant d'aller me coucher, je lui ai écrit un mot que j'ai laissé sur la table de la cuisine.

Si je ne te vois pas d'ici là, dis à Tina qu'on va acheter une nouvelle Merco et que je t'emmène en croisière sur le Nil cet hiver. Deux semaines. Tu vas voir, elle va bouffer ses clubs.

P-S : Tu as été superbe et implacable hier soir. Ça m'a plu. Ça m'a beaucoup plu.

Kim a chargé le dernier seau d'appâts, et nous avons ramé jusqu'à son bateau de pêche. C'était une petite embarcation exiguë et nauséabonde, en forme de balle de revolver, comme la tête de son propriétaire. Et nous sommes sortis de l'anse en direction du grand large au son du teuf-teuf du moteur. Quand il fait beau, elle semble identique, la mer, dans l'anse ou à l'extérieur, mais c'est faux. Le vent vous le dit, le goût sur vos lèvres, la couleur de l'eau aussi. Elle est tellement plus grande que vous, tellement plus grande que quiconque, la plus grande entité de la planète. Et elle le sait.

Je vais être honnête. Je n'aime pas la mer. La regarder, y tremper les doigts de pied, ou même pousser quelqu'un dedans, ça va encore, mais me retrouver coincé sur des millions de mètres cubes de mer, même une mer d'huile, bof. En fait, une mer d'huile, c'est quasiment ce qu'il y a de plus terrifiant. C'est comme dans ce conte de fées que me lisait ma mère, avec le petit Jack et le géant qui ronfle près du feu avec ses bottes de sept lieues, l'odeur du sang dans les narines, comme quand mon père roupillait dans son fauteuil et qu'on attendait son réveil, tous les deux : en surface, la paix et le calme, en profondeur, le chaos. C'est pareil avec la mer. J'attends toujours qu'elle se réveille pour me flanquer une rouste. Mais enfin, si on est obligé de naviguer, si on n'a pas d'autre choix pour gagner sa pitance, la pêche au homard, c'est une des solutions les plus faciles. On remonte les filets, on ressort le butin, on remet des appâts et on replonge les filets. Ils ont fière allure, les homards, à ce moment-là, quand on vient de les pêcher, ils sont assez beaux avec ce bleu métallique, cette carapace rutilante. Et leur façon de marcher, surtout, la façon dont ils remuent leurs antennes, comme s'ils pouvaient entendre et voir des choses qui nous sont inaccessibles, comme s'ils étaient dotés d'une intelligence dont nous ne savons rien. C'est des conneries, j'en suis sûr, mais je ne peux pas m'empêcher d'avoir cette impression, à chaque fois que je les vois soulevés des profondeurs, dégoulinants de l'élément qu'ils viennent de quitter. Une fois j'ai vu un film sur ces bestioles, on les voyait marcher sur le fond de l'océan en file indienne, antenne contre queue, comme si elles avaient une destination, une mission, un plan. Comme le vieux sur sa plaque de marbre. Il *savait* qu'on allait le remettre à la flotte, j'en suis certain. Il attendait juste qu'on vienne à la rescousse, moi et la Fouine. La mer en est pleine, de trucs comme ça, des trucs inexplicables, perturbants, obscurs et cachés. Nous n'en connaissons pas la moitié.

On a fait du cabotage. J'aidais Kim à balancer les filets sur le pont et à ressortir les bestioles. Le soleil s'était levé, mais il ne dispensait encore aucune chaleur, il n'y avait qu'une lumière nue et la fraîcheur de la brise nocturne, et l'eau, à peine réveillée. C'est un endroit solitaire, la mer, le matin. Kim avait trois séries de filets, disposés à environ six cents mètres des falaises, la plus lointaine étant presque sous le tumulus. Les deux premiers n'ont pas donné grand-chose, ce qui était bien dommage car je voulais qu'il soit de bonne humeur. On est allés jusqu'à la balise du troisième et on a commencé à les lever. La chute d'Audrey était juste au-dessus de nous. Ça me donnait le vertige rien que de la regarder. Bon sang, la dégringolade qu'elle avait dû se faire, cette femme. J'avais pensé que ça avait dû être l'affaire d'une seconde, mais putain, ça avait dû lui prendre des heures. Et j'avais fait endurer ça à Miranda ? À la voir de ce côté-là, le côté de la pointe, la scène avait l'air fort différente. D'en haut, c'était juste une saillie de rien du tout. D'en bas, c'était tout, le corps qui chutait, les jambes qui battaient l'air, les cris, les cris épouvantables sortant de ses poumons. Même Audrey n'avait pas mérité ça. Ma bouche s'est asséchée en un instant. Mon cœur cognait comme s'il essayait d'enfoncer une porte. Ce n'était pas agréable, d'être là. Pendant un moment, les idées les plus farfelues m'ont traversé : les homards m'avaient fait venir pour que je voie une fois de plus la chose se produire, mais d'en bas, pour que je voie Miranda se faire pousser, que je l'entende hurler et tomber, que je la regarde faire la culbute, sous mes yeux, rebondir sur les rochers, s'écraser dans la mer. Ma propre fille. Avait-elle crié ? Je ne me rappelais pas avoir entendu quoi que ce soit. Elle avait forcément crié, non ? Vous n'auriez pas crié, vous ?

Il fallait que j'en aie le cœur net. Il fallait que je m'approche.

J'ai fait une tentative :

« Audrey est allée se balader là, il y a deux semaines », j'ai dit, aussi calmement que j'ai pu, en montrant le haut de la falaise. Je pensais à la botte.

Il n'a pas relevé. Il y avait trois homards dans le premier filet, tous de bonne taille. Nous les avons sortis et avons entrepris de lever les autres. Chaque filet que nous remontions était plus plein que le précédent. En fin de compte, la pêche était bonne.

« Et tu sais quoi, elle a perdu un chapeau. Peut-être qu'on pourrait s'approcher quand on aura fini, pour voir s'il est toujours là, à tout hasard ? »

Il m'a regardé.

« T'as perdu la boule ?

— Il a pu s'accrocher dans les rochers. Elle l'aimait beaucoup, ce galure. Je marquerais beaucoup de bons points si je le retrouvais. Et ça pourrait pas me faire de mal, vis-à-vis d'Audrey, des bons points, si tu vois ce que je veux dire. »

Il a levé les yeux au ciel et s'est mis à remplir les filets d'appâts, des petits bouts de viande.

« C'est quoi ? Des déchets de poulet ?

— Un vieux cochon de chez Alan Sparrow. Il est mort d'une saloperie. »

Nous avons jeté les filets par-dessus bord et les avons regardés s'enfoncer. Si seulement j'avais pu descendre avec eux, voir qui était là, étendu au fond de l'eau. Ces homards qu'on avait attrapés, ils devaient savoir. Ils avaient peut-être marché sur elle, grignoté des petits bouts de ses jambes et de son visage. Ils s'étaient faufilés sous son ciré jaune. J'ai frissonné. Je n'osais pas y penser.

« Tu veux t'approcher alors ? Jeter un coup d'œil ? »

Nous nous sommes dirigés vers la falaise. On sentait la mer se gonfler avant de s'écraser contre la roche. Le géant endormi, les bottes rangées sous la table. Mais je ne voyais pas le moindre signe d'un cadavre, de la botte Wellington. J'étais à la fois déçu et soulagé.

« On ne peut pas s'approcher plus ?

— Pas avec le bateau, non. Mais tu peux prendre le canot, si tu veux. »

Je ne voulais pas, mais je n'avais pas le choix. Il l'a maintenu pendant que je me hissais dedans. Je l'ai fait assez souvent, me tenir debout dans un canot, mais, chaque fois, c'est la première. C'est comme d'essayer de se tenir debout sur un cheval, il faut avoir ça dans le sang pour y arriver correctement. Kim, il a ça dans le sang. Il sait se tenir debout dans un canot. Il peut se tenir debout, enfiler un pull-over, aller d'un bout à l'autre d'un pas aussi sûr que s'il était sur un quai à Brighton. Il peut ramer debout. Il peut ramer debout en avant ou en arrière, comme ça lui chante. En avant, c'est plus coton, mais ça ne se voit pas quand c'est lui qui le fait. Il peut le faire avec une clope au coin de la bouche, et il peut le faire avec son portable coincé entre son oreille et son épaule, tout en négociant le prix de son butin avec Le Cassoulet à Dorchester. Moi, tout ce que j'arrive à faire, c'est d'entrer d'un pas flageolant et de me laisser tomber sur les fesses lourdement. J'ai flageolé. Je me suis laissé tomber lourdement sur les fesses. Le bateau a tangué d'un côté sur l'autre.

« Attention à ce que tu fais, m'a lancé Kim. Le canot va chavirer si tu fais pas gaffe. »

J'ai empoigné les rames et je me suis lancé. Je sentais le sourire narquois de Kim à chaque fois qu'une des pales ripait sur la surface de l'eau ou qu'une des rames sortait de ses gonds. Les rochers se sont approchés. D'en haut, on aurait dit qu'ils se fondaient en un seul. Maintenant, je voyais qu'il y en avait quatre, des cailloux déchiquetés qui s'avançaient dans la mer en une ligne irrégulière. Je ramais prudemment, m'attendant à moitié à buter dans son cadavre, flottant à plat ventre comme une mine prête à exploser. C'est ce que je pensais qui se passerait si je la trouvais. J'exploserais, sur-le-champ, avec un grand boum, et me répandrais sur la surface de l'eau. Mes mains tremblaient, les rames cliquetaient dans leur socle. Si ma mémoire était bonne, la botte était coincée quelque part entre les deux rochers les plus proches de la falaise. J'ai manœuvré le bateau pour les contourner par la droite, afin d'avoir une vue de côté. Deux mouettes sont descendues en piqué pour voir ce que je fabriquais.

« Attention, a crié Kim. Si tu crèves la coque, tu rentres à la nage. »

Il rigolait, mais il le pensait.

Il n'y avait rien. Comment aurait-il pu rester quoi que ce soit après la nuit précédente ? Et pourtant qu'est-ce que c'était que ça, au milieu des algues ? Une rame me tirait de droite à gauche, me projetant vers l'amas verdâtre. J'ai dû virer de nouveau et essayer de m'immobiliser. Ce n'était pas une botte. C'était un quelconque emballage en caoutchouc, un bout de tuyau de combustible, peut-être. Une vague soudaine est apparue de nulle part, haute et longue, comme une couverture qu'on secoue.

« Recule ! a hurlé Kim. T'es trop près ! »

Je me suis penché en avant, enfonçant les rames aussi fort que je l'ai pu, trop fort, trop profond, et le bateau a dérapé comme un jouet dans un bain. Nous nous sommes élevés, emportés vers les rochers, dans un mouvement lent, mais inévitable. Cela ne semblait pas si terrible, malgré les avertissements de Kim, alors j'ai sorti ma main pour repousser le canot. Mais je n'ai pas pu garder le bras tendu : quand on est arrivés tout près, l'avant était plus haut que l'arrière, alors j'ai dû baisser le bras pour pousser. C'était une erreur, car le canot ne l'a pas remarqué, le rocher non plus, et ils se sont cognés l'un contre l'autre, écrasant ma main entre eux deux. Puis le canot est retombé, raclant la pierre, j'ai coincé la rame sous mon bras et j'ai réussi à faire pivoter le canot en poussant de toutes mes forces avec ma main valide. J'ai replongé la rame dans l'eau et j'ai tiré d'un coup sec, mais la pale a peiné à s'enfoncer et la force du courant a neutralisé mes efforts. Puis j'ai dû m'arrêter complètement. La douleur avait fait son chemin.

Putain, ce que ça faisait mal. J'ai essayé de prendre la rame droite pour aller retrouver Kim, mais je n'ai pas pu. Mes doigts étaient figés, ma main recroquevillée sur la douleur. J'avais oublié à quel point ça peut faire mal, les mains. Tout est tellement rapproché, dans une main, la chair, l'os, les nerfs. J'ai à peine remarqué Kim qui se penchait en avant avec un crochet pour me tirer près de son bateau.

« Monte avant de faire plus de casse. »

J'ai obéi, même si ce n'était pas facile. Je suis resté planté sur le pont, à me sucer les doigts, pendant qu'il rattachait le canot.

« Une fois, papa a pris ma main gauche et m'a claqué la portière de la voiture dessus rien que parce que je m'étais moqué de ses rouflaquettes. J'ai rien pu en faire pendant un mois. Même pas me torcher le cul avec. Trempe-la dans le seau à glace. Ça va l'empêcher d'enfler. »

Il a redirigé le bateau vers le large. Enfoncé l'accélérateur.

« Pas encore fini ? »

Il a désigné d'un hochement de tête un point que je ne parvenais pas à voir.

« Je pensais traîner un filet près du banc de sable. Voir ce qu'on attrape. »

C'est curieux le temps qu'il faut pour s'approcher du rivage, par rapport à la rapidité avec laquelle on s'en éloigne. En regardant les terres derrière nous, on se serait cru dans les coulisses du théâtre : on pouvait tout embrasser du regard, la mer, les falaises et les champs au loin, des petites formes qui se hâtaient, des petites voitures, des petites maisons, des petites vies. Le tumulus et la tache à l'emplacement du buisson d'ajoncs. Le bosquet qui délimitait la propriété de Sparrow.

« T'as toujours ta caravane ? »

Je me suis retourné. Kim regardait dans la même direction.

« Oui. Pourquoi ?

— Sans raison », a-t-il répliqué avec un petit sourire en coin, revenant à son filet.

Donc c'était *lui* que Miranda avait emmené là-bas.

« Tu t'en sers pas souvent, si ? » a-t-il fait, un sourire toujours dans la voix. J'ai remis la glace sur ma main, m'efforçant de garder une voix posée, de chasser de mon esprit l'image de Miranda, dans ma caravane, en train de faire avec lui ce que je faisais autrefois avec sa mère, à ma barbe. J'écumais de rage.

Elle s'était foutue de ma gueule ; et lui aussi. Je les entendais d'ici, riant derrière mon dos, comme on faisait, moi et Iss, derrière le dos de son père, derrière le dos de Ted et d'Audrey. C'était un aspect de Miranda que je n'appréciais pas, un côté insolent, frondeur. Si seulement elle m'avait dit pourquoi elle voulait les clefs. Si seulement elle me l'avait dit.

« Qu'est-ce que ça peut te faire, Kim, ce que je fabrique avec ma caravane ?

— Ça paraît juste un peu débile, d'avoir une caravane à même pas un jet de pierre de sa maison. Je suis étonné que tu t'en sois pas encore débarrassé. »

Il y a eu un bang, et le moteur s'est mis à crachoter.

« Qu'est-ce que c'est que ça ?

— Aucune idée. Quelle vieille merde. »

Il a soulevé l'écoutille, descendu l'escalier en métal, donné des petits coups ici et là. Nous avons commencé à dériver. Je crois que j'en ai déjà parlé ; au large, il y a une langue d'eau qu'on appelle la Course. Elle va de St Alban's Head à Chesil Beach. Par temps clair on la voit par en dessus, plus claire que le reste, comme un serpent. Elle est rapide, en plus. Quand j'étais petit, le vapeur de Weymouth a eu des ennuis à cause d'elle, une fois, les gars de la marine ont dû intervenir pour le libérer. C'est pas une bonne idée de se trouver coincé dans la Course, surtout par une mer d'huile. Son influence est encore plus grande. Or nous étions en train de dériver lentement vers elle, avec un bateau plein de homards en colère. Kim a sorti la tête.

« Quelque chose est démis dans le moteur, et je sais pas du tout ce que c'est. Ça marche toujours, mais c'est lent et ça rame. Tant pis pour la palangre, merde, vaut mieux rentrer comme on peut. »

Il nous a fallu une heure et demie, le moteur crachait ses poumons. En route, nous avons trié les crabes et les homards, mis des élastiques autour des pattes. Ils se montaient dessus, agitaient leurs pinces, se donnant des petits coups. À cinq toises sous le niveau de l'eau, ils sont peut-être tout attentionnés, les homards, mais à l'air libre c'est chacun pour soi.

« Je te la rachète, a soudain dit Kim. La caravane. Cash. Ton prix sera le mien. »

Il m'a jeté un regard dur. Il était sérieux.

« Tu viens de dire que tu ne voyais pas l'intérêt d'en avoir une si près de chez soi.

— Chez moi, ce n'est pas pareil que chez la plupart des gens.

— Ce ne serait pas à cause de ce que j'ai entendu, alors ?

— Quoi donc ?

— Que toi et Miranda vous vous remettiez ensemble. Si c'est le cas, un endroit comme ça, ça serait pratique, pour vous retrouver tranquilles. »

Il n'a pas bougé un muscle.

« Et qui c'est qui t'a dit ça ?

— Je me rappelle plus, là. Ted, je crois.

— Eh bien, Ted, il en sait que dalle, non ?

— Alors quoi ? Vous alliez pas vous remettre ensemble ?

— Je vois pas en quoi ça te regarde, mais non, on n'allait pas se remettre ensemble. Bien au contraire. Elle m'a plaqué. » Il a attrapé un des homards et arraché sa pince. Les yeux de la bestiole ont pivoté sous le coup de la douleur.

« Bon sang, Kim. Vas-y mollo. Je ne comprends pas. Elle a dit à Ted que vous alliez vous remettre ensemble. Pour de bon. C'est pour ça qu'ils se sont engueulés, à ce qu'il a dit.

— Si elle lui a dit ça, elle a menti. À moi, elle m'a dit que c'était fini. Il y avait quelqu'un d'autre.

— Quelqu'un d'autre ? »

J'ai eu l'impression d'avoir pris un coup de poing dans le ventre, et pourtant je l'avais su, je l'avais su dès l'instant où j'avais vu ces tasses et ce magazine planqué derrière la banquette. Bon Dieu, Miranda, toutes ces craques que tu m'as racontées sur Kim, comme quoi il n'y avait que lui ! Tu m'as menti, menti avec un sourire entendu, comme si j'étais dans le secret, alors que pendant tout ce temps…

« Elle a dit qui ? »

Il a secoué la tête.

« Ça durait depuis combien de temps ?

— Elle a pas voulu me le dire. Ça a commencé pendant qu'elle était encore avec moi, ça, j'en suis certain. Six, sept mois, à mon avis. Peut-être plus.

— Quand est-ce que tu l'as appris ?

— Il y a deux semaines. Je suis allé à la caserne un jour de semaine et je l'ai coincée à la fin de son service. Elle soufflait le chaud et le froid depuis je ne sais pas combien de temps. Je voulais savoir pourquoi.

— Et elle te l'a dit.

— Elle a dit qu'elle était contente de ne plus être obligée de me mentir. Mais elle ne disait pas la vérité là non plus, d'ailleurs. Elle a dit que c'était sérieux.

— Et tu ne sais pas du tout qui c'est ?

— Je n'ai pas dit ça. J'ai dit qu'elle n'avait pas voulu me le dire. J'ai mes soupçons.

— Qui ? Quelqu'un du village ? De la caserne ?

— Pat Fowler. Il a toujours eu un faible pour elle. On avait l'habitude d'en rigoler. À chaque fois qu'elle allait à la salle de gym, il n'arrêtait pas de lui tourner autour.

— M'enfin, il est copropriétaire. Ça ne veut pas dire que…

— Ah non ? Il a de l'argent, en plus. Elle aime bien l'argent. »

Il y avait de la rage dans ses mots, une rage impuissante, comme un boxeur sur un ring sans rien à frapper.

« N'exagère pas, Kim. Moi, je trouve qu'elle n'avait pas l'air de courir après l'argent.

— Il y a beaucoup de choses dont elle n'a pas l'air mais qu'elle est quand même. »

Il a cueilli les trois plus petits et les a jetés par-dessus bord. Peut-être qu'ils ne verraient plus jamais un panier de homards. Les rescapés.

« Eh bien, je suis désolé, Kim.

— T'es désolé ? » Il a rejeté un autre homard. « Pourquoi donc, qu'est-ce que t'as à voir là-dedans ?

— Vous aviez quelque chose de fort, on le sait tous. »

Il s'est essuyé les mains sur l'arrière de son pantalon.

« Je l'aimais, Al. Je l'aimais sincèrement. Tout le monde croit que j'ai un caillou à la place du cœur, mais je l'aimais. Si Gaynor était ne serait-ce qu'à moitié guérie, les choses auraient pu se passer autrement. Mais je ne pouvais pas la quitter, pas dans son état. Alors j'ai fait du mieux que j'ai pu. Et c'était pas assez. Mais bon, elle est partie maintenant.

— Partie ?

— En colère contre son bonhomme, quel qu'il soit.

— C'est ce que t'as dit à la police ?

— Qu'est-ce que tu veux que je leur dise d'autre ?

— Pauvre vieux Pat, hein ? Tu ne penses pas vraiment qu'il a quelque chose à voir là-dedans, si ? Avec son crâne chauve et ses yeux globuleux ? Miranda ne sortirait pas avec un mec pareil, même moi je le sais. Tu voulais juste le faire chier. »

Le moteur a crachoté, et de la fumée noire épaisse s'est mise à sortir, puante, de la soute.

« Il l'a touchée une fois, elle m'a dit, il a fait comme si c'était par accident, genre. Ça lui fera les pieds, d'avoir la police sur le dos pendant quelques heures. Et puis qui sait ce qu'ils peuvent trouver. Il y a quelque chose qui cloche avec les mecs comme lui, dans la salle de gym toute la journée, à renifler l'odeur de la transpiration des autres.

— Là-dessus, je suis d'accord avec toi, Kim. Dis-moi, les flics, tu leur as parlé de la caravane ?

— La caravane ?

— Ma caravane. C'est vrai, tout d'un coup tu veux me la racheter. Ce n'est pas vraiment pour toi, si ? C'est pour qu'elle ne puisse plus y faire avec un autre ce qu'elle y faisait avec toi. Parce que vous y alliez, non, tous les deux. »

Il s'est redressé, a tortillé l'élastique autour de ses

doigts et l'a fixé autour d'un gros homard de deux kilos.

« Qu'est-ce que ça peut faire, si on y allait ? C'est ta faute aussi bien que la nôtre. Tu lui as donné la clef. Tu lui as dit qu'elle pouvait l'utiliser quand ça lui chantait. On n'a pas forcé la porte, hein. Par contre, quand on a cassé, je l'ai vue plusieurs fois remonter à travers champs comme elle faisait avant pour venir me retrouver. Je pensais qu'elle prenait un raccourci pour rentrer chez elle. Je sais que c'était pas ça, maintenant, pas vrai ? »

Il s'est retourné vers sa pêche. Il n'a plus rien dit de tout le reste du voyage. C'était aussi bien. Il m'avait coupé la chique, à moi aussi, faut dire. Kim amoureux, Kim trompé, Kim agissant noblement envers sa femme. Et Miranda. Un peu plus dure que je ne l'aurais crue, un peu menteuse. Un peu moins comme sa mère, un peu plus comme moi.

J'ai laissé Kim entasser les bestioles sur son pick-up. En temps normal, je l'aurais aidé, j'aurais pris une goutte de son whisky devant la cabane de pêcheur, histoire de me réchauffer un coup, mais je voulais voir Ted Grogan sur-le-champ. Je ne comprenais toujours pas pourquoi Miranda serait allée raconter une chose à Kim et une autre à Ted. Ils ne pouvaient pas avoir raison tous les deux. C'était bizarre. J'étais là à chercher coûte que coûte à découvrir ce qui avait bien pu lui arriver, alors qu'à la fin c'était peut-être bien moi qui allais me retrouver responsable. Mais il me fallait savoir, pas seulement ça, mais tout le reste, qui elle voyait, ce qu'elle fabriquait, quel rôle je jouais. D'abord Audrey qui essayait de me rouler dans la farine, et maintenant Miranda. C'est le problème quand on est vivant. On ne peut faire confiance à personne.

L'anse a la forme d'un crabe, avec pour pinces les deux extrémités qui gardent l'entrée étroite. La cabane du garde-côte est située au bout de la pince droite. Je ne m'attendais pas à le trouver là, étant donné les circonstances, mais j'ai vu le vélo de Ted attaché à la grille en bas des marches de pierre. Son mal de dos avait dû s'arranger vite, mais bon, quand on a des soucis qui nous dépassent, le corps peut oublier ses problèmes un certain temps. Comme ma main. Elle ne me faisait plus aussi mal, à penser à la femme mystère de Miranda, à me rappeler sa voix toute douce et sirupeuse à chaque fois qu'on se voyait, et moi qui gobais le moindre de ses bobards. Je suis monté. Mon souper du soir sautillait dans un sac de courses. Il avait réussi à sortir son unique pince valide. Il cherchait l'autre, pas de doute.

J'ai frappé à la porte et je suis entré. Ted regardait l'horizon à travers une paire de jumelles, et le babil monotone de la radio s'élevait du poste posé sur la table devant lui. Perché là, avec la mer tout autour, on pouvait presque s'imaginer qu'on en était le responsable.

« Comment ça va ? Des nouvelles ? »

Il a secoué la tête. Comme Iss, il avait les joues complètement exsangues.

« Je viens d'aller à la pêche avec Kim.

— J'ai vu ça. » Il a tapoté son registre. « Il devrait le vendre pour les pièces, son rafiot.

— Il n'en tirerait rien, Ted. C'est pour ça qu'il

attend qu'il coule sous lui. Là, nom de Dieu, sa situation va s'améliorer.

— Il a dit quelque chose ?

— Eh bien oui, il se trouve. C'est pour ça que je suis là.

— Ah ? » Il a posé ses jumelles. « Quoi ?

— Avant qu'on en vienne à ça, répète-moi exactement ce que t'a dit Miranda ce dimanche.

— Je te l'ai déjà dit.

— Tu m'as dit ce que tu *croyais* qu'elle avait dit. Dis-moi exactement ce que tu as entendu. Mot pour mot si tu peux. »

Ted a frôlé le registre et s'est éclairci la gorge. C'est un petit homme méthodique. Comment lui et quelqu'un comme Iss ont bien pu s'attirer un jour, c'est un mystère pour moi.

« J'étais dans la cuisine, je préparais le dîner. Je voulais préparer un truc qui sorte un peu de l'ordinaire, parce que je ne l'avais pas vue depuis quelques jours, et j'aime bien lui faire un bon petit plat quand elle rentre de vacances. Mon côté papa poule, toujours. Elle avait passé quelques jours chez une de ses amies à Dorchester. Mais quand elle est arrivée, j'ai vu tout de suite qu'elle n'avait pas l'intention de rester. Pas moyen de le cacher. Elle avait autre chose de prévu, mais elle ne voulait pas que je voie à quel point elle était pressée de ressortir. Ça m'a agacé. Elle était déjà en retard, et elle le sait, le retard, ça m'énerve. Tout le monde peut être à l'heure, avec un petit effort.

— Va dire ça à Audrey », j'ai dit, sans réfléchir, alors même que je savais qu'Audrey était en fait très ponctuelle, sauf si elle voulait faire passer un message. Et soudain, j'ai réalisé. Casser du sucre sur le dos d'Audrey, c'est un truc que je fais tout le temps, que j'ai toujours fait, depuis l'époque où Carol était bébé. Ça me vient naturellement, comme d'allumer une clope ou de me pencher sur le comptoir d'un bar pour commander une pinte. Ça fait partie de mon numéro. Ça m'amuse. Et pourtant…

« Continue.

— Elle avait une drôle d'expression. Elle était presque… rayonnante, Al. Le bonheur, je ne sais pas. "Tu t'es bien amusée ?" j'ai dit. "Magnifique, elle a répondu, et elle m'a pris par les épaules et m'a regardé droit dans les yeux. J'ai quelque chose à te dire, elle a dit. D'abord, à propos de moi et Kim."

— "À propos de moi et Kim", elle a dit ça ?

— Mot pour mot. "Il ne faut plus que tu t'inquiètes, papa, elle a dit. C'est définitif, cette fois." Et je l'ai regardée dans les yeux, et elle souriait, elle dégoulinait de bonheur. Je me suis dit qu'elle avait passé le week-end avec lui, que c'était ça, ce regard. Elle était avec lui. Et ça m'a rendu… »

Il s'est arrêté, s'étouffant sur les mots.

« Je ne devrais pas être au boulot, tu sais. Je n'arrête pas de… » Il s'est essuyé les yeux. « J'y vois rien quand je pars comme ça.

— Il fait clair, aujourd'hui, Ted, ça n'a pas d'importance. Qu'est-ce qui s'est passé ensuite ?

— J'ai perdu les pédales, j'ai piqué une crise. Je lui ai dit qu'elle gâchait sa vie. Elle s'est mise à me hurler dessus. "Écoute, papa ! Écoute ! Tu n'écoutes jamais !"

— Et t'as dit quoi ?

— J'ai dit : "J'ai pas besoin d'écouter, bon Dieu ! Je connais la chanson !" J'ai dit… » Il s'est passé les doigts dans les cheveux. « J'ai dit : je préfère que tu quittes la maison tout de suite si tu dois rester à la colle avec ce branleur.

— Et c'est là qu'elle est partie ?

— En courant. Elle a couru en haut, elle a pris des affaires dans sa chambre, puis elle a claqué la porte avant que je puisse l'arrêter, Dieu me pardonne. »

Il s'est levé et a pêché un mouchoir dans sa veste pendue derrière la porte. Il s'apitoyait sur son sort. Je n'en croyais pas mes yeux.

« Dieu te pardonnera peut-être, Ted, mais moi non. Tu sais pourquoi ? Elle avait raison. Tu n'écoutes jamais. Elle le quittait, pauvre con. Elle était venue te dire que c'était fini, qu'elle ne le verrait plus. *C'était définitif cette fois,* rappelle-toi. C'est toi qui l'as poussée à s'enfuir, crétin. »

J'ai lancé mon poing et l'ai atteint à la tempe. La douleur m'a plié en deux comme un vieux carton mouillé. J'avais oublié ma main. Ted a reculé en titubant.

« Bon Dieu, Al, pourquoi t'as fait ça ?

— Parce que c'est ta faute, tout ça ! Ma petite fille, tu l'as poussée dehors sous la pluie, putain. Si tu l'avais écoutée, elle serait parmi nous aujourd'hui !

— Comment ça, ta petite fille !

— Ah, t'écoutes, maintenant, hein ? Pourquoi t'as pas écouté à ce moment-là, quand ça avait de l'importance ? J'ai des choses à te dire, elle a dit. D'abord à propos de moi et Kim. Elle s'apprêtait à te dire autre chose, Ted. Tu sais quoi ? Elle était tombée amoureuse d'un autre gars.

— Quel autre gars ?

— Le gars dont elle a parlé à Kim, le gars dont il a parlé à la police. Elle voyait quelqu'un d'autre. Ce week-end ? Tu sais chez qui elle était ?

— Une des filles de la salle de gym, c'est ce qu'on croyait. Elle a dépassé ses dix-huit ans depuis longtemps, Al. On s'était mis d'accord, je ne posais pas de question, quand elle voulait s'absenter. C'était normal. Mais on n'a pas pu trouver qui, ni nous ni la police.

— Eh bien, je parierais qu'il n'y avait pas de copine ce week-end-là. Pleine de bonheur, tu dis ? Pleine de bonheur, et sans doute d'autre chose. C'était sérieux, c'est ce qu'elle a dit à Kim. Et si tu lui avais laissé le temps, elle te l'aurait dit aussi, bon Dieu. Elle ne se serait pas enfuie sous la pluie. Et je n'aurais pas… »

Je me suis arrêté.

« Tu n'aurais pas quoi ?

— Je n'aurais pas pété les plombs et je ne me serais pas niqué la main.

— Ma petite fille, il a répété. Tu as dit ma petite fille. »

Il avait des yeux tellement francs, tellement honnêtes. Je pouvais à peine le supporter.

« C'est sorti comme ça, Ted. Je me suis toujours senti proche d'elle, tu le sais très bien. Je l'ai vue grandir, de ce drôle de petit bout de chou en une femme vraiment hors du commun, pas seulement à l'extérieur, mais à l'intérieur. Je vais te dire la vérité, si tu veux savoir. Je l'aime plus que ma propre fille.

Plus que ma chair et mon sang, Ted. Ce n'est pas facile pour un homme de dire ça, Ted. »

Il a hoché la tête, comme si c'était la chose la plus naturelle du monde.

« La police ne nous a jamais parlé d'un autre gars.

— Ils ne disent jamais tout, tu devrais le savoir. Tout ce qu'ils savent, c'est que vous vous êtes engueulés, elle et toi. De leur point de vue, tu pourrais être impliqué dans l'affaire. Ça t'est jamais venu à l'esprit, qu'il pouvait y avoir un autre mec ?

— Pas une minute. Kim, il avait une telle emprise sur elle. Et c'est toujours le cas, à mon avis. C'est vrai, quoi, cet autre type, y a que lui qui en parle.

— Ce n'est pas faux, mais je dois dire qu'il jouait bien son rôle. » J'ai surpris le regard interrogateur de Ted. « De mec qui vient de se faire plaquer.

— Ça serait une raison suffisante, non, pour un type comme lui, ce serait une raison suffisante de… ? » Il n'a pas pu finir sa phrase. Miranda était toujours en vie, pas vrai ? J'ai essayé de le rassurer.

« Mais dans ce cas il viendrait pas me dire ça, tu crois pas ? Il raconterait qu'ils roucoulaient encore comme des tourtereaux. Écoute, je ne sais pas ce qui s'est passé, hein. Je pensais juste qu'il fallait que tu saches ce que m'a dit Kim, c'est tout.

— Oui, merci, Al. » Il m'a touché l'épaule, plein de gratitude. Il avait l'air d'avoir complètement oublié le coup de poing. « Il faut que j'en parle à Iris. On ne sait jamais, elle se rappellera peut-être quelque chose. »

Je l'ai laissé, j'ai conduit la voiture au garage pour

faire le plein en vue de la journée à venir. J'avais besoin de clarifier un ou deux trucs. Je n'étais pas plus avancé pour ce qui est de découvrir si c'était ou non Miranda que j'avais poussée. Peut-être s'était-elle enfuie avec son nouveau mec. Et si elle avait un nouveau mec, elle n'aurait pas été chialer toutes les larmes de son corps en haut de la falaise, si ? D'un autre côté, ce n'était peut-être pas du désespoir que j'avais entendu, peut-être simplement de l'exaspération. Peut-être qu'elle s'était juste enfuie de la maison et qu'elle avait couru jusqu'au phare en pestant contre son père complètement bouché. Quand je suis rentré, Audrey finissait de se préparer, vêtue de sa tenue de tweed et coiffée d'une casquette tyrolienne. Il y a toujours du vent sur le terrain de golf ; et puis ça lui donne un air intimidant, les carreaux orange et verts.

« Regarde », j'ai dit en lui montrant le présent de Kim. Il remuait sa pince. « Tu trouves pas qu'il ressemble au présentateur de la météo ?

— Celui qui a des lunettes ?

— Non, celui qui agite les bras.

— Pas tellement, non.

— Ça fait rien. Ça ne va pas m'empêcher de lui planter un couteau dans la nuque et le coller sur le barbecue. Et j'ouvre une bouteille de riesling si tu gardes cette casquette. »

Elle a souri, puis froncé les sourcils.

« Qu'est-ce qui est arrivé à ta main ?

— Le bateau de Kim, voilà ce qui est arrivé. »

Elle est partie chercher un rouleau de bande Velpeau dans la salle de bains.

« Fais voir ça. »

J'ai tendu la main. Elle m'a pris le poignet et a commencé à dérouler la bande autour de la blessure d'un geste plein de douceur et de tendresse. C'était étrange, le calme de la scène, moi qui me tenais là, la main dans la sienne, tandis que nous gardions tous deux le silence, perdus dans nos pensées.

« J'ai lu ton mot. »

Elle n'avait pas quitté son ouvrage des yeux.

« Ah bon ?

— Oui. » Elle a levé les yeux vers moi puis les a baissés de nouveau. « Il m'a plu.

— Ah oui ?

— Oui. » Elle m'a pressé la main, très doucement, mais assez pour me faire un petit peu mal. « Il m'a beaucoup plu.

— Il faut que je t'écrive plus souvent.

— Il faut que je te donne plus de matière à m'écrire. » Elle a déchiré le bout de la bande et noué les extrémités autour de mon poignet.

« Là. Tu peux conduire ?

— À peu près.

— Je peux t'aider si tu veux. Tu n'aurais qu'à t'asseoir sur le siège passager pour t'assurer que je m'y prends bien. »

Ma bouche a dû s'ouvrir d'un coup, parce qu'elle a posé un doigt sur mes lèvres.

« Si les Newdick peuvent le faire, pourquoi pas nous ? »

Un coup de klaxon a retenti. Tina était dehors, au volant de son suppositoire sur roues. Elle avait l'air plus en forme que Ian. Elle a souri et fait un signe de la main. Je lui ai rendu son salut. Audrey a caressé la plume de son chapeau et m'a fait un bécot sur la joue.

« Penses-y », qu'elle a dit.

J'y ai pensé. J'y ai pensé en examinant ma liste de clients pour la journée, et j'y ai pensé sur la route de Wareham, de Winfrith et d'Osmington Mills. Quand je ne pensais pas à ça, je pensais à Miranda et à son nouveau copain, et quand je ne pensais pas à elle, je pensais à la pauvre vieille Alice Blackstock, qui gisait toujours au pied de son escalier, dans sa maison baignée de mort. Ça me mettait mal à l'aise, que personne n'ait encore remarqué son absence. Je devais régler cette question. Il aurait suffi que quelqu'un jette un œil par la fente de sa boîte aux lettres et voie ses pieds dépasser, mais c'était ça, le problème avec les gens comme la Fouine. Tout le monde omet *sciemment* de se faire du souci pour eux. Quand on ne les a pas vus depuis longtemps, on s'en félicite. On ne va pas les chercher.

Richard, le facteur, était passé déposer quelques lettres, mais sans résultat. La Fouine était partie pour se décomposer un jour de plus. Autrefois, on l'aurait découverte en un rien de temps. Les bouteilles de lait sur le seuil se seraient remarquées tout de suite, mais on n'a plus de laitier. Le lait, on l'achète au supermarché, comme tout le monde. Quand j'étais petit, le fermier du coin passait sur sa petite charrette motorisée à trois roues, rouge qu'elle était, comme un tricycle, avec des poignées aussi, pareil, mais avec des roues plus petites et une cargaison de bouteilles de lait dessus. Délicieux, le lait de ferme sur un bol de corn-flakes. On l'attendait tous, moi, le père de Kim et les autres gamins, on lui courait après, on sautait sur le plancher métallique et on faisait ses livraisons pour lui. C'était marrant, hein, on n'avait besoin de rien d'autre, la charrette, les bouteilles de lait, et nous, en culottes courtes, qui galopions derrière sans l'ombre d'un souci. Je suppose que le fermier en avait sa claque, au bout d'un moment, mais ce n'est pas comme ça que je me le rappelle. Je me le rappelle tout buriné, le visage bruni et ridé, heureux de notre présence, content d'être au centre d'une scène d'une telle simplicité, une scène qui nous nourrissait corps et âme.

Je suis rentré de ma dernière course vers deux heures et demie. Audrey était dans le jardin, elle envoyait des balles de golf dans le champ. Elle n'avait pas ôté son chapeau.

« Comment ça s'est passé ? » j'ai crié.

Elle s'est bien campée sur ses pieds et a expédié sa canne bien haut avant de répondre.

« J'ai gagné. »

Elle souriait jusqu'aux oreilles.

« J'en étais sûr. Ta tenue en tweed et tes drives, ça fait une combinaison redoutable. »

Elle a secoué la tête.

« C'était serré. Elle a un bon swing, Tina, et un bon centre de gravité. Il y avait Gail Fowler, la femme de Pat. Elles sont très copines, toutes les deux. C'est la salle de sport, tu sais. Elles y vont toutes.

— Ah ouais, Tina aussi, elle va à la salle de sport ?

— Trois fois par semaine. Elle est super en forme. » Elle a exécuté un nouveau swing. « C'était agréable de sortir, de voir toutes ces femmes s'amuser, passer du bon temps ensemble. Je me suis dit que j'allais peut-être me mettre à la gym, moi aussi. M'inscrire au club.

— Ne le prends pas mal, Audrey, mais tu crois que t'arriverais à suivre ? Elles sont vachement plus jeunes que toi.

— Pas Gail. Elle a un mois de plus que moi, même si on ne le penserait pas en la regardant. Elle s'entretient, c'est tout. Elles prennent des cours de yoga aussi, apparemment. On peut se le permettre, financièrement, non ?

— Bien sûr. Si tu veux.

— Je crois que oui, je veux. Comme cette croisière sur le Nil. Faut qu'on prenne notre envol, maintenant, Al. Qu'on vive un peu. Tina et Gail vont faire un saut à l'élastique pour une œuvre caritative le mois prochain. T'imagines un peu, une femme de cinquante-trois ans qui fait un plongeon de plusieurs dizaines de mètres avec rien d'autre qu'une bande d'élastique attachée à la cheville ?

— Tu veux dire qu'elle chute, puis qu'elle remonte ? Bizarrement, oui, j'imagine très bien.

— Elles m'ont proposé de participer.

— Et alors ?

— J'ai dit que j'allais réfléchir.

— Audrey. Se remettre au golf, faire un peu de vélo d'intérieur, c'est une chose, mais le saut à l'élastique…

— Mais c'est qu'on dirait que tu t'inquiètes, Al.

— Eh, bien sûr que je m'inquiète. Marche avant de courir, Audrey. Marche avant de courir. Un choc comme ça, tu sais pas ce que ça peut te faire aux organes.

— Oh, mes organes, ils sont capables de supporter toutes sortes de punitions. Tu devrais le savoir. »

Elle a cogné la balle de nouveau et la balle a valsé au-dessus de la clôture pour aller s'échouer dans le champ. L'herbe était assez haute.

« C'est pas un peu téméraire de les balancer là-bas comme ça ? Comment tu vas les récupérer ?

— Tu vas aller les chercher.

— Moi ?

— Oui toi. Tu aimes faire des choses pour moi, tu te rappelles ? »

J'ai ri. C'était bien ce que j'avais espéré. Ça redevenait intéressant.

« T'as appris autre chose, à part le truc de la salle de sport ?

— Oh, une fois sur le terrain, elle n'a pas arrêté de tchatcher. Elle et Ian, en ce moment, c'est pas la joie, entre eux.

— Un rapport avec la poste ?

— Je n'ai pas posé la question. Elle dit qu'il est paresseux. Il ne se lave pas les pieds avant d'aller au lit. Il lui laisse faire tout le boulot, puis il l'accuse de traîner quand elle rentre tard.

— Elle t'a posé des questions sur nous ? »

Elle a hoché la tête.

« J'ai dit qu'on s'entendait à merveille et que tu pensais acheter une Merco.

— Et ?

— Elle a dit : “Génial !”, comme si ça lui faisait plaisir. Elle est pas méchante, Tina. C'est Ian, le connard. Je regrette d'avoir envoyé le paquet, maintenant. Ils ont eu une grosse engueulade ce matin, il l'a accusée de le tromper.

— Qu'est-ce qu'elle lui a dit ?

— D'aller se faire voir. » Elle a placé une autre balle sur le tee. « Tu sais ce que je pensais, dans le temps, avant de tirer ? Que c'était ta tête. Mais pas aujourd'hui.

— C'était la tête de qui, alors ?

— De personne. C'était juste une balle de golf. Riesling, t'as dit, si je garde le chapeau.

— Ça dépend.

— De quoi ?

— De l'humeur sous le chapeau. »

Elle a souri et s'est avancée.

« Viens, on va nourrir les poissons. »

Je suis allé chercher les croquettes. Côte à côte, nous les avons éparpillées sur la surface. Les poissons sont montés, bouche à bouche. Ils étaient contents de nous voir, eux deux, nous deux, Torvill et Dean, Al et Audrey. Je lui ai fait pareil. Un baiser sur la joue. La sensation a été très agréable.

« Al ! » s'est-elle exclamée. En plein jour et sans l'aide de l'alcool.

« Je sais. Mais j'ai pensé à ce que t'as dit. Avec ma main et tout. On pourrait tenter le coup. Pas sur les petits trajets. Sur les petits trajets, ça va. Mais j'en ai un long à venir, dans deux jours. Aller-retour à Salisbury. On peut voir si tu t'adaptes. Qu'est-ce que t'en dis ?

— J'en dis que c'est parti. Et en plus, n'hésite

pas à me dire ce que je ne fais pas bien, ça ne me dérangera pas. Tant que tu fais aussi l'inverse.

— À savoir ?

— Me dire ce que je fais bien. Comme ça je t'écouterai.

— Ça marche. Au fait. En parlant d'écouter, Kim m'a raconté un drôle de truc ce matin. »

Elle m'a regardé, pas complètement à l'aise. La question d'où elle était allée cet après-midi-là était toujours en suspens. Je n'avais pas oublié. Elle non plus, sans doute.

« Quoi donc ?

— Que Miranda voyait un autre mec, qu'elle l'avait plaqué pour de bon. Elle n'allait pas du tout se remettre avec Kim. Ted a tout compris de travers.

— Un autre mec ? Qui ça ?

— Personne ne le sait. Je suppose qu'il n'y avait pas de rumeur, à la NAAFI.

— Pas à ma connaissance. Mais ça, elle aimait bien se faire reluquer, ça se voyait. Et ses cours de yoga. Il y a beaucoup de monde, m'a dit Tina, des hommes et des femmes. Ça vient peut-être de là-bas. Toutes ces jambes dans des positions inimaginables.

— Ses cours ?

— Oui, je ne t'ai pas dit ? Miranda donne des cours de yoga, tous les vendredis à la salle de gym. Tina, Gail, elles y vont toutes religieusement. Si je m'inscris au sport, je crois que je ferai l'impasse là-dessus. Prendre des leçons de vie avec Miranda ? Je ne crois pas que je sois tout à fait prête pour ça, qu'est-ce que t'en dis ?

— Sans doute pas.

— Enfin, si elle revient, déjà. Tu crois qu'elle va revenir, Al ?

— Pourquoi pas ? C'est difficile de quitter le village, tu crois pas ? Les gens finissent toujours par revenir. Nous aussi, on a des élastiques attachés aux chevilles, Audrey. La seule différence, c'est qu'on ne les voit pas. »

Je l'ai laissée de bonne humeur, en train d'astiquer le cale-porte. J'avais une course à cinq heures. De la gare de Wool à Gallows Hill. Ce n'était pas sur ma route mais, au retour, je suis passé chez Judes, ancienne station de pompage transformée en havre des accros au fitness de Wareham. C'est un bâtiment hideux, un peu excentré, trapu et carré, rendu encore plus laid par la procession de pékins arrogants en survêt qui se croisent à l'entrée. Je me suis garé et je suis entré. Ça puait tellement que ça faisait le même effet que de se prendre un mur de verre. On ne la voyait pas, l'odeur, mais putain, c'est tout juste si elle ne vous mettait pas par terre aussitôt passé la porte. Il y avait une fille à l'accueil. Elle était presque toujours là. Elle arborait un tee-shirt bleu et un sourire plein de dents. Elle avait picolé assez de parfum pour s'assurer un bouclier de protection d'un rayon d'environ quatre-vingts centimètres.

« Pat Fowler est là ? j'ai demandé.

— Je crois.

— Je pourrais lui dire un mot ? »

Elle s'est éloignée d'un pas souple et a pris l'escalier, accompagnée de son bouclier. S'il y avait des avantages à s'inscrire, regarder son cul gyroscopique en faisait partie, pas de doute. À ma droite, une porte battante donnait sur la salle du rez-de-chaussée. J'entendais le sifflement des vélos et des rameurs, et de ces bidules qui sont censés équivaloir à un mètre de route. Ce n'est pas le cas car, à l'inverse des routes normales, ils courent à votre place. Vous n'avez qu'à poser les pieds. C'est un défaut fondamental de conception, mais ça n'a pas l'air de gêner les gogos. Ils lèvent les pieds, ils baissent les pieds. Ils partent contents. Tu m'as vu, maman ? Je suis le roi de l'A31 ! Franchement, si vous voulez courir sur une route, allez courir sur une route, putain. Je sais que ce n'est pas cohérent avec mes précédentes déclarations concernant les joggeurs, mais bon, on est comme ça, nous les humains, non ? En contradiction avec nos émotions profondes.

J'ai jeté un coup d'œil à l'intérieur. Ils étaient tous là, à tirer, à pédaler et à haleter avec des yeux fixes et fous. C'est le halètement qui fait tout, le halètement qui montre bien le sens de tout ça, la gym, ce halètement sans partenaire. C'est la nouvelle branlette, la salle de gym, mais une branlette en public, à la machine. Certaines femmes avaient gardé un certain sens de la pudeur, elles lisaient des magazines en faisant leur balade de trente minutes en vélo dans la Forêt-Noire, elles bavardaient entre elles. Mais les hommes. Je vous les aurais enfermés, tous autant qu'ils étaient, pour les engueuler un bon coup : avec leurs tee-shirts qui remontaient sur leurs bourrelets, leurs touffes de poils hirsutes sur le ventre, trempés de sueur, à grogner comme s'ils étaient en train de niquer la fille mineure de leurs voisins, avec des shorts que Lord Chamberlain n'aurait même pas passés à Noureev. Un bellâtre rasé de près, serviette blanche jetée sur son épaule massive, paradait sur ses pattes arrière comme un coquelet en surpoids, badinant avec tout le monde. Content de lui ? On l'imaginait sans peine passer la tête par la fenêtre pour pousser un cocorico à chaque fois qu'il faisait une crotte acceptable. Il a surpris mon regard. Oui, toi, Dugland !

J'ai laissé la porte se refermer, examiné le tableau au mur. Compétition de rame, soirée quiz, une serviette gratuite au cinquième passage dans le caisson d'isolation sensorielle. Puis mon cœur a fait un petit boum. Elle était là, elle me souriait en quadrichromie, Miranda, en caftan blanc, assise en tailleur sur le sol du gymnase, avec en dessous un formulaire destiné à ceux et celles qui voulaient participer à son cours de yoga niveau intermédiaire de l'automne. Il y avait déjà plusieurs inscriptions : R. Vandenberg, Mary Collier, Tina Newdick, G. Barrett, Audrey Rainbird, Gail Fowler.

« Je peux vous aider ? »

Pat Fowler était planté derrière moi, en survêt noir avec une bande argentée le long de la jambe, les cheveux graisseux comme une nappe de pétrole. Puants comme une nappe de pétrole aussi. Il n'y a pas grand-chose qui lui manque, à Pat Fowler, affaire florissante, femme aimante, décapotable classe C haut de gamme, OK, mais un cou, ça non, il n'a pas. Sa tête est posée sur ses épaules comme un crapaud sur une borne.

« Al ! » Il s'est avancé. « Dis donc, c'est une

surprise. Me dis pas que tu veux t'inscrire, après toutes les vacheries que tu m'as balancées au Spread. »

Il m'a serré la main. La sienne était froide et moite. Il ressemblait à un crapaud, il avait une peau de crapaud. Il parlait comme un crapaud, en plus, avec une voix grave et rauque. Il n'y avait pas moyen que Miranda soit tombée amoureuse de lui. Au moins, Kim avait l'air d'un être humain. Au moins, il avait un cou à mordre.

« Pas question, Pat. C'est Audrey qu'a chopé le virus depuis qu'elle a parlé à Tina. Et à ta femme. Je pensais lui prendre un abonnement annuel, pour lui faire une surprise.

— T'es sûr ? » Il a jeté un coup d'œil vers la fille en train de reposer son cul sur le tabouret. « Je dis seulement ça parce que ça s'est déjà vu que les gens le prennent mal, les abonnements en cadeau. C'est comme dire : T'es un gros tas de graisse flasque et tu me plais plus telle que t'es. »

Il me fixait d'un air torve. On n'a jamais pu se blairer.

« Non, non. C'est elle qui a eu l'idée. Tu fais des tarifs spéciaux ?

— On a des tarifs spéciaux pour les banlieusards qui viennent tôt le matin et pour les femmes enceintes, mais un tarif spécial aide-moi avec ma bourgeoise ? Désolé. » Il a cligné les yeux, sans sourire. Quel petit connard d'avare.

« Ah non ? Et un tarif spécial voisin qui conduisait gratos ta mère au bingo tous les mardis après-midi ? T'as pas ça dans tes fonds de tiroir ? »

Quand maman était vraiment au plus mal et qu'on

est descendus ici pour qu'elle y passe ses derniers mois, c'était la vieille Mme Fowler qui venait tous les jours nous donner un coup de main, faire la cuisine, la nourrir et s'occuper des tâches dont maman était gênée de laisser le soin à son fils. J'ai jamais oublié ça. C'était une bonne nature, Katherine, une campagnarde à l'ancienne, avec des robes à fleurs, des grandes mains habiles. Alors je lui ai rendu service en retour, je l'ai dépannée quand elle a dévalé la dernière pente. Pas comme son fils numéro un, debout devant moi.

Il a souri, un sourire dur et vide, plein de dents en or. Il se faisait un paquet de fric, ce con, même à l'époque. Pourquoi il n'avait pas déménagé, ça me dépassait.

« Je pourrais faire dix pour cent, je pense, a-t-il dit en tapant du pied.

— Pourquoi pas vingt ?

— Quinze. À prendre ou à laisser. Ça fait trois cent quarante livres. Tu veux régler ça maintenant ? Karen, t'as un formulaire d'inscription sous la main ? »

On l'a rempli, Audrey Massingham Greenwood, née le 3 avril 1955. Occupation : femme au foyer et cantinière à temps partiel. Et toujours en vie.

« T'as entendu pour Miranda, au fait ? » j'ai dit en lui tendant ma carte bleue.

Ses yeux ont pivoté un petit coup.

« Les flics sont passés hier. L'inspecteur Rump. Sa femme est membre du club.

— Ah bon ? Elle suit ce cours-là, aussi ? »

J'ai désigné le tableau, me demandant qui avait

pris la photo et quand. Il faisait noir dehors. Après les heures d'ouverture, peut-être.

« Elle était au niveau débutant, donc oui, sans doute, mais ça ne commence pas tout de suite. Miranda va encore s'occuper des débutants cette année, si ça intéresse Audrey.

— Elle ne s'occupera de rien du tout si elle ne réapparaît pas.

— Elle va réapparaître. »

Il a affranchi la petite carte de membre, vert et or, et me l'a tendue. Mme Audrey Greenwood. Membre n° 28764.

« Ah oui ? T'as l'air bien sûr de toi.

— C'est une grande fille, Miranda. Tu devrais la voir dans le cours d'autodéfense pour femmes. Elle est partie avec un mec, c'est tout.

— J'aimerais bien que Ted en soit aussi sûr que toi. » J'aurais bien aimé l'être aussi. « C'est une habituée, alors ?

— Elle vient tous les jours. C'était son idée, le cours de yoga, en échange d'un passe gratuit. Elle gagne au change, mais c'est notre Miranda. »

Notre Miranda. Ça ne me plaisait pas. Il s'est frotté les mains. Il voulait mettre fin à la conversation. Je lui rappelais sa culpabilité envers sa mère, pas de doute.

« Personne ne l'embêtait ?

— La police m'a posé la question. Non, personne. Personne n'aurait osé.

— Et quand elle a donné son dernier cours, tout allait bien ?

— Elle était en pleine forme, complètement rétablie.

— Rétablie ?

— La semaine d'avant, elle avait dû annuler. Elle avait une dent de sagesse cariée. Elle a dû se la faire arracher. Elle était complètement alouette. »

Il a dit ça. *Alouette*.

Je suis resté assis dans la voiture, tout tremblant. Je la sentais, toujours au fond de ma poche. Comment cela pouvait-il être la sienne ? J'ai repensé aux vêtements que j'avais fait tomber du sac : les jupes, les soutiens-gorge, les bas et le chemisier à froufrou qui m'avait rappelé un des siens. Mais putain, le soutien-gorge ! Et s'ils l'apportaient aux flics ? Il y avait forcément une trace de nous dessus, les gants, l'herbe, les postillons d'Audrey bavant d'impatience. Si la police scientifique mettait la main dessus… Peut-être qu'il n'était pas à Miranda. Peut-être que c'était juste une coïncidence.

J'ai sorti le mouchoir, je l'ai déplié complètement cette fois. Je ne l'avais pas remarqué tout d'abord, mais maintenant je le voyais parfaitement, le monogramme dans le coin, le *M* tout torsadé, conformément à ma commande. Pas de doute, c'était celui de Miranda, un des mouchoirs en dentelle que je lui avais achetés pour son dix-huitième anniversaire, brodés à la main par une vieille bique de Dorchester, rangés dans un petit coffret, six en tout. La dent de Miranda, les vêtements de Miranda, le sac de Miranda.

Je me refaisais le film. Miranda et le major. Le major et Miranda ? C'était pour lui qu'elle avait plaqué Kim ? J'ai replié le mouchoir et l'ai fourré dans ma poche. Au fond de moi, je me disais que c'était peut-être le dernier fragment de Miranda que je verrais jamais, que je toucherais jamais. Si je l'avais tuée accidentellement, façon de parler, au moins j'aurais un petit bout d'elle pour me la rappeler. Je pourrais en faire un pendentif ou la sertir dans un médaillon, la porter autour de mon cou, contre mon cœur.

Quand je suis rentré, Audrey épluchait des patates dans la cuisine. Elle portait toujours le chapeau.

« J'ai sorti le barbecue, a-t-elle roucoulé. Il avait besoin d'un petit coup de décapant. »

Je suis allé dans la chambre et j'ai sorti le sac du major de sous le lit.

« Faut que je sorte, j'ai dit, debout dans la cuisine, le sac à la main.

— Qu'est-ce que c'est que ça ?

— C'est le sac du major Fortingall, tu te souviens, celui pour qui t'avais préparé le carton. Il l'a oublié dans la voiture. Il en a besoin.

— Ça ne peut pas attendre ?

— Non.

— Tu rentres quand ? »

J'ai haussé les sourcils.

« Je n'en sais rien, Audrey, OK ? L'inquisition est terminée ? »

Elle a laissé tomber ses bras le long de son corps.

« Ça n'a pas duré longtemps, hein ?

— Quoi ?

— Le nouveau Al. Celui que je commençais à apprécier. »

Je me suis dégonflé brusquement, comme un pneu.

« Désolé. » J'ai posé la carte de membre sur la

table. « Regarde. L'ancien Al aurait dit : "T'as vu ça ? : t'es un gros tas de graisse flasque et tu me plais plus telle que t'es." Le nouvel Al dit : "T'as vu ça ? T'es une ancienne centrale électrique dont le moteur est miraculeusement en train de se recharger. Garde ce chapeau sur la tête et ce soir j'irai chercher tes balles de golf à quatre pattes en m'éclairant à la lumière que tu produis naturellement. On ira faire du saut à l'élastique sur le Nil ensemble." »

Il était plus grand que toutes les autres maisons de Chevening Road, le numéro 32 : il y avait une petite dépendance sur la droite, avec une porte séparée et une plaque de cuivre fixée au mur. Je me suis avancé pour jeter un œil. Major Fortingall, université royale de chirurgie dentaire. Au moins, ça expliquait la dent.

J'ai sonné à la porte. Une voix s'est fait entendre. Rien ne s'est passé. J'ai sonné de nouveau. La porte s'est ouverte.

« Oui ? »

Elle était plus vieille que le major, Mme Fortingall, avec des fils gris dans ses cheveux courts. Elle avait une jolie tête de biche, une silhouette mince, des gestes mesurés et une bouche juste un poil trop grande pour son visage. Elle ne portait pas de chaussures.

« Al Greenwood, madame Fortingall. Nous avons parlé au téléphone l'autre jour. » J'ai agité le sac dans ma main. « Votre mari est là, par hasard ? Je passais dans le quartier et je me suis dit…

— Oui, oui. Entrez, je vous prie. »

Elle a reculé, vérifiant d'un coup d'œil par-dessus son épaule si le salon était présentable.

« Neil, a-t-elle crié. Tu as de la visite. »

Je me suis essuyé les pieds et suis entré dans le hall. Rien d'exceptionnel. Un petit miroir ouvragé, une petite table avec une petite plante. Un couloir qui ne menait nulle part. Nous sommes restés plantés là, mal à l'aise. Ça sentait l'antiseptique. Je suppose qu'ils la trimballent toujours avec eux, cette odeur, les dentistes. À la regarder, elle aurait bien pu être dentiste, elle aussi, calme, pragmatique, un brin coquine malgré son efficacité redoutable. J'ai remarqué que ses ongles de pied étaient peints en bleu d'un côté, rouge de l'autre. Pas tout à fait aussi stricte qu'elle voulait s'en donner l'air, en fin de compte.

« Vous courez beaucoup, ces derniers temps, madame Fortingall ?

— Quoi ? Oh. » Elle a souri, se rappelant notre conversation. « Pas autant que je le voudrais.

— Les choses qu'on aime faire, on ne les fait jamais assez, j'en suis convaincu, madame Fortingall. La vie vient toujours nous en empêcher, on dirait. Vous êtes bien placée pour le savoir, avec le cabinet sur le pas de votre porte. »

Elle a hoché la tête, nerveuse, ne sachant pas bien où menait cette discussion. Elle s'est retournée de nouveau. « Neil, tu m'as entendue ? » Elle m'a fait face. « C'est le sac ?

— J'espère bien, sinon je suis venu pour rien. » J'avais les yeux rivés sur sa bouche. Elle en était parfaitement consciente. « Ah, quand on parle du loup. »

Des pas se sont fait entendre dans l'escalier, suivis de jambes pâles et d'un caleçon à pois. Le major

Fortingall. Quand il m'a vu, il s'est arrêté net, la main crispée sur la rampe d'escalier.

« Ah, major Fortingall. Je suis Al Greenwood. Vous vous rappelez, votre taxi de l'autre jour ? Je crois bien que j'ai retrouvé votre sac. »

Je l'ai agité doucement. Il l'a regardé comme s'il y avait la tête de quelqu'un à l'intérieur. Bien sûr, en un sens, c'était le cas.

« Depuis quand tu t'es mis à courir ? »

Mme Fortingall a posé la main sur sa hanche, la voix tendue.

« Je voulais te faire une surprise. »

C'est ça.

Il est resté là à danser d'un pied sur l'autre. C'était le moment de lui venir en aide.

« Qu'est-ce qu'il y a, major ? Vous n'avez pas l'air content de le voir. Ne me dites pas que ce n'est pas le bon. »

Il s'est enfin avancé dans le couloir.

« Non, ce n'est pas le bon. Je ne sais pas où vous avez déniché ça, mais ce n'est pas le mien. »

Il l'a bien dit, je dois le reconnaître, pas trop fort, mais suffisamment, comme s'il était un tantinet agacé qu'on vienne lui gâcher sa soirée. J'ai secoué la tête en me faisant « tss-tss ». J'ai toujours été bon acteur. Drôle, charmant, un peu attendrissant, je savais tout faire, avec un éclat de glace planté dans le cœur.

« J'ai dû prendre le mauvais. Les gars du garage m'ont dit qu'ils l'avaient sorti de la voiture et mis dans le placard par sécurité. Peut-être qu'ils voulaient dire qu'ils l'avaient mis *sur* le placard. Si vous voulez regarder ce qu'il y a dedans… »

Il s'est avancé vivement pour se placer entre sa femme et moi ; dès qu'il est sorti de son champ de vision, sa bouche a pris un pli dur, mais sa voix est restée la même.

« Ce n'est pas la peine. Je suis tout à fait sûr de moi. Le mien, c'est un sac de l'armée.

— Un sac de l'armée, bien sûr. Ça doit être celui d'un des mécaniciens. Je suis vraiment navré, major. Vous deviez partir, vous aviez dit ? »

J'ai fait un pas de côté pour qu'elle puisse de nouveau nous voir tous les deux. Histoire de ne pas la laisser s'endormir. Elle a réagi au quart de tour.

« Partir ? On n'a pas prévu de déplacement.

— Je suis en congé. J'ai peut-être dit que je m'en allais juste pour vous presser. Vous savez ce que c'est.

— Mais oui, major. Inutile de s'excuser. Je comprends. Vous savez quoi ? Je passerai demain, ou je le laisserai à la caserne.

— À la caserne, ce serait le mieux.

— À la caserne, alors. Laissez-moi vous donner mon numéro de portable, que vous puissiez m'appeler à votre prochain passage. Je veux vous le remettre en main propre, m'assurer qu'il reparte pas faire son jogging tout seul encore une fois. Salut, madame Fortingall. Entretenez vos endorphines. »

Je n'avais pas fait cinq cents mètres que le portable a sonné. Il était dans le jardin. On entendait le chant d'un merle.

« À quoi vous jouez ?

— Je téléphone en conduisant, major. Un délit, par les temps qui courent. À quoi pensez-vous, dites-moi ?

— Vous le savez très bien. Qu'est-ce qui vous a pris de me faire un coup pareil ?

— J'essayais simplement de vous restituer votre sac, major Fortingall, comme vous me l'avez demandé. C'est le vôtre, n'est-ce pas ?

— Vous le savez parfaitement.

— Je n'en suis pas si sûr. Je crois qu'il pourrait bien appartenir à Miranda Grogan. »

Il y a eu un silence.

« Vous m'avez entendu, major, ou vous êtes dans un tunnel ?

— Je vous ai entendu. Qu'est-ce que vous voulez ?

— Je n'en sais rien, pour être honnête. D'abord, j'aimerais savoir ce que vous fabriquez avec les dessous de Miranda. Sans parler de sa dent.

— Je vous le dirai. Ce soir. Très bien. Vous connaissez le Red Lion, sur la route principale ?

— Oui, oui.

— Donnez-moi une heure. »

Je me suis garé sur l'aire de repos et j'ai passé le sac au peigne fin. Oui, c'était à Miranda, tout ça, pas de doute. J'aurais dû le deviner à la coupe des dessous, à leur façon provocante de se jeter sur vous. Même sans son corps à l'intérieur, on devinait à quel genre de femme ils appartenaient, le genre de femme qu'était Miranda. Je suis resté là à les passer en revue, à les parcourir comme des photos, essayant de me rappeler si je l'avais vue porter telle ou telle fringue, dans la caravane, au pub ou même dans la rue. J'ai imaginé ces dessous éparpillés dans la caravane, les doigts du major qui les fouillait à tâtons, un bouton par-ci, une pression par-là. Ça me rendait dingue, Miranda et le major qui utilisaient ma caravane pour faire leur affaire comme ça. À chaque fois qu'elle avait passé l'après-midi dedans avec moi, elle pensait en fait au prochain après-midi qu'elle allait passer avec lui ou, pire encore, à la fois précédente ; elle tapotait les sièges, réarrangeait les coussins, mangeait mes biscuits en revoyant la scène. Et je n'avais absolument pas percuté, j'avais cru que c'était notre compagnie qu'elle aimait, la mienne et la sienne, nos discussions, nos rires, notre cachette, et pendant tout ce temps c'était la leur. Et il pensait s'en sortir impuni ? J'aurais bien voulu voir ça.

J'ai remonté la fermeture Éclair et j'ai balancé le sac à l'arrière.

« Monsieur Greenwood ? »

J'ai levé les yeux. L'agent Pieds-Plats se tenait à la vitre.

« Dave.

— Tout va bien ? a-t-il dit en jetant un œil à l'intérieur.

— Très bien. Je m'apprêtais juste à me griller une cigarette tranquille. Audrey n'aime pas que je fume dans la maison.

— Pas de souci, mais je voulais vous prévenir, on a reçu plusieurs plaintes des habitués, les jeunes couples qui viennent se fréquenter, etc. Y a des types louches qui traînent dans le coin pour observer les choses de la vie.

— Les choses de la vie ?

— Vous savez, les couples en pleine action.

— Il est un peu tôt pour ça, non ? Il ne fait pas encore nuit.

— Je sais bien, mais si par hasard ils arrivaient maintenant, ils pourraient se méprendre sur vous, tout seul là comme vous êtes. Et les bidasses, quand ils sont remontés…

— Ah oui, je comprends, Dave, je comprends. Une clope dans le jardin, c'est une bien meilleure idée. Je m'en vais tout de suite.

— Il vaut mieux, oui. »

J'ai regardé le phare bleu du toit de sa voiture de patrouille disparaître au coin de la route avant de faire demi-tour. La soirée s'annonçait belle. Le vent avait migré vers les terres. Il régnait ce calme que seule cette bande étroite entre la mer et la terre sait dispenser, comme si tout avait été écarté pour la préserver dans sa tranquillité parfaite. Audrey devait feuilleter ses brochures sous la véranda ou exécuter une nouvelle série de swings dans le jardin, que mon portrait soit ou pas sur les balles qu'elle cognait. Quand je suis arrivé au Red Lion, le major Fortingall était déjà assis à une table vide. Il tambourinait nerveusement le vernis écaillé. Il était inquiet.

Je me suis assis. Il s'est penché en avant, visiblement prêt à une joute de murmures furieux.

« Bon. Qu'est-ce que vous voulez ? »

J'ai souri et me suis frotté les mains.

« Merci. Je vais prendre une Löwenbräu, puisque vous le proposez si gentiment. Et peut-être un petit en-cas. Je n'ai rien mangé de la journée. »

Je l'ai regardé s'avancer vers le comptoir. Il gardait son argent dans une petite trousse, les billets d'un côté, les pièces de l'autre. Il émanait de lui un sang-froid, une méticulosité, qui m'ont fait penser à Ted. Non, ça ne pouvait pas être si simple.

Il est revenu, bière pour moi, vodka pour lui. Sa bourgeoise ne sentirait pas la vodka dans son haleine.

« J'ai pris des olives.

— Parfait. C'est bon, les olives. » J'en ai fourré une dans ma bouche. Elle avait un goût d'huile de vidange. « Donc, c'est le sac de Miranda, n'est-ce pas ? »

Il a respiré un grand coup.

« Oui. Je peux le voir ?

— Non. Il est très bien dans le coffre, loin des regards importuns. Expliquez-moi un peu.

— C'est une longue histoire.

— Ne vous en faites pas. Quand on n'aura plus d'olives, vous n'aurez qu'à commander des noix de cajou. Vous deux, vous êtes… »

J'ai croisé les doigts.

« Oui.

— C'est sérieux ?

— Plus sérieux qu'on ne l'avait cru. »

Il a vidé son verre d'un coup et l'a reposé d'un grand geste. Il avait le sens du théâtre, le major Fortingall.

« Il m'en faut un autre. »

Il est retourné au comptoir. Un double, cette fois.

« Ça a commencé quand ?

— Il y a à peu près un an. Elle est venue passer un entretien d'embauche. On cherchait quelqu'un pour un stage d'assistante dentaire. On s'est mis à parler, à parler vraiment. On aurait dit qu'on se connaissait depuis des années. Ça a duré plus d'une heure, puis on a repris nos esprits, en quelque sorte : elle s'est troublée, je me suis troublé et je lui ai demandé de revenir pour un second entretien, une semaine après. Une semaine. J'étais à la caserne la semaine en question. Je n'arrêtais pas de la croiser. C'est tout juste si on arrivait à se regarder.

— Et ?

— Le deuxième entretien a été affreux. La pièce était chargée d'électricité. Je ne trouvais rien à dire, elle non plus. On savait que ça n'avait rien à voir avec l'entretien, déjà à ce moment-là. Quand j'ai eu passé vingt minutes à tourner autour du pot, embarrassé, elle m'a dit : “Vous n'allez pas me donner ce boulot, si ?” J'ai dit non. Elle a dit : “Qu'est-ce que vous allez me donner, alors ? Il faut que vous me donniez quelque chose. Regardez-moi. Je ne me suis pas sapée comme ça pour rien.” »

Je n'ai pas pu m'empêcher de sourire. C'était bien de Miranda, ça.

« Alors ?

— Je l'ai embrassée.

— Et puis ?

— Puis ça a commencé. Ce n'était pas facile, entre ses services et mes obligations. Je travaillais à la maison la moitié de la semaine, et à la caserne l'autre moitié.

— Vous vous retrouviez où ? Ne dites rien : dans une caravane.

— Comment le savez-vous ?

— Je le sais, c'est tout. Depuis quand ?

— Depuis il y a environ huit mois.
— L'après-midi, le soir ?
— L'après-midi surtout, même s'il y a eu des fois… » Sa phrase est restée en suspens. « Mais quel rapport avec vous ?
— Vous occupez pas de ça. Huit mois, vous dites.
— Oui, huit mois merveilleux. Mais ce n'était pas assez. On en voulait plus. On voulait tout.
— Vous savez qu'elle a disparu, je suppose. Que votre sac, là…
— Bien sûr que je le sais, qu'elle a disparu. Je l'attendais.
— Vous l'attendiez.
— Ma femme était partie pour le week-end. Je l'ai amenée chez moi en douce vendredi soir. On avait déjà pris la décision de sauter le pas, vite, par surprise, sans se poser de questions, sans se laisser freiner. J'étais de service samedi, mon congé commençait dimanche. Elle disait qu'on allait faire le mur. J'allais laisser une lettre à Audrey.
— Audrey ?
— Ma femme. »
J'ai éclaté de rire.
« Qu'est-ce qu'il y a de si drôle ?
— Rien. Continuez.
— Miranda est partie dimanche matin, vers midi. Elle m'a laissé son sac. Elle devait rentrer pour annoncer la chose à sa mère et son père, leur parler de nous, puis me retrouver à la gare dimanche soir. On devait aller passer une semaine à Paris et improviser ensuite. J'avais acheté les billets.
— Seulement…

— Elle n'est jamais revenue. J'ai cru qu'elle s'était dégonflée.

— Vous avez essayé de l'appeler ?

— Son portable était éteint. Il l'est toujours. Je pensais essayer de la voir ce lundi-là. Il y avait une urgence. Le commandant s'était cassé une dent. L'autre dentiste était à Salisbury. J'ai proposé mes services et j'ai pris le sac avec moi, avant le retour d'Audrey. Je pouvais le laisser à la caserne, au pire. Mais je pensais qu'elle serait là, à son poste.

— Pourquoi vous n'êtes pas venu en voiture ?

— Audrey était partie avec.

— Je vois. » J'ai secoué la tête. « Je préférerais qu'elle porte un autre nom.

— Quoi ?

— Votre femme. Je préférerais qu'elle porte un autre prénom. Ça ne fait pas très militaire, cette évasion.

— Et alors ? L'armée, c'était une idée d'Audrey. L'armée de son père. L'armée de son frère. Toute cette saloperie de famille Rainbird. C'est formidable, comme vie, qu'elle disait. J'en ai horreur, de cette vie. Horreur, putain.

— Et la dent ?

— Il y a deux semaines, Audrey était à la salle de sport, et elle a entendu Miranda se plaindre de cette douleur. Le dentiste ne pouvait pas la recevoir avant le lendemain matin. Audrey a dit : "Venez avec moi, mon mari va y jeter un coup d'œil." Quand je les ai vues arriver dans la même bagnole, ça m'a fait un choc.

— Et vous avez arraché la dent ?

— Je l'ai extraite, oui. C'était une très grosse dent.

— C'est ça ? »

Je l'ai sortie de ma poche et j'ai déplié le mouchoir. Nous l'avons contemplée tous les deux.

« Elle voulait la monter en pendentif pour que je puisse la porter. » Il a avancé la main. « Je peux ?

— Non. Vous ne pouvez pas. »

Je l'ai rangée dans ma poche.

« Qu'est-ce que vous allez en faire, du sac ? »

C'était une bonne question. Qu'est-ce que j'allais en faire ?

« Je ne sais pas trop. Je pourrais vous mettre dedans un bon coup, ça, c'est sûr.

— Vous voulez peut-être de l'argent. »

Vous voyez bien, il se faisait une idée infecte de moi. Alors je me suis fait un plaisir de lui donner raison.

« Peut-être, mais votre femme, ça serait plus sympa. Qu'en dites-vous ? Le sac en échange de votre femme. Elle a quelque chose de très séduisant. C'est vrai, quoi, si vous n'en voulez pas, rien ne s'y oppose, hein ? C'est une honte de laisser se perdre une belle femme comme elle. Vous pourriez me donner quelques conseils, ce qu'elle aime, et tout ça, me guider. »

Il m'a regardé. Il ne savait pas trop si je négociais ou si je me foutais de sa gueule.

« Vous me dégoûtez.

— Je m'en remettrai. Franchement, c'est mieux que de l'argent, non ? Qu'est-ce que ça peut vous faire ?

— J'ai de l'affection pour ma femme.

— Des mots, tout ça. Donc, cette salle de gym qu'elle fréquente. À quelle heure elle y va ?

— Je n'en sais rien.

— Mais si. C'est une habituée. Elle y va forcément à heure fixe. Maintenant arrêtez de faire le con et dites-le-moi.

— Dix heures et demie.

— Tous les jours ?

— Lundi, mercredi et vendredi.

— Et elle sort à ?

— Une heure plus tard.

— Et elle se change au gymnase ou à la maison ?

— À la maison. Dites, qu'est-ce que ça signifie, tout ça ?

— Vous le savez très bien, major. C'est votre passeport pour la paix, la liberté et mon silence. Mais cela mis à part, qu'est-ce que vous avez à perdre ? Je ne lui plairai peut-être pas. Vous récupérez le sac, moi rien du tout. L'affaire du siècle. Pensez-y. »

Je l'ai laissé, j'ai fait le tour par-derrière en voiture et je l'ai regardé monter dans sa Passat et s'en aller. Puis je suis retourné à l'intérieur et j'ai bu deux ou trois pintes supplémentaires. Je n'avais pas réellement envie de sa femme. Je voulais juste qu'il se sente sale. Sale et indécis, sale et inquiet, inquiet de ce qui risquait de refaire surface, suffisamment inquiet pour fermer sa gueule. S'il se mettait à parler de Miranda et de leurs projets, la caravane allait venir sur le tapis en un rien de temps, et je devais éviter ça.

Il était tard quand je suis rentré, plus tard que je ne l'avais espéré, mais quand j'ai garé la voiture, je me suis senti content, content d'être rentré, content d'être à la maison. Je me suis frotté les yeux pour m'assurer que je ne rêvais pas. À la maison avec Audrey. Bon Dieu, je n'avais pas éprouvé ce sentiment depuis des années. Je suis sorti de la voiture, les jambes flageolantes, sous l'effet non de la boisson, mais de ce sentiment. Audrey s'affairait devant la porte du jardin, son tablier spécial barbecue autour de la taille. Tout allait bien. Le chapeau était toujours en place.

« Désolé d'être en retard. C'est le barbecue qui sent comme ça ?

— Non, pas exactement. » Elle m'a tendu un verre de vin. « Tu sais, tu te demandais comment allait Mme Blackstock ?

— Ah bon ?

— Oui. Ce matin. Tu disais que tu ne l'avais pas vue depuis un moment. »

Elle me préparait pour le choc, la chère femme.

« Je me rappelle pas. Bon Dieu, ça sent bon, Audrey.

— Eh bien, finis ton verre. J'ai une surprise pour toi. »

Elle m'a pris par la main.

La Fouine était assise dans le patio, en train d'engloutir mon homard. Elle avait un énorme bandage autour du front, exactement comme celui dont j'avais besoin pour la faille en train de s'ouvrir dans ma cervelle. J'ai entendu la voix d'Audrey :

« Al ! Al, ça va ? »

9

Quand je suis revenu à moi, j'étais allongé sur la chaise longue, et Audrey, penchée sur moi, agitait ce qu'il restait du homard sous mon nez. J'ai eu un mouvement de recul. Ce n'est pas ce qu'on espère après un black-out.

« Je n'avais pas de sels, a-t-elle dit en guise d'explication. Qu'est-ce qui s'est passé ? Tu t'es écroulé comme une masse.

— J'ai dû me lever trop vite en descendant de voiture. Ma tête s'est vidée de son sang d'un coup. »

J'ai baissé la voix. La Fouine, assise à l'autre bout, s'enfilait une tranche de brie.

« Qu'est-ce qu'elle fait là ?

— Alice a fait une chute, a annoncé Audrey d'une voix forte, la voix chantante et enfantine qu'elle prend pour s'adresser aux serveurs chez M. Singh. Elle est restée étendue une journée entière, c'est bien ça, Alice ?

— Une nuit entière, a corrigé la Fouine. Je suis tombée dans les escaliers et je suis restée étendue par terre toute la nuit. Quand je me suis réveillée, le jour se levait à peine. J'ai réussi à ramper jusqu'au téléphone pour appeler une ambulance. Quinze minutes plus tard, ils étaient là. »

Elle s'est caressé la tête.

« On n'a rien entendu, hein, Al ? »

J'ai essayé de secouer la tête, mais ça faisait trop mal. On ne risquait pas d'entendre, Audrey grâce au litre de shiraz qu'elle avait descendu, et moi grâce au reste d'herbe de la réserve de la Fouine que j'avais fumé près du bassin.

« Ils voulaient me garder pour la nuit, mais j'ai pas voulu en entendre parler, avec tous ces microbes meurtriers sous les lits. D'ailleurs, je ne me sentais pas mal du tout, pour quelqu'un qui venait de passer une nuit sur le carreau. »

Et elle a ri. Un rire tout à fait affreux, à vrai dire.

« Vous avez eu le bon réflexe, Alice, a approuvé Audrey. Surtout quand vous avez des voisins pour s'occuper de vous. Qu'est-ce qui s'est passé, vous avez loupé un virage ? »

La Fouine a secoué la tête.

« C'est cette visite chez le dentiste. J'avais pris des médicaments pour me calmer les nerfs et, entre ça et les injections qu'ils m'ont faites, mon équilibre était complètement baisé, putain de baisé. »

J'ai tressailli sous l'effet d'une douleur qui m'a traversé l'œil gauche. Ça m'a toujours déstabilisé, d'entendre ce genre de vocabulaire dans la bouche de toutes les Alice Blackstock du monde. Il faut reconnaître qu'elle n'avait pas tout à fait repris le contrôle d'elle-même. Ça se voyait à son sourire pendant qu'elle disait ça, qu'elle n'était pas bien d'aplomb.

« Je suppose que vous avez dû m'aider à monter les escaliers, Alan.

— C'est exact, madame Blackstock. Je vous ai installée sur votre canapé à l'étage. Vous étiez un peu dans les vapes, je dois dire. »

Audrey a pointé un index accusateur vers moi.

« Tu aurais dû rester avec elle, Al. Elle aurait pu se tuer. »

La Fouine a balayé l'idée.

« Ne vous excusez pas, Alan. Je ne devais pas être un cadeau. Même si je ne me rappelle rien. »

Et là, elle m'a fait un clin d'œil.

Comprenez-moi bien. Un clin d'œil. Ça m'a fait réfléchir. Est-ce qu'elle disait la vérité ? Est-ce que, vraiment, elle ne se rappelait rien, ou est-ce que c'était sa façon bien à elle de me dire qu'elle se rappelait *tout*, la route du retour, la conversation, le pied ?

« Rien du tout, madame Blackstock ?

— Rien après la première injection. Il paraît que je chantais dans la salle d'opération. Je vous ai sans doute infligé le même châtiment sur la route.

— Un peu.

— J'ai chanté quoi ? Neil Young ? Leonard Cohen ? Dylan ?

— Leonard Cohen ?

— Oui, je suis une grande fan. "Suzanne". "Bird on the Wire", "Songs of Love and Hate". Toutes ces ténèbres qui s'agitent sous la surface. »

Je me suis efforcé de le cacher, mais c'était horrible d'entendre mes propres pensées me revenir à l'oreille par la bouche d'une femme comme elle. Horrible.

Leonard Cohen, c'était privé. Elle n'avait aucun droit de l'aimer aussi, la salope. Il était à moi, pas à elle.

« Non, je ne crois pas que c'était un de ceux-là, madame Blackstock. Ça ressemblait plutôt aux Monkees. "Last Train to Clarksville." »

Elle a frémi.

« Je ne sais pas comment vous avez fait pour supporter de m'entendre brailler comme ça pendant que vous essayiez de me ramener chez moi. Je suis surprise que vous ne m'ayez pas balancée par-dessus bord. »

Audrey a eu l'air de trouver ça drôle. Elle a ri. Un rire tout à fait affreux, à vrai dire. Apparemment, c'était contagieux.

« Vous étiez à l'arrière, madame Blackstock.

— Ah bon ? Vous voyez ! Je ne me souviens de rien. Heureusement que je vous avais pour veiller sur moi. Dieu sait ce qui aurait pu se passer si je m'étais laissé ramener par un inconnu. C'est vrai, il aurait pu me dévaliser en un clin d'œil et me pousser dans l'escalier, je n'aurais pas bronché. Et appelez-moi Alice, je vous en prie. »

Elle a croisé ses mains sur ses genoux et a jeté un coup d'œil circulaire, comme faisait Audrey quand elle était en visite, inspectant mine de rien notre intérieur, attribuant une note sur dix. Six, d'après son expression. Puis ses yeux sont tombés sur l'ensemble couverture et coussins à l'effigie du petit Jésus par le Titien qu'Audrey avait rapporté de son voyage à Lourdes en autocar. Quatre. Peut-être même trois.

« Alice va dormir chez nous quelques jours », a

annoncé Audrey. Elle a tapoté une petite valise posée à mes pieds.

« Tu plaisantes ! » Est-ce que j'avais dit ça tout haut ? Audrey m'a jeté un regard dur. Ma tête retrouvait sa place sur le tee, je l'ai senti.

« Tout est arrangé. Elle ne peut pas monter les escaliers dans son état, c'est évident. On a une chambre d'amis avec salle de bains. Pourquoi ne pas en faire bon usage, pour une fois ? » Elle s'est tournée vers la Fouine, en confidence. « On ne s'en sert que quand Al se met à ronfler parce qu'il a trop picolé, mais c'est du passé, ça, n'est-ce pas, Al ?

— Oui. Je suis un homme neuf à présent, madame Blackstock. C'est assez exaltant, je dois dire. »

Alice a joint les mains avec approbation.

« Oh, vous deux. Je ne veux pas vous déranger. »

Elle s'est coupé une autre tranche de brie et a mordu dedans comme si c'était du gâteau. Le brie faisait partie de notre panier de pique-nique pour l'expédition à Salisbury. Audrey l'a rassurée.

« Vous ne nous dérangez pas du tout, Alice. C'est fait pour ça, les voisins. Vous avez besoin d'autre chose de chez vous ?

— Mon iPod, peut-être, quelque chose à lire. Et ça vous gênerait beaucoup si je fumais ?

— Pas du tout. En général, Al va dans le cagibi vers sept heures pour s'en griller une tranquillement, mais tant qu'on laisse les fenêtres ouvertes, vous pouvez fumer sous la véranda tant que vous voudrez. Servez-vous dans le paquet d'Al. Il le laisse toujours traîner.

— C'est fini, ça. Je ne laisse plus rien traîner, les

chaussettes, les clopes, les subterfuges, tout ça, c'est banni de cette maison. Quand j'ai quitté une pièce, on ne devinerait pas que j'y suis passé, quasiment. »

Alice a agité un doigt vers nous. Ça lui plaisait, ce petit badinage conjugal.

« Oh, je ne fumerai pas les cigarettes d'Al. Je préfère les roulées. Péché de jeunesse. J'ai une vieille tabatière quelque part. Elle devrait être dans mon sac mais je n'arrive pas à mettre la main dessus. Peut-être que si quelqu'un pouvait jeter un œil à la maison pour moi. Tenez, voilà le double des clefs. » Elle a farfouillé dans son sac. « Ça ne fait rien si vous ne trouvez pas, a-t-elle dit en la tendant à Audrey. En général, j'en ai toujours un ou deux paquets planqués quelque part. » Elle a donné une petite tape pour redonner du gonflant à son coussin et s'est rassise.

« Al va se faire un plaisir d'aller voir, pas vrai, Al ?

— Bien sûr, j'ai dit en me levant. Passez-moi la clef, je vais aller fouiner dans vos affaires. »

J'avais besoin d'un autre verre. Non seulement je n'avais pas réussi à tuer Audrey et la Fouine, non seulement j'avais poussé une autre femme de la falaise, maintenant il me fallait remplir la tabatière de la Fouine avec un substitut crédible. C'était perturbant. À chaque fois que j'essayais de liquider une bonne femme, elle réapparaissait miraculeusement dans mon salon. Rien à voir avec le saut à l'élastique, pour autant.

Le Doc était à sa place habituelle, sur le tabouret du coin, sous le renard empaillé qu'il avait descendu par la fenêtre de son cabinet. Il n'y a pas beaucoup de médecins qui gardent une carabine sous leur table d'examen. Jacko le Dingo était à l'autre bout du comptoir avec un de ses potes. Avec leurs affreuses vestes brillantes, leurs cravates criardes, leurs cheveux plaqués en arrière comme ceux d'un cadavre, on aurait dit des cousins indésirables à un mariage bas de gamme. Et ils souriaient, en plus. Jacko a levé son verre dans ma direction. Salut ou avertissement, je n'aurais pas su dire. J'ai tiré le tabouret libre à côté du médecin malgré lui.

« Doc. Comment ça va, à Dodge City[1] ? »

Il a poussé son verre vide en faisant un signe de tête à Paul, le barman. Déjà trois derrière la cravate, j'aurais dit, vu l'état de ses yeux.

« J'ai craché du sang dans mon mouchoir toute la journée. »

J'ai tapoté ma poche. « Me parlez pas de mouchoirs. » J'ai surpris son regard. « Laissez tomber. Et les affaires ? Ça marche ?

— Le lot habituel de soucis de vacances. Brûlures au butane. Cystites. L'inévitable pouce écrasé. Les piquets de tente, a-t-il ajouté en guise d'explication. Vous autres, les gens du coin, vous me quittez tous pour le nouveau cabinet à Wool. La salle d'attente est tellement vide que je me suis mis à lire les magazines moi-même. Et je les ai déjà tous lus. Il faut que je prenne des mesures drastiques. Je pense qu'une ou deux machines à sous pourraient faire l'affaire.

— Et votre nouvel associé, celui qui devait renverser la vapeur ? »

1. Ville emblématique du Far West américain. *(N.d.T.)*

Il a levé trois doigts.
« Parti.
— Il est resté quoi, trois semaines ?
— Trois jours, a-t-il avoué. Un jour pour s'installer, un jour pour faire ma connaissance, un jour pour écrire à la BMW. »
Il a entouré son nouveau verre de sa main. Il avait les mains tachetées, les doigts jaunes. Le tremblement n'était pas que dans sa voix. Il s'était installé dans tout son corps, comme une maladie. Je me rappelais encore le jour où il était arrivé, faisant ronfler le moteur de sa MG décapotable. C'était il n'y a pas si longtemps.
« Vous voulez parler de la BMA[1] ?
— BMA, BMW, qu'est-ce que ça change ? » Il a repoussé son verre. « C'est dirigé par des connards. »
Il essayait de plaisanter, mais il ne riait pas. De l'amertume et une place au bar, c'était tout ce qu'il lui restait. À une époque, tout roulait pour lui : casquette anglaise portée crânement sur le côté, sourire désinvolte, quelques blagues salées, c'était le Doc, un peu léger, un peu leste, un peu limite avec ses patientes. À présent, il n'avait même plus le droit de fumer la pipe en public.
« Vous avez entendu ? il a dit. Ils ont retrouvé quelque chose dans l'anse. »
Mon cœur s'est décroché et mes yeux se sont injectés de sang. J'ai dû prendre appui sur le comptoir pour empêcher ma voix de chevroter. J'entendais toutes les saloperies que j'avais pu faire dans ma vie revenir

1. British Medical Association. *(N.d.T.)*

m'accuser. Vous voyez ce qui se passe quand on agit mal. Ça revient, et en force.

« Quel genre de chose ? »

Il a haussé les épaules.

« On ne me dit plus rien, maintenant. Mais j'ai vu le poulet du coin qui détalait vers la côte aussi vite que ses jambes pleines de varices le lui permettaient.

— C'était un corps ? »

Il a secoué la tête.

« Non, y aurait un peu plus de monde, pour un cadavre. La police scientifique, les chiens, le type avec le thermomètre rectal. Je faisais tout ça pour eux avant. Les accidents de voiture, les accidents de chasse, les plongeons de la falaise par-ci par-là. C'est sympa aussi, quand ils ne répondent pas.

— Un vêtement, peut-être.

— Un vêtement ?

— Oui. Elle portait un ciré jaune.

— Qui ça ?

— Miranda. Miranda Grogan.

— Quel rapport ?

— Vous avez dit qu'ils ont trouvé quelque chose.

— Dans l'anse, oui. Je n'ai pas dit que ça avait un rapport avec Miranda.

— Quoi d'autre ?

— Comment je le saurais ? Des clandestins ? De la drogue ? »

C'est comme ça, vous comprenez. Une fois que vous avez franchi la limite, votre point de vue n'est plus le même. Vous aurez beau faire, vous ne pouvez pas le cacher. Ça finit par ressortir, comme un gaz. Doc n'a pas eu l'air de le remarquer, cela dit. Il s'est mis à radoter sur le bon vieux temps, c'est tout. Jacko s'est approché. Il avait les yeux extrêmement brillants.

« Jacko. Tu t'es mis sur ton trente et un, ma parole.

— J'ai un rendez-vous. Affaires ou plaisir, vaut mieux se saper comme il faut. Alors, vous avez trouvé votre chemin, hein ? Jusqu'à l'administration ?

— L'autre jour. Oui. Pas d'p'rrroblème. »

Il n'a pas relevé le faux accent écossais[1]. Ils avaient pour consigne de se tenir à carreau avec la population locale. C'était assez marrant, de tester leur susceptibilité.

« Mais j'ai pas pu m'empêcher de remarquer que vous n'aviez pas de GPS sur la Vanden Plas, a-t-il dit d'une voix excessivement polie. J'en ai quelques-uns, si ça vous intéresse, top qualité, même que madame l'instructrice s'exprime super bien.

— C'est du gaspillage, Jacko. Un plan, ça me suffit. *Comprrrris*[2] *?* »

Il a essayé de ne pas broncher, mais la peau s'est légèrement contractée sous son œil gauche, et sa main s'est serrée sur sa pinte.

« Un plan ? T'as entendu ça, Rodney ? Un plan, ça lui suffit, à ce monsieur. Une fois, je suis allé en expédition dans le Dartmoor avec un plan. Course d'orientation. Tu sais ce qui s'est passé ?

— Non, quoi ?

— Je me suis perdu. » Il s'est mis à rire. « Par contre, si j'avais eu une poule de luxe pour m'indiquer quoi faire de ma peau… » Il a pris une gorgée de

1. Les Écossais roulent notoirement les *r*. *(N.d.T.)*
2. *You ken*, interjection typiquement écossaise. *(N.d.T.)*

bière. « Attention, hein. La Vanden Plas a un moteur de qualité. Tout ce placage en noyer, ça doit faire un millimètre d'épaisseur à tout casser. Et ces sièges à ressort. C'est vraiment pas loin d'être du cuir, hein ? Tout ce qui manque, c'est un GPS de qualité, et la Vanden Plas pourrait accueillir les fesses de quelqu'un d'aussi prestigieux que Lady Di.

— Et y a pas de fesses plus prestigieuses que celles de Lady Di, morte ou pas, a ajouté Rodney, basculant son poids d'un pied sur l'autre.

— Même si y a de jolies paires de fesses à se faire dans la région, a dit Jacko, s'échauffant à cette allusion. C'est tout ce sel dans l'air, ça et les bains de mer. Très efficace pour des fessiers bien rebondis. T'as pas besoin d'un GPS pour t'y retrouver, des fois. » Jacko s'est retourné. « Tu sais, d'après moi, Rodney, ils ont loupé une opportunité formidable, sur le coup des GPS, ils auraient dû faire gaffe à bien sélectionner les voix. Y en a qui valent pas mieux que l'horloge parlante ou le petit eunuque qu'ils ont collé au micro à la gare d'Euston. Franchement, t'imagines un peu le carton qu'ils auraient pu faire s'ils avaient pris Lady Di pour la voix. Tu roules tranquille sur la A1 et, tout d'un coup, paf, Lady Di qui te sort : "Scotch Corner. Prends la première à gauche, vilain garnement." Imagine un peu les ventes sur un truc pareil. »

Je les ai regardés tour à tour. Ils tenaient leurs verres dans leurs bras et grimaçaient des sourires affreux. Tout d'un coup, j'ai visualisé la scène, je les ai imaginés, Jacko et tous les gars dans la cantine de la NAAFI, en train de la reluquer, l'air salace, pendant qu'elle passait dans les rangs. J'ai posé ma pinte et leur ai fait face.

« Tu parles de Miranda, Jacko, Miranda Grogan ? T'as des informations à nous communiquer ? Tu sais qu'elle a disparu, hein. » Son sourire s'est effacé d'un coup.

« Disparu ? Non, je ne savais pas. Comment ça, elle s'est évanouie dans la nature ?

— Dimanche après-midi, pendant la saucée.

— Dimanche ? »

Il s'est gratté la tête.

« Alors ?

— Non, je ne savais pas. » Il semblait presque inquiet. « Dimanche, tu dis ?

— Oui, je viens de te le dire, dimanche. Dans l'après-midi. Fin d'après-midi.

— Et on n'a pas entendu parler d'elle depuis. J'aime pas ça. Elle n'est pas du genre à disparaître comme ça, Mlle Grogan. Pas avec cette chevelure, cet enthousiasme.

— Comment ça ? On dirait que tu la connais.

— Bien sûr que je la connais. Tout le monde la connaît à la caserne. Y a pas beaucoup de femmes comme Miranda Grogan qui servent la soupe dans les NAAFI. Elle peut distribuer n'importe quoi, les gars en redemanderont. Ils peuvent supporter la plus infecte des bouillies pourvu que ça soit elle qui manie la louche. » Il a repris une rasade de bière. « Disparue. J'aime vraiment pas ça.

— Personne n'aime ça, Jacko. Je m'étonne que tu n'en aies pas encore entendu parler. La police est passée, non ? »

Je l'ai fixé d'un regard dur. Tous ces hommes en train de regarder sa bouche, de la manger des yeux, en s'imaginant la totale, ce qu'ils voudraient lui faire.

« Eh, ne me cherchez pas, mon vieux. Je n'ai rien à voir avec ça. Vieille famille écossaise, en plus, respect. C'est pour ça, tout ce chahut ? »

L'entrain semblait l'avoir quitté. Il semblait tout abattu. Perturbé même. Peut-être m'étais-je complètement trompé sur son compte.

« Quel chahut ?

— Dans l'anse. Il n'y a peut-être pas de flics à la caserne, mais dans la crique ça pullule, avec les chiens et tout. » Il a posé son verre. « Et vous essayez de me coller ça sur le dos. Ce n'est pas très sympa, monsieur Greenwood. On pourrait en prendre ombrage. Même qu'il faudrait régler ça dehors. *Comprrrris ? »* J'ai levé la main.

« Je voulais pas t'offenser, Jacko, sur ma vie. D'ailleurs j'espérais te trouver ici. J'ai un service à te demander.

— Un service. M. Vanden Plas veut un service mais pas de GPS. » Son visage est redevenu alerte. Il guettait l'opportunité. « Finis ton verre, Rodney, le prochain est pour lui.

— Oui. »

J'ai regardé autour de moi. Doc soliloquait avec son renard. Dans ces conditions, ça valait le coup d'essayer. Tout pour que la Fouine cesse d'être sur mon dos. « Eh bien, j'ai besoin de plus…

— D'amphétamines ? » Jacko n'a même pas pris la peine de baisser la voix. « J'ai de la dynamite en ce moment. Comme si tu prenais l'autoroute en sens inverse. »

J'ai secoué la tête une fois de plus. Jacko a eu l'air déçu. Il fut un temps où je lui en achetais, plus ou moins souvent. Plutôt plus que moins : pour le travail, les loisirs, les plages d'ennui intermédiaires, ce genre de choses. C'est à ça que j'étais défoncé quand j'ai écrasé le chien. Tout ce que j'entendais par-dessus les hurlements d'Audrey et les bêlements du petit cabot, c'était le grincement de mes dents. C'est là que j'ai arrêté. Si je n'avais pas foncé comme si j'avais le diable à mes trousses, le chien n'aurait pas eu les entrailles écrabouillées comme ça. Je l'aimais bien, ce clebs. Maréchal Monty[1], qu'on l'appelait, à cause de sa stature et de sa langue qui pendait tout le temps comme s'il avait soif. Un petit rat du désert.

« Bon, crachez le morceau, a dit Jacko en agitant le reste de sa bière dans le fond de son verre. Est-ce qu'on entre en terrain plus compliqué, là ? C'est un flingue qu'il vous faut ? Ou une grenade ? J'ai des grenades très maniables.

— Jacko. Qu'est-ce que tu veux que je fasse d'une grenade ?

— La pêche ? Une guerre de territoire ? Il vous a coupé l'herbe sous le pied, le Newdick, non ? C'est pour ça que j'étais surpris de vous voir l'autre jour. Si vous avez envie de contre-attaquer, un GPS sur

1. Allusion au maréchal Montgomery, qui dirigeait les manœuvres de l'armée anglaise en Afrique du Nord pendant la Seconde Guerre mondiale et qu'une célèbre photo montre langue pendante. *(N.d.T.)*

votre tableau de bord et une grenade dans sa boîte à gants, ça pourrait vous épargner pas mal de soucis.

— Je ne cherche rien de militaire. Juste de l'herbe. Tu sais où je pourrais trouver de l'herbe de bonne qualité ?

— Pas militaire, vous dites ? » Il a ri. « Vous croyez qu'ils tournent à quoi, les tankistes, au diesel ? » Il m'a jeté un regard méprisant. « Je peux pas vous aider sur ce coup-là. Ça prend trop de place, l'odeur est trop facile à repérer et ça rapporte pas assez de fric. Nous-mêmes, on se fournit à l'extérieur. Rodney connaît quelqu'un qui connaît quelqu'un. C'est pas vrai, Rodney ? »

Rodney s'apprêtait à proposer ses services. Mais je ne l'écoutais plus. Tout d'un coup, c'était devenu clair pour moi : ce que je devais faire, où je devais aller.

« On est quoi, aujourd'hui, Jacko ? Mercredi ? Jeudi ? On est mercredi, hein ? »

Je suis parti en hâte, sans lui offrir le verre promis. Une fois dehors, j'ai sorti la carte de mon portefeuille. Le dernier mercredi du mois, il avait dit. Or on était le 26. J'ai sérieusement appuyé sur le champignon de la Vanden Plas, parce que j'avais peur de les avoir loupés. Je savais où ils tenaient leurs réunions mensuelles : dans une vieille salle des fêtes en fer-blanc et en tôle ondulée, abandonnée depuis longtemps pour des locaux plus récents. J'étais passé devant un nombre incalculable de fois, cette salle posée en retrait sur une dalle de béton craquelée, les fissures envahies par les herbes folles et les fenêtres voilées de blanc comme dans une boutique abandonnée, mais ce n'est que quand j'ai posé le pied sur le plancher nu, avec les chaises en rangées irrégulières et la petite scène au fond, avec le rideau noir tiré et la porte sur le côté qui donnait sur les coulisses minuscules, où ils faisaient le thé et disposaient les biscuits dans des assiettes, que ça m'est revenu. C'est là qu'on venait, maman et moi, des années plus tôt, quand je portais encore des culottes courtes, et qu'elle était encore dans la fleur de l'âge. Tous les jeudis soir, on y allait, quand on était en vacances, et on dansait, un bon vieux bal campagnard, dirigé par une certaine Cecily, grande comme un bouleau argenté, avec des bras bruns et forts, des jambes brunes et fortes et une voix qui tranchait dans les bavardages comme la corne de brume du bateau-phare de Shambles. Quel âge avait-elle donc ? Trente-cinq ans ? Soixante-cinq ans ? Un garçon de sept ans n'aurait su faire la différence, mais elle était souple et robuste et ne se fatiguait jamais. Elle passait toute la semaine à répéter les rondes, armée de son électrophone et de son carton de disques ; le lundi, Langton Matravers, le mardi, Winterborne Kingstone ; et elles venaient, les vieilles filles avec leurs robes longues à fleurs et leurs sourires timides ; les couples trop heureux de l'occasion de sentir la main d'un autre homme sur leurs épaules, le bras d'une autre femme autour de leur taille ; les vacanciers, le plus souvent nuls, qui tapaient dans leurs mains et trépignaient comme une bande de ploucs en chemise à carreaux au fin fond du Far West, à l'inverse des vrais danseurs. Mais les meilleurs, c'étaient les paysans descendus des fermes alentour, des vieux garçons, le plus souvent, avec leurs mains aux jointures rouges et leurs pieds boursouflés comme du pudding au suif, et leurs yeux inquiets face à tout ce bétail humain. Mais quand ils se lançaient sur la piste, oh là là ! Une espèce de grâce descendait sur eux dès que la musique commençait, comme s'ils avaient reçu un coup de baguette magique. Le pudding au suif se faisait aérien comme une chantilly mousseuse, les mains rougeaudes se faisaient blanches et délicates, leurs yeux se mettaient à briller d'une telle joie qu'on aurait cru qu'ils avaient forcé sur le cidre. Ils dansaient toute la soirée, ne s'arrêtant que pour prendre un thé ou une orangeade avec un biscuit à la mi-temps, avant de se lancer dans les pas les plus complexes, déployant enfin toute leur maestria. Rien de plus beau sur la piste de danse qu'un paysan qui sait y faire. Maman était bonne danseuse elle aussi, et ils le savaient. Il y avait un murmure général d'approbation quand on arrivait pour l'été. On prenait le bus de six heures moins le quart et on arrivait juste au moment où Cecily s'installait. Je poussais les chaises sur les côtés pendant que maman l'aidait à placer les tasses et les verres pour les rafraîchissements. Elle adorait ces jeudis soir. C'était une espèce de liberté pour elle, la liberté de danser avec des hommes qui l'enlaçaient respectueusement et échangeaient avec elle quelques menus propos, la liberté de sentir le poids des bras d'un autre homme sur elle, sentir son odeur, guetter son souffle hésitant, et en rester là. Une sorte de paix baignait son visage ces soirs-là, comme une religion, comme si elle avait trouvé Dieu, compris sa place dans le monde. Mais quand j'ai eu treize ans à peu près, on a arrêté. Je ne voulais plus y aller. La danse, c'était pour les mauviettes, ou du moins c'était ce que je pensais de ce genre de bals. Alors on a arrêté. Ça lui a manqué, ça lui a manqué affreusement. Elle me demandait de temps à autre si je ne voulais pas réessayer, mais je répondais par une grimace de mépris, et ce faisant je détournais la tête pour n'être pas obligé de voir son visage, la déception qu'elle essayait de cacher. C'est ça que j'ai fait à ma mère, avec mon égoïsme, j'ai mis fin, impitoyablement, à sa petite ration de plaisir en ce monde, je l'ai privée de cet espace où elle pouvait être elle-même pendant une heure ou deux. Elle n'a jamais demandé grand-chose, et ça, j'y ai mis fin. J'en suis malade, aujourd'hui encore.

J'ai regardé autour de moi. Il y avait environ vingt mecs, tous debout entre les rangées de chaises, qui papotaient à bâtons rompus vêtus de leurs gilets de laine et de chaussures marron. Au fond de la salle, un rouquin grisonnant remballait un vieux projecteur de diapos, réajustant ses lunettes à chaque fois qu'il se penchait.

« Monsieur Greenwood ! Alan ! Vous nous avez trouvés sans problème, alors ? »

Sans crier gare, l'inspecteur Adam Rump s'est avancé vers moi d'un pas énergique.

« Vous venez de manquer quelque chose, a-t-il dit en me donnant une brève pression de la main. Archie Warren vient de faire un exposé très instructif sur les remèdes contre les verrues. »

Sa voix vibrait d'une exaltation qui semblait en léger décalage avec le sujet. Il portait une petite broche sur le revers de son col. Deux carpes en train de s'embrasser.

« C'est offert avec l'inscription ?

— Signez sur les pointillés et vous rentrez avec la même ce soir. Venez rencontrer les autres. Ils seront contents d'entendre parler de vos asagi. Vous avez apporté des photos, j'imagine. »

C'était le cas. J'en avais toujours quelques-unes sur moi. J'aimais bien les avoir à portée de main. Ils étaient de la famille, Torvill et Dean. Il m'a présenté, un groupe après l'autre, des grappes de carpophiles acharnés qui se reniflaient comme des fox-terriers. Il émanait d'eux une espèce d'ardeur un peu folle, comme dans une société secrète. Ils parlaient par décharges saccadées, et, de temps en temps, deux d'entre eux partaient dans un conciliabule à mi-voix, agitant les mains vivement comme des conspirateurs qui projettent la fabrication d'une bombe ou quelque obscur attentat. Mais ils se sont tous intéressés à Torvill et Dean. Ils trouvaient ça exotique, de rencontrer un passionné d'une espèce si démodée. J'étais très fiere et, vous savez quoi, j'ai pensé que Torvill et Dean seraient fiers de moi eux aussi, à m'entendre parler d'eux. Je tenais Rump à l'œil, cela dit. Il n'aurait pas fallu qu'il prenne la tangente avant que j'aie eu le temps de lui dire deux mots en privé. Je pense qu'il me tenait à l'œil aussi car, au bout de quarante minutes, nous nous sommes retrouvés à notre point de départ, face à face au fond de la salle.

« Une troupe sympathique, non ? a-t-il dit. Le mois prochain, nous faisons venir un des meilleurs spécialistes d'Irlande pour une conférence. Nous allons tous amener notre plus beau spécimen pour lui demander son avis. Peut-être que vous voudriez apporter un des vôtres, ou les deux si vous ne voulez pas les séparer ? »

Déplacer Torvill et Dean ? Les coller dans un seau en plastique et les faire s'entrechoquer à l'arrière de la voiture ? Rien que l'idée…

« Je ne sais pas trop, inspecteur. Ils sont casaniers, mes poissons.

— Appelez-moi Adam, je vous en prie. Nous sommes entre nous. C'est à vous de prendre la décision, mais si vous pensez les montrer un jour, il faut les habituer, pour qu'ils ne stressent pas trop le moment venu. Ça peut détruire leurs chances, le stress. » J'ai approuvé d'un hochement de tête. C'est vrai que Torvill se faisait quelques taches quand Dean la cherchait trop.

« C'est la malédiction des temps modernes, hein, le stress, j'ai dit. Regardez le village, par exemple. L'atmosphère est très tendue, en ce moment. Pas de nouvelles, je suppose ?

— On essaie toujours de maîtriser la situation, même si le pauvre Freddy Lanchester a dû faire abattre toutes ses têtes. C'est pour ça qu'il n'est pas là. Une vague d'herpès, c'est trop dangereux. » Il a surpris mon regard. « Torvill et Dean seraient tout à fait en sécurité, je vous l'assure. Nous prendrons toutes les précautions nécessaires. Ils ne risquent pas de rentrer avec une saloperie.

— Non. Vous m'avez mal compris, Adam. C'est plutôt de l'inquiétude du village au sujet de Miranda Grogan que je parlais, vous savez, la fille qui a disparu. Il y a eu de nouveaux développements, à ce qu'on m'a dit ? Dans la crique.

— Sur le chemin de la crique, a-t-il corrigé. Je ne peux pas entrer dans les détails, vous comprenez.

— Bien sûr. Bonne nouvelle, mauvaise nouvelle ? »

Il a haussé les épaules. « On n'est même pas certain que ça ait un rapport avec elle. C'est juste un vêtement. Si rien d'autre ne fait surface, nous allons devoir en rester là. Nous sommes à peu près sûrs qu'elle devait retrouver quelqu'un ce jour-là. Mon sentiment, c'est qu'elle l'a retrouvé et qu'elle ne veut pas que ça se sache. » Il a remué quelque chose entre ses doigts. Un badge tout neuf.

« Retrouver quelqu'un ?

— Oui. Son père n'est pas très précis, mais il pense qu'il manque quelques vêtements chez elle, même si, comme la plupart des hommes, il n'y connaît pas grand-chose en garde-robe féminine. » Son nez a tressailli, puis le coin droit de sa lèvre inférieure a suivi. « Vous savez, nous sommes une espèce très peu observatrice, Alan, très peu observatrice, en particulier quand il s'agit de nos semblables. Pourquoi, je me le demande… Franchement, vous pouvez décrire les taches de Torvill et Dean, pas vrai ? Bien sûr que oui, jusqu'au moindre détail. Mais à brûle-pourpoint : de quelle couleur sont les yeux de votre femme ?

— Injectés de sang. » C'est sorti sans réfléchir, les paroles de l'ancien Al. « Non, plaisanterie mise à part. Marron, je crois. Marron-bleu, c'est ça, avec une touche de gris.

— Vous voyez bien. Vous n'en êtes pas tout à fait certain. C'est pareil avec les témoignages. Ils sont tous très nébuleux : le ciré jaune à l'arrêt de bus, le ciré jaune sur le chemin. Les pleurs.

— Les pleurs ?

— Oui. À l'arrêt de bus et sur le chemin. Les deux témoins ont déclaré qu'ils pensaient avoir entendu la personne pleurer.

— Vous pensez que c'est la même femme, alors ? »

Il m'a dévisagé. Je montrais trop d'intérêt, je le savais, mais impossible de me contenir. Impossible.

« Si c'était le chemin, puis l'arrêt de bus, je dirais que c'est tout à fait possible, mais, en l'état, j'en doute.

— Ah bon ?

— C'est le mauvais sens, vous comprenez ? Faire un tour puis aller jusqu'à l'arrêt de bus pour attendre, c'est une chose. Attendre à l'arrêt de bus puis aller faire un tour, c'en est une autre. La première est plausible, l'autre non, même si l'on tient compte du fait qu'elle était bouleversée. Et l'heure des témoignages semble corroborer la deuxième option.

— Sauf si elle s'abritait simplement de la pluie avant d'aller se promener.

— Elle s'abritait en attendant quoi ? Que le temps empire ? Et qu'est-ce qui vous fait penser que c'était une femme dans les deux cas ?

— Rien, simple supposition… Les larmes, sans doute…

— C'est bien le problème. Tout le monde suppose quelque chose. Qu'à l'arrêt de bus c'était une femme, que sur le chemin de la falaise c'était une femme, que l'une d'entre elles ou les deux étaient Miranda Grogan, qu'il y a quelque chose de louche. Nous ne sommes certains de l'identité d'aucun des deux. Les pleurs ne sont d'aucune utilité. La voix masculine monte invariablement d'un ou deux tons en de telles circonstances. À l'arrêt de bus, il est possible que ça ait été une femme, mais aussi que ça ait été un homme. Pareil pour le chemin du phare. Peut-être parle-t-on de deux hommes ou de deux femmes, ou d'un homme à l'arrêt de bus et d'une femme sur le chemin, ou d'une femme à l'arrêt de bus et d'un homme sur le chemin, ou de la même personne, homme ou femme, à chaque fois. Vous me suivez ? Six permutations. Les humains ne sont pas comme nos poissons, qui ont tous une robe différente.

— Mais si.

— Eh bien, certes, mais ce n'est pas comme ça qu'on les voit. Grands, bruns, petits, blonds, dans mon expérience les hommes et les femmes ont tendance à se confondre en une espèce de masse grise indistincte. Imaginez comme ce serait mieux si nous avions tous des taches spécifiques sur les mains et le visage, comme vos asagi ; nous serions plus intéressants à regarder et plus faciles à identifier. Plus gratifiants, aussi, du point de vue de l'élevage. »

Je l'ai regardé. Audrey avait raison. Cet homme était un connard fini, à roucouler sur ses poissons alors qu'il aurait dû être en train de la chercher. J'ai insisté.

« Alors, cette découverte dans la crique… D'après vous ça n'indique rien de particulier, rapport à Miranda ?

— Il est trop tôt pour le dire. Bien sûr, s'il s'avère que ça lui appartenait, cela semblerait indiquer que la femme en ciré jaune qui remontait le chemin, c'était elle. »

Je vous en prie, ne dites pas ça. Je vous en prie. Tout sauf ça.

« Est-ce que ça vous inquiète, monsieur Greenwood ? »

Il fixait sur moi des yeux pénétrants.

« Est-ce que ça m'inquiète ? Seulement dans la mesure où je préférerais qu'elle soit tranquille chez elle et qu'elle ne soit jamais sortie cet après-midi-là, surtout pas pour aller au phare par ce temps, avec le vent qu'il y avait. Mais c'est une fille raisonnable. Elle ne se serait pas approchée du bord de la falaise, pas avec ce que repêche son père.

— Elle n'est pas comme vous, alors ?

— Pas du tout, j'ai dit, espérant que ce soit vrai, sachant que c'était faux. Moi, je suis un mec. Il n'y a que les mecs pour faire ce genre de conneries. Vous devez voir ça tout le temps.

— Tous les jours de ma vie. Nous ne sommes pas une espèce très recommandable.

— Vous préférez les poissons, si je comprends bien.

— Pas vous ? » Il a regardé autour de lui. « Est-ce qu'on ne les préfère pas tous ? Ce n'est pas pour ça que vous êtes ici ? »

Il a ouvert la main, le front barré de rides interrogatives. Le badge des carpes était posé sur sa paume, les lèvres des poissons jointes dans un baiser, comme Torvill et Dean, se touchant à peine, à la façon de deux timides qui s'embrassent pour la première fois. J'ai sorti mon chéquier et me suis inscrit, et je me suis tenu bien sage pendant qu'il accrochait le petit badge au revers de ma veste, la veste avec la dent de Miranda enveloppée soigneusement dans le mouchoir de Miranda. Ça me donnait le sentiment d'être à part, ça, sa dent et son mouchoir à peine séparés de lui par quelques fibres de laine peignée, à son insu. Qu'est-ce qu'il en savait, l'inspecteur Rump, des hommes et des femmes, dans des caravanes, dans des voitures, sur l'aire de repos, avec et sans leur ciré jaune, s'arrachant de gros bouts de chair, cette chienne de vie entre les mains ? Il avait tout vu, mais que savait-il ? Que saurait-il jamais ?

« Bon, je ne veux pas vous retenir trop longtemps, Adam. Je suppose que vous devez rentrer à la maison.

— La maison ? » Il a ri, d'un rire amer. « Ma femme m'a quitté, figurez-vous. Apparemment, je passe trop de temps avec mes compagnons aquatiques. Franchement. Je vous le demande, comment peut-on passer trop de temps avec ses poissons ? »

Il n'avait pas tout à fait tort.

« Audrey est pareille », j'ai reconnu. Il a hoché la tête comme un chien mécanique sur la plage arrière d'une voiture.

« Qu'est-ce qu'elles ont contre les poissons, d'après vous, les femmes ? C'est de la jalousie, parce que les poissons ont des nageoires ? Franchement, ce n'est pas comme si elles n'avaient pas leurs propres attributs, elles aussi. »

Je me suis senti obligé d'assurer la défense.

« En fait, c'est Audrey qui a eu l'idée, pour les carpes.

— Vraiment ? » Il a eu l'air presque jaloux. « Vous avez de la chance, Al, beaucoup de chance. »

Il m'a regardé m'éloigner en voiture depuis la porte.

Quand je suis rentré, le pavillon était presque plongé dans l'obscurité, à part la lampe de chevet d'Audrey qui se reflétait sur le gazon à travers les rideaux. Elle aime bien lire tard, Audrey, de gros pavés qui font des trous dans le matelas, des trucs sur le temps jadis, en général, des moines du Moyen Âge, des chevaliers sur leurs fiers destriers et une vierge en détresse par-ci par-là. Elle aime bien que ça saigne, par-dessus le marché, des batailles sanglantes, des meurtres sanglants, des chevalets de torture et des tisonniers chauffés à blanc, et le machin de l'Inquisition espagnole, là, avec des cordes. Parfois, elle me lisait les passages les plus horribles au lit, et ça me faisait rire, la façon dont ses lèvres devenaient sèches, le calme de sa voix tandis qu'elle énumérait les cœurs arrachés, les têtes coupées et les petits enfants jetés au bûcher. Les parties de jambes en l'air médiévales, elle les gardait pour elle, mais je savais toujours quand elle était en train de les lire, parce que, tout d'un coup, elle changeait de position et tenait le livre à un certain angle pour m'empêcher de voir les mots et de les entendre résonner dans ma tête. Dans certains de ces bouquins, apparemment, il y avait des parties fines une page sur deux, parce qu'elle se tortillait comme la présentatrice des infos du matin à la télé, la petite coquine qui ne tient pas en place et qui lit ses notes en s'aidant de la main, comme si elle était de retour à l'école et qu'elle protégeait sa copie du regard de ses voisins.

« Qu'est-ce que t'as là, Audrey, je disais en lui donnant un petit coup de coude. Allez, fais-moi la lecture », mais elle ne voulait jamais, elle me disait juste de ranger mes sales pattes et continuait jusqu'à ce que ça ne présente plus de danger que la page soit dans mon champ de vision.

Une faible lueur venait aussi de l'étage de la maison d'Alice Blackstock. Était-elle restée allumée pendant toute son absence ? Je ne l'avais pas remarquée jusque-là. J'ai sorti la blague à tabac de la boîte à gants, j'ai pris l'allée et glissé la clef dans la serrure.

« Hé ho ? j'ai fait en ouvrant la porte. Y a quelqu'un ? »

J'ai entendu ma voix monter l'escalier et s'attarder dans la pièce à l'étage avant de redescendre. C'est curieux à quel point une maison vide rend un son creux quand elle est vide, non pas d'objets, mais d'êtres vivants, à quel point elle semble se ficher de tout, se remplir de néant. Il suffit d'une seule personne, et tout de suite le son est différent, plus doux, moins agressif, comme si l'espoir flottait dans l'atmosphère. Même un chien, ça suffit. Le petit Monty avait cet effet, en dépit de sa taille. Le pavillon ne rendait jamais ce son creux quand il était dedans, tandis que maintenant, quand j'entre, parfois j'ai l'impression de mettre le pied dans un sous-marin prêt à m'envoyer au fond de la mer. Peut-être que c'est tout simplement la chaleur corporelle qui fait ça, elle absorbe le froid, l'indifférence des murs, je n'en sais rien. Mais là, sur le pas de la porte, en tendant l'oreille, j'ai su que la maison était vide, lumière ou pas, et j'en ai été bien aise. C'était vrai, ce que j'avais dit : il fallait que je fouine un peu dans ses affaires. J'avais demandé à Jacko de m'en trouver, mais c'était surtout pour éviter de me faire casser la figure. Je savais que je n'avais pas besoin de passer par lui pour remplir la tabatière de la Fouine. Il me suffisait de jeter un coup d'œil dans sa maison, de chercher quelques lattes de plancher descellées, un creux dans la moquette là où un meuble aurait été déplacé, des éraflures sur les boiseries, des livres mal alignés sur les étagères, n'importe quoi qui puisse suggérer un usage régulier mais caché, et bingo. Elle serait là. Sa réserve. Elle avait quasiment avoué en avoir une. « En général, j'en ai un paquet ou deux planqués quelque part », avait-elle dit, pensant que nous croyions tous deux qu'elle parlait de tabac. Mais à d'autres. Je savais qu'il n'y avait pas de tabac dans sa blague, pas une miette. De l'herbe pure, naturelle, c'est ça que cachait le petit couvercle, de la bonne qualité, cultivée à la maison, du genre qui vous expédie au septième ciel plus sûrement qu'un tube de Wayne Fontana et ses Mindbenders[1]. De la skunk, qu'on appelle ça, maintenant. Ça ne me plaît pas, à moi, ce nom[2]. Trop zone, trop punk à chien, trop crapoteux, à mon goût. Mais herbe ou skunk, c'est ça qu'elle avait dans sa tabatière. Cependant, elle ne trimballait pas tout son

1. Jeu de mots sur le nom du groupe, Mindbender, qui fait allusion à l'effet psychotrope de la drogue qui « tord » l'esprit. *(N.d.T.)*

2. L'herbe de la variété skunk emprunte son nom à la moufette, en raison de sa forte odeur. *(N.d.T.)*

stock. La petite boîte ne contenait que la quantité dont elle avait besoin dans son sac quand elle allait faire un tour, descendait faire les courses, remontait l'allée de Cliff Harris pour l'engueuler sur l'état de ses ânes. La tabatière, c'était comme un sucrier, pour l'usage immédiat. Le reste était caché quelque part, dans un endroit pas trop difficile d'accès, discret mais pratique. Et il me fallait le trouver pour remplir sa blague, et pendant que j'y étais, m'en refumer un petit, aux frais de la princesse. Bien sûr, j'aurais pu lui dire que je n'avais pas trouvé la blague et me fumer quand même mon joint, mais le résultat, ça aurait été que la Fouine se serait relancée dans ses activités préférées, attiser les braises, gamberger sur ce qui s'était passé ce jour-là, et, dans mon intérêt, tant que les choses ne s'étaient pas calmées et que je n'avais pas décidé au juste ce que j'allais faire d'elle, remplir la tabatière de la Fouine de la substance voulue, la remplir à ras bord, la remplir comme dans un conte de fées, de façon qu'elle ne soit jamais vide, qu'elle soit toujours à portée de main pour la maintenir dans un état de béatitude matin, midi et soir, putain, c'était une priorité.

« Vous voulez en fumer une autre, madame Blackstock ? Mais oui. Vous gênez pas pour nous. Allez-y à fond, comme dirait le Doc. »

Le rez-de-chaussée était surprenant : dépouillé, spartiate, dépourvu de la moindre trace de confort. Dans une des pièces, il n'y avait rien que le plancher, les murs et un tapis de bambou au milieu, et un store blanc était tiré sur la fenêtre. Dans une autre, un lavabo de porcelaine, un étendoir et une vieille essoreuse installée au-dessus d'une bouche d'évacuation à même le sol. La cuisine était à l'avenant, franchement inconfortable. Un wok suspendu à un crochet au-dessus d'un réchaud à butane bon marché, une bouilloire noire sur la plaque. Devant la fenêtre qui donnait sur le jardin, une chaise et une petite table en bois avec une assiette et une paire de baguettes posées dessus. Au fond, un grand cellier, mais rien dedans, à part de gros pots de confiture remplis de toutes sortes de graines pour végétariens. Douze, j'en ai compté, douze pots, un bidon d'huile d'olive et un saladier plein de citrons. C'était tout. Pas de frigo, pas de lave-vaisselle, pas de livre de cuisine de Delia Smith[1], pas de robot multitâche, et encore moins de chalumeau spécial pour crème brûlée comme celui qu'Audrey m'avait fait acheter deux Noëls plus tôt et dont elle ne s'était servie qu'une fois, pour éliminer un nid de fourmis. Juste un tiroir sous la table avec un jeu de cuillers en bois et un paquet de thé vert. Tout le rez-de-chaussée était fait pour quelqu'un qui n'était pas là, même quand elle était là.

Je suis monté. La lumière provenait d'un lampadaire derrière le canapé où je l'avais fait asseoir l'autre jour. J'ai examiné d'abord les autres pièces, celles que j'avais déjà repérées. Il y avait sa chambre et sa salle de bains, dépouillées toutes deux, mais elles ne m'intéressaient pas. Ce qui m'intéressait, c'était la porte verrouillée avec la clef dedans, celle que je n'avais pas réussi à ouvrir la fois précédente. Je l'ai agitée dans tous les sens, mais la clef ne cédait

1. Grande prêtresse de la cuisine anglaise. *(N.d.T.)*

pas ; elle refusait de bouger, comme si elle n'avait pas été utilisée depuis longtemps. Avec un peu de patience, j'y suis arrivé, un peu de tendresse, un peu de persuasion, un genou à terre, un peu d'attention, en bougeant mes doigts comme des plumes. On peut ouvrir beaucoup de choses avec une approche pareille. Trois minutes plus tard, j'étais à l'intérieur. Il n'y avait pas d'interrupteur, mais un gros bout de ficelle qui pendait du plafond, comme une sonnette. Je l'ai tiré.

La pièce était plus grande que sa chambre : plus grande, plus intime, plus chargée ; papier peint rouge aux murs, rouge sombre, rouge sang, lourds rideaux de brocart pendus devant la fenêtre, et, pile au milieu, comme en exposition, un grand lit à deux places avec une magnifique tête de lit ouvragée, avec des danseuses nues qui se dandinaient, tous seins et feuilles de vigne à l'air, et en dessous un couvre-lit confectionné à partir de tee-shirts de concerts de rock – les Stones, les Floyd, les Grateful Dead et même un des Fab Four au Shea Stadium, où personne n'avait entendu une note de leur musique à cause des hurlements. Au pied du lit, contre le mur, il y avait une commode, en acajou d'après le brillant du bois. Le devant était ondulé comme une dune, et sur le dessus était posée la photo d'un homme, le même que dans l'escalier, sauf qu'au lieu d'un disque d'or, cette fois, c'était Alice Blackstock qu'il tenait dans ses bras, une Alice Blackstock plus jeune, dans la force de l'âge, avec un collier de perles, souriant comme si le soleil se levait rien que pour elle chaque jour que le bon Dieu fait. Duncan, sans doute. L'homme qui n'était pas là. Des absents, la maison en était pleine.

J'ai ouvert les tiroirs, m'attendant à trouver des fringues. Mais ce n'était pas celles de madame, c'était celles de monsieur : chemises Paul Smith, cachemires Aquascutum, accessoires sélects de chez Turnbull & Asser, breloques hawaïennes criardes, chaussettes en soie, boutons de manchette en or, épingles à cravate en argent et, dans le tiroir du bas, un costume de lin blanc, bras repliés comme un cadavre, avec un mouchoir en soie jaune dans la poche avant, le tout enveloppé dans du papier de soie, avec des petites boules de bois parfumées comme celles qu'utilise Audrey pour écarter les mites. La plus belle tenue de son homme, parfaitement conservée, fraîche comme une brassée de pissenlits qu'il suçait maintenant par la racine, à côté du lit qu'ils avaient partagé. Pas étonnant qu'elle ferme la porte à clef. Pas étonnant qu'elle n'y entre pas souvent. Si vous entrez dans une pièce comme celle-ci, vous risquez fort d'en ressortir changé. J'ai refermé à clef derrière moi.

Maintenant que j'avais tout exploré, il était facile de voir la différence entre la grande pièce et le reste de la maison. Il devait être là, son stock, dans cette grande pièce ouverte, parmi les sofas profonds, les coussins éparpillés, les cendriers, les verres à whisky en cristal de taille, le demi-queue bien astiqué, les enceintes Morgan Short posées comme des sentinelles de chaque côté de la cheminée et, en face, sur toute la largeur du mur, les 33 tours. C'était là qu'il devait être, son stock, derrière une poignée de vinyles, dans un petit renfoncement, un placard dérobé.

Cependant, comme il y avait un frigo dans la pièce, un gros, au fond, derrière l'entrée, je me suis dit que je devais d'abord y jeter un coup d'œil. Pas d'herbe mais, dans les casiers de la porte, des bouteilles de vodka : Veda, Snow Leopard, Stolichnaya, un peu de la redoutable Kremlyovskaya et, attention, une bouteille de Belvedere, qui, incidemment, était ma vodka préférée à l'époque où je ne crachais pas sur un verre. Question spiritueux, elle s'y connaissait, Alice Blackstock. Sur le côté gauche du frigidaire, il y avait un distributeur de glaçons, mais je ne me suis pas embêté avec ça : j'ai dévissé le bouchon et bu une gorgée à la bouteille. Incroyable. C'est tout juste si je n'ai pas entendu les crépitements du liquide qui se frayait un chemin à travers mon système nerveux comme un brise-glace en route pour le nord magnétique. Le reste du frigo était rempli de chocolat – du chocolat noir, des barres et des barres de chocolats belge, suisse, allemand, et cette variété française chic que j'avais achetée pour l'anniversaire de Miranda deux ans plus tôt, à Park Lane. Ils le font sous différentes formes, pas seulement des barres, mais des tasses et des soucoupes, des téléphones, des menottes. Quand elle était venue à ma caravane le lendemain de son anniversaire, je l'attendais avec mon cadeau soigneusement empaqueté, une bouteille de champagne et un petit gâteau avec une bougie dessus. Quand elle en avait eu assez de me montrer la nouvelle paire de bottes et les boucles d'oreilles neuves qu'Iss et Ted lui avaient offertes, tandis qu'elle soufflait sa bougie, retenant ses cheveux pour ne pas qu'ils touchent la flamme, je lui avais dit que je lui avais acheté une boîte à outils, pour qu'elle apprenne à développer son sens pratique ; elle avait fait une grimace perplexe en déchirant le ruban comme l'enfant qu'elle était encore, et ils étaient là : un marteau en chocolat, une paire de pinces en chocolat et trois clous en chocolat de dix centimètres de long rangés dans une petite boîte en bois. Elle avait failli m'estourbir en essayant de m'en enfoncer un dans le crâne quand elle m'avait sauté dessus avec ses gloussements, son parfum et son poids de jeune fille, avec son regard rieur. La meilleure fête d'anniversaire où je sois jamais allé, Miranda, moi et ce marteau en chocolat. Nous étions tellement proches, ça faisait mal.

Tiens, la Fouine en avait acheté un en forme de phare sur un tas de rochers.

Sauf que quand je l'ai sorti, j'ai vu qu'il ne s'agissait pas du tout d'un phare, mais de tout autre chose, une chose que Fortnum et Mason ne songeraient jamais à mettre sur leur étalage, même s'ils pouvaient l'écouler à deux cents livres le gramme. Un Tonto en chocolat, voilà ce que c'était : un Tonto en chocolat grandeur nature, d'un réalisme troublant, dont le sommet avait été sectionné net d'un coup de dents.

Je l'ai gardé quelques instants dans mes mains sans pouvoir le quitter des yeux. Je me demandais où elle avait trouvé ça, qui pouvait bien fabriquer des choses pareilles, et, en même temps, je me demandais quel goût il avait. Vous comprenez, il avait l'air bon, mais l'idée de me mettre un Tonto en chocolat dans la bouche était difficile à concevoir. Je sais que c'était seulement une confiserie, mais quand même, ça semblait un peu tordu, surtout tout seul, comme si je ne pouvais le faire qu'en cachette. J'ai dû le tenir comme ça pendant une bonne minute. Ma main devenait toute chaude et collante, à force de le tourner dans tous les sens, cherchant le poinçon du fabricant dessous, me demandant s'il s'était inspiré d'un modèle vivant ou de son imagination, me demandant même si c'était celui de Duncan. Non, elle n'aurait pas mordu le bout de celui de Duncan comme ça, pas si cette photo était digne de foi. J'ai léché un petit coup à l'endroit où le chocolat avait commencé à fondre. Fabuleux. Allais-je continuer ? Le pouvais-je ? Oh, et puis merde, j'ai fermé les yeux et j'ai mordu dedans, j'en ai pris un peu plus que je n'en avais l'intention, mais il pénétrait si aisément dans ma bouche, je n'aurais pu dire quelle longueur j'en avais enfourné. Il était merveilleux, la perfection en matière de Tonto en chocolat, doux, amer et plus suave que je ne l'aurais cru possible. J'ai eu un mal de chien à ne pas l'avaler en entier sur-le-champ. J'ai donné un dernier coup de langue et l'ai remis en place. C'était le moment de passer aux vinyles.

Il m'a fallu une demi-heure pour les parcourir tous. Je les sortais poignées par poignées, mais il n'y avait rien derrière. Par contre, sa collection était loin d'être minable, et il y avait un paquet de disques dédicacés, Mick par-ci, Janis par-là, et même la signature de Steve, Monsieur Small Faces en personne, loué soit-il. Elle avait tous les Cohen, ça, c'est sûr, mais aucun ne portait son écriture. Ce n'est pas le genre de chose qu'on demande à un homme tel que Leonard Cohen, j'imagine, sauf si on veut passer pour le dernier des cons. Mais ça n'a pas contribué à soulager ma frustration. Pas de Leonard Cohen dédicacé, pas d'herbe, et interdiction de toucher au Tonto en chocolat. Peut-être une dernière petite lampée de vodka. Peut-être pas. Je me suis laissé tomber sur le canapé devant la fenêtre, celui sur lequel elle s'était allongée l'autre fois, et j'ai regardé autour de moi. La cheminée ? Les enceintes ? Où avais-je omis de regarder ? Y avait-il une porte dérobée ? J'ai gigoté sur mon siège pour réarranger le coussin, dans l'espoir de trouver une position confortable. Le tissu, piquant et irrégulier comme du crin de cheval, me rentrait dans le creux des reins. Ce n'était pas agréable du tout. Tu parles d'un coussin. Plutôt une botte de…

Je l'ai ouvert en un éclair. Il était là, le stock de la Fouine. Trois coussins pleins, qu'elle avait, en tout assez pour faire planer tout un régiment de chars à quelques mètres du sol pendant une semaine. J'ai sorti sa petite blague à tabac et l'ai remplie à ras bord, et j'en ai fourré deux ou trois poignées dans ma poche pour faire bonne mesure.

C'était le moment de me détendre. C'était le moment de réfléchir en profondeur. J'ai roulé un gros joint. J'ai ouvert la porte du frigo, pris une nouvelle rasade de vodka, une nouvelle bouchée de Tonto, et je l'ai allumé. J'ai éteint la lumière et l'ai regardé rougeoyer dans l'obscurité, vautré sur ce grand canapé moelleux ; la vodka, les grains de cacao et l'herbe affluaient et refluaient dans mon cerveau comme de l'eau tiède. Je n'étais pas plus avancé que trois jours plus tôt pour ce qui est de savoir ce qui s'était passé, où était allée Audrey, qui j'avais poussé, ce qui était arrivé à Miranda, mais pourtant je l'étais. Au fond de moi, je l'étais, bien que je n'aie la réponse à aucune de ces questions. Je ne me sentais pas exactement maître de la situation, non, mais j'avais le sentiment que rien ne pouvait m'arriver, que tout ce qui pouvait bien survenir me glisserait dessus, comme une vague. Le week-end suivant, Audrey et moi, nous irions à Salisbury. Je la traiterais avec douceur, comme la serrure d'Alice Blackstock, mes doigts se feraient légers comme des plumes, ma voix suave comme de l'huile de massage qui coulerait le long de son échine. Je le lui ferais dire, où elle était allée. Puis je me débrouillerais pour savoir ce qu'ils avaient trouvé sur la plage, si ça appartenait à Miranda ou pas. Qu'est-ce que ça pouvait bien être ? Une écharpe, cette botte que j'avais vue, un ciré jaune ? Et si c'était le sien, si je lui avais fait ça, eh bien, je lui avais fait ça, et c'était comme ça, point. Et si ce n'était pas elle, ce n'était pas elle, c'était comme ça aussi. C'est vrai, quoi, qu'est-ce que j'avais fait, en fin de compte ? Une petite poussée, rien de plus. Une poussée. Ce n'est pas grand-chose, une poussée, hein ? La pression des doigts d'un individu sur un autre individu pendant deux, peut-être trois secondes. On peut à peine parler de contact. Il restait la question du sac de Miranda. J'aurais dû m'en débarrasser, je le savais, laisser le major s'en débrouiller, mais j'avais du mal à me faire à l'idée de le rendre comme ça, sans façon. Son récit ne m'avait pas convaincu, pas à cent pour cent. Et si, au lieu de se quitter en roucoulant, ce dimanche-là, ils s'étaient disputés ; qu'elle ne voulait pas partir, ou quelque chose comme ça, alors que sa femme allait rentrer ? Et s'il l'avait tuée et que je l'avais surpris en train de tenter de se débarrasser de ses affaires ? Et si la meilleure chose à faire pour moi, c'était de l'apporter à la police ? Après tout, il l'avait laissé dans mon taxi. Si seulement il n'y avait pas eu la caravane.

J'avais beaucoup de choses à penser.

Je me suis allongé. La lune était levée et la campagne était illuminée, toute froide et bleue, comme si le temps avait gelé son cours. Étendu dans l'obscurité, je crachais ma fumée en l'air. De cette fenêtre, on voyait tout, sa pelouse et ses petits parterres de fleurs, le drôle de petit autel sur lequel elle brûlait parfois de l'encens, nous le sentions de la maison ; le jardin de rocaille alpine d'Audrey, le trou dans la pelouse à l'endroit où était enterré le pauvre Monty, le chemin qui menait au bassin où Torvill et Dean devaient se mouvoir lentement, taquinant leurs dernières croquettes. De l'autre côté de la clôture, le jardin de Kim Stockie, la véranda qui dépassait du reste de la maison à cause de l'agrandissement de la cuisine qu'il avait fait, la cour et l'appentis ouvert où les bouteilles de gaz étaient rangées à côté du chaudron où il faisait cuire ses homards. On voyait même la silhouette noire du phare, au loin, qui occultait le ciel. Avec un tel point de vue, la Fouine avait dû me voir me glisser furtivement chez moi cet après-midi-là, après avoir poussé allez savoir qui de cette falaise. Bon Dieu, l'allure que je devais avoir, à zigzaguer dans tous les sens pour m'assurer qu'il n'y avait pas âme qui vive. Et il fallait qu'elle soit là, putain, perchée dans un arbre, pendant que je me baladais, marqué du sceau du meurtre. Certes, je pouvais oublier, il n'empêche que je l'avais sur moi, maintenant, ce sceau, à cause de ces doigts. Le sceau du meurtre. Et j'aurais beau désirer ou espérer tout ce que je voudrais, ça tache, je le savais. Quoi qu'il advienne, ça resterait éternellement, ce que j'avais fait.

Tout d'un coup, en face, un rai de lumière a inondé la cour de Kim Stockie, et deux silhouettes se sont découpées dans l'embrasure de la porte. Je me suis redressé. L'un des deux était Kim Stockie. Je reconnaissais sa tête en forme de balle de revolver. Mais son compagnon ? Kim semblait le guider, une main posée fermement sur son dos. Je ne voyais pas de qui il s'agissait, car Kim me bouchait la vue, mais il y avait quelque chose de furtif dans leur allure, à tous les deux. Ils se pressaient, comme s'ils ne voulaient pas être vus, comme s'ils n'avaient rien à faire là. C'était louche. Kim était tête nue, mais l'autre personnage portait un chapeau enfoncé jusqu'aux yeux. Ils ont traversé hâtivement la cour vers la clôture du fond ; Kim jetait des coups d'œil à droite et à gauche pour vérifier qu'il n'y avait personne, ni moi dans mon jardin, ni Pat Fowler de l'autre côté. « Est-ce que ça serait Jacko ? » je me suis demandé, me remémorant son sourire suffisant. Je savais qu'ils étaient très potes tous les deux. Ce serait bien son genre de se déguiser pour commettre quelque méfait. Apparemment, ils portaient une espèce de corde, je voyais des longueurs roulées entre les mains de Kim, et de l'autre type aussi. De la contrebande, c'est ça qui m'est venu à l'esprit, le bon vieux coup des douanes, de la marchandise qui arrive à la marée haute, larguée sur une de ces plages inaccessibles après Durdle Door, et Kim et son comparse prêts à la hisser en haut de la falaise.

Ils sont arrivés à la clôture. Kim l'a escaladée et s'est retourné pour aider son comparse à passer à son tour. À ce moment-là, la lumière a baigné clairement la tête de l'autre et toute pensée de contrebande s'est évanouie d'un coup. Je distinguais maintenant sa silhouette, le renflement de son buste sous le manteau, ses longs cheveux épais, une chevelure de femme. Ce n'était pas un chapeau, sur sa tête, mais un ciré jaune de pêcheur, avec la capuche relevée, et elle portait des lunettes, des lunettes noires, pour cacher Dieu sait quoi. J'étais debout à présent, les mains pressées contre la fenêtre. Ce n'était pas possible, mais c'était pourtant vrai. Miranda, Miranda qui tenait ses cheveux en arrière et enjambait la clôture avec aisance et souplesse comme elle en avait le secret. Cependant, il y avait quelque chose qui n'allait pas – le décalage entre eux, la façon dont ils se sont engagés dans le champ, elle qui voulait aller vite, lui qui la ralentissait. Puis j'ai vu. La corde, ils ne la tenaient pas à la main. Il l'avait *attachée* avec, il l'avait nouée solidement autour de sa taille et la tenait par l'autre bout. Il la tenait prisonnière, comme à la belle époque de l'Empire romain, comme si elle était son esclave, comme s'il la *possédait* !

Tout était clair à présent. Elle lui avait annoncé que c'était fini. Il ne l'avait pas supporté. Je sais que ce genre de choses peut prendre des proportions dans la poitrine d'un homme. C'est l'injustice ultime, perdre une chose qu'on croit être à soi. Alors quand il l'a vue, dimanche après-midi, qui s'abritait de la pluie ou remontait le chemin de la crique, il s'est dit : « Bon, là, ça suffit, ma vieille », comme moi avec Audrey ; il est sorti d'un bond de sa Peugeot et il l'a jetée dans son coffre, ni vu ni connu. Peut-être qu'il savait où elle allait, qu'il a vu tout ce qui n'était plus à lui écrit sur son visage et qu'il a craqué. Je ne l'avais pas tuée, pas du tout. Personne ne l'avait tuée. Kim Stockie l'avait kidnappée et ramenée chez lui, il l'avait fourrée dans une pièce quelconque et avait cadenassé la porte – ce qui signifiait que Gaynor était forcément au courant. Pas étonnant qu'elle n'ait pas trop apprécié la visite d'Audrey cet après-midi-là. Pendant tout ce temps, Miranda était enfermée juste sous mon nez. Et je l'avais retrouvée. Moi. Son père, le vrai père, celui qui n'existait pas. Je l'avais retrouvée, moi et personne d'autre, et maintenant j'allais voler à son secours !

J'ai descendu l'escalier quatre à quatre, renversant le portrait du petit mari au passage ; le cadre a rebondi sur ses quatre coins devant moi tandis que je dévalais les marches, et le verre a craqué sous mes pieds. Je suis sorti et me suis précipité derrière, à la clôture. Ils étaient à présent au milieu du champ et se dirigeaient vers le chemin et le phare ; Miranda courait devant, elle essayait de s'échapper, et Kim la tirait en arrière, au risque de la faire tomber ; cris aigus et avertissements retentissaient. Je me suis glissé entre les deux plus hauts barbelés et j'ai couru, courbé et silencieux, le bruit de mes pas assourdi par les herbes hautes. Il ne m'a pas entendu, concentré comme il l'était sur ma pauvre fille qui se tortillait comme un poisson au bout d'un hameçon : il n'a réalisé que j'étais là que lorsque j'ai été presque sur lui, le cœur battant à tout rompre. Là, il s'est retourné, la main levée, la paume ouverte, comme pour me repousser, mais il était trop tard pour ça, trop tard pour qu'il voie ce qui lui arrivait, et je lui suis rentré dedans violemment, je l'ai heurté de tout mon corps et j'ai refermé mes bras autour de ses jambes. J'ai senti son poids heurter le sol quand il a basculé et je me suis précipité sur lui et l'ai inondé de coups de poing à la tête tandis que mes genoux immobilisaient ses bras. Il était plus jeune que moi, plus fort que moi, mais j'avais la colère, l'avantage, le droit divin de l'achever sur-le-champ. Je voulais le tuer, je sentais ce besoin de meurtre enfler dans mes os à chaque coup que je lui assenais. Je voulais le tuer, ce n'était pas comme avec Audrey ou Alice Blackstock, je voulais lui faire vraiment mal, lui éclater la cervelle, le faire souffrir, le regarder mourir, qu'il ne reste de lui qu'un amas de chair sanglante, le visage, la dignité, qui il était, tout cela, envolé, je voulais lui faire subir ce que j'ai voulu faire subir à quelqu'un d'autre le plus clair de ma chienne de vie. Même pendant que je le frappais, je savais sur qui s'abattait en réalité cette pluie de coups, je savais qui c'était, mais cela n'avait pas d'importance. Je pouvais m'en satisfaire.

Puis quelqu'un m'a donné un coup de pied, en plein dans les reins, et Kim s'est redressé en sursaut et m'a donné un grand coup de tête dans le nez qui m'a projeté à terre. Je me suis remis à quatre pattes, mais un pied s'est écrasé brutalement contre mes côtes, expulsant le peu d'air qu'il me restait dans les poumons. Je me suis retourné de nouveau et me suis assis, essayant de reprendre haleine. Je n'étais pas aussi en forme que je l'avais cru. Et ma main ! Je n'avais rien senti sur le coup, mais maintenant, oh putain ! J'ai soufflé dessus pour essayer d'apaiser la douleur lancinante. À moins de deux mètres, Kim se frottait doucement le nez, et Miranda se tenait entre nous.

« Miranda, j'ai soufflé, me demandant ce qu'ils avaient bien pu lui donner à manger pour que ses jambes ressemblent à ça. Pourquoi t'as fait ça ? »

Sans répondre, elle s'est dirigée vers Kim. Elle l'a aidé à se redresser, essuyant le sang avec sa manche. Je ne comprenais pas. Ses cheveux semblaient glisser de son crâne, comme si on l'avait scalpée. Là, elle a rabattu sa capuche, et l'a arrachée pour essuyer le visage de Kim avec, et j'ai vu sa tête, la brosse blonde peroxydée qui luisait au-dessus de ses lunettes noires comme une seconde lune.

« Gaynor ? »

Kim s'est levé. Je l'ai imité tant bien que mal, malgré la douleur. Si nous devions faire un deuxième round, je n'allais pas l'entamer assis sur mes fesses. Il n'avait pas l'air très content ; il a fait un pas vers moi, poings serrés. Elle l'a tiré en arrière.

« Gaynor ? j'ai répété, les regardant tour à tour. C'est toi ? »

Kim a appuyé sur sa narine gauche et soufflé des glaires sanglantes par terre, puis il s'est essuyé le nez du revers de la manche.

« Putain mais bien sûr que c'est elle, il a dit en se palpant le visage. Tu croyais que c'était qui ? » Il s'est penché pour ramasser la corde, et Gaynor s'est dégagée des boucles emmêlées. Elle tremblait.

« Ne t'en fais pas, ma chérie, a-t-il dit d'une voix toute douce et calme. Vas-y maintenant. Tout va bien. »

Gaynor a remis sa perruque puis s'est remise à

marcher dans le champ, d'un pas hésitant, traînant la corde derrière elle.

« Vas-y, a-t-il répété, rassurant. T'inquiète pas.

— Kim, j'ai dit, toujours haletant. Qu'est-ce que c'est que ce bordel ? »

Il a ramassé le bout de la corde et l'a attaché autour de sa main. Elle avait pris sa vitesse de croisière, maintenant, moitié marche, moitié trot, comme si elle avait du mal à se décider entre les deux.

« Gaynor fait sa promenade, a-t-il dit en ramassant la longueur qui traînait par terre.

— En laisse ? » Je n'arrivais pas tout à fait à en croire mes yeux. Elle trottait en cercle au bout de la corde, comme un cheval de cirque, battant des mains.

« Pourquoi pas ?

— Parce que c'est un être humain, Kim, pas un chien. »

Il s'est arrêté.

« Tu ne comprends pas, a-t-il dit en la regardant avec les yeux d'un entraîneur. La corde lui donne un sentiment de sécurité. Vas-y, ma belle, a-t-il soufflé d'une voix chuchotée mais sonore. Vas-y. »

Elle s'est mise à faire la roue, sans les mains. Elle avait un physique ingrat, Gaynor, mais il y avait une certaine beauté dans le spectacle que j'avais sous les yeux, sa façon de courir, si forte et robuste, avec un tel plaisir, ses roulades dans l'herbe, ses rires pour elle-même. À dix mètres, je sentais le sol trembler. Et je l'avais confondue avec Miranda !

« Je ne pige pas, Kim. Je croyais qu'elle ne pouvait pas sortir, qu'elle était, comment déjà, agoraphobe, qu'elle ne supportait pas l'extérieur. »

Kim a tiré sur la corde pour la faire approcher un peu. Sa voix s'est métamorphosée, elle s'est faite douce comme un souvenir évoqué dans la pénombre.

« C'est ce qu'on pensait tous. Mais un soir, j'ai réussi à la convaincre de sortir dans la cour. Ça lui a plu, tant que j'étais là, tant qu'elle pouvait voir comment rentrer. On s'est mis à sortir tous les soirs, tout allait comme sur des roulettes à condition que je sois là, qu'elle puisse voir comment rentrer. Puis une nuit, au bout d'un an à peu près, je me suis dit que j'allais lui faire essayer ici. Ça l'a terrorisée. J'ai dû la prendre dans mes bras et la porter tout du long, et elle n'a pas arrêté de hurler.

— À cette saison l'an dernier ? On a cru que tu faisais cuire des homards. »

Il a hoché la tête.

« Terrifiée, qu'elle était. Elle n'a pas voulu entendre parler de mettre le pied dehors pendant un mois. Alors j'ai eu une idée. Si elle était attachée à moi, elle saurait qu'elle pourrait toujours rentrer, parce que je serais toujours là pour la ramener saine et sauve. C'est de ça qu'elle a peur. Ce n'est pas l'extérieur en tant que tel. C'est la pensée de ne pas pouvoir rentrer, de perdre ses attaches. J'ai mis un mois à la convaincre, puis on a essayé, d'abord dans le champ, puis plus loin. Elle peut faire de vraies promenades maintenant, jusqu'au phare, jusqu'à l'ancien terrain de camping. On est même allés de l'autre côté, vers le champ de tir. Tant qu'il y a la corde, tant qu'elle est attachée à moi, elle se sent en sécurité. Tu comprends, maintenant, pourquoi je ne peux la quitter sous aucun prétexte ? Il n'y a que moi qui puisse lui offrir un peu de liberté. »

Elle avait arrêté de courir et marchait sur le chemin qui séparait le champ en deux, laissant traîner ses mains sur l'herbe haute, vérifiant de temps à autre derrière elle que la corde était toujours là. S'il n'y avait pas eu ce long fil qui serpentait derrière elle, la scène aurait eu l'air presque normale.

« Ça ne serait pas plus facile quand il fait jour, moins effrayant ? Si elle pouvait voir ce qui se passe, te voir toi ?

— C'est ça, pour perdre la pension d'invalidité ? Elle ne veut pas de ça de toute façon. Les gens la regarderaient, ils poseraient des questions. On ne veut de ça ni l'un ni l'autre. Le jour, l'intérieur c'est très bien. La nuit…

— Est faite pour les amants, oui je sais. Et la perruque et tout ça ?

— On a croisé un couple, un soir. Ils n'ont pas fait attention à nous, mais ils auraient pu : ils auraient pu la reconnaître et faire jaser tout le village avec ça. Alors depuis, elle se déguise, cheveux longs, lunettes noires, et si on croise quelqu'un, on fait mine de s'embrasser, comme ça, tout le monde va s'imaginer que j'ai une nouvelle poulette ou que c'est l'ancienne, Miranda. » Il a ri. « Miranda, enfin fidèle.

— C'est ce que j'ai cru, moi. J'ai cru que tu l'avais kidnappée.

— Manquerait plus que ça ! »

Gaynor avait atteint l'échalier à l'autre bout de la corde. Elle est montée sur la marche en bois, s'apprêtant à enjamber la clôture. Est-ce que c'était cruel, ce qu'il faisait, est-ce que c'était généreux ? Je ne parvenais pas à trancher.

« On va y aller, maintenant, a-t-il dit en lui emboîtant le pas. Si ça ne te dérange pas. » Il s'est arrêté et a ajouté, sans se retourner : « Ça ne te dérange pas, n'est-ce pas ? Les cuites d'Audrey, les balades de Gaynor, vaut mieux qu'on garde ça pour nous, tu crois pas ? Si ça commence à s'ébruiter, ce genre de trucs, il peut se passer n'importe quoi. Ta voiture, tes poissons, là.

— T'as pas besoin de me menacer, Kim. Je ne dirai rien. Je ne suis pas comme ça. Tu devrais le savoir. »

Il a hoché la tête, toujours sans se retourner.

« Pardon pour la petite bagarre. »

Il a haussé les épaules.

« Je te dis bonsoir, alors. Dis à Gaynor que je... » Il s'est arrêté et a incliné la tête. Il écoutait. « Que je suis désolé de ne pas l'avoir vue. »

J'ai rebroussé chemin, j'ai fermé la porte de chez Alice et je suis rentré au pavillon. J'ai trébuché sur ce fichu cale-porte décoratif qui nous venait du père d'Audrey. Elle l'avait encore astiqué et ne l'avait pas replacé comme il faut. Je l'ai remis en place d'un coup de pied. Qu'est-ce qu'elle avait avec ce truc, Audrey ? Franchement, mais quelle idée, d'avoir un cale-porte, déjà, à la base ?

Dans la cuisine, j'ai passé ma main sous l'eau froide et me suis nettoyé sommairement le visage. Tout mon corps me faisait souffrir – main, torse, nez, reins, et maintenant un orteil tordu. Le jour, la nuit, est-ce qu'il y avait une fin à tout ça ?

« J'espère que vous avez bien refermé la porte. »

Bon Dieu !

La Fouine était assise dans la véranda, toujours enrubannée dans son bandage de poilu, les mains croisées au-dessus d'une de nos plus belles assiettes. Elle n'avait pas bougé d'un pouce, du moins on aurait pu le croire. Je me suis tamponné le visage pour me sécher, laissant du sang sur la serviette.

« Vous ne devriez pas être au lit, madame Blackstock, j'ai dit, traversant la pièce, après tout ce que vous avez enduré ? »

Elle a écarté ma suggestion d'un revers de la main.

« La chambre de Duncan. J'ai vu la lumière. Vous l'avez refermée à clef ? »

J'ai hoché la tête. Merde, qu'est-ce qu'elle avait vu d'autre ? La lumière du frigo, le rougeoiement du pétard ?

« Et ma tabatière ? »

Je l'ai sortie de ma poche. Elle s'en est emparée comme si c'était sa première pinte, un samedi midi, et qu'elle avait tout l'après-midi devant elle. Elle l'avait attendue de pied ferme. Elle l'a retournée dans ses mains, l'a secouée comme si elle s'attendait à entendre un petit bruit. Peut-être l'avais-je trop remplie.

« Elle était où ? »

Elle a reniflé le couvercle puis l'a posée doucement à côté de son assiette, rassurée. « Elle avait glissé sous les coussins du sofa. Qu'est-ce que vous mangez là ?

— Un sandwich au jambon. J'espère que ça ne vous dérange pas. J'en ai trouvé dans le frigo. Et vous, qu'est-ce qui vous est arrivé ? Ne me dites pas que vous êtes tombé dans l'escalier, vous aussi. »

Elle souriait, comme si elle avait épié le moindre de mes mouvements, comme si elle savait *tout.*

« Je croyais que vous étiez végétarienne, j'ai dit, repensant à mon homard.

— Je le suis, je le suis depuis vingt-sept ans, mais je ne sais pas. Tout d'un coup je me sens toute… »

Elle a mordu à pleines dents dans la seconde moitié de son sandwich ; son bandage a glissé sur un de ses yeux, la faisant ressembler à un pirate à Verdun.

« Il a vraiment un goût de cochonnaille, ce jambon. J'en reprendrais bien un autre s'il y en a assez. On dirait que j'ai une fringale. »

Je suis allé dans la cuisine, lui en ai préparé un autre. Et un pour moi, en plus. Quand je suis revenu, elle avait un spliff collé entre les lèvres.

« Ça ne vous dérange pas ?

— Vous avez tous les droits chez nous, madame Blackstock. » Elle a pris une grande bouffée, laissant tomber la braise sur le coussin du Titien.

« *Alice*, je vous l'ai déjà dit.

— Ah oui. C'est agréable de voir que vous vous sentez chez vous ici, Alice, je dois dire. Il y a tellement de gens qui auraient fait des manières, se seraient sentis obligés de demander avant de se servir à leur guise. Je suis content que vous ne soyez pas comme ça. Heureux que vous vous mettiez à l'aise.

— Oh, je suis à l'aise. »

Elle a recraché la fumée lentement, en douceur. On aurait presque pu voir le gyroscope dans sa tête qui changeait de position. « Mais je dois dire, la vue de mes fenêtres me manque. De là-haut, on voit tout, le phare à l'arrière, les collines à l'avant. Tout le village passe sous ces fenêtres à un moment ou un autre. Homme, femme, bête. »

Je n'ai pas aimé sa façon de prononcer ce dernier mot, sa façon de me regarder. Elle me faisait marcher, je le sentais.

« Oui, que ça leur plaise ou non, je vois tout, a-t-elle ajouté en tirant de nouveau sur le joint. Vous qui parlez à vos poissons, Pat qui fait sa gymnastique, sans parler des visiteurs du soir. » Elle a surpris mon regard interrogateur. « Kim et Gaynor ?

— Vous êtes au courant ?

— Comment pourrais-je ne pas l'être ? Ils sortent tous les soirs quand ils croient que tout le monde est couché. Mais ce n'est pas parce qu'une lumière s'éteint que la personne à l'intérieur est HS. Je passe des heures à la fenêtre des fois, à contempler les ténèbres.

— Ah bon.

— Tout comme vous. Moi je suis à l'étage, dans mon salon, vous vous êtes en bas, à votre bassin. Des fois, j'ai envie d'ouvrir la fenêtre et de vous appeler. Mais je me retiens. On a tous besoin de nos moments d'intimité. »

J'en aurais eu bien besoin, certes. Je n'avais pas eu un vrai moment à moi depuis que j'étais redescendu de la falaise.

« Et deux fois par mois j'ai vue sur les manœuvres des tanks. C'est comme un feu d'artifice. J'adore.

— Je n'aurais jamais pensé que vous approuviez une chose pareille, madame Blackstock, des machines de guerre comme ça.

— Oh, j'ai rien contre les armes à feu. Papa m'a appris à tirer quand j'avais quatorze ans. Et quand on était aux États-Unis, Duncan trimballait toujours un revolver dans l'Impala, parce qu'on s'aventurait dans de ces coins… Je l'ai toujours, d'ailleurs. Et maintenant, pour notre petit marché…

— Pardon ?

— En rentrant de chez le dentiste, vous n'avez pas proposé d'échanger des courses gratuites contre des cours de français ? »

Et elle l'a refait. Le clin d'œil.

« Je croyais que vous aviez tout oublié, madame Blackstock.

— Ça me revient. Petit à petit. On a bu un coup dans un pub. Vous n'avez pas voulu me laisser fumer dans la voiture. On s'est mis à parler du bon vieux temps, pas vrai ? »

L'ordre était peut-être un peu confus, mais ça lui revenait, c'était indéniable. Enfin, si toutefois ça lui avait jamais échappé.

« Vous n'étiez pas très facile à comprendre, Alice, après. Cette histoire de cours de français, on en a parlé au pub. À l'aller.

— Oui, je me rappelle maintenant. Et quand on est rentrés, je vous ai montré mes photos qui sont sur le piano, de l'époque où j'étais une vilaine fille.

— Je ne dirais pas ça, madame Blackstock.

— Vilaine, vilaine, vilaine ? Vous savez comment on dit vilain en français ? » Elle a pris une nouvelle bouffée qui lui a fait monter les larmes aux yeux. « *Méchant**[1]. Même sans réfléchir, il y a plein

1. Les mots en italique suivis d'un astérisque sont en français dans le texte. *(N.d.T.)*

d'expressions utiles qui me viennent à l'esprit. Tenez, tirez là-dessus et répétez après moi. *Je suis un garçon méchant**.

— Je ne sais pas si c'est vraiment le moment de se lancer là-dedans.

— Balivernes, a-t-elle coupé. Allez-y. Redressez-vous. Mains jointes. *Je suis un garçon méchant**.

— *Je suis un garçon méchant**.

— *Gar-çon**. Un son nasal, n'oubliez pas. Imaginez que vous êtes sur le point d'éternuer.

— *Gar-çon**.

— C'est mieux. Mais il y a une autre phrase avec vilain dedans. *J'en ai grand besoin**. Ça veut dire : j'en ai méchamment besoin. » Elle a tendu la main, agité les doigts. Je lui ai rendu le cône.

« J'en ai méchamment besoin.

— En *français*, Al. *J'en ai grand besoin**.

— *J'en ai grand besoin**.

— Maintenant les deux à la suite. Je suis un vilain garçon et j'en ai méchamment besoin. *Je suis un garçon méchant et j'en ai grand besoin**.

— *Je suis un garçon méchant et j'en ai grand besoin**.

— Encore deux et coucouche panier. *Vous êtes mal loti, et je suis gravement blessé**. Allez, allez. »

J'ai fait comme elle me disait. J'étais un vilain garçon. J'étais mal loti et gravement blessé, plusieurs fois de suite. À la fin, elle m'a donné le joint à finir. J'en avais méchamment besoin, mais il ne restait que le carton. Elle avait tout fumé.

« Je vous testerai demain matin. Vous pensez que vous pouvez vous rappeler tout ça ?

— J'en doute fort, madame Blackstock.

— *Dommage**. Je vous dis bonne nuit, alors. »

Elle est allée se coucher, avec sa petite boîte bien rangée dans son sac. Je m'en suis roulé un autre sans même prendre la peine d'ouvrir la fenêtre, tellement j'étais défoncé. Qu'est-ce que je pouvais bien faire d'elle ? Qu'allait-il se passer quand il n'y aurait plus d'herbe, ou qu'elle rentrerait chez elle, qu'un nouveau pan de mémoire se dévoilerait, qu'elle se rappellerait avoir vu le ciré jaune, qu'elle se rappellerait m'avoir vu, moi ? Quand elle raconterait tout ça à Adam Rump, que se passerait-il ? Que pourrais-je dire ? Je suis juste sorti une minute pour chercher Audrey, inspecteur ? Pour chercher votre femme alors que vous saviez où elle était partie, rétorquerait-il. Mais non, je ne le savais pas. Elle est sortie sans me le dire, pour me faire une surprise avec le grog. Donc vous êtes sorti par une porte et elle est rentrée par l'autre, comme dans une bonne vieille pièce de boulevard ? Si vous voulez, inspecteur. Il traînerait peut-être un peu les pieds, mais ça tiendrait debout, pas vrai ? Non ? Mais le ciré jaune, le chemin pour aller au phare par-derrière, il saurait tout ça, dorénavant. Et il m'avait vu en haut, deux jours plus tard, par-dessus le marché. Je n'aurais jamais dû y aller. Jamais.

Je pensais que je n'allais pas fermer l'œil de la nuit. Et pourtant…

10

« Qu'est-ce qui t'est arrivé ? »

Je me suis frotté les yeux. Audrey était assise sur le rebord du lit, une tasse de thé à la main. Elle était complètement habillée, pantalon écossais, veste rouge, chemisier blanc avec un petit nœud.

« C'est ton héritage, là. J'ai failli me péter la cheville en rentrant hier soir. Tu l'avais déplacé.

— Alice dit que je devrais le mettre plus en valeur. Elle dit que c'est un objet trop insolite pour qu'on le planque derrière une porte. Ça fait un bon sujet de conversation, un obus.

— C'est un cale-porte, Audrey. Il est tout à fait à sa place derrière la porte. Et un sujet de conversation pour qui, d'abord ?

— Les invités. Nous changeons, Al, rappelle-toi. La salle de sport, la croisière sur le Nil, le saut à l'élastique, ce n'est qu'un début. Il n'y a pas de raison qu'on ne puisse pas recevoir aussi, inviter des gens à dîner.

— Dans ce cas, pose-le sur la cheminée, dans un endroit où ils ne risquent pas de se casser la jambe dessus et de nous coller un procès au train, tes invités.

Suspends-le sous la véranda, fais une cloche avec. Ça, ça les fera parler. »

Elle m'a ébouriffé les cheveux.

« Mais c'est qu'on déborde d'idées, ce matin, ma parole. Tu crois que ça sonnerait ?

— Si tu prends quelque chose pour taper dessus avec, oui, ça fera comme un genre de triangle. Ça fera bien un bruit, de toute façon.

— Une cloche ! C'est une idée. » Elle m'a passé la tasse et la soucoupe dans un cliquetis de porcelaine. « Allez, bois. »

J'ai pris le thé. Il y avait deux biscuits sur la soucoupe. Elle s'est levée et s'est regardée de côté dans le miroir, tapotant son ventre, rentrant son chemisier dans son pantalon. Elle avait perdu un peu de poids.

« C'est très cosy tout ça, Audrey, très *Maisons et jardins*. »

Elle s'est tournée vers moi, souriante. Elle avait de nouveau peint ses lèvres en rouge vif, mais cette fois elles brillaient, généreuses, accueillantes, presque voluptueuses, comme une plante tropicale. Audrey Greenwood, rénovée de frais, prête au combat.

« C'est moi qui conduis, aujourd'hui, rappelle-toi, a-t-elle dit en se passant la main dans les cheveux. Je me suis dit que ça serait bien de commencer du bon pied. »

J'ai donné une petite tape sur le duvet.

« Laisse-moi donc le mauvais, alors, histoire de chauffer le moteur.

— Al ! » Elle s'est penchée, laissant son parfum envahir mes narines. « On aura tout le temps pour ça plus tard. De toute façon, Alice est levée. Je lui ai dit que tu irais lui chercher du bacon au village. »

*Petit déjeuner**, c'est comme ça qu'on dit en français. « Butter » se dit *beurre**, « jam » se dit *confiture**, et « bread », ça se dit *pain**, par contre si on *met un pain** à quelqu'un, ça veut dire qu'on lui colle une beigne, et bon sang si j'avais pu, je les aurais bien multipliés, les pains, ce matin-là. *Plus de lard, s'il vous plaît**, répétait-elle sans cesse, et *plus d'**œufs fermiers, *plus de** saucisses et *plus de** tranches de pain frit. La plupart des mots ne me gênaient pas, *œufs*, saucissons**, pas de problème, mais le *lard** me restait en travers de la gorge. Ça ne me paraissait pas naturel, d'appeler le bacon du *lard**. Le lard, c'est du lard. Le bacon, c'est du bacon. Mais lard ou bacon, elle en a pris deux assiettes pleines, avec une cafetière pleine de mon meilleur café, un verre de jus de pamplemousse et une poignée des vitamines d'Audrey.

Nous devions passer prendre les Coleman vers onze heures pour les emmener à Salisbury. Les Coleman, c'étaient les patrons de l'hôtel Bindon, près de l'anse. Sheila dirigeait l'affaire. Donald, son mari, avait fait une attaque deux ans plus tôt et il ne conduisait plus. Ils avaient la soixantaine, et ils se préoccupaient beaucoup de leur confort, de ce qu'ils avaient, de la meilleure façon de le garder.

Audrey est allée au supermarché acheter un pâté en croûte pour le déjeuner de la Fouine. J'ai passé une bonne heure avec Torvill et Dean, nettoyé le bassin, bavardé un petit coup. Je les avais négligés, avec toutes ces péripéties. J'ai apporté une orange et j'ai suivi la suggestion de Rump : je l'ai coupée en deux moitiés que j'ai balancées à la flotte. Ils n'avaient jamais vu d'orange de leur vie, mais ils n'ont pas hésité : ils ont collé leur visage dessus et se sont mis à suçoter. Ils ont même fait une espèce de course, on aurait dit, jusqu'à la nymphe et retour, se passant les deux moitiés au-dessus de l'eau comme des ballons de basket. Torvill était la plus agile des deux carpes, comme toujours. Ce poisson, c'était pratiquement l'être que j'aimais le plus au monde, sa façon de remuer, de zigzaguer et de tordre sa queue, traçant en douceur des motifs complexes comme ceux des danses campagnardes que je regardais quand j'étais petit. De l'autre côté de la clôture, Gaynor s'affairait à son évier en me jetant des regards noirs. Elle lavait son chien, une espèce de pékinois, apparemment. Je ne savais pas qu'ils avaient un chien. Ce n'est que quand elle a commencé à lui essorer vigoureusement le cou que j'ai réalisé que ce n'était pas du tout un chien. C'était cette foutue perruque.

Audrey m'a appelé à moins dix. Elle était en train d'astiquer son plus beau sac à main dans la cuisine. Un sac volumineux et brillant, assorti à sa chevelure. Je me suis changé. Nous sommes allés à la voiture. Le coffre reflétait la lumière du soleil. Je lui ai passé les clefs. Elle les a prises délicatement, tels des bijoux. C'était un grand moment. On est montés. J'avais l'impression que c'était le monde à l'envers, moi à gauche sans la moindre pédale sous mes pieds, elle aux commandes, à droite. Elle a mis le contact. Sa main tremblait.

« Rappelle-toi bien, Audrey. Le tout, c'est d'être bien régulier. Ne papote pas sauf s'ils en ont envie.

Rien de pire qu'un chauffeur qui te glapit dans les oreilles comme un petit chien toute la journée.

— Monty était un petit chien. Il ne glapissait pas. »

Elle s'est mise à tripoter les bouches d'aération de la clim. Il m'avait fallu un temps fou pour les régler exactement à ma convenance. Ça recommençait comme avec les serviettes.

« Mais si. C'est juste que tu n'appelais pas ça comme ça. Tu croyais qu'il te parlait.

— Il me parlait, à sa façon. Il m'aimait, ce chien. Et il est mort, juste là. »

Elle a passé la marche arrière. J'ai posé ma main sur la sienne.

« Audrey, Audrey. Ce n'est pas le moment de te mettre dans tous tes états. Tu es nerveuse, je le vois, et si tu ne fais pas attention, on va commencer à s'engueuler, sur ta marche arrière ou sur tes créneaux.

— Qu'est-ce qu'elle a, ma marche arrière ? C'est pas moi qui l'ai écrasé. »

Elle cramponnait le volant comme s'il menaçait de s'envoler. J'ai respiré un grand coup.

« Il n'y a pas de problème avec ta marche arrière. Il n'y a pas non plus de problème avec tes créneaux. C'est juste qu'on est tous les deux un peu tendus, comme c'est ta première sortie officielle. Je suis tendu pour toi. Tu es tendue pour moi. Et nous sommes tous les deux tendus pour cette vieille beauté. C'est une grosse voiture, gros moteur, grosse carrosserie. Elle peut t'échapper si tu la laisses faire. Il faut que tu restes concentrée, que tu restes calme.

— Je suis concentrée. Je suis calme.

— Le petit déjeuner n'a pas aidé, non plus.

*Passez-moi** ceci, *passez-moi** cela. Elle reste combien de temps, *madame** ?

— Le temps qu'il faudra, Al. Elle a eu un grave accident. Et puis c'est toi qui as dit qu'elle avait le droit de prendre tout ce qu'elle voulait. Pas moi.

— J'ai dit ça ?

— À son troisième œuf sur le plat.

— C'était de l'ironie, Audrey. De l'ironie ou du sarcasme, je ne sais plus. Même si elle n'a pas relevé. Bon, maintenant, on va chercher tes premiers clients, d'accord ? »

Ils ont été un peu déconcertés quand ils ont vu le grand sourire d'Audrey au volant. Ils ne l'avaient jamais vue conduire la Vanden Plas, presque personne ne l'avait jamais vue. Sheila avait une étole en renard autour des épaules malgré la chaleur. Il était plus décontracté : une belle chemise en coton bleue, de bonnes chaussures, une canne pour s'aider à marcher. Ils allaient passer quelques jours à Salisbury, dans un hôtel de luxe. Affaires et loisirs, a-t-elle dit.

Je l'ai aidé d'abord à monter, puis elle. En principe, on fait le contraire, mais je voulais bien montrer à madame que je savais qui portait la culotte à la maison. Ça lui a plu, et ça a déjà suffi à la détendre aux trois quarts. C'est parfait quand c'est comme ça : tout est bien ordonné avant même qu'ils aient attaché leur ceinture.

On est partis. J'ai été agréablement surpris par la façon dont Audrey s'en sortait avec la voiture, sa façon de maîtriser l'espace, de la manier. C'est vrai, elle l'avait déjà conduite, mais pas régulièrement, pas en représentation, pas comme si elle faisait partie d'elle, comme si elle faisait partie de moi. Même à sa façon de régler les rétroviseurs latéraux ou de repérer les radars, on aurait cru qu'elle avait fait ça toute sa vie. Elle assurait aussi avec les Coleman : un petit coup d'œil dans le rétro, une petite phrase par-ci par-là, et, pour le reste, elle se concentrait sur la route.

Quand, à mi-chemin :

« J'ai entendu dire que vous aviez eu de l'activité à la crique ces derniers jours, madame Coleman ? »

Mme Coleman a fait claquer sa langue.

« Ce n'est pas bon pour les affaires, qu'ils aient interdit la plage au public. Ils n'ont laissé entrer personne pendant toute une journée.

— J'aurais pensé que c'était une bonne chose, au contraire, madame Coleman. Comme ça vos clients étaient obligés de rester à l'intérieur. »

Sheila Coleman a reniflé. J'ai donné une chiquenaude au genou d'Audrey et je lui ai fait les gros yeux. Ce n'est pas une bonne chose de contredire les clients comme ça, surtout pas une self-made-woman comme elle. Les gens qui se sont faits tout seuls, et qui en sont fiers, il n'y a rien qu'ils ignorent, en particulier sur leur propre rayon. Si la présence de la police sur la plage était mauvaise pour les affaires, elle était mauvaise pour les affaires. Inutile d'aller chercher plus loin.

« Mais enfin, je suppose que ce n'est pas agréable d'être associés avec une chose pareille, pour un hôtel de votre standing. »

C'était déjà mieux. Sheila Coleman a apprécié l'attention.

« C'est cette Miranda Grogan, elle a dit, du ton qu'elle aurait pris si elle venait d'enfiler une paire de gants en caoutchouc pour récurer les toilettes. Apparemment, ils ont trouvé quelque chose qui lui appartenait, sur la plage. Ils ont fait venir les parents, pour voir s'ils pouvaient identifier la chose. La pauvre mère.

— Vous savez ce que c'était ? » Audrey m'a jeté un coup d'œil.

« Ils n'ont rien voulu dire. Pas des vêtements de mer, apparemment.

— Ah, ça ne devait pas être le ciré jaune, alors, j'ai glissé.

— Le ciré ?

— C'est ce qu'elle portait l'après-midi de sa disparition. Un ciré jaune.

— Pas que je sache, non.

— C'était une chaussure. »

Nous avons tous tourné la tête, même Audrey. Donald regardait droit devant lui, un filet de salive dégoulinait le long de son menton. Sheila lui a essuyé la bouche.

« Une chaussure, Donald ? Comment le sais-tu ?

— Ils en ont parlé devant moi, Dave Stone et une femme policière. Ça m'arrive souvent, vous savez, que les gens fassent comme si je n'étais pas là.

— Quel genre de chaussure ? » a demandé Audrey.

Il a pincé les lèvres. On sentait qu'il les préparait à l'effort.

« Vulgaire, c'est ce qu'il a dit. Voyante. C'est comme ça qu'on l'a remarquée.

— Ça ne m'étonne pas, a lâché sa femme, dédaigneuse. Elle a brièvement travaillé pour nous, vous savez. Le nombre de fois où j'ai dû lui faire des remontrances sur le code vestimentaire, avec ces chemisiers qu'elle portait. Ça n'est pas convenable, dans un hôtel familial. À la fin, on a été obligés de se séparer d'elle. »

Je me rappelais. C'était son premier boulot, quasiment, elle venait d'avoir dix-huit ans. Le Spread Eagle a été vide pendant dix mois. Tout le monde squattait le bar de l'hôtel pour la regarder tirer des pintes.

« Vraiment. » Audrey avait dressé l'oreille.

« Oui. » Sheila Coleman a poussé un soupir de mépris. « On ne pouvait rien prouver, bien sûr, mais la recette déclinait. »

Avec cette clientèle supplémentaire ? Je ne pouvais pas laisser passer ça, cette snobinarde qui se donnait des grands airs en dénigrant Miranda à l'arrière de ma voiture.

« Elle a travaillé pour moi aussi, et je n'ai jamais eu à me plaindre. Elle était travailleuse, elle savait y faire avec les clients, elle était de bonne compagnie. J'aimerais bien qu'il y en ait plus, des comme elle, moi. »

Audrey a fait vrombir le moteur. J'y étais allé trop fort, je le savais, mais quand même.

« Mais c'est que ce n'est pas possible, dans notre métier, hein ? Ce n'est pas comme un hôtel, avec tout l'argent liquide à portée de main. Ce n'est pas vrai, madame Coleman ? »

Mme Coleman a hoché la tête. C'était vrai.

Après ça, nous n'avons pas dit grand-chose. Les Coleman, à l'arrière, parcouraient des documents officiels. Audrey conduisait. Elle a fait une queue de poisson à un cycliste juste après Blandford Forum. Superbe. Je n'aurais pas fait mieux. Miranda s'approchait de plus en plus du phare et de mes mains perfides, Miranda qui semblait autrefois si débordante de tout, si pleine de tout ce qu'on peut souhaiter pour une fille comme elle. Et à présent, c'était une Miranda toute différente qui montait ce chemin pour venir à ma rencontre, une Miranda que je n'avais jamais su voir mais ne connaissais que trop bien.

Nous avons déposé les Coleman à leur hôtel, puis nous nous sommes garés derrière et nous sommes partis en balade. Cela faisait longtemps que nous n'avions pas baguenaudé sans but ensemble. J'étais content d'être là, loin du pavillon, loin du village où, quel que soit l'endroit où je posais les yeux, tout me rappelait qui j'étais et ce que j'avais fait. Nous avons fait du tourisme, admiré la vieille ville, la cathédrale. J'avais la sensation de me perdre dans des souvenirs que je n'avais jamais eus. Audrey voulait entrer, mais pas moi. Il y avait assez d'agitation en moi sans que Dieu vienne y mettre son grain de sel. Je suis resté sur la pelouse pendant qu'elle visitait l'intérieur ; j'ai contemplé la splendeur folle de l'édifice posé sur le sol comme s'il s'apprêtait à mettre le cap sur les joies et les chagrins de ce monde, avec son mât pointé vers le ciel. Audrey n'est pas ressortie avant une bonne demi-heure, et j'en ai été ravi ; j'ai médité sur ce qui pouvait bien nous pousser à nous infliger les souffrances que nous nous infligions les uns aux autres, les souffrances que nous nous infligions à nous-mêmes. Elle est ressortie avec un paquet de cartes postales.

« T'aurais dû entrer. Ça t'aurait pas fait de mal.

— Je n'ai pas besoin de Dieu, Audrey, pas tant que je t'ai, toi. Elles sont pour qui, toutes ces cartes ?

— Je ne sais pas. N'importe qui. Carol, Tante Vi, Tina.

— Tina !

— Et pourquoi pas. J'en ai marre de… Regarde. » Elle a pris le Bic de ma poche poitrine et a écrit « Pensées affectueuses de Salisbury ! » sur trois cartes.

« C'est vrai ? Tu penses affectueusement à elles ?

— Oh, Al, a-t-elle fait en mettant un doigt sur mes lèvres. Ne sois pas jaloux. Profite pendant que tu le peux, profite de la journée. »

J'ai obéi. Je me suis acheté une nouvelle casquette, plate, en tweed, parfaite pour l'hiver, et aussi une nouvelle paire de gants, dans la même boutique, des gants en cuir avec surpiqûres blanches le long des doigts. Audrey a trouvé un marchand d'antiquités – ombrelles, robes de bal et robes de cocktail Hardy Amies – et s'est acheté un petit chapeau à voilette, style années vingt. Ce n'était pas tout à fait sa taille, mais elle avait l'air de s'en moquer. Elle a descendu la voilette sur son nez et fait un grand sourire. On aurait dit un singe avec un fez.

« Où est-ce que tu comptes porter un truc pareil ? j'ai dit. Au cirque ?

— À ton enterrement.

— Très drôle.

— Non, sérieusement, Al. Tu ne trouves pas que ça ferait bien si je devais transporter un client au crématorium ? L'hiver arrive. Tu sais bien que les affaires reprennent toujours, du côté du cimetière, après une vague de froid. »

C'était vrai. Une bonne bourrasque de Sibérie, une chambre mal chauffée avec seulement deux minces couvertures sur le lit, et paf, ils tombent comme des mouches. C'est plutôt janvier, février qu'octobre, novembre, le moment où leur résistance s'épuise, mais quand même, j'aimais sa façon de penser. On l'a acheté, trente-cinq livres, à cause de la dentelle belge. Ça l'a gonflée à bloc, de se balader avec ce machin sous le bras. On est allés de magasin en magasin, vêtements, confiseur, institut de beauté – j'ai eu un mal de chien à l'empêcher d'acheter un tableau de deux mètres sur deux représentant un éléphant qui louchait, avec les défenses écartées, dans une galerie d'art m'as-tu-vu.

« Ça aussi, ça ferait un bon sujet de conversation, a-t-elle dit en tripotant l'étiquette, quatre-vingt-cinq livres.

— Moi, j'aurais pas envie d'en parler, j'aurais envie de vider un revolver dessus. Et puis on le mettrait où ?

— Pourquoi pas sur la cheminée ?

— Quoi, et Torvill et Dean, on les met à la poubelle ? Je suis désolé, ma chérie, mais, pour ce qui est des beautés de la vie sauvage, la cheminée, c'est chasse gardée. Torvill et Dean ne bougeront pas de leur place. »

Ça l'a un peu refroidie mais, bien vite, elle s'est ragaillardie dans la boutique voisine, un bazar plein de bricoles en tout genre qui rouillaient dans tous les coins. Mais parmi tous ces trucs inutilisables, dans un seau, ils avaient un gros maillet de cuivre avec une sangle de cuir au bout, comme pour un gong qui s'était perdu.

« Regarde, Al, a-t-elle dit en me pressant le bras, pour l'obus en cuivre de papa. C'est parfait. T'as plus qu'à le suspendre et on aura notre sonnette personnalisée, toi et moi. Qu'est-ce que t'en dis ? »

Et ça a continué dans la même veine : Audrey et moi bras dessus bras dessous comme deux clowns dans une comédie romantique. Pour la première fois depuis le dimanche fatal, pendant une heure ou deux j'ai oublié tout ce que j'avais fait, ce que j'avais peut-être fait, et je me suis laissé griser par le spectacle avec elle : les pavés, les petites rues sinueuses – le simple plaisir d'être là ; nous avons couronné l'après-midi en savourant un thé à la crème épaisse sous les regards furieux du portrait d'un évêque. Lui aussi, je lui aurais bien vidé un revolver dans la figure.

« On aurait peut-être dû en garder pour Alice, j'ai dit en engloutissant le dernier scone. Elle doit crever de faim, imagine, elle a seulement le contenu de notre frigo pour assurer sa subsistance. Et tu ferais mieux d'arrêter là, toi aussi, si tu veux te mettre à la gym.

— C'est là quc tu te trompes, Al. » Elle a fait signe à la serveuse, désignant l'assiette vide. « Maintenant que je vais à la salle de sport, je peux prendre tous les thés à la crème que je veux. »

Qui étais-je pour la contredire ?

Nous avons pris notre temps au retour aussi, et nous avons fait une petite pause à Tarrant Monton, une pinte pour moi et un Virgin Mary pour elle. Ça commençait à sembler naturel : Audrey faisait sa part. Peut-être m'étais-je trompé. Peut-être pouvions-nous rivaliser avec les Newdick, finalement, les battre à leur propre jeu. Nous connaissions la région, nous connaissions les gens, c'était juste que nous n'y avions jamais pensé en ces termes, à nos vies : nous ne nous étions jamais dit que c'était un partenariat. Fred et Ginger, Torvill et Dean, pourquoi pas Al et Audrey ? Je me suis senti presque triste quand nous sommes arrivés en vue du tournant des Larches, comme s'il s'était produit dans l'après-midi une chose qui aurait dû se produire il y a longtemps, et que cette chose touchait à présent à sa fin. Nous disions au revoir à un monde qui n'était pas là, un monde qui aurait pu être, un monde qui aurait dû être, si seulement nous avions réfléchi un peu. Peut-être pouvions-nous le trouver quelque part au village, mais, au village, j'avais des choses à régler, des choses qui menaçaient de transformer cet après-midi en un souvenir impossible, une chimère.

Elle a pris l'allée, rentré la voiture dans le garage et s'est laissée aller sur son siège, satisfaite. Une journée rondement menée. Presque parfaite. J'ai détaché ma ceinture.

« Je dois dire, Audrey, que ta conduite est digne des grands. Tu as la vocation.

— Al, tu dis ça pour me faire plaisir.

— Non. C'est vrai. C'est le début d'une ère nouvelle, Audrey, d'une nouvelle aventure. Tu sais, la Renault, celle que j'avais achetée pour Miranda ? Je ne m'en suis jamais débarrassé. Demain matin à la première heure, on va au garage et on voit si elle fait l'affaire. Qu'en dis-tu ?

— Je ne sais pas, Al. C'est un peu soudain, tout ça. Il me faudrait une nouvelle garde-robe, bien sûr. »

Elle a reposé les mains sur le volant, regardant

sans le voir le mur de briques et de ciment. De profil, comme ça, elle ressemblait à la figure de proue d'un navire, lancée à corps perdu dans le futur. Je lui ai donné une petite tape affectueuse sur le genou. C'était une honte de gâcher l'instant, mais il fallait bien que quelqu'un le fasse.

« Bien sûr que oui. Une garde-robe toute neuve, hiver et été. Une garde-robe toute neuve, une croisière sur le Nil, qui sait ce que nous réserve encore l'avenir. Il y a juste une chose, si nous voulons remettre les compteurs à zéro. J'ai besoin de savoir où tu es allée dimanche dernier. »

Elle s'est raidie et ses jointures ont blanchi, je l'ai vu immédiatement.

« Je te l'ai dit, Al. Le phare. »

Toute émotion avait déserté sa voix.

« Non, tu n'y es pas allée.

— Comment ça, je n'y suis pas allée ? Après tout ce qu'on a fait aujourd'hui...

— Audrey, Audrey. Je sais que tu n'y es pas allée.

— Comment tu le sais ? »

J'ai respiré un grand coup. C'était un grand moment pour moi, pas un bond dans les ténèbres, mais un acte d'inspiration, une sorte de passage d'un monde au suivant. Je me lançais dans un champ de mines, mais je savais comment en ressortir. Audrey, non. Cela m'était venu sur la route du retour ; je savais comment déjouer ses manœuvres et je me sentais assez formidablement bien, assez invulnérable.

« Parce que j'y étais. »

J'ai presque senti l'afflux d'air qu'elle a aspiré dans ses poumons, tout l'oxygène dont elle avait besoin.

Oui, Audrey. Je t'ai eue, ma beauté aux lèvres rubis, ma reine de porcelaine fêlée.

« Toi ! »

C'est tout ce qu'elle a réussi à dire, me rejetant l'aveu au visage. Je voyais que sa cervelle moulinait à toute vitesse : que pouvait-elle dire ensuite – les excuses défilaient dans sa tête comme les pages d'un carnet d'adresses. Vérité ou mensonge ? Là tout de suite. J'ai décidé de lui laisser plus de temps, de la laisser se tortiller encore un peu sur l'hameçon. Certes, j'étais content de cette nouvelle Audrey prête à prendre à l'essai le nouvel homme que j'étais, mais putain, j'allais m'assurer que nous partions du bon pied cette fois, avec votre serviteur au volant, à la maison *et* au boulot.

« Oui, j'allais à la caravane. Je comptais passer la nuit là-bas. J'étais en rogne, rappelle-toi.

— Je me rappelle toutes tes humeurs ce jour-là, Al. »

Elle se tortillait les cheveux. Badaboum, faisaient ses entrailles.

« Puis je me suis dit : Et puis merde. Ça ne va pas, ces histoires entre Audrey et moi. Ça fait trop longtemps que ça dure. Il faut que ça cesse. Et je suis rentré.

— Oui. Je ne t'ai jamais posé la question, mais quand t'es revenu, quand tu as quasiment bondi dans la maison, tu as dit une chose très particulière, très bizarre. »

C'était malin de sa part, d'essayer d'inverser les rôles, histoire de se donner plus de temps pour trouver une issue. Je me suis fait un plaisir de la suivre dans cette voie.

« Ah bon ?

— Oui. Tu as dit : “Banzaï !”

— Banzaï ? Eh bien, ça alors.

— Toute la soirée, pendant qu'on, tu sais, j'ai entendu ce mot résonner dans mes oreilles. Banzaï ! Banzaï ! Comme si Tonto remuait en rythme. Depuis ce jour-là, je voulais te poser la question : pourquoi “Banzaï !” ? »

J'ai fermé les yeux. Bon Dieu, ce moment, ce “Banzaï !”, quelle sensation délicieuse, incroyablement, irrémédiablement délicieuse. Trop délicieuse pour être vraie. Je le comprenais à présent.

« Je vais pas te mentir, Audrey, je ne sais pas trop. Je suppose que c'était juste le fait de rentrer, avec le nouvel Al à ma suite.

— Et moi, je t'attendais, d'humeur…

— Plus coquine que je ne m'y attendais ! Peut-être que je devrais le dire plus souvent. Banzaï ! »

Je me demandais si elle allait essayer de me distraire, essayer d'amollir ses voyelles, de laisser traîner ses consonnes, mais non. Elle était sur le pied de guerre elle aussi, maintenant, et je le sentais.

« Et l'expression que tu as faite, Al, quand tu m'as vue… une espèce de concentration perplexe. Ça m'a fait penser à la tête que faisait Carol quand elle remplissait sa couche. »

Je lui avais laissé suffisamment de large. Il était temps de la remettre au pas.

« Audrey, c'est très intéressant, tout ça, mais ça ne répond pas à la question, si ?

— La question ?

— Oui. La question, c'est que tu n'étais pas au phare, et que moi j'y étais, sur la bosse, alors faut pas me la faire.

— Ah. Ça. Non, je ne suis pas allée là-bas. J'étais… Je suis allée chez Tina. »

Elle a prononcé ces mots à la va-vite, pour s'en débarrasser, comme si elle sautait dans une mer gelée. Tina, encore.

« Tina !

— Oui. Je ne te l'ai pas dit parce que j'avais peur que tu penses que je te trahissais, avec tous les problèmes qu'il y a eus entre vous. La vérité, c'est que ça faisait une éternité que je voulais renouer notre amitié. Ça n'avait pas de sens, que j'arrête de la voir juste à cause de toi et Ian. Alors j'ai pris par-derrière, comme dans le temps, et j'ai passé la tête dans leur cuisine. Et tu sais ce que j'ai vu ? Deux uniformes tout neufs, pendus à la porte de la cuisine. Des uniformes neufs, Al, alors que nous, on passe notre temps à attendre la prochaine annulation. Puis je les ai entendus. Ils étaient en train de se disputer violemment : Ian l'accusait de toutes sortes de choses – faire de l'œil à tout le monde à la caserne, rentrer à pas d'heure d'il ne savait pas où – et elle se défendait sur le même ton. J'ai entendu des objets qui volaient, un verre et Dieu sait quoi, puis un cri – pas un cri, mais un hurlement, comme une vache qu'on égorge, suivi d'un silence terrible, comme s'il s'était passé une chose terrible. Puis un gémissement.

— Il l'a frappée ?

— Pas ce genre de gémissement. L'autre : passionné,

douloureux, comme un baiser. Tu le sais tout de suite, même si tout ce que t'entends, c'est ce genre de mouvement, furtif et désespéré, même s'il n'y a personne d'autre. Tu le sens, tu sais, c'est comme une odeur. J'ai su ce qu'ils étaient en train de faire, ce qu'ils s'apprêtaient à faire. Alors je suis partie, pleine de jalousie, de colère, et pleine de ce gémissement qui me remuait jusqu'au tréfonds de mon être. Je suis rentrée. Mais la maison était vide. Tu étais sorti. Ça ne m'a pas plu. Il y avait quelque chose qui clochait. J'ai paniqué. J'ai pensé que tu étais peut-être allé chez Kim pour boire un coup, ou quelque chose comme ça, alors j'ai fait le tour, j'ai frappé et j'ai raconté que je voulais emprunter du whisky en guise de prétexte. Je ne savais pas où tu étais. J'ai même appelé au pub. Mais j'ai remarqué que ton imper n'était pas là, alors je me suis dit que tu avais dû sortir, que tu étais peut-être sorti me chercher, et je me suis dit tout d'un coup que ça serait merveilleux, comme dans ce livre avec Heathcliff et la fille, en pleine tempête, ce serait formidable que tu me retrouves et que tu me prennes dans tes bras, que tu me serres, que tu me fasses gémir, moi aussi. Alors aussitôt, je me suis dit : Ça suffit, je vais l'attendre, comme je ne l'ai pas attendu depuis longtemps. J'étais toute bouleversée, alors j'ai sorti le champagne, j'ai pris une douche et je me suis mis du parfum, celui que tu aimes. J'ai mis la bouilloire sur le feu, pour avoir de l'eau frémissante, comme moi.

— D'où l'humeur.

— Oui. D'où toutes les humeurs, toi et moi, le paquet, tout. »

Elle s'est tournée vers moi.

« Tout pour toi, Al, tout pour toi. »

Et elle m'a donné un baiser fougueux, comme si elle était sincère.

Le moment du coup de grâce était venu. Je me suis libéré de son étreinte.

« Je suis content que tu m'aies dit ça, Audrey, mais, maintenant, il faut que je t'avoue quelque chose.

— Oh ? »

Elle n'écoutait pas vraiment. Elle avait fait son lit, maintenant elle voulait que je me couche dedans.

« Oui. J'ai menti. Je ne suis pas allé au phare ce jour-là, en fait.

— Mais…

— Je sais. J'ai menti. J'ai juste inventé ça pour te faire dire où tu étais allée, pour te faire cracher le morceau.

— Oh, Al. »

Elle a mis sa main devant sa bouche.

« Je savais que tu n'étais pas allée au phare. Ne me demande pas comment. Je le savais, c'est tout. Là. »

J'ai caressé mon ventre. Elle a hoché la tête.

« Tout comme moi je peux lire en toi. »

Qu'elle croyait.

« Alors, tu étais où ? Tu n'étais pas derrière comme tu l'as dit. Pas quand je suis rentrée. C'est que je t'ai cherché. Tu n'étais nulle part.

— Tu as regardé dans le jardin ? Près du bassin ?

— Bien sûr que oui. C'est le premier endroit auquel j'ai pensé, je me suis dit que tu racontais tes malheurs à Torvill et Dean.

— Le garage ? T'as regardé dans le garage ?

— Sans doute. Je ne me rappelle pas.

— Ah, j'ai fait, réfléchissant à toute vitesse. Mais tu n'as pas regardé ici, dans la voiture, pas vrai ?

— Non. Pourquoi ?

— Parce que c'est là que j'étais. Je faisais une sieste.

— Tu étais ici, dans la Vanden Plas ?

— Tu sais comment je suis, avec cette voiture, Audrey. Je suis sorti, je suis allé au bassin, fou de rage, mais il pleuvait à verse. J'ai pensé à aller faire un tour en voiture. Je suis rentré, je me suis installé au volant, et une espèce de faiblesse m'est tombée dessus, à force de me demander où on allait, toi et moi. Et quand je me suis réveillé, j'ai eu une espèce d'illumination, comme toi, on dirait. L'instant du banzaï, Audrey. Banzaï.

— Ta voiture. Ta précieuse Vanden Plas. T'as dormi dedans, comme un bébé dans son landau.

— Oui.

— Oh, Al, elle a souri. Viens là. »

Elle a pressé sa poitrine contre moi, m'a caressé la tête. C'était agréable, ma tête sur ses seins, ses doigts dans mes cheveux. Elle dégageait une odeur douce, blanche et rassurante, qui évoquait plutôt le bon pain que le parfum – elle avait la chaleur de la pâte qui lève. Il se passait des choses entre Audrey et moi, de bonnes choses, des choses désirables, des choses qui ne s'étaient jamais produites auparavant. Et je me suis dit, la tête enfouie dans sa chair, que si je n'avais pas essayé de la tuer, pas essayé de la pousser de cette falaise, ma tête ne serait pas là où elle se trouvait à présent, en paix et en sécurité. Je serais seul et nerveux comme un bouffeur d'amphétamines, remonté à bloc et plein d'une satisfaction affreuse comme l'ancien Al. Et je me suis réjoui d'avoir essayé, réjoui d'avoir poussé quelqu'un d'autre, plutôt qu'elle, même si c'était Miranda. Je n'aurais jamais pu enfouir ma tête dans l'étreinte de Miranda, jamais pu recevoir de ses mains un tel réconfort. Oui, j'étais content d'avoir essayé, content de n'avoir pas réussi, content qu'il existe une paix en ce bas monde pour un homme aussi indigne que moi, dans cette voiture, ce pavillon, avec ses moquettes épaisses et ses bibelots en verre.

« Audrey, j'ai dit. Et si on allait s'allonger sous les étoiles ? Pas d'embrouille. Juste toi, moi, la lune et la couverture de Lourdes. Quand on verra une étoile filante, on n'aura qu'à crier banzaï en chœur. »

Elle m'a chatouillé le nez.

« Et la vieille Fouine ? Tu veux qu'elle crie banzaï, elle aussi ? »

Je me suis à moitié redressé.

« Merde, je l'avais oubliée, celle-là. » Je me suis de nouveau laissé aller sur ses genoux et j'ai rouvert les yeux. « Tu l'as appelée la Fouine, j'ai dit, en regardant Audrey. Tu as appelé Mme Blackstock la vieille Fouine. »

Elle m'a de nouveau chatouillé le nez.

« C'est parce qu'on se rapproche, toi et moi, Al. Tu fais partie de moi, et je fais partie de toi. Comme dans la chanson des Monkees. »

Elle a recommencé à me caresser la tête et j'ai refermé les yeux. Je ne m'étais pas senti aussi bien depuis une éternité, je crois. Un moment de paix absolue. Et c'était la femme que j'avais essayé de tuer. Il avait fallu que je sois fou. Qu'est-ce que ça pouvait faire si elle n'était pas celle que je croyais désirer ? Personne ne l'était.

Un tremblement m'a réveillé. La Vanden Plas tanguait sur ses amortisseurs. Audrey n'était plus avec moi. Je m'étais affalé, la tête sur le siège conducteur vide. J'ai regardé par la fenêtre du garage. Alice était sous la véranda, il y avait de la lumière dans la cuisine. Audrey devait être en train de préparer le souper. Nous nous étions arrêtés pour prendre des côtelettes sur la route du retour. Encore du cochon.

Le tremblement a repris de plus belle, suivi d'une sorte de bruit mat de déchirure, comme le gémissement d'un bateau. Quelqu'un essayait de forcer ma voiture. Dans le rétro, j'ai vu une silhouette penchée sur le coffre, et j'ai entendu le métal crisser comme il tentait d'introduire quelque chose sous la serrure. J'ai posé ma main sur le loquet, j'ai ouvert la portière en douceur, glissé un pied dehors. C'était serré, mais j'ai réussi, j'ai fait le tour de la voiture sans un bruit, ramassant une vieille fourchette pour barbecue qui traînait par terre. Il marmonnait pour lui-même, perdant patience. La serrure ne cédait pas facilement. C'était une Vanden Plas, bon sang. Il a commencé à donner des coups de poing. Je n'ai pas pu en supporter davantage.

« Arrêtez ! »

Il a dressé brusquement la tête et jeté un démonte-pneu dans ma direction comme j'avançais vers lui. J'ai évité son projectile et lui suis rentré dedans alors qu'il se retournait. Je lui ai enfoncé la fourchette en plein dans les fesses. Il a bondi en poussant un glapissement aigu et s'est mis à galoper dans l'allée, la fourchette toujours plantée dans son cul comme le mât d'un drapeau. Je me suis lancé à sa poursuite, trébuchant sur un vieux rouleau de moquette appuyé contre le mur. Il est sorti de l'allée et il a tourné dans la petite rue vers une voiture garée en haut de la côte, juste après la maison d'Alice. Je me suis arrêté à mi-chemin. Je n'avais pas besoin d'aller plus loin. J'avais reconnu la voiture. Si vous êtes sur la route toute la journée, comme moi, vous savez reconnaître les voitures par-derrière, toutes les voitures. Vous avez attendu impatiemment de les doubler suffisamment souvent.

Il a arraché la fourchette et s'est jeté à bord. Ça a dû lui faire mal. La voiture a dérapé. J'ai fait un petit signe de la main. Je savais quel modèle de voiture c'était. Et je savais qui était au volant.

À l'intérieur, Audrey ouvrait un paquet de petits pois surgelés devant la cuisinière. Alice Blackstock, installée à table, battait le rythme sur la nappe avec son couteau et sa fourchette. J'ai senti l'odeur des côtelettes qui grésillaient dans le four. La table était mise ; les plus belles assiettes, des verres à pied, les sets de table chasse au renard.

« Qu'est-ce qui s'est passé ? a demandé Audrey, levant à peine les yeux. Tu as écrasé un autre chien ?

— C'était le cochon de demain qui se préparait pour le petit déjeuner d'Alice. C'est en quel honneur, tout ce faste ?

— Alice rentre chez elle demain matin. Elle se sent beaucoup mieux. Alors on fait un dîner d'adieu.

Elle nous a acheté du vin. N'est-ce pas adorable ? » Elle a levé son verre et crié : « Santé ! »

La Fouine a levé les yeux et enlevé ses écouteurs.

« Quoi ?

— Je disais que vous nous avez tenu compagnie, Alice. » Audrey avait les lèvres très rouges. Elle en avait déjà descendu deux ou trois, à la suite de notre petite discussion. Parfait. « Ça peut être tellement triste une maison avec toujours les deux mêmes personnes dedans, bon an mal an. Surtout si l'une d'entre elles est mon mari. »

C'était une plaisanterie, mais pas de très bon goût.

« Ça ne me dérangerait pas, d'avoir quelqu'un dans ma maison, dit Alice. Faut être deux pour être heureux, comme on dit. »

Les coins de sa bouche se sont affaissés. Elle pensait à cette pièce, la pauvre vieille. Elle n'avait pas du tout envie de rentrer.

« Prenez un verre de vin, madame Blackstock, avant qu'Audrey ait fini la bouteille. »

J'ai rempli son verre. Le mien aussi.

« Qu'est-ce que vous avez fait aujourd'hui ? j'ai demandé pour essayer de lui remonter le moral. Vous n'avez pas trop forcé, j'espère. »

Elle a secoué la tête. Ses yeux chaviraient comme des pois dans des soucoupes de lait. Ils allaient s'affaisser d'une minute à l'autre. Si elle n'avait pas complètement vidé sa petite boîte, ce n'était pas faute d'y avoir mis du sien.

« Toute la semaine quelque chose m'a tracassée, et ce midi j'ai réalisé tout d'un coup de quoi il s'agissait.

— Quoi ? Le porc n'est pas un légume ? »

Audrey m'a fait les gros yeux et s'est resservi un verre.

« Ce dimanche après-midi, quand Miranda Grogan a disparu, j'ai vu quelqu'un au phare, en ciré jaune. C'est ce qu'elle portait, vous m'avez dit, pas vrai, Al ? »

J'ai échangé un coup d'œil avec Audrey.

« J'ai dit ça ? Je ne sais plus.

— En rentrant de chez le dentiste, ou peut-être dans la maison, ça n'a pas d'importance. La chute avait complètement effacé le souvenir de ma mémoire. Mais en voyant celui d'Audrey dans l'entrée, ça m'est revenu. Alors j'ai fait ce que j'avais l'intention de faire. J'ai appelé la police ce matin, et je me suis excusée pour le contretemps. Adam a été on ne peut plus compréhensif, il a dit que ce renseignement pourrait s'avérer très précieux. Il veut recueillir ma déposition. Il va passer ce soir, si ça ne vous dérange pas. Je pensais que ça ne serait pas un problème. »

Bien sûr que ce n'était pas un problème. Portes ouvertes, notre pavillon.

Audrey a sorti les côtelettes, posé la purée et la sauce à l'oignon sur la table. Elle fait de la bonne purée, Audrey – moutarde en grains, beurre, une goutte de sauce crudités. Le gratin de chou-fleur et les petits pois ont suivi, puis, tout juste sorti du four, un plateau garni à ras bord de boulettes de légumes. Je ne m'attendais pas à voir des boulettes. Les boulettes, ça ne se marie pas bien avec les côtes de porc. Les boulettes, on doit les réserver exclusivement à l'accompagnement du poulet rôti. Notre discussion l'avait désarçonnée, pas de doute.

Un regard sur le plateau m'a dit à quel point. Ça ressemblait davantage aux testicules de Chronos qu'à des boulettes : de forme ovale, et couvertes de touffes de poils clairsemées car elle n'avait pas coupé le persil comme il faut. Je n'ai pas pu m'empêcher de penser au Tonto en chocolat du frigo de la Fouine. C'était un peu comme les sept âges de la vie, mais réduits au nombre de deux : les espoirs de la jeunesse, la déception de l'âge. Audrey en a disposé deux sur mon assiette, puis a distribué les côtelettes. Alice a eu la plus grosse, mais j'ai eu le rognon.

Je me suis servi un petit tas de purée à côté de la côtelette, et j'ai fait un petit trou au centre, comme si c'était un volcan, avant de verser la sauce. J'ai toujours fait ça ; je laisse macérer le tout un petit moment pendant que je prends une petite bouchée de purée, de petits pois et de chou-fleur. Puis, quand le jus commence à bien dégouliner, je pratique un grand trou dans le tas de purée et je regarde la sauce envahir l'assiette. Je fais pareil quand c'est du rosbif et du pudding. Ça ne sert à rien de manger de la viande si on ne peut pas la faire baigner dans une portion conséquente de sauce. Alice, fascinée, s'est mise à se faire une montagne de purée à son tour.

« Faites attention à ce que les murs soient assez épais. Sinon ça va s'infiltrer. » Elle a hoché la tête, ravie du conseil. C'était exactement comme de jouer à faire des châteaux de sable sur la plage. On a sonné à la porte. Je me suis penché pour écarter le rideau. Adam Rump se tenait sur le perron.

« Oh super. Devine qui vient dîner ? »

J'ai refait mon tas de purée et je suis allé ouvrir. Il tenait un chapeau à la main.

« Monsieur Greenwood. Visite officielle, cette fois, j'en ai peur. Je crois savoir que Mme Blackstock séjourne chez vous.

— Oui, c'est vrai. Elle a fait une mauvaise chute. C'est une coriace, mais… »

Il a hoché la tête, impatient d'en finir. Il avait une maison, des poissons à nourrir. Il a fait glisser le rebord de son chapeau entre ses doigts, comme pour lire un texte en braille.

« Je ne sais pas si elle vous l'a dit, mais je dois prendre sa déposition. J'espère que le moment n'est pas trop mal choisi.

— Pas du tout. Vous pouvez me regarder engloutir le Vésuve.

— Pardon ?

— La sauce d'Audrey. C'est comme de la lave, elle détruit tout sur son passage. Entrez, entrez. »

Je l'ai conduit dans la salle à manger. Audrey était en train de mettre une assiette supplémentaire.

« Adam ! »

La Fouine a ouvert grands les bras. Il n'a pas pu y couper : il s'est baissé pour se prêter à son étreinte. Elle n'a même pas attendu que son visage arrive à sa hauteur, elle s'est précipitée sur le premier bout de chair à portée de tir et ses lèvres se sont agrippées à son cou comme une paire de lamproies, laissant échapper des miettes de purée dans son col. Il s'est libéré d'une secousse. La trace du baiser lui brûlait la peau comme un fer à marquer.

« Vous venez de commencer à manger, a-t-il

dit, regrettant amèrement d'être venu. Je repasserai demain.

— Ne soyez pas si coincé, Adam, a lancé Alice. À table ! Il y en a plus qu'assez pour tout le monde. Vous prendrez ma déposition après. Ça ne vous dérange pas, Al, de partager votre assiette avec Adam, n'est-ce pas ? »

Elle s'est levée, s'est penchée en travers de la table et a entrepris de couper ma côtelette en deux, laissant traîner des mèches de cheveux dans ma sauce. Nous sommes restés immobiles, pensant tous la même chose. Rump m'a regardé. J'ai regardé Audrey. Audrey a regardé Rump, dans un conciliabule muet. J'ai levé les mains au ciel. Qu'est-ce qu'on peut y faire ? Audrey a décoché un sourire plein de compassion. Faisons-lui plaisir, à cette chère vieille. Rump a baissé la tête, mortifié, et s'est assis.

Pour le premier dîner que nous donnions, la discussion était un peu empruntée. Aucun de nous quatre n'était convenablement préparé. Si j'avais laissé Audrey acheter l'éléphant, ça nous aurait fait un sujet de conversation. Je commençais à comprendre que, pour réussir un dîner, l'important n'était pas d'avoir une belle chose suspendue au mur, pas du tout. En fait, plus horrible était le sujet de conversation, mieux c'était, car il y avait plus à dire. Il aurait été parfait, cet éléphant. Rien que sa loucherie aurait pu nous faire tenir deux heures. Mais je n'avais pas voulu. Les vingt premières minutes, nous nous sommes concentrés sur la pitance, même s'il n'y en avait pas autant qu'il eût été souhaitable. Mon assiette, en particulier, semblait bien vide.

Heureusement, Audrey avait fait assez de boulettes pour couler le *Mary Rose*. Sur le plan visuel, elles n'étaient certes pas sans vulgarité mais, en bouche, elles étaient convenables ; chose curieuse, toutefois, plus on les mastiquait, plus elles devenaient caoutchouteuses. J'ai chronométré la deuxième sur la pendule électrique Sun King au-dessus du micro-ondes. Sept minutes et demie de la bouche au gosier. Sept minutes et demie et une bonne rasade de pinard pour faire couler. Mais, malgré la mâchoire douloureuse, quand on en avait fini une, on avait aussitôt envie d'en prendre une autre. Vingt minutes après le début du repas, Audrey s'envoyait sa troisième. Ça, on peut dire qu'elle savait recevoir, elle. C'est tout juste si elle avait dit un mot depuis que nous nous étions assis. Il était temps de briser la glace.

« Alice m'a dit qu'elle vous donnait des cours quand vous étiez petit, inspecteur. »

Ils ont tous levé les yeux, stupéfaits, comme si je venais de lâcher un pet dans une bibliothèque municipale. Adam a posé son couteau et bu un verre d'eau. Il ne buvait pas de vin, ce qui tombait plutôt bien. Ça en faisait plus pour Audrey.

« C'est exact. Les maths, principalement. Une vraie dictatrice.

— Je vous ai appris le piano, aussi. »

Alice parlait d'une voix stridente, comme si elle avait toujours le casque de son iPod sur les oreilles. Sous la table, son pied s'agitait comme un marteau-piqueur.

« Ah oui, effectivement, madame Blackstock.

J'avais complètement oublié. Ça fait des années que je n'ai pas joué de piano.

— Ça fait des années que je n'ai pas donné de cours. Vous savez jouer, Audrey ?

— Non. On a acheté un xylophone pour Carol, une fois, c'est tout.

— J'ai un demi-queue dans mon salon. Duncan me l'a offert pour mon… »

Elle a laissé sa phrase en suspens, perdue dans ses souvenirs.

« Anniversaire ? j'ai suggéré.

— Divorce. Mon premier et mon dernier. Il m'a offert un piano le jour où les papiers sont arrivés, il a fait des claquettes dessus pendant que je jouais. Des chaussures de claquettes. Rien d'autre sur le dos. »

Adam gardait les yeux rivés à son assiette. Audrey s'efforçait de ne pas éclater de rire.

« Vous devez vous en souvenir comme si c'était hier, j'ai fait. C'est comme ça qu'il a perdu un pied, le piano ? »

Elle a écarté la question d'un geste. « Il avait des mains magnifiques.

— Duncan ?

— Adam. Quand il était petit, il avait des mains magnifiques. Regardez-les maintenant. Je lui chantais toujours une chanson. »

Nous avons tous regardé ses mains. Elles me semblaient correctes, un peu grasses aux jointures. Nous avons continué à manger. À me retrouver avec des gens que je ne connaissais pas, je commençais à voir qu'un dîner, c'est une procédure compliquée, manger et parler en même temps, comme ça. C'est vrai, quoi, c'est beaucoup plus facile de faire l'un *ou* l'autre. Manger ou parler. Mais toute cette cérémonie autour d'une table…

Nous nous sommes resservis une ou deux fois chacun. Les boulettes avaient une étonnante capacité à flotter dans la sauce, et si on les trempait dedans, elles étaient plus faciles à mâcher et elles avaient meilleur goût. J'en ai liquidé une autre. La conversation se tarissait de nouveau. La Fouine a donné une claque sur la table.

« *Adam and the Hand Jive!* Adam la main leste ! » a-t-elle crié en brandissant son couteau.

J'ai failli m'étrangler sur un brin de persil :

« Quoi ?

— La chanson que je chantais. Adam la main leste. J'y pensais toujours quand Adam venait.

— Je ne crois pas que c'était Adam.

— À qui ça me faisait penser ?

— Le titre de la chanson. Je ne crois pas que c'était Adam. »

Elle a hoché la tête. Adam ou non, elle s'en fichait. Tout le monde s'en fichait. Ce qui en dit long sur l'ambiance.

« Je donne des cours à Al, maintenant, Adam, vous le saviez ? Des cours de français. »

Audrey m'a regardé :

« Des cours de français ?

— Je me disais qu'on pourrait emmener la Vanden Plas en vacances l'an prochain.

— En France ?

— C'était juste une idée, Audrey.

— Willy ! » Alice a cogné son assiette avec son

couteau. « Willy and the Hand Jive. Tu te souviens, Adam, je te la faisais jouer au piano à chaque fois que tu…

— Comment vont les poissons ? » a coupé Rump. J'ai été aussi soulagé que lui.

« Super forme. J'ai fait comme vous m'aviez dit, je leur ai donné à chacun une moitié d'orange, ils ont adoré.

— Tous les poissons adorent. J'ai essayé d'autres fruits, pêches, avocats, kumquats, mais rien n'a autant de succès qu'une modeste orange. Dans mon bassin, il y a de la bagarre pour les attraper.

— Vous avez combien de poissons ? » a demandé Audrey. Elle a avancé son coude sur la table, comme si la réponse l'intéressait. Il y avait une nette amélioration.

« Trente.

— C'est énorme, non ? »

Il a fait une pause.

« Eh bien, ça fait moins que quarante. »

Nous avons médité ça, nous avons médité ça pendant un bon moment. Ça semblait étrangement profond, trente qui faisait moins que quarante.

« Et Mme Rump ? Qu'est-ce qu'elle en pense ? » Audrey a joint les mains. « Elle est originaire d'Afrique du Sud, je crois. »

J'ai essayé de lui lancer un coup de pied sous la table, mais j'ai manqué ma cible. Alice a poussé un petit glapissement. Adam a aplati sa purée d'un coup de fourchette.

« Du Cap. Sa famille est partie quand tout a changé

là-bas. C'est la petite-petite je ne sais quoi du docteur Verwoerd[1]. »

Ça a impressionné Audrey.

« Un docteur ! J'ai vu son nom sur le tableau du gymnase, mais je n'ai pas eu le plaisir. »

Rump a gigoté, mal à l'aise.

« Vous ne l'aurez pas. Nous sommes séparés. Elle a quitté le pays, elle est repartie dans sa patrie. Elle m'a laissé une lettre. » Il a tapoté sa poche. « Elle dit qu'elle préfère vivre sous les lois de la nation arc-en-ciel que sous celles de la truite arc-en-ciel.

— Oh, je suis désolée. »

Le silence est retombé.

« Bien sûr, a dit la Fouine, essayant de remettre la soirée sur les rails, avant la décimalisation l'écart entre trente et quarante était encore plus grand, avec tous les détours qu'on empruntait pour aller de l'un à l'autre. C'étaient de vrais pièges, les nombres, à l'époque. Qui veut une autre boulette ? »

Nous avons tous tendu la main en même temps pour attraper les quatre dernières, les avons mises dans notre bouche, avons entamé le long processus de la mastication. On aurait cru entendre une bande de chevaux au trot. Il y avait d'autres aliments sur nos assiettes, mais nous les avions complètement oubliés. C'était des boulettes ou rien. Dix minutes, qu'il nous a fallu pour en venir à bout, dix longues minutes. À la fin, quand Adam a repoussé son assiette, il avait le front humide de transpiration. Je me sentais bizarre

---

1. Premier ministre d'Afrique du Sud de 1958 à 1966, souvent qualifié de « grand architecte de l'apartheid ». *(N.d.T.)*

aussi, j'avais un peu la tremblote et je n'étais pas tout à fait moi-même, comme si j'étais en descente de coke ou d'acide. Il s'est essuyé le front, a sorti un petit carnet de sa poche intérieure et l'a posé sur la table.

« Maintenant, Alice, si je pouvais prendre votre déposition, il faudrait vraiment que je rentre.

— Vous voulez qu'on sorte ? » a demandé Audrey.

Rump est resté inerte à essayer de résoudre le problème. Il y avait quelque chose qui se mettait dans son chemin, quelque chose qui se mettait dans notre chemin à tous les quatre. J'ai commencé à avoir la puce à l'oreille.

« Sans doute. »

Audrey a fait mine de bouger, mais j'ai posé ma main sur sa jambe sous la table pour la faire rasseoir. Ça a marché comme prévu. Ça n'avait pas d'importance. Rien n'avait d'importance. Alice a rassemblé ses esprits.

« Alors voilà. Ça ne m'est revenu que ce matin. Le jour de mon accident, j'ai vu Al ici présent et il m'a parlé de Miranda Grogan et du ciré jaune. Et je me suis soudain rappelé que j'avais vu ça quelque part.

— Miranda Grogan ?

— Le ciré, imbécile ! Je n'aurais pas dit ça pour Miranda Grogan. J'en ai vu un, un ciré jaune, qui montait au phare cet après-midi-là. Pas tout seul, bien sûr. Il y avait quelqu'un dedans. »

Elle a poussé un petit rire niais.

« À quelle heure ?

— Quatre heures et demie ? Je ne sais plus exactement.

— Ce ciré, il allait en direction du phare ou il en revenait ?

— Il y allait.

— Où étiez-vous ? »

Elle a ricané de nouveau.

« Vous ne devinerez jamais.

— Madame Blackstock, Alice, je n'ai vraiment pas…

— Allez, essayez.

— Je ne…

— Juste un essai.

— Dans la cuisine ?

— Non.

— Le salon ?

— Non. Ce n'est vraiment pas marrant, comme réponses, Adam. Vous allez devoir faire mieux que ça.

— Alice. » Il commençait à avoir le souffle court. « Je ne me sens pas très bien. » Il a agrippé la table comme s'il avait peur de tomber de sa chaise. Effectivement, il était un peu pâle. « S'il vous plaît, dites-moi. »

Elle nous a regardés tour à tour, triomphante.

« J'étais dans un arbre. »

Elle confondait tout, mais qu'est-ce que je pouvais dire ? Ma bouche refusait de s'ouvrir. J'étais collé à mon siège, à la pièce, comme tous les autres. Nous étions coincés là, dans le dernier train, et le temps nous faisait adieu de la main.

« Dans un arbre, a répété Rump.

— Je récupérais mon linge. Le vent avait tout décroché mais l'arbre avait rattrapé les vêtements. Ils se balançaient au bout des branches. Alors j'ai grimpé.

Quand j'ai regardé au loin, j'ai vu une silhouette en ciré jaune qui montait la côte. D'abord, j'ai pensé que c'était Audrey. Elle allait souvent se promener jusqu'au phare quand Monty était encore en vie.

— Monty ? » Rump était perdu.

Audrey s'est empoigné la poitrine.

« C'était mon ami le plus cher, Adam. Il s'est fait écraser.

— Il ne portait pas de ciré jaune, alors.

— C'était un chien, inspecteur. C'est arrivé il y a longtemps.

— Un chien inspecteur ? C'est quoi un chien inspecteur ?

— Non, un chien. Un chien. C'était un chien. Maréchal Monty, c'était un chien.

— Un chien ?

— Je l'ai écrasé. Avec la Vanden Plas. Pas exprès, bien sûr.

— Il n'a rien à voir avec le phare, dans ce cas ?

— Non, personne n'a rien à voir avec le phare. Alice a vu quelqu'un sur le chemin, c'est tout. Vêtu d'un ciré jaune.

— Oui. Ça, j'ai compris. » Il a réfléchi un instant. « C'est tout ce que vous avez vu ? » Alice a incliné la tête, comme un petit oiseau coloré. Elle aimait ça, qu'on s'occupe d'elle.

« Sur le chemin du phare ? Oui. »

J'ai retenu mon souffle. S'il ne posait pas d'autre question, j'étais tiré d'affaire. Alice aurait fait son devoir, Rump le sien. Si seulement il laissait tomber. Je l'observais. Les yeux fixés sur son carnet, il luttait intérieurement pour essayer de déterminer ce qu'il convenait de faire ensuite. On voyait bien qu'il était pris dans une espèce de brume épaisse. Nous étions tous pris dans une brume épaisse. Mais il a tendu la main et tenté une percée.

« Et vous avez vu autre chose, à part ça ?

— Le vent ? Le ciel ? »

Il a noté.

« Autre chose ?

— Rien. Rien à part Al ici présent. Il n'était pas dans un arbre. Il n'était pas au phare. Il ne portait même pas de ciré jaune. Il était dehors dans les broussailles, c'est tout. Pas vrai, Al ? »

J'ai hoché la tête. Tout le monde me regardait.

« J'étais sorti appeler Monty. Pendant un moment, j'avais oublié qu'il était mort. Les habitudes, ce que ça fait, hein. Il faisait un temps abominable, alors je me suis dit : "Oh, faut que je fasse rentrer Monty." Vous ne m'avez pas entendu l'appeler, Alice ? "Monty ! Monty !" Je me suis senti tellement stupide. »

Adam regardait fixement la nappe. Il n'avait pas l'air passionné par ce que je racontais. Les autres non plus. Audrey dessinait une couronne sur le rebord de son assiette avec le reste de ses petits pois. Alice avait pris sa côtelette à pleines mains et rongeait son os. Il y avait quelque chose qui n'allait pas du tout. La taille des assiettes, par exemple. Elles semblaient s'être agrandies. Il y avait un étrange bourdonnement dans l'atmosphère, ça tournait comme une toupie, on aurait cru que la pièce avait été gonflée à l'hélium. Je sentais mon crâne se fissurer, près de s'ouvrir d'un coup. Je ne sais comment, une main gigantesque était descendue de nulle part pour nous faire tournoyer sans but, tous autant que nous étions.

Descendue de nulle part ?

« C'est qui qui les a faites ? ai-je demandé brusquement à Audrey.

— Faites quoi ?

— Les boulettes. Qui c'est qui les a faites ?

— C'est Alice. Elles avaient du goût, non ? »

Du goût ? Ce n'était pas du persil ! Elle avait dû mettre l'équivalent d'une boîte pleine. Nous venions de droguer un policier. Je me suis affalé sur ma chaise. Rump a agité la main, comme s'il essayait d'attraper quelque chose.

« Vous pensez que je pourrais jeter un coup d'œil à vos poissons ? »

Nous sommes sortis en bloc compact, tous les quatre. J'ai allumé la lumière de la piscine, qui est venue les illuminer. Ils se sont mis à virevolter pour nous : on se serait cru au premier rang d'un spectacle de ballets russes, avec les cygnes et les ballerines qui tourbillonnaient sous nos yeux. Personne n'a dit un mot. Personne. Nous sommes restés plantés là, hypnotisés, les lèvres épaisses, la langue épaisse, le ciel plus grand que je ne l'avais jamais vu, avec ses motifs qui se fondaient les uns dans les autres, comme un kaléidoscope. Audrey et moi. C'était un motif. Adam et Alice, c'en était un autre.

« Un motif, c'est ça qu'on est, tous, j'ai dit.

— Un motif superbe, a complété Alice.

— Un motif qui n'est visible que par Dieu, a ajouté Rump.

— Je me sens bizarre, a fait Audrey. Je crois que je vais être malade. »

Je l'ai emmenée à l'intérieur et je l'ai déshabillée. Sa peau blanche et grumeleuse s'est étalée sur le lit telle une méduse sur la plage. La pièce tanguait comme un bateau qui débouche sur le large. Faisant bien attention à ne pas perdre mon équilibre, je suis ressorti voir si Rump allait bien, s'il n'était pas tombé dans le bassin ni rien, mais quand je suis arrivé, la Fouine et lui avaient disparu tous les deux. Elle, ça irait, elle avait l'habitude de ce genre de trucs, et si Rump avait deux sous de jugeote, il se collerait sur la ligne blanche et laisserait la voiture le ramener chez lui. Quand je me suis glissé dans le lit, Audrey s'est cramponnée à moi, frémissante comme un banc de moules. La soirée avait été mouvementée.

« Il est parti ?

— Non, il vient nous rejoindre dans quelques minutes, quand il aura fini de s'occuper d'Alice. Évidemment, qu'il est parti.

— Ça s'est bien passé ? »

Elle avait beau être défoncée, elle essayait encore de garder les idées claires.

« Il ne va pas nous faire d'ennuis. Tu sais ce qu'elle m'a raconté, la vieille Fouine ? Il se branlait sous la table. Pendant qu'elle lui donnait des cours de maths. *Willy and the Hand Jive*, Audrey, Willy la main leste. »

Et nous avons ri, ri, sans pouvoir nous arrêter, cramponnés l'un à l'autre comme si on dévalait une route en lacets à moto, tournoyant en tous sens, une folle musique de fête foraine en tête.

11

Après ça, les choses ont commencé à se calmer.

J'avais passé l'épreuve. Rump savait que j'étais sorti. Il s'en fichait. Tout le monde s'en fichait. Je n'avais rien à me reprocher.

Le lendemain, j'ai emmené Audrey à son premier cours de gym, avec ses affaires bien repassées dans un sac de sport tout neuf.

« J'ai un peu le trac, j'ai l'impression que c'est mon premier jour d'école.

— N'importe quoi. Assieds-toi au fond comme si t'étais une habituée. Ça va te mettre à l'aise. Et quand tu sortiras, j'enlèverai ma casquette et je te materai les jambes, comme je fais avec toutes mes clientes.

— Al ! » Elle s'est calmée. « T'as une journée chargée, toi ?

— Pas tellement. J'ai une course en soirée. On peut y aller ensemble, si tu veux. On s'arrêtera manger un fish and chips au retour. Ou un curry. »

De retour au pavillon, j'ai trouvé une vieille chaîne dans la cabane au fond du jardin, j'ai percé un trou à la base de l'obus de son père et je l'ai suspendu sur le perron, avec son maillet. Quand Audrey est rentrée, elle a été ravie : elle a passé une demi-heure à cogner dessus de haut en bas juste pour voir à quel niveau ça rendait le meilleur son. Ça faisait moins de bruit qu'on l'avait espéré, mais elle avait raison. Il était beau, accroché là. Ça, ça faisait un sujet de conversation, à coup sûr. Même Alice a trouvé ça bien. Dans l'après-midi, nous l'avons aidée à se réinstaller chez elle. J'avais remis de l'ordre et raccroché Duncan au mur sous une plaque de verre neuve. Elle était tout excitée, bien qu'elle n'ait été absente que quelques jours. La première chose qu'elle a faite en arrivant à l'étage, ça a été de se laisser tomber sur le canapé et de redonner du gonflant aux coussins. Elle essayait de le dissimuler, mais on aurait cru une paysanne qui tâte le bétail à une vente aux enchères. Elle m'a regardé pendant un moment, comme si elle avait deviné, mais peu importait. C'était sa mémoire contre la mienne.

« Vous savez, Al, un soir où vous serez à votre bassin pendant que je serai là, à regarder, j'ouvrirai peut-être bien cette fenêtre pour vous inviter à monter bavarder un peu.

— N'hésitez pas, madame Blackstock. Vous pourrez sortir votre meilleur vinyle. *Songs of Love and Hate*.

— Ça vous plaît, ça ?

— Mes mots favoris, Alice, sur mon album favori. »

Audrey s'est mise à m'accompagner régulièrement. Ça me plaisait, de lui montrer les ficelles du métier, comment garder une vitesse constante de soixante kilomètres-heure afin de réduire la consommation d'essence, comment toujours prendre le chemin le plus long même quand ils connaissent le plus court, les pièces qu'il faut toujours avoir afin de maximiser les pourboires. Elle m'a surpris par des suggestions personnelles, des petites choses qui donneraient aux clients l'impression d'être privilégiés, une boîte de mouchoirs de couleur dans un coin, une jatte de condiments à la place du cendrier et même une carte fixée à l'arrière du siège du conducteur, avec un choix de CD à l'écoute – Herb Alpert, les trois ténors, les valses de Vienne. Pour « Bird on the Wire » ou Brünnhilde et son père sur le bûcher, en revanche, elle a mis son veto.

Il n'arrivait plus de nouvelles. Apparemment, Miranda avait disparu pour toujours. J'ai essayé de joindre Iss, mais elle ne m'a jamais rappelé. Je suis allé jusqu'à sa maison une fois ou deux, mais tout était fermé. Je lui ai laissé un mot disant que je l'attendrais à la caravane tous les jours de la semaine suivante entre onze heures et onze heures et demie, pendant qu'Audrey était à la gym, mais elle n'est pas venue. Elle ne voulait pas me parler. Je pouvais la comprendre. Me voir n'aurait fait que remuer le couteau dans la plaie. Putain. C'est que c'était moi, le couteau.

C'était un mercredi, trois semaines après la disparition de Miranda. Elle avait été aperçue, bien sûr, à Guernesey, à St.-Ives, sur une plage de Gozo. Ce n'était jamais elle, je le savais. J'avais décidé de rendre le sac au major. Il était dans la voiture. J'allais le déposer à la base militaire. Quelle importance, après tout, qu'il ait voulu s'enfuir avec elle. Je ne pouvais pas le blâmer. À sa place, j'aurais voulu m'enfuir avec elle, moi aussi. Il avait abîmé la bagnole, mais je ne lui en voulais plus. Il n'était pas près de s'asseoir. Ce n'était pas grand-chose, mais c'était suffisant. J'avais eu ma ration de chaos.

J'ai jeté le sac dans le coffre, emmené Audrey au gymnase. C'était devenu une tradition. Elle avait conduit Sheila Coleman à Dorchester la veille, toute seule, dans la Renault, et en revenant elle m'avait annoncé qu'elle allait être nommée taxi officiel de l'hôtel. Ce n'était pas grand-chose, mais c'était un début.

Je l'ai accompagnée à l'intérieur, comme tous les jours. Je n'étais pas obligé mais, franchement, je ne ratais pas une occasion de mater la nana de l'accueil. Ça ne dérangeait pas Audrey. Les vieilles habitudes, disait-elle. Elle devait rester plus longtemps qu'à l'accoutumée ce jour-là – une séance de caisson d'isolation sensorielle puis son premier cours de yoga. C'était une fille de Wareham qui les donnait maintenant. Ils avaient même décroché la photo de Miranda.

Audrey est partie se changer. La fille n'était pas là. J'ai traîné une minute ou deux dans le mince espoir de la voir apparaître mais pas moyen. Elle avait garé son cul ailleurs. Je m'apprêtais à m'en aller quand je l'ai vue descendre les escaliers d'un pas souple de chat. Pas la fille. Mme Fortingall, la femme du major, vêtue d'un haut blanc, de baskets blanches et d'adorables petites socquettes blanches. Il y avait quelque chose d'impitoyable en elle, quelque chose de dur, de cruel, jusque dans sa façon de laisser glisser sa main sur la rampe. Quand elle m'a vu, les coins de sa bouche se sont affaissés, oh, pas beaucoup, mais suffisamment pour que ça se voie. Je lui répugnais, mais dans son dégoût entrait aussi une part de fascination, comme devant un serpent qui rampe dans l'herbe. Et soudain j'ai senti le vieil Al qui se réveillait. Si elle ne m'avait pas regardé avec une telle hauteur, il aurait continué son somme, mais il a ouvert grands les yeux, frais et dispos, et lui a rendu son regard.

« Madame Fortingall. Vous vous souvenez de moi ? »

Elle a détourné les yeux.

« Monsieur Greenwood, n'est-ce pas ? Vous êtes passé l'autre jour. »

Oui, et je ne suis pas passé par la porte de service.

« C'est de ça que je suis venu vous parler, si vous avez une minute.

— Ah ?

— Oui. On n'a qu'à aller s'asseoir au bar à jus de fruits. »

Elle m'a suivi. Il n'y avait personne. J'ai mis des pièces dans le distributeur de boissons et j'ai pris deux canettes de jus de cranberry. Je les ai posées sur la table.

« Ma femme vient de s'inscrire. Vous avez dû la rencontrer. Très copine avec Tina Newdick et la femme du patron, Gail. »

Elle a hoché la tête.

« Je connais Gail, mais je ne crois pas avoir rencontré votre… femme. »

Sa bouche dégoulinait de condescendance.

« Eh bien, je suis sûr que vous allez la rencontrer sous peu. Elle est très sociable. Mais pas vous, si ? Je me trompe ?

— Pardon ? »

Elle a cligné des yeux. Elle n'était pas sûre d'avoir bien entendu.

« Vous n'aimez pas les gens, madame Fortingall. Pas les humains, en tout cas. »

Elle a marqué une pause, respiré profondément.

« Que voulez-vous, au juste, monsieur Greenwood ?

— J'y viens. J'ai vu sur le tableau que vous preniez des cours de yoga dans le nouveau groupe intermédiaire. Audrey Rainbird. C'est vous, n'est-ce pas ?

— Oui. Ça ne rapporte rien de le crier sur tous les toits, quand on est dans l'armée.

— Vous étiez dans le groupe de Miranda Grogan, aussi. Elle était très bien, à ce qu'on m'a dit, très patiente, très souple.

— Oui, c'est vrai. Écoutez, vous voulez en venir où, là ? Je vais appeler le patron.

— Si ça vous fait plaisir. Pat et moi, on se connaît depuis longtemps. J'ai rendu service à sa mère. Et maintenant je suis venu pour vous rendre service. À vous et à votre mari, là. Neil, c'est ça ?

— Pourquoi aurions-nous besoin de vos services ?

— Lui, il en a besoin. Il est dans une situation délicate. »

Son visage a changé, prenant une expression presque interrogatrice, mais empreinte moins d'inquiétude que de curiosité, comme si elle avait détecté un point faible, une fêlure dans la carapace d'un ennemi. On aurait dit une hyène, maigre et affamée, l'odeur de la viande fraîche dans les narines. Putain, ce que c'était bon.

« C'est à propos du sac, n'est-ce pas ? » Sa bouche a semblé s'agrandir pendant qu'elle prononçait ces mots, comme s'ils étaient trop gros pour ses lèvres.

« Vous comprenez vite, madame Fortingall. C'est à propos du sac, celui que je vous ai apporté l'autre soir.

— Je le savais.

— Bien sûr que oui. Vous savez tout un tas de choses, pas vrai, qui est fort, qui est faible. Vous fonctionnez un peu comme une meute à vous toute seule. Ça, vous ne le savez peut-être pas. Vous vous rappelez le fameux dimanche, le dimanche où vous étiez partie rendre visite à votre mère, le dimanche où Miranda Grogan a disparu ?

— Bien sûr que je me rappelle, mais je ne vois pas… »

Elle s'est arrêtée. Maintenant, elle voyait. Bien sûr qu'elle voyait.

« Eh oui, madame Fortingall. Le dimanche où vous étiez absente, Miranda Grogan montrait l'étendue de sa souplesse à votre mari. Dans votre propre maison, d'après lui. Tapis, canapé, etc., elle a été souple là-dessus. Qu'y a-t-il ? Vous trouvez ça drôle. »

Elle souriait.

« Vous avez l'air de penser que vous m'apprenez quelque chose, monsieur Greenwood ?

— Et ce n'est pas le cas ?

— Le tapis, peut-être. Il est très rêche, même pour les pieds.

— Rêche ou pas, ça n'a pas l'air de vous tracasser beaucoup.

— Non, mais vous, ça a l'air de vous tracasser.

— C'est que je me trouve devant un dilemme moral, madame Fortingall. Vous comprenez, le sac qu'il n'a pas perdu, le sac qu'il a laissé dans mon taxi, il n'est pas plein d'affaires de jogging comme il vous l'a raconté, il est plein d'habits appartenant à Miranda, avec une ou deux chemises à votre mari en plus. Ils s'apprêtaient à s'enfuir ensemble. Elle est repassée chez elle pour annoncer la bonne nouvelle à son père. Et elle n'est jamais revenue. Du moins, c'est ce qu'il raconte. Le sac est dans le coffre de ma voiture. Je peux aller le chercher, si vous ne me croyez pas. »

Elle a secoué la tête.

« Je vous crois, en tout cas pour ce qui est du sac. Cette histoire de fuite, par contre, je n'en suis pas si certaine. L'armée ne le laisserait pas s'enfuir comme ça. Mais enfin, c'est possible, je suppose. Quand elle est venue pour le deuxième entretien, elle était habillée pour un défilé de mode, pas pour une salle d'attente. »

C'était une remarque plus qu'une critique, comme si elle avait observé tout ça de loin, pris des notes.

« Tandis que vous, j'imagine, vous vous habillez presque toujours pour la salle d'attente, vêtements bien repassés, bien amidonnés, un peu sévères, un peu intimidants. »

J'ai frôlé sa jambe. Elle s'est écartée.

« Alors vous saviez ?

— Pas exactement. Même si elle était toujours très attentive avec moi en cours, elle me cirait les pompes, elle me faisait des compliments. Mais c'était une bonne prof. Elle avait un beau corps.

— Avait ?

— C'est une façon de parler, monsieur Greenwood. Elle avait un beau corps. On aimait tous le regarder. Mon mari comme les autres, apparemment.

— Pourtant vous l'avez amenée au cabinet pour se faire arracher cette dent.

— C'était l'idée de Gail, pas la mienne. Je n'ai fait qu'embrayer. Ça m'amusait, de les voir faire les innocents. Ils ne s'en sortaient pas mal, étant donné que j'étais là avec eux. J'ai une formation d'assistante dentaire, vous savez.

— Non, je ne savais pas.

— Eh oui. Mon diplôme est accroché au mur. J'aurais pu lui faire très mal si j'avais voulu. »

Elle s'est appuyée contre le dossier de sa chaise, comme si la conversation était terminée. Que pouvais-je bien ajouter ?

« Ce qu'il y a, madame Fortingall, c'est que ce sac, qui est en ma possession, je devrais le remettre à la police, mais… j'essaie d'éviter.

— Pourquoi ?

— À cause de vous.

— Moi ?

— Après que je vous ai vue ce soir-là, il m'a rejoint au pub, le Red Lion, vous savez, sur la route principale ? Il voulait récupérer le sac. Je lui ai dit qu'il pouvait l'avoir, à une condition.

— À savoir ?

— Que je puisse vous avoir en échange. »

Son cou s'est empourpré subitement. Elle a ramené les jambes sous son siège.

« Et qu'est-ce qu'il a dit ? »

Elle arrivait à garder une voix posée, mais à l'intérieur ça moulinait sec, je le sentais.

« Il a dit que j'étais répugnant.

— Il avait raison.

— Je lui ai dit que ça ne pouvait pas être un simple échange. Il ne pouvait pas venir vous dire : “J’ai passé un marché avec ce mec pour me tirer d’une mauvaise passe. Tu fais ta petite affaire avec lui et je récupère ce sac, un sac qui pourrait détruire ma carrière, voire m’envoyer en prison.” Ça ne pouvait pas marcher, pas vrai ? Vous savez ce que je lui ai dit ? Je lui ai dit qu’il n’avait pas besoin de vous parler du sac. Ni même de moi. Ni d’elle. Ni de quoi que ce soit. Il suffisait qu’il me rencarde sur vous, qu’il me donne quelques tuyaux, vos sujets de conversation préférés, ce qui vous fait rire, vos centres d’intérêt, et je tenterais ma chance comme le premier venu. Il récupère le sac. Je tente ma chance avec vous. L’affaire du siècle, je lui ai dit. Personne n’a besoin de savoir. Vous moins que personne.

— Alors pourquoi vous me le dites ?

— Parce que je n’aurais pas la moindre chance de vous séduire avec mon bagout, pas vrai, madame Fortingall ? Je ne vous intéresse pas du tout. Mais ce que je pourrais faire pour vous, ça, c’est une autre histoire.

— Quoi donc ?

— Vous fournir des munitions, des cisailles castratrices, tout ce que vous voudrez, en fait. Vous donner la possibilité de mettre le major au pas une fois pour toutes.

— Et qu’est-ce qui vous fait croire que je ne l’ai pas déjà ?

— L’existence de femmes telles que Miranda Grogan. Il a encore une paire de couilles. Si vous la jouez fine, il ne l’aura plus pour longtemps. Bon sang, il n’osera même plus vous contredire, après ça. »

Elle s'est versé à boire, a pris quelques gorgées, sans me quitter des yeux. Elle aurait pu être en train de boire du sang, celui de Miranda, celui du major, le mien, ça n'aurait rien changé, si grand était son calme. Même sa main ne tremblait pas.

« Alors si j'accepte, Neil récupère le sac, c'est ça ?

— Oui, mais je ne parle pas d'une partie de cartes, madame Fortingall, je veux que ce soit bien clair pour vous.

— Et si je le fais, vous n'irez pas à la police, c'est ça ?

— Exact.

— Et si je ne couche pas avec vous ?

— C'est la beauté de la chose. Je n'irai pas à la police non plus. Je ne m'intéresse pas au sac, ni au major. Je m'intéresse seulement aux moyens de pression qu'il peut nous fournir à tous les deux. Pour moi, il s'agit de vous, de ce que vous pouvez faire pour moi. Pour vous, j'entre à peine en ligne de compte. C'est tout juste si je vous pénétrerais, d'ailleurs. Pendant tout le temps, vous penseriez à l'humiliation que vous allez pouvoir lui infliger, au pouvoir que vous auriez sur lui. »

Elle a joint les mains, méthodique.

« Ça serait immédiat et définitif, pas vrai, si je faisais ce que vous me demandez ? Vous rendriez le sac sur-le-champ ?

— Absolument. J'imagine que ça vous procurerait une satisfaction intense, de lui raconter ce que vous avez dû faire pour le récupérer. »

Elle s'est laissée aller sur son siège, les yeux fermés, en pleine réflexion. J'avais raison. Je n'avais rien à voir là-dedans. Elle a rouvert les yeux, le visage de marbre.

« Et vous avez un calendrier pour cette transaction ?

— Comme je l'ai dit, le sac est dans la voiture. Maintenant, ça me semble convenir tout à fait, si vous n'avez rien de prévu.

— Où ? Ici ? Dans un hôtel ?

— Je pensais que votre chambre, ce serait mieux.

— Voyez-vous ça. Vous n'êtes vraiment pas un individu très sympathique, monsieur Greenwood.

— Il faut de tout pour faire un monde. Encore deux choses. Un, je voudrais que vous gardiez ces socquettes.

— Et deux ?

— Ça vous dérangerait beaucoup si je vous appelais Audrey ? »

En sortant, je lui ai tenu la porte, la politesse incarnée. La Vanden Plas était garée à trois voitures de la sienne. J'ai ouvert le coffre, sorti le sac.

« Pas sur parole, je suppose ? » a-t-elle dit. Nos mains se sont touchées quand elle l'a pris. Pas un tressaillement.

« Je vous suis, j'ai fait. Quand on arrive, j'attendrai quelques minutes dans la voiture pour vous laisser le temps de vous préparer. Laissez la porte ouverte, OK ? »

Nous nous sommes mis en route. Comme c'était le matin, il n'y avait pas beaucoup de circulation. Je l'ai serrée de près, pare-chocs contre pare-chocs, j'ai même grillé un feu rouge pour qu'elle puisse me sentir juste derrière elle, presque au contact. Je voyais son visage dans son rétro, qui se levait de temps à autre pour me jeter un coup d'œil. Oh, les pensées qui circulaient dans cette voiture.

Quinze minutes plus tard, nous avons tourné dans la résidence des officiers. Une femme semait des graines sur son parterre de fleurs ; un peu plus loin, un gamin faisait rebondir une balle de tennis contre une porte de garage. C'était une belle matinée comme les autres, en semaine, rien de spécial, tout était bien calme, bien ordonné. Une matinée tout indiquée pour semer un peu de chaos. Mme Fortingall a garé sa voiture dans l'allée, elle a sorti le sac et est entrée chez elle.

Elle n'a pas fermé tout à fait la porte. Je voyais le vert de la tapisserie et le rebord du miroir doré pendu au mur. Je l'ai imaginée en train de monter l'escalier, d'aller dans la chambre, de se déshabiller. Je l'ai imaginée étendue sur son lit, avec ses petites socquettes blanches, attendant que la porte s'ouvre, guettant le bruit de mes pas dans l'escalier. Je me suis imaginé ce qu'elle penserait pendant, comment elle serait, l'expression de son visage, la couleur de sa peau. Je me suis imaginé sa bouche, la taille de sa bouche, juste un peu trop large pour son visage, et le petit noyau de haine qui avait creusé un tel trou en elle. Je me suis imaginé combien ce serait facile, et le souvenir que j'en garderais. Je me suis imaginé toutes ces choses. Puis je suis reparti.

Je me sentais incroyablement bien, le roi du monde. J'avais réussi, j'avais congédié l'ancien Al, j'avais fait le bon choix. Certes, j'avais un peu remué la merde, mais elle le méritait, Mme Fortingall. Ils le méritaient tous les deux. Et moi ? Je méritais Audrey.

J'avais un peu de temps à tuer. J'ai trouvé un client à la gare de Dorchester, je l'ai ramené chez lui, puis je suis allé chercher Audrey. Au gymnase, la fille avait repris son poste à l'accueil. Elle arborait un sourire rayonnant. La vie était belle.

« Monsieur Greenwood. Votre femme a essayé de vous joindre. Elle a pris un peu de retard. »

J'ai jeté un coup d'œil par le hublot. Audrey, cramponnée à une machine quelconque, levait et abaissait les jambes comme si elle montait un escalier. Gail Fowler, penchée sur elle, appuyait sur des boutons.

« Al ! Tu es là. On est super en retard. Je pensais la ramener. »

Tina était en haut de l'escalier, une serviette autour des épaules, les cheveux mouillés.

« Une réservation de dernière minute. J'ai été retenu. Ça ne me dérange pas d'attendre. »

Elle n'était pas si mal, Tina, pas seulement la chair sur sa carcasse, mais la lumière dans ses yeux. J'ai fait un signe en direction des portes battantes.

« Elle a l'air d'y prendre goût.

— On ne peut plus l'arrêter. Tapis roulant, rameur, poids – elle fait la totale. On lui a proposé d'intégrer notre club du dimanche, aussi.

— Ah bon ?

— Rien d'officiel. C'était une idée de Gail, d'utiliser le gymnase le dimanche après-midi, aux heures habituelles de fermeture. Juste un petit groupe de nanas qui se remettent en forme en rigolant un coup en privé, sans témoins.

— Le dimanche ? » J'ai pensé à ce que j'aime faire le dimanche, quand je n'ai pas de boulot. « Tous les dimanches ?

— Oui. On fait ça depuis environ six mois. Bien sûr, ça gâche un peu le déjeuner dominical, mais qui veut faire la cuisine le dimanche, de toute façon ? Pas nous, en tout cas.

— C'est une institution qui se meurt, les repas à heure fixe. Dis-lui que je l'attends dehors. »

Je me suis installé dans la voiture pour réfléchir. Il y avait quelque chose de pas net dans ce qu'elle avait dit, mais je n'arrivais pas à mettre le doigt dessus. Elles sont sorties toutes les deux environ une heure après, avec des sacs et des chaussures identiques. Audrey a déposé un petit bisou sur la joue de Tina avant de traverser. Elle était toute rouge, et rayonnante. Elle n'y allait pas depuis longtemps, mais on voyait déjà la différence. Elle s'appréciait davantage. Elle a ouvert la portière et s'est glissée dans la voiture.

« Ça va, ma chérie ?

— Je ne me suis jamais sentie mieux. J'aurais dû y aller il y a des années… Et c'est tellement agréable de passer du temps avec les filles. »

Elle a rabattu sa jupe et tiré la ceinture de sécurité. J'ai démarré. Le portable a sonné. Je n'ai pas reconnu le numéro. L'appel est passé sur les haut-parleurs. Ces salopards qui conduisent avec leur téléphone coincés contre l'oreille méritent tout ce qu'il leur arrive.

« Oui ?

— Monsieur Greenwood. »

La voix était complètement assourdie, comme s'il parlait à travers un oreiller.

« Oui, je peux vous aider ? Vous allez devoir parler plus fort.

— Monsieur Greenwood du 14, Larches Lane ?

— Oui, c'est pour quoi, une réservation ? La ligne est très mauvaise. »

J'ai pris le combiné, avec une moue. Audrey m'a rendu ma grimace.

« Pas exactement.

— Quoi, alors ?

— C'est à propos de dimanche, monsieur Greenwood.

— Dimanche ? »

Je me suis détourné. J'avais l'impression que tout ralentissait autour de moi comme un vieux gramophone en bout de course.

« Dimanche après-midi pour être exact. L'après-midi où Miranda Gorgan a disparu. »

J'ai appuyé le téléphone contre mon oreille, aussi fort que j'ai pu, paniqué à l'idée qu'Audrey puisse entendre. J'ai essayé de situer la voix, mais sans succès.

« Si vous pouviez être un peu plus précis, monsieur…

— Un peu plus précis ? Que dites-vous de ça ? Seize heures quarante-huit, le dimanche 23 septembre, vous et Miranda Grogan. Ensemble. Preuve à l'appui. »

Preuve à l'appui ? Comment ça, preuve à l'appui ? La cabane du garde-côte ? On ne voyait pas le phare de là-bas, et par un temps pareil en plus ?

« J'ai peur de ne pas bien comprendre, monsieur…

— Je vois mal comment je pourrais être plus clair, monsieur Greenwood. Je l'ai vue, comment dirais-je, dans un certain cadre par ce jour de grand vent, et par conséquent je vous ai vu également. Pas longtemps, vous vous en doutez, mais assez longtemps pour vous mettre la corde au cou si jamais on retrouve le corps. C'est suffisamment clair ?

— Je suis pas sûr, monsieur… Si vous me disiez ce que vous voulez ?

— Qu'est-ce que je veux, d'après vous ? Je veux votre argent, monsieur Greenwood, presque tout ce que vous avez. C'est ça ou je vais raconter ce que j'ai vu à la police. Qu'en dites-vous ? »

J'ai raccroché, je me suis radossé au siège, et j'ai donné un coup de poing dans le vide.

« Al. Ça va ? »

Audrey me pressait la main. J'étais devenu tout blanc. Je le savais. Le sang avait déserté mon corps. Jusqu'à la moindre goutte.

« Oui. C'est juste… J'ai un vertige.

— Vaut mieux que je prenne le volant, dans ce cas. Allez, on change de place. »

Nous sommes descendus de voiture. J'avais les jambes en coton. Audrey m'a aidé à faire le tour. Tina était toujours dans le parking.

« Tout va bien ? a-t-elle lancé en baissant sa vitre.

— C'est Al, il a un de ses vertiges.

— Je peux faire quelque chose ?

— Non. Je vais le ramener à la maison.

— C'est prudent ?

— C'est là qu'il sera le mieux. Ça va aller, pas vrai, Al ? »

Je ne le pensais pas, mais j'ai hoché la tête tout de même. Nous sommes partis. Tina nous a semés au premier virage. Elle était vraiment en bout de course, cette bagnole.

« C'était qui, au téléphone ? a demandé Audrey.

— Un client. On a été coupés avant qu'il ne donne son nom.

— Qu'est-ce qu'il voulait ?

— Dimanche prochain. Bournemouth. Dans l'après-midi.

— On peut le faire, non ?

— Je pense que oui. Donne-moi le téléphone, Audrey, au cas où il rappelle. La liaison était très mauvaise. »

Je suis resté là, immobile, le portable posé sur mes genoux comme une bombe sur le point d'exploser, avec Audrey qui me regardait du coin de l'œil pour vérifier que ça allait. J'avais la poitrine contractée, mon cœur faisait des embardées comme s'il s'était décroché. Quelqu'un m'avait vu, m'avait vu pousser Miranda de la falaise, un individu aussi dépourvu de cœur que je pouvais l'être, qui n'avait que faire d'elle, qui ne voyait dans sa mort qu'une opportunité à saisir. Mais ce n'était pas ça, ce n'était pas ça qui me tuait. Ce n'était pas ce qu'il avait vu. C'était ce que je savais avoir fait. J'avais tué ma propre fille, je l'avais assassinée. La chair de ma chair. Si Rump avait été là, je serais tombé à genoux sur-le-champ et j'aurais tout avoué. J'étais complètement anéanti. Anéanti.

Audrey a garé la voiture, s'est penchée, a défait ma ceinture.

« Ça va, Al ? Tina a peut-être raison. Tu devrais peut-être voir le médecin.

— Peut-être. »

Le téléphone a sonné de nouveau. Même numéro.

« T'as qu'à entrer me préparer une bonne tasse de thé bien fort. Avec beaucoup de sucre. Je vais prendre l'appel dehors, la réception est meilleure. »

Je me suis dirigé vers le bassin.

« On a été coupés, monsieur Greenwood.

— Allons bon ? »

J'ai ouvert le portillon. La nymphe regardait dans la même direction que d'habitude, vers le ciel, mais ce jour-là on aurait dit que c'était parce qu'elle ne pouvait pas supporter ma vue.

« Nous allions en venir à un élément capital de la conversation. Le combien, le quand et le où. Combien d'argent, quand vous pouvez l'avoir, où vous me le remettrez. »

Les yeux baissés sur l'eau, j'ai éclaté de rire. Même les poissons m'évitaient.

« Vous le remettre. Dans le cul, que je vais vous le remettre, oui. Vous croyez que vous avez touché le gros lot, pas vrai ? Regardez mieux, mon vieux. Y a que de la monnaie de singe, ici, que de la merde. *Comprende ?*

— Ne jouez pas au plus malin avec moi, monsieur Greenwood.

— Je ne joue pas au plus malin. Je vous explique, c'est tout. Vous m'avez dit la seule chose que je n'aurais jamais voulu savoir. Maintenant, putain, faites ce qui vous chante. Je n'en ai plus rien à foutre.

— Vous devriez faire attention. Sans quoi, je vais vous rendre la vie très désagréable, encore plus qu'elle ne l'est déjà.

— Désagréable ! Qu'est-ce qui pourrait être plus désagréable que de savoir… »

Je me suis arrêté. Je ne pouvais pas lui dire ce que j'avais fait.

« Oui, que savoir quoi ?

— Allez vous faire voir. Allez en enfer, revenez et racontez-moi comment c'est, dites-moi ce que je dois mettre dans ma valise. Parce que moi aussi, je vais y aller. »

À l'intérieur, un hurlement a retenti. J'ai compris tout de suite. C'est comme ça qu'elle avait hurlé quand elle avait retrouvé Monty qui crachait ses tripes. Puis le cri a repris de plus belle, comme quand on tire à coups répétés sur l'amorce d'une tondeuse jusqu'à ce que le moteur soit à plein régime. Je me suis précipité dans l'allée et j'ai poussé la porte de derrière de l'épaule. Audrey, prostrée dans un coin, désignait le sol. Torvill et Dean étaient étendus, morts, sur le linoléum ; il y avait un gros trou dans la tête de Torvill : elle avait reçu un coup de couteau dans l'œil, et elle avait la bouche grande ouverte de son dernier souffle. Dean était couché à côté d'elle, la queue ramenée sur le corps de sa compagne, comme s'il avait essayé de la protéger. Audrey haletait comme un chien.

« Il y a quelqu'un dans la maison, Al. Je l'ai entendu. »

J'ai attrapé un de ses clubs de golf et j'ai inspecté

toutes les pièces. Il n'y avait personne. J'ai vérifié les portes. Elles n'avaient pas été forcées, ni devant ni derrière.

« Il n'y a personne, Audrey. Tu avais fermé à clef, en sortant ?

— C'était ouvert à l'arrière à l'instant. Tu ne les as pas nourris ce matin ? »

Si je les avais nourris ? Je ne m'en souvenais plus.

Je me suis penché et je les ai ramassés, Torvill, puis Dean. Ils étaient vraiment lourds, morts. Je les ai posés sur la table de la cuisine ; Audrey sanglotait. Il était difficile de croire qu'ils n'exécuteraient plus jamais leur fameux ballet aquatique.

« Qui a pu faire une chose pareille ?

— Quelqu'un qui te déteste profondément, Al. J'ai peur. »

Elle avait la voix toute faible et tremblante. J'avais repris des forces. Le sang recommençait à affluer dans mon cerveau.

Elle s'est approchée du téléphone.

« Qu'est-ce que tu fais ?

— D'après toi ? J'appelle la police !

— T'es dingue ou quoi ? » J'ai posé la main sur les siennes. Elle me regardait, la peur au fond des yeux. « Je sais qui a fait ça. La police ne peut rien pour nous.

— C'est qui ?

— Quelqu'un que j'ai mis en rogne. Ça ne fait rien, Audrey. Il a eu ce qu'il voulait. Il ne reviendra pas. »

Je les ai emballés dans du film plastique et leur ai fait un lit dans le congélateur pour qu'ils puissent s'allonger bien à plat. C'était horrible, de les imaginer couchés là-dedans, si froids et immobiles. Plus tard, je les ferais empailler, je me débarrasserais des bibelots en verre et je les installerais sur le buffet, je mettrais de la musique et je penserais à la façon dont ils se croisaient gracieusement. Je prendrais d'autres poissons, mais aucun ne remplacerait jamais Torvill et Dean.

« Qu'est-ce qu'on fait, alors ? »

Audrey, à quatre pattes, essorait une serpillière dans le seau. Le sol était propre, mais on sentait encore l'odeur douteuse de leur trépas. Ils avaient dû se tordre de douleur, par terre, sans comprendre ce qui leur arrivait. Toute cette beauté, gâchée.

« J'ai besoin d'un verre, Audrey. Mais pas ici.

— Ne me laisse pas seule, Al. Pas après ça.

— Viens avec moi si tu veux, mais je ne peux pas rester là, Audrey. Je les vois encore allongés par terre. Torvill et Dean, Audrey, le cadeau que tu m'as fait, le plus beau que j'aie jamais reçu. »

Je suis descendu dans une sorte de brouillard, seul. Désormais, je me fichais d'être attrapé ou non. Tout ce que je voulais, c'était suffisamment de temps pour lui rendre la pareille. Il n'allait pas s'en sortir comme ça. OK, j'avais taquiné sa femme, mais ça ne justifiait pas une chose pareille. Au Spread, le Doc était sur son tabouret habituel.

« Qu'est-ce que t'as, Al ? T'as l'air démoli.

— Torvill et Dean sont morts.

— Qu'est-ce qui s'est passé ? Un accident de voiture ? » Il a poussé un petit rire. « Ils ont dérapé sur la glace ? »

J'ai hurlé :

« Pas les patineurs ! Mes poissons, putain. Ils ont été assassinés, et je sais par qui. »

Il m'a offert un whisky. Puis un autre. Ensuite, je me suis mis à payer mes verres. Des gens sont passés, repartis. Je leur ai parlé. Je ne leur ai pas parlé. Je ne me rappelle pas. Puis Jacko est entré, tout seul.

« Jacko, j'ai dit. Un verre ? »

Il a montré la pompe à bière d'un signe de tête.

« Au fait, ces grenades, tu les as toujours ? »

Il a eu l'air alarmé.

« Qu'est-ce que vous voulez faire avec une grenade ?

— Quelqu'un a fait quelque chose de très grave, Jacko. Une grenade lui rappellerait la gravité de son geste.

— On dirait que c'est une affaire très personnelle. Vous ne préférez pas acheter le GPS ?

— Jacko, tu m'as proposé une grenade, et maintenant je veux en acheter une. Combien ? Cinquante ? Cent ? »

Il a secoué la tête.

« Je vous vendrai pas de grenade. Vous me prenez pour qui ?

— Et un revolver, alors ? Tu as dit que tu avais un revolver.

— Bien sûr que j'ai un revolver. Je suis militaire. On a tous un revolver. Foutez-moi la paix, Al. »

Puis ça m'est revenu. La Fouine avait dit qu'elle avait un revolver, ou plutôt que son mari, Duncan, en avait un. Il devait être quelque part dans la chambre qui lui était consacrée. J'allais récupérer son flingue et buter ce salopard. J'entrerais dans son cabinet de dentiste et je lui exploserais la cervelle. Peut-être que je commencerais par lui percer quelques trous dans la mâchoire, comme dans le film avec Dustin Hoffman. Juste parce que j'avais réussi à convaincre sa femme de s'allonger. C'est quoi, le pire ? Ça ou tuer les poissons de quelqu'un ?

J'ai marché jusque chez elle. J'avais toujours le double des clefs. Je suis entré. Des guitares furieuses résonnaient à l'étage. Je me suis glissé dans l'escalier. La Fouine était allongée sur le canapé, un nuage de fumée au-dessus de la tête, les yeux fermés. C'était ça qu'elle faisait tous les jours : elle écoutait sa musique, elle fumait son herbe. Je n'avais qu'à passer sans me faire voir, tourner la clef en douceur et inspecter la pièce. Sous le costume blanc, d'après moi. Une planque à la James Bond. J'ai esquissé deux pas dans le couloir.

« Qui est là ? »

Je suis revenu dans la pièce.

« C'est moi, madame Blackstock. Al Greenwood. »

Elle s'est redressée en clignant des yeux, et elle a écrasé le reste de son spliff dans le cendrier.

« Qu'est-ce que vous voulez ?

— Je venais juste voir si vous alliez bien, si vous vous étiez bien réacclimatée.

— Vous ne devriez pas entrer sans frapper.

— Bon voisinage, c'est tout, madame Blackstock. Je vous ai rapporté votre clef. »

Elle l'a prise de mauvaise grâce, les yeux inquisiteurs.

« Tout va bien ? Vous avez besoin de quelque chose ?

— Non, Al, merci. »

Elle n'était pas tout à fait aussi sympa qu'avant. Après tout ce qu'on avait fait pour elle.

« Je vais y aller, dans ce cas. Vous pensez que je peux aller au petit coin, madame Blackstock ? Une envie pressante.

— Si vous ne pouvez pas faire autrement. »

J'ai repris le couloir et j'ai ouvert et refermé bruyamment la porte des toilettes. La chambre de Duncan était juste en face. Je me suis penché, j'ai tourné la clef comme il faut, tiré le cordon de l'interrupteur.

Elle y était venue. Il y avait des fleurs sur la commode, des machins blancs au parfum lourd qui empestaient l'atmosphère de la pièce comme pour couvrir l'odeur d'un cadavre. Les rideaux étaient toujours baissés. Quelque chose me disait que cette pièce ne voyait jamais la lumière du jour, un peu comme la Fouine, d'ailleurs. Elle était fermée, elle aussi, comme cette pièce, rideaux tirés, souvenirs bien rangés, emballés dans du papier de soie. C'est à peine si, de temps en temps, elle picorait quelques grains.

J'ai ouvert les tiroirs de la commode un par un, méthodique comme un cambrioleur, de bas en haut. J'ai trouvé tout de suite. Il était caché sous une poche, comme si Duncan le portait encore, enveloppé dans une bourse en cuir, un canon court, comme on dit, gris-bleu, l'air redoutable, facile à manier. Les flingues, ça n'avait jamais été mon truc. Je connaissais plein de types qui adoraient ça, mais moi, jamais, je m'en suis toujours méfié ; avec un poids comme ça dans la main, comme si vous étiez déjà allongé à la morgue. Des cadavres, voilà ce que c'est, les flingues. Il n'y a rien qui semble si lourd que le poids d'un revolver. Mais en cet instant, j'ai regretté de n'avoir pas pris la peine de me familiariser avec la chose. Je ne savais pas quoi faire, comment vérifier s'il y avait des balles ou si la sécurité était enclenchée, si je pouvais le transporter sans risque. J'ai essayé de l'ouvrir, j'ai appuyé sur le barillet dans les deux sens, cherchant une prise, essayant de me rappeler ce que j'avais vu au cinéma. Puis il y a eu un déclic et il s'est ouvert d'un coup, comme un jouet, et a montré ses entrailles, propres, luisantes et vides. Je l'ai fourré dans la poche de ma veste, j'ai fermé le tiroir avec mon genou et j'ai continué ma fouille. Rien sous les cachemires, rien sous les chemises. Mais, dans le tiroir du haut, il y avait toutes les petites boîtes. Bien sûr. Les balles étaient au fond. Je les ai mises dans ma poche, puis j'ai pris la petite boîte de boutons de manchette et j'y ai jeté un nouveau coup d'œil. J'étais tenté.

« Des Asprey. Il les a achetés après son premier disque d'or. »

J'ai pivoté sur moi-même.

« Alice.

— L'herbe, la vodka, le chocolat. Ça ne vous suffit pas ? » Elle a tendu la main. « Allez, rendez-moi ça. »

J'ai hésité. J'aurais pu la soulever et la balancer dans l'escalier, j'aurais pu faire tout ce que je voulais, nous le savions tous les deux, vu ma taille, vu la sienne, mais je ne pouvais pas bouger. Je suis un lâche, au bout du compte. Je lui ai rendu les boutons.

Elle a agité un doigt accusateur vers moi avec un visage sévère de maîtresse d'école. Si elle avait eu une règle, elle m'aurait flanqué un coup sur les doigts.

« Ce n'est pas bien, Al. Vous pensiez que je n'allais pas remarquer, que je ne saurais pas qui les avait pris ? C'est ça ? Avec tout le temps que vous avez passé ici l'autre soir, lumière allumée pendant que vous fouilliez partout. Je suis étonnée que vous ne les ayez pas pris à ce moment-là.

— Je ne sais pas quoi dire, madame Blackstock.

— Moi non plus. Je croyais qu'on était amis, Al.

— Je n'avais pas l'intention de vous faire du tort. C'est juste… Je me demandais de quoi ils auraient l'air à mon poignet pendant que je conduirais la Vanden Plas. Al Greenwood, une touche de classe… »

Elle a étudié mon visage.

« Vous avez bu, n'est-ce pas ?

— Un peu.

— Ce n'est pas une bonne idée, si vous ne savez pas qui vous êtes. »

Elle m'a contourné, a remis les boutons en place, effleurant la photo de Duncan en refermant le tiroir.

« C'était un homme bien, Duncan.

— Oui, ça se voit à son sourire.

— Vous, vous n'êtes pas un homme bien, Al. Vous pourriez l'être, mais il y a un démon qui vous souffle de mauvaises pensées à l'oreille en permanence. Je l'ai toujours pensé, même s'il y a eu des moments…

— Des moments ?

— Où il y a un autre Al qui se fait entendre. Mathusalem, Torvill et Dean, la façon dont vous m'avez aidée chez le dentiste. Mais l'autre Al revient toujours, avec sa colère pour ainsi dire incontrôlée, avec sa froideur et son mépris, le Al que j'ai vu dans les fourrés ce dimanche-là. Qu'est-ce que vous faisiez là, Al ? Vous ne cherchiez pas Monty.

— C'était Torvill et Dean. Quelqu'un essayait de leur faire du mal, de dérégler leurs filtres, de saloper la flotte. Ça fait des semaines que je tente de le surprendre. Mais c'est trop tard, maintenant. Vous savez quoi ? Il les a tués, Alice, il a tué mes beaux poissons. Il les a embrochés par la tête et il les a abandonnés par terre dans notre cuisine pour qu'on les retrouve morts, moi et Audrey. Vous arrivez à y croire, Alice, à une cruauté pareille ? Je ne suis pas moi-même, Alice, je le jure devant Dieu. Je ne suis pas moi-même. Quand j'y pense, quand je pense à la façon dont ils sont morts. »

J'ai senti des larmes monter en moi. Ce n'était pas seulement de mes poissons que je parlais. Alice m'a touché l'épaule.

« Il les a tués ? Oh, mon pauvre. Venez vous asseoir. J'ai du café quelque part. »

J'ai secoué la tête, hoquetant.

« Non. Je dois y aller. Je vous dédommagerai, Alice, promis. Mais ne le dites pas à Audrey. Je vous en prie. On s'entend tellement bien en ce moment. »

Je l'ai laissée, j'ai repris la voiture et j'ai filé sur la route, le poids du revolver dans ma poche. C'était l'une de ces soirées de la fin septembre où les hirondelles et leurs semblables se rassemblent sur les fils électriques avant de s'envoler vers le soleil. On aurait dit qu'ils me regardaient tous, des centaines et des milliers d'oiseaux qui battaient des ailes pour saluer mon passage. Mais je n'avais pas le choix. Je me suis garé à une rue de chez eux et j'ai fini à pied. Le cabinet était fermé, la maison presque plongée dans l'obscurité à part la lumière vacillante d'une télé. J'ai jeté un œil à l'intérieur. Assise sur le tapis avec une bouteille de vin à côté d'elle, elle changeait de chaîne. J'ai sonné. Quand elle a ouvert la porte, le canon court était pointé droit sur elle. Elle n'a même pas sourcillé. Putain, ce sang-froid qu'elle avait.

« Monsieur Greenwood. Entrez. Vous êtes un peu en retard. »

Elle s'est effacée dans l'entrée, comme si j'étais un invité. Elle n'avait pas de tenue d'intérieur, comme vous et moi. Elle était vêtue de façon presque stricte – jupe, veste, petits souliers étroits.

« Alors, que puis-je faire pour vous ?

— Qu'est-ce que vous avez fait ? Vous lui avez raconté que je vous avais obligée à coucher avec moi ? »

J'agitais le revolver dans tous les sens, visant les pièces et l'escalier. Je l'avais chargé entre-temps. Il était dangereux, je le sentais. Et je me sentais dangereux, comme une grenade près d'exploser, d'une minute à l'autre. C'est que j'étais remonté, hein, même au niveau de l'entrejambe.

« Votre mari. Où est-il ?

— Neil ? Qu'est-ce que vous lui voulez ? Je croyais que la transaction était avec moi.

— Et vous n'avez pas pu vous empêcher de lui raconter, pas vrai ? En dramatisant un peu le tout. Alors il s'est dit qu'il allait se venger, à son tour. »

J'ai retenu mon souffle, tendu l'oreille. La maison

était vide. Elle était seule. De mauvaises pensées me pilonnaient le crâne.

« De quoi parlez-vous, monsieur Greenwood ?

— Je parle de mes poissons, Torvill et Dean. Votre mari est venu chez moi et il a massacré mes poissons. Et maintenant je suis venu pour…

— Pour quoi ? C'est un Webley ?

— Quoi ?

— Le revolver. C'est un Webley ?

— Qu'est-ce que vous voulez que j'en sache ? »

J'ai baissé les yeux. Un bras arrivé de nulle part a cogné le revolver par en dessous tandis qu'elle se tournait pour attraper mon autre main, dos à moi. J'ai roulé sur elle, heurtant la table à l'autre bout du couloir, et elle s'est remise debout, face à moi, et a fermé la porte d'un revers du pied. Le revolver était par terre. Elle l'a ramassé, a inspecté le cylindre, l'a refermé d'un coup sec, a surpris mon regard.

« J'ai passé ma vie entourée d'armes à feu, monsieur Greenwood. Levez-vous. »

Je me suis levé, me frottant le coude à l'endroit où j'avais cogné la table.

« Je suppose que vous avez appris ça au sport.

— Vous supposez mal. Maintenant, dites-moi de quoi il s'agit.

— Votre mari. Il a tué mes poissons. Pour se venger de cet après-midi.

— Et vous aviez l'intention de le tuer ?

— Quelque chose comme ça.

— Et moi, qu'est-ce que vous comptiez me faire ?

— Rien.

— Ah non ? Vous êtes un homme téméraire,

monsieur Greenwood, conduit par ses instincts. Vous êtes capable de tout si vous pensez que vous échapperez à la punition.

— Je vous ai déjà fait tout ce que j'avais l'intention de vous faire, madame Fortingall. Vous devriez le savoir.

— Donc vous êtes juste venu pour tuer mon mari. Cela paraît extrême, malgré tous ses défauts. Dites-moi, quand est-ce qu'il a tué vos poissons ?

— Juste après que vous lui avez raconté votre petite fable. Il a fait le trajet en sens inverse et il les a embrochés. »

Elle a croisé les bras ; le revolver est allé se nicher contre son sein. Il avait l'air parfaitement à sa place.

« Monsieur Greenwood, mon mari a été en consultation toute la journée. Un sandwich pour le déjeuner, tard, puis, l'après-midi, une couronne, trois plombages, deux check-up, un essayage de dentier, un détartrage et la deuxième phase d'un traitement du canal dentaire. Je l'ai aidé sur ce dernier. L'assistante devait partir en avance. Quant à la petite fable, comme vous dites, ce soir vers six heures, nous avons eu une petite discussion, Miranda, le sac, on a tout mis sur le tapis. Il est actuellement en route pour aller se reposer chez sa mère. Nous verrons à son retour. »

Bon sang, quel glaçon. Et il dormait à côté d'elle. À quoi ça pouvait bien ressembler ?

« Vous en êtes certaine ? Vous n'êtes pas en train de…

— Le protéger ? » Elle a secoué la tête. « Je l'ai assez protégé pour la semaine. Il n'a pas tué vos poissons, monsieur Greenwood. Et moi non plus, si c'est ce que vous vous imaginez. »

J'y réfléchissais, à vrai dire. Je la voyais bien en train de le faire, en plus, pour se venger de ce que je lui avais fait endurer, leur fracasser la tête, boum, boum, boum. Il fallait que je réattaque là-dessus, je ne pouvais pas la laisser gagner sur toute la ligne.

« Peut-être qu'il va partir quand même, madame Fortingall, Miranda ou pas Miranda. Peut-être qu'il va tenter sa chance dans le gai Paris. Vous avez pensé à ça ?

— Sans son passeport ? Il était dans son sac. Vous l'avez vu ? Dans la poche latérale ?

— Non.

— Heureusement que je l'ai vu, moi, sinon il aurait fini dans l'incinérateur de l'armée, comme le sac et tous les autres déchets médicaux. Maintenant, rentrez chez vous, monsieur Greenwood. Rentrez chez vous et fichez-nous la paix, avant que j'appelle la police. »

Au pavillon, il y avait un mot collé sur la porte. « Je dors au Bindon. » J'aurais dû aller là-bas, la ramener, mais je ne pouvais pas affronter l'idée d'être à la maison cette nuit-là, pas avec les cadavres de Torvill et Dean à quelques mètres de moi. J'ai roulé jusqu'à la caravane, allumé la lampe à gaz, sorti la bouteille de whisky que je gardais sous la banquette près de la fenêtre, et je l'ai posée sur la table avec une tasse, une soucoupe et un paquet de clopes. Il me restait un peu d'herbe, mais j'avais besoin d'avoir la tête plus claire que ça. Whisky et cigarette. Whisky et cigarette. Il faisait noir à présent, la lune était levée, des nuages de pluie, bas, arrivaient du large, et l'air salé s'engouffrait sous la porte. Si ce n'était pas le major qui avait tué mes poissons, alors qui ? J'ai essayé de réfléchir. C'était une façon de repousser le souvenir de ce que j'avais fait, j'imagine. Toute cette beauté innocente, tout ce mouvement, cet éclair bleu, leurs têtes qui pointaient à chaque fois que j'approchais, tout cela avait disparu. Ça aurait pu être Kim, sans doute, Kim et Gaynor, mais ça me semblait peu probable, surtout s'ils voulaient rester dans mes bonnes grâces. Ça aurait pu être la femme du major, quoi qu'elle en dise, mais comment aurait-elle su que j'avais des poissons, et mon adresse ? Il y avait aussi ce type qui m'avait téléphoné avec un mouchoir sur la bouche. Il voulait de l'argent. Je lui avais dit que je n'allais pas lui en donner, mais seulement la deuxième fois qu'il avait appelé. Il aurait fallu qu'il les ait déjà tués à ce moment-là. Qu'est-ce que c'était, un avertissement sorti du *Parrain* ? J'ai essayé de trier tout ça… Miranda, Miranda me répétais-je en silence.

La soirée a été terrible, dans l'ombre funeste de ce que j'avais cru que nous partagions, Miranda et moi. Au cœur de la nuit, le vent s'est levé et les tasses se sont mises à s'entrechoquer au-dessus de ma tête comme si un goûter de fantômes battait son plein, une espèce de veille : elle et moi, au bout du chemin. J'étais assis là où je m'asseyais autrefois, je regardais l'espace vide qu'elle occupait autrefois en face de moi, coudes sur la table, tête appuyée sur ses mains en coupe, avec ses cheveux brillants qui encadraient son visage de mèches sombres et ondulées. J'ai versé deux tasses, une pour elle, une pour moi, allumé deux cigarettes, une dans chaque soucoupe.

« Eh bien, nous y voilà, Petit Singe. Toi et moi. Je peux tout te dire maintenant. »

Et je lui ai tout dit, sur sa mère et moi, ce qu'il y avait entre nous, la première fois que je l'avais vue, dans son landau, quand elle m'avait pris le doigt et l'avait serré, comme si elle *savait*, déjà, qui j'étais, et ce que j'étais pour elle. Ensuite j'ai fouillé la caravane centimètre par centimètre pour essayer de retrouver des traces de sa présence, un souvenir à quoi me raccrocher, mais nous ne laissions jamais traîner grand-chose, elle et moi, comme si nous comprenions que ça devait être secret, ce qu'on faisait. Il y avait deux ou trois trucs quand même, un autre magazine people, coincé derrière les coussins du lit, défiguré à chaque page, plein de lunettes John Lennon et de dents de Dracula. Ça me faisait rire, avant, les trucs qu'elle dessinait, à présent je pouvais à peine les regarder, il y avait tellement de vie dans ces dessins, une vie tellement certaine, tellement insolente. J'ai retrouvé un des serre-têtes qu'elle mettait pour faire la vaisselle et, planqué derrière la porte d'entrée, dans l'interstice entre le mur et les meubles, un flacon de vernis à ongles. Je m'en souvenais très bien : un après-midi, elle s'était assise sur les marches pour se vernir les ongles de pieds, la jupe remontée, tirant le bout de la langue en se concentrant pour donner des coups de pinceau bien nets. Et, installé à ma table, je me suis verni les ongles, moi aussi, cinq doigts et deux pouces, d'un rouge sombre et luisant qui réfléchissait par intermittence la lumière de la lampe à gaz comme si mes mains pompaient du sang.

Puis l'aube est venue, me laissant exsangue, et la rosée a perlé sur l'herbe. Je me suis assoupi, et me suis réveillé au son du brûleur qui rendait l'âme ; le soleil était déjà haut, les nuages avaient été balayés. J'ai regardé ma montre. Onze heures moins dix. Le plus gros de la matinée était perdu. Alors j'ai su qui avait tué mes poissons, je l'ai su dès l'instant où j'ai ouvert les yeux. Peut-être avais-je rêvé la réponse, peut-être l'avais-je su depuis le début. C'était la faute d'Audrey, avec son foutu paquet. Ça s'était retourné contre moi ; Ian s'était vengé pour le soutien-gorge, et la lettre, et toutes les vacheries que je lui avais faites au fil des années. Il savait pour Torvill et Dean, il savait ce qu'ils signifiaient pour moi.

Je me suis lavé le visage dans le petit évier. Le savon était agressif, l'eau rare et froide. Je me suis essuyé au rideau. J'ai ouvert la porte et l'odeur de renfermé s'est échappée dehors. Iss se tenait au bas des marches. On aurait dit qu'elle avait passé la moitié de la nuit à veiller, elle aussi.

« Audrey m'a dit que j'avais des chances de te trouver ici. »

Elle m'a écarté du passage.

« Qu'est-ce que tu veux, Iss ?

— La vérité. »

Elle a empoigné la bouteille de whisky.

« Qu'est-ce que c'est que ça, Al ? Tu noies ta culpabilité ? »

Elle a balancé un magazine froissé. Il y avait des

dessins partout sur la couverture, des bandeaux de pirate, des nez de Pinocchio, des cornes de diable.

« J'ai trouvé ça dans sa chambre, a-t-elle dit d'une voix blanche, lasse. Regarde la première page. »

J'ai ouvert le journal. Une bulle sortant de la bouche de Catherine Zeta-Jones. De la main de Miranda : Al. 16 h 30. Mardi.

« Ça a un rapport avec les taxis ? Quand elle bossait ?

— Bien essayé, Al. Regarde la date.

— Ah.

— C'est quoi, 16 h 30, Al ? Quel mardi ?

— Franchement, Iss, je n'en ai aucune idée. »

Puis elle les a vus, étalés sur la table, les autres magazines, les autres gribouillages, et à côté d'eux le serre-tête et le vernis rouge sombre. Elle a porté sa main à sa bouche.

« Mon Dieu. Elle est venue ici, pas vrai ? C'était ça, ce tressaillement, l'autre matin, espèce de sale menteur. Ça n'avait rien à voir avec le ciré jaune d'Audrey. C'était Miranda. Tu la voyais ici. »

Puis elle a vu mes mains, les ongles rouge sang, elle a réalisé ce que j'avais fait. Elle s'est mise à étouffer, envahie par des pensées terribles.

« Oh, mon Dieu, Al ! Pas elle.

— Ce n'est pas ce que tu crois, Iss. Pas du tout. »

Ses yeux roulaient dans ses orbites. Je ne pouvais pas la laisser penser ça. Même sachant ce que j'avais fait, je ne pouvais pas la laisser penser ça.

« Dis-moi que je me trompe, Al. Pas Miranda. Pas ta propre fille.

— Non. Sur ma vie, Iss.

— Mais elle est venue. Ça, c'est vrai, n'est-ce pas ? Hein ?

— Elle venait souvent ici, oui.

— Elle venait souvent ! »

Elle s'est mise à hurler ; les yeux lui sortaient de la tête, son cou était noué et tordu comme si quelqu'un était en train de l'étrangler. Elle s'est précipitée sur moi. J'ai attrapé ses poignets et l'ai maintenue fermement.

« Écoute-moi, Iss. Écoute. »

J'ai lâché. Elle m'a donné un coup au visage. Fort. Je le méritais bien.

« Écoute-moi, Iss. Elle venait ici pour s'évader, comme moi. On bavardait un peu. Elle appréciait ma compagnie.

— Salopard. »

Elle m'a cogné de nouveau.

« C'est tout, Iss. Sur ma vie. C'était notre façon de faire connaissance. C'est quelque chose qu'on voulait tous les deux, on en avait besoin. On s'entendait bien, Iss. Tu le sais très bien. Depuis qu'elle était toute petite. Moi et Petit Singe. Tu l'as toujours su.

— Pourquoi tu ne m'en as jamais parlé, dans ce cas ?

— C'était entre nous. Si je t'en avais parlé, ça aurait été comme si je te demandais la permission, et ça aurait été ouvrir des portes qu'on préférait laisser fermées.

— Combien de temps ? Ça fait combien de temps que tu la voies ici ?

— Deux ans à peu près. Ne me regarde pas comme ça, Iss. Ce n'était pas toutes les semaines, non plus.

Je lui avais donné une clef au cas où elle arriverait en avance. Je ne voulais pas qu'elle poireaute dehors, surtout si le temps…

— Comme dimanche. »

Je n'ai pas relevé. Je ne pouvais pas avouer dimanche. Pas à Iss. Pas à sa mère. J'ai senti une espèce de bouclier se refermer autour de moi. Je ne l'avais pas fait intentionnellement, si ? Je devais lui faire comprendre que je n'avais toujours pensé qu'au bien de Miranda. Toujours. Je n'avais jamais eu l'intention de lui faire du mal. Jamais.

« On avait une relation privilégiée, Iss. Elle le sentait, tout comme moi. La seule différence, c'est qu'elle ne savait pas pourquoi.

— Tu ne lui as jamais dit…

— Bien sûr que non. Pas même une allusion. Mais on était proches, c'est indéniable.

— Est-ce qu'elle aurait pu venir ici le dimanche en question ? Tu as vérifié ?

— Évidemment. Il n'y en avait pas le moindre signe. » J'ai hésité. J'étais sur un terrain délicat. « Son parfum. Il restait dans l'air, tu sais, après son départ.

— Tu as vérifié tout de suite ?

— Pas tout de suite. Je n'aurais jamais pensé…

— Tu n'aurais jamais pensé ! Un endroit où elle a l'habitude de venir, un refuge, et ça ne t'est pas venu à l'idée. »

Que pouvais-je dire ? J'étais à court d'explications.

« Bon Dieu, Al. Je ne sais pas. Je trouve tout ça… Toi et elle tout seuls ici. Ça ne me plaît pas. » Elle a remis de l'ordre dans sa tenue. « Il faut que tu le signales à la police. Qu'elle vient ici. »

Le fallait-il ? L'instinct de conservation reprenait le dessus. Après tout, je n'avais pas eu l'intention de la tuer, si ? Il restait une chance, une mince chance, si elle gardait le silence, si j'arrivais à maîtriser le guignol au téléphone.

« Tu es sûre, Iss ? Réfléchis un instant. Ils vont démanteler la caravane, fouiller le pavillon. Si on nous associe, Miranda et moi, on ne sait pas quel bruit peut s'éventer, et dans les oreilles de qui ça peut tomber, si tu vois ce que je veux dire.

— Tu parles de Ted ?

— Il ne mérite pas ça, Iss. Pas en ce moment. »

Elle a regardé dehors, bataillant intérieurement avec le passé et le présent.

« C'est trop tard pour ce genre de scrupules, Al. Il faut qu'ils sachent. Je leur dirai si tu ne le fais pas. Raconte-leur tout. »

Je l'ai regardée s'éloigner. Il ne me restait pas beaucoup de temps.

Audrey était rentrée, calme comme une mer d'huile, bien habillée, aussi. Je me suis senti tout répugnant, pas à ma place. La cuisine sentait le désinfectant.

« Ça va ? Tu as dormi au Bindon ?

— Oui. Ils ont été très compréhensifs. Et toi ?

— À la caravane.

— C'est ce que je pensais. Iris t'a trouvé ?

— Oui. Dis-moi, tu as vu Ian, récemment ?

— Ian ? Non. Pourquoi ?

— Je me posais juste la question. Écoute, j'ai une course, là, je vais m'absenter un moment.

— Longtemps ?

— Une grande partie de la journée. Je dois transporter des dépêches pour l'armée, peut-être jusqu'à Wiltshire. Ne m'attends pas. »

Vous voyez, ça me vient facilement, le mensonge. Audrey me dévisageait.

« Tu es sûr que ça va, Al ?

— Pas trop. Je suis désolé, Audrey.

— De quoi ?

— D'être moi. »

Dans le jardin, Alice Blackstock s'affairait autour de son petit autel.

« Al, a-t-elle fait en me voyant approcher. Vous tombez à pic. » Elle a attendu que j'arrive au niveau de la clôture. Elle portait le petit chapeau en dentelle qu'avait acheté Audrey.

« On oublie pour hier soir.

— C'est très gentil de votre part, madame Blackstock.

— Vous avez vu ? Audrey me l'a prêté. Je triais mon bois.

— Ah ?

— Oui. J'ai trouvé du bois de santal et du bois de rose, ça sent très bon. Je me disais que ce serait bien de faire une petite cérémonie funéraire pour Torvill et Dean. Vous pourriez dire quelques mots, je pourrais chanter une chanson. Vous pourriez même les mettre sur l'autel, si vous voulez.

— Quoi, les brûler !

— Ou pas. C'est la coutume orientale, c'est tout. Une cérémonie commémorative, c'est aussi bien, si vous préférez. On pourrait passer le *Boléro* de Ravel, aussi, et penser à eux en train de nager dans les eaux de l'au-delà.

— Il y a des poissons, dans l'au-delà, madame Blackstock ?

— Je pense que la bonté et la beauté survivent partout dans leur essence, pas vous, Al ? Duncan, Leonard Cohen, Torvill et Dean, ils sont tous ensemble quelque part sur les marches du paradis.

— Leonard n'est pas encore mort.

— Non, mais ça ne va pas tarder. »

Je l'ai laissée à son autel, j'ai pris deux bidons d'essence et le démonte-pneu abandonné par le major et j'ai mis le tout dans la voiture. Quand j'en aurais fini avec Ian, je prendrais la fuite. C'était mieux que de les affronter tous, sachant ce que j'avais fait. J'avais plus d'une possibilité. Aller à Londres, frapper à quelques portes. Emprunter le bateau de Kim, ou prendre un ferry pour traverser la Manche, faire un coup à la Lord Lucan[1], sauter par-dessus bord à mi-parcours, de ma propre initiative. Ou peut-être pas. Peut-être descendre à Tanger, recommencer à zéro, essayer d'être un meilleur Al cette fois. Mais pas avant d'avoir rendu justice à Torvill, à Dean.

Il n'y avait pas de voiture dans leur allée. Trop occupés par leur succès. J'ai ouvert la porte de la cuisine d'un coup de pied. Leurs uniformes neufs étaient pendus derrière, comme avait dit Audrey. Je les ai

1. Playboy excentrique qui disparut mystérieusement après avoir été accusé de meurtre en 1974, aperçu pour la dernière fois sur un ferry en direction de la France, d'où, selon la rumeur, il se jeta. Selon d'autres, il recommença sa vie anonymement en Afrique. *(N.d.T.)*

apportés dans le jardin, j'ai versé de l'essence dessus et je les ai regardés brûler. Leurs uniformes ont laissé une empreinte dans l'herbe, comme deux cadavres. Ce n'était pas suffisant, mais c'était un début. J'ai parcouru la maison en aspergeant les tapis et les canapés d'essence. Les effluves me piquaient les yeux.

Le portable a sonné.

« Bonjour, monsieur Greenwood. C'est votre ami le maître chanteur. Alors, pour l'argent, vous avez eu mon avertissement ? »

J'ai failli lâcher le téléphone.

« C'est toi, Ian ?

— Ian ? Vous pouvez m'appeler comme ça vous chante, monsieur Greenwood, à condition de trouver l'argent. » Il a marqué une pause. « Vous avez bien reçu mon avertissement, j'espère ? Je ne plaisante pas, monsieur Greenwood. J'espère que vous comprenez ça maintenant ? »

J'ai plissé le front en essayant de réfléchir à ce que je pouvais faire. Ce n'était pas Ian. Même avec la voix camouflée, ce n'était pas Ian. Il n'avait pas tué mes poissons. Or je m'apprêtais à incendier sa maison.

« Oui, j'ai reçu votre avertissement. Espèce de cinglé.

— Les choses aimées, monsieur Greenwood. C'est le meilleur moyen pour atteindre les gens. Je vais passer à la vitesse supérieure si vous n'êtes pas raisonnable. »

À la vitesse supérieure ? Il menaçait Audrey, maintenant.

« Vous parlez d'Audrey ?

— Votre femme ? » Il a paru surpris. « Oui,

pourquoi pas ? Elle ne serait pas très jolie à voir, n'est-ce pas, après une ou deux petites visites de votre serviteur. Elle pourrait se mettre à poser des questions embarrassantes sur le pourquoi et le comment. Je ne veux pas en arriver là, monsieur Greenwood. Je ne veux rien faire de tout ça, ni blesser votre femme, ni aller trouver la police. Tout ce que je veux, c'est votre argent. »

J'ai essayé de réfléchir à toute vitesse. Ah ça, j'allais le payer, oui. Il en aurait pour son compte.

« Combien ?

— Voilà, vous devenez sage. Dix mille, ça me semblerait honnête pour ce que j'ai vu.

— Dix mille ! Je n'ai pas dix mille !

— Je suis sûr que si vous vous appliquez bien, vous pouvez y arriver. Votre bagnole ferait une contribution de taille.

— Ah oui, et je fais comment pour vivre, après ?

— Vous vivrez libre, monsieur Greenwood, hors de prison. »

J'ai marqué une pause pour lui laisser croire que j'étais en train de m'effondrer.

« J'attends, monsieur Greenwood.

— Ça me prendrait un certain temps, dix mille. Que dites-vous d'une avance, pour mettre fin à cette escalade ?

— Une avance de combien ?

— Je pourrais vous trouver mille.

— Quand ? »

Il a craché la question comme s'il ne pouvait pas attendre la réponse, comme s'il voyait déjà l'argent entre ses mains. Il n'avait rien planifié du tout. Il improvisait, flairant la bonne affaire : c'était la soirée des amateurs à la Taverne des Maîtres Chanteurs.

« Demain. Je peux vous avoir mille pour demain.

— À condition que ce soit bien clair. Il s'agit d'une avance.

— Oui, oui. Dites-moi juste où.

— Vous me prenez pour un imbécile, monsieur Greenwood. Je vous dirai où. Et vous inquiétez pas pour la bourgeoise. Elle va bien pour l'instant. Pour l'instant, *comprrrris* ? »

Il a raccroché. Oh, je *comprrrrenais*, ça oui. Dire qu'il avait pris la peine de se coller un mouchoir sur la bouche. J'ai appelé à la maison.

« Audrey. Je pars, là. T'as vu ce que fabrique la vieille Fouine ?

— Oui. Elle m'a demandé de m'habiller en bleu. »

J'ai ri. C'était sans doute la dernière fois.

« Pourquoi pas ? Ça te va bien, le bleu. Prends soin de toi, Audrey, tu m'entends ? »

Je lui ai soufflé un baiser et je suis retourné à la voiture. L'idée de ce salopard en train de la charcuter me retournait les entrailles. Je savais où le trouver s'il n'était pas de service, et il n'avait pas l'air d'être de service, au téléphone. À l'heure du déjeuner, il serait au pub, comme tous ses semblables. Qu'est-ce que ça pouvait me foutre, qu'il ait tous ses potes avec lui. Qu'est-ce que ça pouvait me foutre, qu'il ait toute l'armée avec lui, putain. J'ai roulé jusqu'au Spread Eagle. Personne. Je suis descendu à l'anse pour essayer l'autre pub. Kim Stockie tenait la dragée haute à une bande de pêcheurs, mais pas de trace de Jacko. Puis j'ai remarqué, sur la petite télé dans le coin, qu'un match de foot allait commencer. Il serait au Red Lion, devant l'écran plasma géant, entre les serveuses au décolleté plongeant et la bouffe dégueulasse, avec tous les autres branleurs.

Je suis passé chez M. Singh avant d'entrer, j'ai bu une bière rapidement pendant qu'il prenait ma commande à emporter, à titre exceptionnel, trop heureux de me rendre service. Il ne savait pas que c'était la dernière fois qu'il me voyait. Vingt minutes plus tard, j'ai garé la voiture près de la sortie du parking. Je ne m'étais pas trompé. Ils étaient tous là, en grappes, à écouter bouche bée le baratin qui précédait le match. La bière coulait à flots, il y avait de la testostérone dans l'air, on le sentait à l'odeur rance et à la bouillie par terre, et aux slogans qui s'élevaient et s'écrasaient comme des vagues. Jacko était penché en avant au bout du comptoir avec son pote Rodney et une bande d'autres mecs. Tatouages et cheveux rasés de frais. Je me suis frayé un passage, faisant attention à ne renverser le verre de personne, à ne croiser aucun regard. Si vous ébranlez la pinte ou l'ego d'un bonhomme ici, vous risquez d'y laisser vos dents et votre crédibilité. Jacko a ôté son coude du comptoir quand il m'a vu arriver. Il ne s'attendait pas à ça et ne savait pas trop quoi en conclure ; un éclair de prudence est passé dans ses yeux. Je lui ai adressé un signe de tête amical, innocent. Comme je l'ai déjà dit, j'aurais pu faire une carrière d'acteur.

« Monsieur Greenwood. C'est chouette de vous voir dans la tanière du lion.

— Je suis passé au cas où tu serais là, Jacko.

— Ah ouais ? »

Je lui ai fait signe de venir un peu à l'écart.

« J'étais HS hier soir. Désolé. En fait, j'envisage de partir. »

Ça l'a intrigué, ce brave garçon.

« Ah bon, c'est vrai ?

— Oui. Ce GPS dont tu me rebats les oreilles. Je me suis dit qu'il pourrait me servir.

— Le GPS ?

— Pour la Vanden Plas. Je vends l'autre bagnole, je vends le pavillon, je réunis un peu de liquide et je mets les bouts, définitivement. On va partir en voyage, moi et Audrey.

— C'est très soudain, monsieur Greenwood. Vous pensez partir quand ?

— Pas tout de suite tout de suite. La semaine prochaine, le mois prochain. J'ai deux-trois trucs à régler, puis on se barre. On a besoin d'un nouveau départ. Qui sait où il nous mènera ? Alors, ce GPS, Jacko. Combien ? »

Il m'observait attentivement. Il y avait une certaine logique dans ce que je racontais. Qui voudrait s'éterniser alors que le chantage et le meurtre le menacent ? Et je venais juste de le dire à la seule personne à qui j'aurais mieux fait de le taire. Je le voyais presque, le sourire qu'il dissimulait.

« Trois cents. Comme j'ai dit, c'est un produit de qualité.

— Que dis-tu de deux cent vingt ?

— Que dites-vous de deux cent soixante-quinze ?

— On coupe la poire en deux ? »

On s'est serré la main. Il se croyait très malin. Mille livres demain, deux cent cinquante aujourd'hui.

J'ai donné une petite tape sur mon portefeuille.

« J'ai apporté ce qu'il faut. »

Je connaissais ses méthodes.

« Pas ici. Je vous retrouve à l'arrière.

— Je serai à la voiture. »

Quand il est sorti, je l'attendais derrière le mur qui menait aux pissotières désaffectées, le kit du parfait cambrioleur du major à la main ; j'avais ouvert la portière arrière. Je lui ai assené un grand coup à l'arrière des genoux quand il est passé, et l'ai cogné de nouveau à la nuque pendant sa chute. Je l'ai hissé à l'intérieur. Il n'avait pas commencé à saigner que nous roulions sur la route principale.

Quand il est revenu à lui, il était adossé au mur de la caravane, attaché à la bouteille de gaz de rechange. J'étais attablé devant mon repas à emporter – le poulet, le riz, les nans, les deux Cobra et l'indispensable petit pot d'antiseptique maison. Avec mes gants en caoutchouc rose, j'étais l'image de l'hygiène incarnée. Jacko a regardé autour de lui, essayant de deviner où il se trouvait.

« Qu'est-ce qui se passe ?

— On va se faire un indien à emporter, Jacko. La spécialité de M. Singh, avec toutes les garnitures. T'en veux un peu ? »

Je me suis penché en avant pour lui en offrir une cuillerée, mais il s'est tortillé dans tous les sens et s'en est étalé partout sur le visage.

« Attention, j'ai dit. Ça arrache, le vindaloo. »

Il a essayé de s'essuyer avec l'épaule, mais s'est barbouillé encore plus.

« Qu'est-ce qui vous prend, Al ?

— Tu ne le sais pas ?

— Non, pas du tout. C'est pour le GPS ? Je peux vous le faire moins cher.

— Même si tu me l'avais filé, t'aurais quand même cette bosse sur le crâne. Franchement, Jacko, on dirait que t'as perdu le nord, toi aussi. Mais ça ne fait rien. Ça, ça va t'aider à le retrouver. »

J'ai attrapé le petit pot, et j'ai dévissé le bouchon. Jacko a regardé le pot, puis moi, puis le pot de nouveau.

« Qu'est-ce que c'est que ça ?

— Ça, Jacko, c'est le célèbre pickle au citron vert de M. Singh. Pas pour les âmes sensibles, le pickle au citron vert de M. Singh. Il est connu pour brûler sur place le revêtement de l'estomac des novices avant qu'ils aient fini leur premier pappadum. Si tu t'en mets sur les doigts, ouh là, t'as intérêt à éviter de te torcher le cul pendant une bonne semaine. Tiens, renifle un peu ça. »

Je l'ai placé sous son nez. Il a commencé à se tortiller sur lui-même, balançant la bouteille de gaz d'avant en arrière. La caravane a tremblé.

« Qu'est-ce que vous comptez en faire ?

— Voyons. Je vais pas te torcher le cul avec, Jacko. Essaie de te rappeler, où est-ce que je pourrais bien le mettre, d'après toi ?

— À quoi ça rime, tout ça ?

— Tu le sais très bien, à quoi ça rime, Jacko. T'as tué mes poissons. T'as tué mes putains de poissons. »

J'ai trempé les doigts dans la sauce. J'ai senti la chaleur monter à travers le caoutchouc. Ça allait faire mal.

« Je ne sais pas de quoi vous parlez.

— Si, tu le sais. Tu as tué mes poissons. Faut vraiment que tu sois tordu.

— Sérieusement, Al. J'ai jamais tué de poissons. Je savais même pas que vous aviez des poissons.

— Torvill et Dean, les plus belles choses que t'aies vues de toute ta vie de merde, et tu les as tués, rien que parce que je t'ai raccroché au nez. »

Il a baissé les yeux.

« Oh, je sais, Jacko. Votre ami le maître chanteur, *comprrrris* ? T'es même pas foutu de déguiser ta voix correctement, pauvre crétin d'Écossais. Un avertissement. Mes poissons, un avertissement, bordel de merde. »

J'ai étalé un peu de pickle sur ses lèvres et ses gencives. Sa bouche a commencé à s'agiter comme s'il avait avalé deux anguilles.

« Putain, Al, devant Dieu, je comprends rien à ce que vous racontez. Je n'ai touché aux poissons de personne. »

Il a essayé de cracher. Dans un rien de temps, sa bouche ne serait plus que le cadet de ses soucis.

« Tu vas me dire que c'est pas toi qui as passé ces coups de fil, après. » J'ai attrapé son portable dans sa poche. « Si je regarde la liste des appels, je ne vais pas trouver mon numéro, c'est ça ?

— OK, OK. Les appels, c'est moi.

— La prochaine fois, c'est Audrey, t'as dit. D'abord mes poissons, ensuite ma femme. Ma femme, putain ! »

J'ai tiré sa tête en arrière, j'ai pris une bonne cuillerée et je l'ai appliquée sur son œil gauche, généreusement, comme si je donnais un bon coup de cirage à mes bottes. Il s'est mis à pousser des vagissements suraigus et frénétiques comme un lapin pris au piège. Il n'arrivait pas à croire ce qui lui arrivait ; son globe oculaire s'est contracté sous l'effet de la douleur.

« J'ai jamais parlé de votre femme. Putain, Al, c'est vous qui en avez parlé. J'ai jamais pensé à elle. Vous me prenez pour qui ? J'ai abîmé votre voiture, c'est tout, je pensais que ça suffirait à vous ramener à la raison. »

Sa tête s'agitait d'avant en arrière comme s'il essayait d'expulser son œil, il remuait les doigts avec la vélocité d'un pianiste, ses pieds dansaient la gigue.

« Comment ça, ma voiture ?

— Les petites entailles. À l'arrière. Putain, de l'eau, Al, pour l'amour de Dieu. Je vais devenir aveugle, là.

— Des petites entailles ? »

J'ai regardé par la fenêtre. Il y avait deux énormes rayures le long du coffre, comme si King Kong s'était fait les griffes dessus.

« C'est toi qui as fait ça ?

— C'était un avertissement. Il n'y a jamais eu de poissons dans l'affaire, sur ma vie. J'essayais juste de me faire un peu de fric, Al. C'était tout. Vous le savez. J'aime les poissons. C'est chouette, ils nagent et tout. »

Il a levé les yeux. Tous ses tatouages, toutes ses fanfaronnades de buveur de bière l'avaient déserté.

« Qu'est-ce que vous allez faire ?

— Je sais pas encore. Je vais t'arroser encore un peu, mettre le feu à la caravane. La pousser du rebord de la falaise. Avec toi dedans.

— Al, je le jure devant Dieu. J'ai jamais eu

l'intention de parler à la police. Il faut me croire. Après tout, qu'est-ce que j'ai vu ? Pas grand-chose. Je l'ai vue sur le siège passager, rien d'autre. Ça m'avait pas fait tilter, jusqu'au soir où vous m'avez dit qu'elle avait disparu, au pub. Ce qui s'est passé ensuite, il n'y a que vous qui le sachiez. Sans doute rien. Vous vouliez pas être mêlé à ça, c'est tout. Je peux comprendre ça.

— Sur le siège passager ? Putain, mais qu'est-ce que tu racontes, Jacko ?

— Miranda Grogan sur le siège passager de votre voiture, ce dimanche après-midi-là. Je vous ai vus tous les deux. De l'eau, je vous en prie. Je ne peux pas… »

Je lui ai incliné la tête en arrière et je lui ai renversé la bière dessus, et j'ai essuyé son œil avec un pan de sa chemise. Ça n'a pas servi à grand-chose.

« Maintenant dis-moi tout, avant que je te fasse l'autre œil.

— J'ai vu votre voiture, c'est tout. Vous savez ce qu'on est censé faire, maintenant, debout dans cette putain de boîte toute la journée, à cause de la menace terroriste ? Noter toutes les bagnoles qui passent devant la caserne, numéro de plaque, heure, direction. Seize heures quarante-huit, c'est là que j'ai vu votre voiture passer, en direction de la gare de Wool, avec Miranda Grogan à son bord.

— T'inventes tout ça. J'étais même pas dans la voiture. Et puis, comment t'aurais pu voir un passager ? T'es du mauvais côté de la route, dans ta boîte.

— Je venais de faire sortir un convoi. J'étais en face. C'était Mlle Grogan, pas de doute, et c'était votre voiture. J'ai même pas eu besoin de lire la plaque d'immatriculation. Je la connais par cœur. C'est dans mon carnet. Regardez. »

De la tête, il a désigné l'intérieur de sa veste. Je l'ai sorti, son petit carnet, avec son nom et son numéro de matricule inscrits à l'intérieur. Je l'ai feuilleté. Dimanche. 23 septembre. C'était là. 16 : 48 Reg AL 123.

« Mais…

— Oui ? »

Ma voiture, la voiture qui était dans le garage, la voiture dans laquelle j'avais dit à Audrey que je faisais la sieste. La voiture qui était dans le garage pendant que j'étais au phare, pendant qu'Audrey…

Putain. Putain de bordel de merde.

Je l'ai détaché, l'ai poussé au bas des marches. Il est resté planté là, désorienté. La Vanden Plas. Putain, la Vanden Plas.

« Casse-toi, Jacko. Avant que je change d'avis. »

Je suis monté en voiture et j'ai roulé, roulé pendant je ne sais pas combien de temps, je suis passé par les petites routes et me suis garé sur l'aire de repos qui surplombait le champ de tir, les postes de combat, les tanks en carton, le sol tout brûlé et lacéré comme le reste de ma vie. On allait bientôt me rechercher, grâce à Iss et Ian, et maintenant sans doute Jacko. Qui sait, peut-être la Fouine ajouterait-elle un petit mot de recommandation. C'était à moi de mettre les pendules à l'heure, quoi qu'ils en pensent, quoi que j'aie pu faire à part ça. Je ne l'avais pas tuée. J'avais tué quelqu'un, mais pas elle. Miranda avait pris place dans cette même voiture cet après-midi-là, à côté du siège que j'occupais maintenant ; la pluie tombait à torrents, les essuie-glaces vibraient dans un ballet frénétique, elle était contente d'avoir trouvé quelqu'un pour l'emmener, elle était heureuse parce que tout irait bien, elle partait pour Paris avec son nouveau mec, une nouvelle vie commençait. Elle devait se sentir tellement bien, tellement soulagée. Que s'était-il donc passé ? Il n'y avait qu'une seule personne qui pouvait me donner la réponse.

« Audrey ? »

Je suis entré dans le vestibule. La maison respirait le calme, mais pas le vide. J'ai vérifié le salon, la cuisine, regardé dans le cellier. Puis j'ai entendu le clapotis. Elle sortait de son bain. J'ai attrapé le ciré jaune et traversé la maison. Elle était debout sur le tapis de bain, enveloppée dans une serviette.

« Al ! » Elle a eu l'air surpris. « Tu rentres bien tôt. Et la course pour l'armée ?

— Annulée. »

Je lui ai tendu son ciré.

« Qu'est-ce que tu veux que j'en fasse ?

— Tu vas faire une petite promenade. Tu risques de te mouiller un peu.

— Par ce temps ? »

J'ai insisté.

« Mets ça, Audrey, s'il te plaît.

— Qu'est-ce que c'est ? Un jeu ? »

Elle était tout sourire.

« Si tu veux. »

Elle a enfilé le ciré, laissant tomber la serviette par terre. Ses pieds avaient l'air énormes, là-dessous.

« Voilà. Satisfait ?

— Regarde-toi dans la glace. Ça te rappelle quelqu'un ? Cheveux mouillés, imper jaune ? C'est à ça qu'elle ressemblait, n'est-ce pas ?

— Qui ça ? Et qu'est-ce que tu as fait à tes ongles ?

— Mes ongles, on s'en cogne, Audrey. Miranda. Miranda Grogan. Elle était habillée comme ça, ce dimanche-là, non ? Exactement comme toi maintenant. »

Elle a ramené le ciré plus près de son corps, soudain consciente d'être nue alors que je ne l'étais pas.

« Je ne sais pas ce que tu racontes.

— Te fous pas de ma gueule. Je sais ce que t'as fait. Ma propre fille. Ma fille, putain. Ces ongles ? Je travaille pour le diable, maintenant, Audrey, et je suis venu te chercher pour t'emmener en enfer. »

Je me suis précipité sur elle et j'ai coincé sa tête dans le creux de mon bras. Elle a essayé de me donner des coups de poing dans le dos. Je l'ai traînée le long du couloir. Ses pieds raclaient le carrelage, son corps était chaud et relâché. Elle a senti l'odeur de pickle au citron vert et de caoutchouc, mais elle ne savait pas qu'en penser, ce que le sort lui réservait.

« Al. Pour l'amour de Dieu. »

Je l'ai traînée par la porte de derrière et le long du chemin. Elle se débattait des pieds et des mains, mais elle ne pouvait rien faire. Gaynor nous observait, postée à son lavabo, mais je m'en fichais complètement. Je l'ai forcée à se mettre à genoux, et je lui ai enfoncé la tête sous l'eau. Son corps a failli basculer avec. Je la maintenais comme un gros poisson qui se tordait de douleur, suffoquait et faisait claquer ses branchies. Elle est remontée, imprégnée de la puanteur du bassin.

« Tu savais que je mentais quand je t'ai dit que je faisais une sieste dans la voiture, pas vrai ? Tu savais parce que tu étais partie avec. Et tu conduisais Miranda Grogan Dieu sait où. Qu'est-ce qui s'est passé, Audrey, qu'est-ce qui s'est passé ? »

Je lui ai de nouveau plongé la tête. L'eau bouillonnait. Quand elle est ressortie, elle avait le teint cireux, les cheveux comme des algues. Gaynor a passé la tête par sa porte ouverte.

« Très bien. J'avoue. Je l'ai déposée. Qu'est-ce que ça peut faire ?

— Ce que ça peut faire ? Je vais te le dire, ce que ça peut faire. »

Je lui ai relevé puis rabaissé la tête à plusieurs reprises. Elle s'est cogné les dents contre la pierre. Gaynor était rentrée chez elle en courant. Il ne me restait plus beaucoup de temps.

« Allez, Audrey, crache le morceau. »

Elle est ressortie, les lèvres fendues, crachant de l'eau à chaque mot.

« Je l'ai amenée à la gare, c'est tout. Après notre dispute, je voulais aller au phare, mais je suis tombée sur elle, à l'arrêt de bus, qui pleurait toutes les larmes de son corps. Elle s'était engueulée avec Ted, elle était descendue à la crique pour chialer un bon coup, mais elle avait raté le bus pour Wool. Elle devait absolument aller à Wool, qu'elle disait. Elle était hystérique, hors d'elle. Je me suis inquiétée pour elle.

— Inquiétée ? Toi ? Pour Miranda ?

— Elle a demandé si t'étais là pour la conduire à

la gare. J'ai dit que oui, tu devais être à la maison. Alors on est revenues.

— Toi aussi ?

— Je pensais que t'étais peut-être parti te mettre un peu d'huile dans le moteur, te prendre une cuite. En tout cas tu n'étais pas là. Alors je l'ai emmenée, puis je suis revenue. Tu connais la suite.

— C'est ça qui t'a mise dans ces dispositions ? Je ne te crois pas. Elle a pris quel train ? »

J'étais en équilibre juste au-dessus d'elle, prêt à recommencer. On ne jouait plus, désormais.

« Je ne l'ai pas accompagnée sur le quai pour lui faire adieu avec mon petit mouchoir, Al. Je l'ai déposée, c'est tout : j'étais ravie de la voir se barrer une fois pour toutes. »

J'ai mis les mains devant son visage, ongles en l'air.

« Si tu n'arrêtes pas de me mentir, Audrey, je te préviens, je vais te noyer immédiatement. Tu ne l'as pas déposée à la gare. Quelqu'un l'attendait, mais elle n'est jamais arrivée. Ils allaient s'enfuir ensemble, Audrey. C'est pour ça qu'elle était dans tous ses états. Elle avait loupé le bus. Ils allaient louper le train. Qu'est-ce qui s'est passé, Audrey ? Tu avais l'intention de l'emmener à la gare, mais tu ne l'as pas fait. Qu'est-ce qui s'est passé, bon sang ? »

J'ai fait mine de l'enfoncer de nouveau.

Elle a hurlé :

« Je t'ai vu !

— Quoi ? » J'ai senti une espèce de panique me monter au visage. « Tu m'as vu ? Comment ça, tu m'as vu ?

— Je t'ai vu *en elle*, ça se voyait comme le nez

au milieu de la figure, sa voix, sa bouche un peu tordue, ta fille illégitime assise juste à côté de moi, en train de se tortiller les cheveux, agissant comme s'il n'y avait rien entre nous. J'ai essayé de me maîtriser, de ne pas penser à l'humiliation subie toutes ces années, avec la moitié du village qui était au courant, de parler du mauvais temps. On est passées devant l'aire de repos. Et tu sais ce qu'elle m'a sorti, avec son sourire salace et ses sourcils dressés, exactement comme toi ? Tu sais ce qu'elle a dit ? "Tu devrais sortir plus, Audrey. Vivre un peu !" Exactement ce que tu venais de me dire il n'y avait pas dix minutes. Vingt ans, que ça durait. Je n'en pouvais plus. "Vivre un peu." Ah vous faisiez la paire. "Vivre un peu !"»

Elle s'est mise à hurler à pleins poumons, ou du moins c'est ce qu'il m'a semblé, car ses hurlements se sont mélangés avec les sirènes de la police et le bruit des portières qui claquaient, les cris de la Fouine par sa fenêtre, qui me tenait en joue avec une carabine, et Gaynor qui a accouru en cognant deux couvercles de casserole l'un contre l'autre. J'ai remonté l'allée en courant et traversé la maison. Adam Rump s'avançait vers la porte, suivi de Dave Stone et d'une foule d'hommes en uniforme. J'ai ouvert grande la porte.

« Adam. Dieu merci, vous êtes là. Je l'aurais tuée. Je vous le jure, je l'aurais tuée. »

Dave Stone m'a heurté violemment et retourné, envoyant cogner ma tête contre l'obus pendant qu'il saisissait mes poignets, les plaquait dans mon dos et me passait les menottes. Il m'a repoussé contre le mur. Adam Rump s'est planté devant moi, le visage de marbre.

« Alan Greenwood, je vous arrête pour enlèvement et coups et blessures sur la personne de Miranda Grogan le 23 septembre 2007. Vous n'êtes pas obligé de…

— Qu'est-ce que vous racontez ? Je n'ai rien à voir là-dedans. »

Il a poursuivi son laïus sans relever tandis que des policiers se frayaient un chemin derrière lui en brandissant leurs mandats de perquisition. J'ai essayé de le ramener à la raison, mais il ne voulait rien entendre. Ils ont ramené Audrey du jardin, le visage tuméfié.

« Demandez-lui, j'ai dit. Demandez-lui, à elle.

— Me demander quoi ?

— Miranda Grogan, madame Greenwood. Nous avons des informations qui nous conduisent à penser que votre mari est impliqué dans sa disparition.

— Miranda ? Ta filleule. Non, elle aussi, Al ? »

Ils ont commencé par fouiller mes poches. Dave Stone respirait à quelques centimètres de mon visage, les narines dilatées comme s'il avait envie de me mettre K-O. Rump les a inspectées une par une. Il a trouvé la dent rapidement : ça l'a tellement surpris qu'il l'a laissée tomber sur la moquette. Audrey s'est précipitée hors de la pièce en sanglotant. Rump m'a demandé à qui la dent appartenait. Je lui ai dit, bien sûr, je lui ai dit comment je m'étais retrouvé en sa possession, expliqué que ça n'avait rien à voir avec ce qui lui était arrivé, mais il ne m'écoutait pas. Il l'a simplement mise dans un sachet qu'il a étiqueté et fait apporter à la voiture par un de ses hommes. À partir de là, on aurait cru une bande de beagles qui couraient dans tous les coins et reniflaient tout ce qui leur tombait sous la main, laissant échapper de petits cris extatiques à chaque fois qu'ils trouvaient un nouveau clou pour mon cercueil. Le soutien-gorge noir de Miranda est venu ensuite, planqué bien au fond, derrière les croquettes d'hiver de Torvill et Dean. Pas de paquet, pas de lettre à Ian Newdick, juste quelques brins d'herbe dans les bonnets et, retrouvé plus tard par la police scientifique, un poil qui s'était posé là quand je m'étais griffé le poignet avec l'agrafe. Audrey m'avait menti à ce sujet également. Elle s'était dégonflée, comme je le souhaitais. Elle ne savait pas à qui il appartenait, bien sûr, mais, pour les coups tordus, elle avait toujours de la veine. Là encore, j'ai essayé de leur expliquer comment j'étais tombé dessus, mais ça ne faisait pas bon effet. Audrey s'était refait une tête et était revenue dans la pièce.

« Audrey, mais dis-leur, bon Dieu. Avec un bon avocat, je suis sûr que…

— Mais oui, je vais tout leur dire. »

La façon dont elle a prononcé ces mots m'a glacé le sang, comme si elle avait passé tout ce temps à planifier son issue de secours, en cas de besoin. Et son dénouement lui était servi sur un plateau. Ses yeux sont tombés sur la dentelle noire.

« C'est à elle, inspecteur ? »

Rump a hoché la tête. Elle a écarquillé les yeux et m'a regardé comme si c'était la première fois qu'elle me voyait pour ce que j'étais. Putain, elle était aussi bonne que moi, peut-être même meilleure. Je ne m'en étais jamais aperçu.

Un cri a retenti dans la chambre. Rump est sorti du salon. Nous sommes restés seuls sous la supervision de Dave Stone, Audrey et moi. Nous nous sommes regardés, lisant sur nos visages toutes les choses silencieuses que nous avions à nous dire. J'ai essayé de la raisonner, de la supplier, de lui faire voir l'injustice de ce qui était en train de se passer, mais elle n'a pas bougé un muscle. Elle me rendait mon regard d'un air de défi. L'espace derrière ses yeux avouait tout, son visage ne trahissait rien. C'est tout juste si je ne le voyais pas, son récit, dans ses yeux, le coup de frein brutal qu'elle avait donné, les mots qui résonnaient dans ses oreilles ce jour-là. Et je la sentais, même, sa force quand elle l'avait tirée dehors, Miranda, stupéfaite, qui ne s'attendait pas à ça, qui s'était défendue, peut-être. Putain, elle avait dû lui apparaître comme une géante, à ce moment-là, Audrey, qui ne connaissait même pas sa puissance. Qu'avait-elle fait, elle lui avait refermé les mains autour du cou, elle l'avait rouée de coups, elle l'avait cognée avec un caillou ?

« C'était un accident, pas vrai ?

— Comme tout le reste, non ? Regarde-toi, Al. Toi, tu es un accident, un grave accident.

— Un rocher ?

— Toi un rocher ? Plutôt une vermine planquée dessous.

— Pas un rocher, alors. »

Puis je me suis rappelé la pierre, comme elle avait braqué les phares dessus, ses mots ce soir-là.

« La borne. Sa tête a heurté la borne ? »

Ça l'a désarçonnée, elle a pâli tout d'un coup. Dave Stone l'a remarqué aussi.

« Vous avez vu, ça, Dave ? Interrogez-la au sujet de l'aire de repos. »

Rump a réapparu. Il tenait une chaussure, talon haut, imprimée léopard, voyante. Il la tenait bien haut, tout triomphant.

« Comment expliquez-vous ça, monsieur Greenwood ? Sous le lit. Vous pourriez nous dire comment elle est arrivée là ?

— Je ne peux pas l'expliquer. Demandez à Audrey. Elle est sans doute à elle. »

Rump a secoué la tête.

« Cette chaussure appartient à Miranda Grogan. Nous avons trouvé sa jumelle sur la plage. » Il l'a retournée entre ses mains, examinant attentivement le talon. « Regardez, il y a du sang dessus. »

Audrey a fait un pas en avant.

« Je pense que les analyses vous confirmeront que c'est du sang de poisson, inspecteur.

— Du sang de poisson ?

— Oui, je m'en suis servie pour tuer les poissons de mon mari, Torvill et Dean.

— Audrey ? »

Je n'arrivais pas à en croire mes oreilles. Rump non plus.

« Madame Greenwood ?

— J'ai trouvé la chaussure dans la voiture, sous le siège avant, il y a deux jours. J'ai pensé qu'il avait repris ses vieilles habitudes. Toute ma vie, j'ai dû faire avec. Puis hier, je l'ai vu baratiner une femme à la salle de sport. C'est la goutte d'eau qui a fait déborder le vase. J'ai emprunté la voiture d'une amie, je suis rentrée et je les ai tués ici même, sur le carrelage de la cuisine. Je ne voulais pas faire ça.

— Tu ne voulais pas faire ça ! »

J'ai essayé de me lever d'un bond, mais Dave Stone m'a repoussé sur mon siège. Rump la dévisageait avec dégoût.

« C'est un délit très grave, madame Greenwood.

— Oui. Je regrette mon geste. Peut-être que si je n'avais pas trouvé la chaussure, si je ne l'avais pas vu avec cette femme… Seulement, la veille, j'avais trouvé ce soutien-gorge dans sa poche, dans la veste où vous avez retrouvé la dent. Il m'a dit qu'il était tombé du sac d'un client. J'avais envie de le croire, Dieu sait que j'avais envie de le croire. Mais la chaussure est arrivée là-dessus. J'ai pensé qu'elle appartenait à sa dernière conquête. Je n'aurais jamais imaginé que c'était celle de… »

Elle a fondu en larmes, mordillant son mouchoir.

« Mais putain, elle ment, j'ai hurlé. Je n'ai jamais vu cette chaussure de ma vie. Interrogez-la au sujet de l'aire de repos.

— L'aire de repos ? »

Rump n'y comprenait plus rien. Dave Stone est intervenu. Son grand moment.

« Il parlait de l'aire de repos juste avant votre retour, monsieur. Il était question d'une borne. C'est là que je l'ai vu il y a environ deux semaines, quand je l'ai mis en garde au sujet des voyeurs. Il m'a dit qu'il fumait une clope, mais je n'ai rien vu de tel. J'ai pensé qu'il était peut-être un peu voyeur lui-même.

— C'est là qu'il emmène toutes les filles, inspecteur, a renchéri Audrey, conciliante. C'est là qu'il m'a emmenée. »

Ils m'ont escorté dans la salle de bains, m'ont fait enlever tous mes vêtements, les ont mis dans un sac avec mon linge sale et m'ont même prélevé une rognure d'ongle. Iss était allée les rejoindre directement après m'avoir quitté.

Ils n'ont rien trouvé d'autre dans le pavillon. Il n'y avait rien d'autre à trouver. J'avais oublié la voiture. La première chose qu'ils ont repérée, ce sont les rayures sur le coffre et la serrure tordue.

« Mais c'est qu'il y a eu une petite lutte, là, monsieur Greenwood ? »

Rump a inséré les clefs dans la serrure. Le coffre s'est ouvert. Il était à peu près vide, mais quand ils ont soulevé la moquette, un bout de tissu dépassait de sous le pneu de la roue de secours. Un tissu écossais. Je ne possédais rien d'écossais, même pas un plaid. Dans le moyeu vide, la doublure à moitié visible, était tassé un ciré roulé en boule, jaune vif, encore mouillé. Rump l'a sorti d'une main circonspecte. Il y avait une étiquette à l'intérieur, à l'emplacement du crochet à vêtements, une étiquette avec un nom, écrit avec un de ces stylos indélébiles qui vous en mettent plein les doigts. Ted Grogan, il y avait écrit, en majuscules un peu baveuses. Il y avait une déchirure à la poche droite. C'était le ciré que portait Miranda quand elle s'était enfuie. Elle n'avait pas voulu mouiller la voiture, elle savait à quel point je détestais ça. Alors elle l'avait mis dans le coffre. Plus tard, Audrey l'avait caché sous la moquette. Elle avait dû penser à moi tout du long.

Ils m'ont emmené à la voiture. Rump ouvrait la marche, Dave Stone la fermait. Il arborait un sourire large comme le pays de Galles. Le plus grand événement qui se soit jamais produit au village, et il était dessus.

« N'oubliez pas, Dave, je lui ai lancé. N'oubliez pas. »

Rump m'a ouvert la portière et a posé la main sur ma tête.

« N'oubliez pas quoi ?

— Ma casquette, a dit Rump en tapotant sa tête nue. Je l'ai oubliée à l'intérieur. »

Dave est reparti en arrière d'un pas lourd, gêné. Rump m'a fait asseoir.

« Elle n'aurait pas dû faire ça à vos poissons, monsieur Greenwood. Rien ne justifiait un tel acte. Je leur aurais trouvé un bon foyer, je m'en serais même occupé personnellement. Ils auraient fait joli dans mon bassin. Je vais lui faire payer ça, ne vous en faites pas. Où sont-ils, au fait ?

— Dans le congélateur. Je voulais les faire empailler.

— Ça va devoir attendre. On va en avoir besoin pour le procès. Mais ensuite, je pourrais m'en charger pour vous, si vous voulez. Ça vous fera de la compagnie, dans votre cellule. »

Nous avons attendu. Dave Stone, sous le porche, frappait à la porte. Personne ne répondait.

« Je suppose que vous ne voudrez pas des visites de Mme Greenwood. Pas après ce qu'elle a fait.

— Non, je suppose que non.

— Les femmes. » Il a poussé un soupir. « La mienne m'a quitté. Je vous l'ai dit ?

— Oui.

— La maison paraît un peu vide sans elle, alors j'ai acheté un grand aquarium, je l'ai mis dans le salon et je l'ai rempli de scalaires.

— Ça doit être beau.

— Oh oui. Vous devriez passer les voir un… » Il s'est arrêté. « Désolé. Je n'ai pas réfléchi. » Il s'est renfoncé dans son siège.

« Vous savez, vous avez failli vous en sortir comme une fleur.

— Je n'arrête pas de vous le dire : ce n'est pas moi. Je n'ai rien fait. » Il n'écoutait pas.

« Si je n'avais pas eu l'esprit ailleurs, je vous aurais attrapé bien plus vite, mais comme Michaela m'a plaqué le même week-end… »

Quelque chose a remué dans le coin de mon cerveau.

« Comment ça, le même week-end ?

— C'est ce week-end-là qu'elle m'a quitté. Elle a posé sa lettre sur la cheminée et elle est partie. Une dernière promenade sur les terres de notre amour, disait la lettre, et elle partait rejoindre le pays de ses ancêtres. Ça fait un choc, vous savez, après sept ans. Quand je vous ai vu sur le sommet de la falaise, prêt à sauter, j'aurais dû comprendre que vous veniez enfin de vous rendre compte de l'horreur de ce que vous aviez fait. J'aurais pu le voir dans vos yeux. Mais j'avais l'esprit ailleurs. Cela ne faisait que deux jours qu'elle était venue là, elle aussi. »

Je n'arrivais pas tout à fait à en croire mes oreilles… Il disait ça d'un ton si pragmatique… J'ai empoigné le siège devant moi comme si j'étais au volant de la Vanden Plas et qu'on avait sectionné les câbles de frein. Je sentais la mécanique m'échapper.

« Vous êtes sûr que c'est là qu'elle est venue ? Ce n'est pas franchement la porte à côté.

— Oh oui. Elle adorait cette falaise. En été, c'est tout juste si elle n'y habitait pas. Elle a grandi au bord de la mer, elle a besoin de sentir sa présence. C'est pour ça que je n'ai jamais compris ce qu'elle avait contre mes poissons. Ils avaient tant de choses en commun.

— C'était quel jour, vous le savez ? »

Je m'efforçais de garder un ton aussi dégagé que possible.

« Je ne sais pas trop. Ça peut être samedi, ça peut aussi être dimanche. J'étais parti aider Freddy Lanchester à désinfecter ses trois bassins ce week-end-là. Je ne pouvais pas rentrer. Je ne pouvais pas prendre le risque. » Il a surpris mon regard interdit. « L'éruption d'herpès dont je vous ai parlé ? Une souche très virulente, la plus terrible des trente dernières années.

— Ah oui. »

Je commençais à avoir un curieux pressentiment au sujet de Mme Rump. Michaela.

« Vous avez eu de ses nouvelles depuis ?

— Pas un mot. Elle n'a jamais aimé écrire.

— Et le téléphone ?

— Elle refusait d'avoir un portable. Elle disait que ça donne le cancer.

— Et ses amis ?

— Elle n'en avait pas. Pour être honnête, elle n'était pas très appréciée, monsieur Greenwood. Les poissons non plus, ils ne l'aimaient pas trop. Ils ne s'y trompent jamais. D'excellentes psychologues, les carpes. » Il a cogné contre la vitre. « Qu'est-ce qu'il fabrique, cet abruti ? »

J'ai regardé dehors. Dave Stone avait pris le maillet et cognait sur la cloche. Le tintement sourd tombait au sol comme du plomb. Il faisait peut-être un bon sujet de conversation, cet obus, mais, comme cloche, il ne valait pas tripette. Adam Rump l'observait aussi.

« Elle n'était pas là la dernière fois que je suis venu, cette cloche, si ? Ah ces boulettes, elles étaient extraordinaires.

— Je l'ai accrochée le lendemain. *Home sweet home*, tout ça.

— Qu'est-ce que c'est, au juste ? Une pièce de bateau ? »

L'agent Pieds-Plats s'acharnait toujours dessus. J'ai pensé à la réflexion d'Audrey sur les cirés jaunes – tout le monde en portait, comme si c'était un uniforme.

« Non. Écoutez, au sujet de votre femme, inspecteur. Vous savez comment elle… »

Il y a eu un éclair et un afflux d'air, comme si j'avais perdu l'ouïe. La voiture a été soufflée de biais de l'autre côté de la route. Quand j'ai relevé la tête, Audrey et Tina se tenaient devant un grand trou, à l'emplacement du porche. Rump sortait des fourrés en rampant, les cheveux à moitié en flammes. De l'agent Pieds-Plats, on ne voyait pas trace.

Cela n'aide pas, hein, quand vous êtes arrêté pour meurtre, de faire sauter l'un des officiers qui procèdent à l'arrestation. Ça n'a pas aidé le pavillon non plus : tout l'avant a été réduit en miettes. Audrey a fait abattre tout ça, et elle en a profité pour faire combler le bassin, installer un jacuzzi. Elle pouvait se le permettre, financièrement, avec toute la publicité qu'on lui faisait. L'obus de son père. Toutes ces années où j'avais buté dedans, toutes ces matinées qu'elle avait passées à le briquer, à le rouler dans tous les sens sur la table de la cuisine. Il aurait pu lui exploser à la figure à n'importe quel moment.

Après ça, les choses n'ont fait qu'empirer. À l'aire de repos, ils ont retrouvé du sang sur la borne militaire, celle qu'Audrey avait éclairée avec les phares. Du sang appartenant à Miranda, ça allait de soi. Je l'avais emmenée là, bien sûr. Jacko m'avait vu au volant, pas vrai, et il avait vu Miranda du côté passager. Il faisait un témoin idéal, en plus, avec sa pension de l'armée pour invalidité, son œil gauche aveugle, les accusations de chantage qui n'avaient jamais été vérifiées. Ils ne manquaient pas, les bidasses qui m'avaient vu au pub. Même M. Singh est venu témoigner, se tordant les mains, horrifié à l'idée de ce que j'avais fait avec son pickle au citron vert. Le major s'en est tiré à merveille, lui aussi : il a reconnu la liaison, reconnu qu'ils avaient passé le week-end ensemble, qu'ils projetaient de s'enfuir ensemble sous l'œil guindé de Mme Fortingall, qui siégeait dans l'assistance, avec son haut blanc, sa jupe blanche et ses petites socquettes blanches. J'aime à penser qu'elle portait les socquettes blanches à mon intention. Peut-être que nous aurions dû aller jusqu'au bout, en fin de compte. Il y avait d'autres témoins à la gare qui avaient vu le major attendant l'arrivée de Miranda, et des images des caméras de surveillance qui le montraient faisant les cent pas dans la cour jusque bien après sept heures. J'ai appelé la Fouine pour ma défense, afin de tenter de me replacer dans les fourrés, mais trois heures et demie, quatre heures et demie, comment aurait-elle pu en être certaine, la chère vieille ? Audrey avait apporté une pierre de taille à l'édifice, elle aussi : mes cachettes, mes habitudes, ce qui me tenait lieu de psychisme. Sur le terrain militaire, après le cottage abandonné, ils ont trouvé des empreintes correspondant à mes Wellington. Dans le reste d'un des tanks en carton, de l'autre côté, des fragments d'os. Ils ont fait une reconstitution plus tard, c'est passé sur la Cinq. Je l'ai regardée. C'était tout à fait logique, le coup sur la tête, la chute, la cervelle et le sang sur la borne, le trajet dans le coffre, jusqu'au champ de tir désert, loin des yeux, loin du cœur, quand personne ne s'en servait. Tout était parfaitement exact à part un point capital, à savoir que ce n'était pas la bonne personne qui la portait sur ses épaules sur six cents mètres et la flanquait à l'intérieur du tank en carton, avant de rentrer à la maison en quatrième vitesse pour me trouver absent, gonflée à bloc, prête pour le grand banzaï. Le grand banzaï. Bon Dieu, cette nuit-là, lorsqu'on s'était interrompus en pleine action et qu'elle s'était plantée, nue comme un ver, devant la fenêtre, pour regarder les obus réduire Miranda en miettes, j'avais parcouru ses flancs de mes mains, et sa chair tremblait comme celle d'un veau à l'abattoir. « Comment tu te sens ? avait-elle demandé quand on avait remis le couvert. Comme si ce n'était pas toi, comme si ce n'était pas moi ? » et c'était vrai, nous avions franchi une porte, tous les deux. Pas étonnant que nous nous soyons attelés à la tâche comme des couteaux, arrachant des tranches sanglantes du corps l'un de l'autre. Elle était exactement comme moi, je ne l'avais jamais vraiment su. Pendant que j'étais au phare, occupé à la pousser de la falaise, Audrey était en train de se débarrasser de Miranda. Si seulement j'avais réussi et elle, échoué. Je serais peut-être en prison quand même, mais ma fille serait vivante.

Oui, j'étais le père de Miranda. Au moins, ça donnait une certaine logique, même tordue, à l'ensemble. Si ça n'avait pas été le cas, Audrey l'aurait tuée pour rien. Ted ne l'a pas bien vécu. Je lui ai écrit une lettre pour le supplier de venir me voir, de me laisser lui dire ce que je savais, mais il n'a jamais répondu. Personne ne voulait savoir. J'étais déjà un monstre, ça suffisait comme ça. Je m'en fiche, désormais. Je me fiche de tout. Miranda est morte et c'est tout ce qui compte. Ma fille. Mon adorable Petit Singe. Elle avait un avenir, mais les petits bouts de moi qu'elle portait en elle lui avaient bloqué le passage.

Et maintenant, je suis entre quatre murs, vingt-cinq ans pour le meurtre de ma propre fille, meurtre que je n'ai pas commis. Kim et Gaynor ont vendu leur témoignage aux journaux. Vivre à côté d'un meurtrier. On a proposé à Audrey d'écrire un livre. Histoire de finir de se draper dans son tissu de mensonges. Elle ne me rend pas très souvent visite. Elle ne me rend jamais visite, en réalité. Elles ont hérité de l'affaire, elle et Tina. Ian est parti depuis longtemps. Il est retourné en Écosse comme il en était venu. Elles s'en sortent très bien. Alice la Fouine s'est associée avec elles, elle fait les comptes. À Noël dernier elle m'a envoyé une photo d'elles trois, bras dessus bras dessous, sur ce quai dégueulasse, sapées en survêtements et casques, sifflant une coupe de champagne après leur saut à l'élastique.

Et Rump ? Je n'ai pas eu le cœur de lui avouer.

Qu'est-ce que je pouvais dire ? Non, je n'ai pas tué ma fille, mais on dirait bien que j'ai zigouillé votre femme. Cela n'aurait fait qu'embrouiller toute l'histoire, et je suis sûr que si je l'avais fait, il n'aurait pas fait empailler Torvill et Dean comme il me l'avait promis, et ne me les aurait pas envoyés, montés sur un petit socle de bois, s'effleurant les lèvres comme dans un premier baiser. Il avait même fait inscrire leurs noms dessous, sauf qu'il s'était trompé de sens, Dean était écrit sous Torvill et Torvill sous Dean. Mais ça n'a pas grande importance. Je peux quand même les contempler, me rappeler leur ballet qui ne semblait adressé qu'à moi. De sacrés numéros, ces deux-là.

Et voilà. L'histoire de ma vie. Pas terrible, n'est-ce pas ? Moi, ça m'est égal, mais des fois je pense à maman, et là, ça fait mal. Que penserait-elle de moi désormais, son garçon, si mal tourné. Je suis une mauvaise graine. Je le sais, je l'ai toujours su, comme dans cette chanson qui est sortie quand j'étais petit. J'ai écrit à Carol pour lui demander de bien s'assurer qu'on le gravait sur ma tombe, mais je doute qu'elle le fasse. Elle n'en a jamais fait qu'à sa tête. Mais comme je le disais dans ma lettre, elle devrait amener ses fils, leur montrer la tombe de leur grand-père, leur raconter l'histoire du débris qui a foutu sa vie en l'air, ça leur apprendrait à réfléchir avant d'agir. Voilà ce qu'on devrait graver, si elle refuse de s'en charger.

Ici repose Al Greenwood, mari d'Audrey,
père de Carol, père de Miranda.
C'était un vaurien.

Cet ouvrage a été composé par
PCA – 44400 REZÉ

Imprimé en France par CPI
en août 2015

POCKET – 12, avenue d'Italie – 75627 Paris Cedex 13

N° d'impression : 3012224
Dépôt légal : septembre 2015
S24496/01